D1140036

LE LIVRE DE GOULD

DU MÊME AUTEUR

À contre-courant, Flammarion, 2000.
Dispersés par le vent, Flammarion, 2002, 10/18, 2004.

Richard FLANAGAN

LE LIVRE DE GOULD

Roman en douze poissons

Traduit de l'anglais (Australie)
par Delphine & Jean-Louis Chevalier

Flammarion

Traduit avec le concours du Centre National du Livre

Les peintures de poissons de l'artiste forçat vandiemonien
William Buelow Gould extraites de son *Livre des Poissons*
conservé à la Bibliothèque et Musée des Beaux-Arts Allport,
Bibliothèque Nationale de Tasmanie, sont reproduites
avec l'aimable autorisation de cette institution.

Titre original : *Gould's Book of Fish*
Éditeur original : Pan MacMillan Australia Pty Limited, Sydney
© Richard Flanagan, 2001
Pour la traduction française :
© Éditions Flammarion, 2005
ISBN : 2-08-068361-6

Pour Rosie, Jean et Eliza,
qui nagent en cercles toujours plus vastes
d'émerveillement.

Ma mère est un poisson.

William Faulkner

L'HIPPOCAMPE À GROS VENTRE

Découverte du Livre des Poissons *– Meubles faux et guérison par la foi – La Conga – M. Hung et Moby Dick – Victor Hugo et Dieu – Une tempête de neige – Pourquoi l'Histoire et les histoires n'ont rien de commun – Le livre disparaît – Mort de Grand-Tante Maisie – Je suis séduit – Un hippocampe mâle accouche – La chute.*

I

Mon émerveillement à la découverte du *Livre des Poissons* m'habite encore, aussi lumineux que le marbré phosphorescent qui capta mon regard en cet étrange matin, aussi scintillant que les tourbillons étranges qui colorèrent mon esprit et enchantèrent mon âme – et cet émerveillement se mit sur-le-champ à dévider mon cœur, et pis encore ma vie, en ce pauvre et maigre écheveau qui est l'histoire que vous allez lire.

Qu'avait ce doux rayonnement pour me persuader que j'avais vécu à maintes reprises la même vie, tel un mystique hindou à jamais prisonnier de la Grande Roue ? Pour devenir mon destin ? Pour voler ma nature ? Pour rendre mon passé et mon avenir uns et indivisibles ?

Était-ce ce chatoiement hypnotique qui montait en spirales du manuscrit tumultueux d'où sortaient déjà des hippocampes, des dragons de mer et des uranoscopes, répandant une lumière éblouissante dans un jour maussade et tout juste naissant ? Était-ce cette piètre vanité de la pensée qui me persuada qu'en moi étaient tous les hommes, tous les poissons et toutes les choses ? Ou était-ce quelque chose de plus banal – mauvaise compagnie et boisson plus mauvaise encore – qui m'a conduit à la situation monstrueuse dans laquelle je me trouve aujourd'hui ?

Nature et destin, deux mots, écrit William Buelow Gould, pour la même chose – encore une question sur laquelle, comme toujours, il se trompait affreusement.

Bon, brave et sot Billy Gould et ses histoires d'amour bêtes, tant d'amour qu'il n'est pas possible aujourd'hui, et ne le fut pas alors, qu'il continue. Mais je crains d'être déjà en train de digresser.

Nous – nos histoires et nos âmes – nous sommes, j'en suis devenu convaincu à cause de ses poissons puants, entraînés dans un processus de constante décomposition et réinvention, et ce livre, j'allais le découvrir, était l'histoire du tas de compost qu'est mon cœur.

Même ma plume fiévreuse ne peut approcher mon ravissement, un étonnement si intense que ce fut comme si, au moment où j'ouvris *Le Livre des Poissons*, le reste de mon monde – *le monde* ! – avait été précipité dans les ténèbres et que la seule lumière existant dans l'univers tout entier était celle dont ces pages vétustes illuminaient mes yeux ahuris.

J'étais sans travail, il y en avait alors peu en Tasmanie, et encore moins aujourd'hui. Peut-être mon esprit était-il plus sensible aux miracles qu'il ne l'aurait été autrement. Peut-être qu'à l'instar d'une paysanne portugaise qui voit la Madone parce qu'elle ne souhaite pas voir autre chose, j'avais moi aussi envie d'être aveugle à mon propre monde. Peut-être que si la Tasmanie avait été un endroit normal où vous avez un emploi décent, où vous passez des heures dans les embouteillages pour en passer encore davantage accablé d'inquiétudes normales en attendant de retourner à un enfermement normal, et où personne ne rêve jamais de ce que ça fait d'être un hippocampe, des choses anormales comme de se changer en poisson ne vous arriveraient pas.

Je dis peut-être, mais franchement je n'en suis pas sûr.

Il se peut que ce genre de chose se passe tout le temps à Berlin et à Buenos Aires, et que les gens soient trop embarrassés pour l'avouer. Il se peut que la Madone visite tout le temps les cités de New York, et les horribles tours de Berlin, et les banlieues ouest de Sydney, et que tout le monde prétende qu'elle n'est pas là et espère qu'elle s'en ira bientôt et ne les embarrassera pas plus longtemps. Il se peut que la nouvelle Fatima se trouve quelque part dans les vastes déserts du Club des Travailleurs de Revesby, un halo sur l'écran de la machine à sous qui clignote « *FIÈVRE DU BLACKJACK* ».

Se pourrait-il alors que, lorsque tout le monde a le dos tourné, les yeux rivés sur les moniteurs des machines à sous, il ne reste personne pour assister à la lévitation d'une vieille femme au moment où elle remplit son bulletin de Kéno ? Il se peut que nous ayons perdu la capacité, le sixième sens qui nous permet de voir les miracles, d'avoir des visions et de comprendre que nous possédons quelque chose d'autre, de plus grand que ce que l'on nous a dit. Il se peut que l'évolution se soit poursuivie à l'envers plus longtemps que je ne le soupçonne, et que nous soyons déjà de tristes poissons muets. Comme je le dis, je n'en suis pas sûr, et les seules personnes en qui j'ai confiance, telles que M. Hung et la Conga, n'en sont pas sûres non plus.

Pour être honnête, j'en suis venu à la conclusion qu'il n'y a pas grand-chose dans la vie dont on puisse être sûr. Malgré ce qui pourra vous apparaître comme la preuve croissante du contraire, j'apprécie la vérité, mais ainsi que William Buelow Gould qui continua à le demander à ses poissons, longtemps après les avoir tués à force de questions futiles, où la vérité peut-elle se trouver.

Pour ce qui est de moi, ils m'ont pris le livre et tout maintenant, et que sont les livres de toute manière sinon des contes de fées peu fiables ?

Il était une fois un homme qui s'appelait Sid Hammet et il découvrit qu'il n'était pas ce qu'il croyait être.

Il était une fois un temps où il y avait des miracles, et le susdit Hammet croyait qu'il avait été emporté dans l'un d'eux. Jusquelà il avait vécu d'expédients, autre manière, plus charitable, de dire que sa vie n'était qu'un acte continu de désillusion. Après cela il devait subir le cruel malaise de croire.

Il était une fois un homme qui s'appelait Sid Hammet et il vit reflétée dans le miroitement d'un étrange livre de poissons son histoire, laquelle commençait comme un conte de fées et se terminait comme une comptine, à califourchon sur un cheval de bois vers la Croix-de-Banbury.

Il était une fois des choses terribles, mais elles eurent lieu dans un pays lointain dont chacun sait qu'il n'est ni ici, ni maintenant, ni nous.

II

Jusqu'à cette époque je m'étais consacré à acheter de vieux meubles pourrissants à qui je faisais subir encore tous les outrages concevables. Tout en flanquant des coups de marteau sur de misérables placards pour renforcer leur pathétique patine, tout en me soulageant sur leurs vieilles parties métalliques pour renforcer leur vert-de-gris putride, et en hurlant toutes sortes de jurons pour me sentir mieux, j'imaginais que lesdits meubles étaient les touristes qui seraient leurs inévitables acquéreurs, achetant ce qu'ils pensaient à tort être les épaves du passé romantique, plutôt que ce qu'ils étaient, les témoignages d'un présent pourri.

Ma Grand-Tante Maisie disait que c'était un miracle que j'aie trouvé du travail, et je pensais qu'elle savait ce qu'elle disait, car ne m'avait-elle pas emmené quand j'avais sept ans au stade de North Hobart dans la magnifique lumière rubis de la fin de l'hiver contribuer à la victoire de North Hobart en demi-finale de footie ? Elle avait aspergé de quelques gouttes d'eau de Lourdes d'une petite bouteille les mottes boueuses du terrain. Le Grand John Devereaux était capitaine-entraîneur et j'étais enroulé dans l'écharpe bleue et rouge des Démons comme une momie de chat égyptienne, ne laissant apparaître que de grands yeux curieux. Je m'étais précipité après le troisième quart-temps pour regarder à travers la puissante forêt de cuisses des joueurs fleurant le liniment Deep Heat et entendre le Grand John Devereaux galvaniser ses troupes.

North Hobart était mené par douze buts et je savais qu'il dirait quelque chose de remarquable à ses joueurs, et le Grand John Devereaux n'était pas homme à décevoir ses supporters. « Arrêtez de penser à vos putains de nanas, dit-il. Toi, Ronnie, pense plus à cette Jody. Et toi, Nobby, plus vite tu te sortiras cette Mary du crâne mieux ça vaudra. » Et ainsi de suite. C'était merveilleux d'entendre tous ces noms de filles et de savoir qu'elles comptaient tant pour ces géants après le troisième quart-temps. Quand ils remportèrent ensuite la victoire, rapides comme le vent, j'ai su que l'amour et l'eau forment une combinaison vraiment invincible.

Mais pour en revenir à mon travail avec les meubles, c'était, comme le disait Rennie Conga, mon contrôleur judiciaire à l'époque (je m'empresse de dire, au cas où des membres de sa famille liraient ces lignes et en prendraient ombrage, que ce n'était pas vraiment son nom, mais personne n'a jamais pu se rappeler en entier son patronyme italien et en un sens il semblait assorti à son corps sinueux et aux vêtements noirs collants dont elle choisissait de parer sa forme serpentine), un métier d'avenir, particulièrement quand arrivaient les bateaux de croisière remplis de gros et vieux Américains. Avec leurs ventres protubérants, leurs shorts, leurs bizarres jambes maigres et leurs encore plus bizarres grosses chaussures blanches pointant au bout de leurs énormes corps, les Américains étaient de touchants points d'interrogation d'êtres humains.

Je dis touchants mais ce que je veux plutôt dire c'est qu'ils avaient de l'argent.

Ils avaient aussi leurs goûts, qui étaient particuliers, mais s'agissant du commerce je les trouvais assez sympathiques – et ils me le rendaient. Et pendant un certain temps la Conga et moi fîmes de bonnes affaires avec de vieilles chaises qu'elle avait achetées à une vente aux enchères à l'occasion d'une nouvelle fermeture d'un service gouvernemental en Tasmanie. Je les enduisais de plusieurs couches de vernis, les frottais au papier de verre, les ponçais légèrement avec une râpe à légumes, leur pissais dessus et les faisais passer pour des meubles Shaker venus de Nantucket avec des baleinières du siècle dernier qui, comme nous le disions en réponse aux points d'interrogation, sillonnaient sans relâche les océans du Sud à la recherche des grands léviathans.

C'était, à vrai dire, l'histoire que les touristes achetaient, le seul genre d'histoire qu'ils achèteraient jamais – une histoire américaine, le beau récit émouvant de Nous Les Trouvons Vivants Et Les Ramenons Au Pays – et pendant un certain temps ce fut une bonne histoire. Tellement que nous avons manqué de réserves et que la Conga a dû créer une branche de production pour notre entreprise, concluant un accord avec une famille vietnamienne fraîchement débarquée, tandis que je faisais soigneusement dactylographier l'histoire et les certificats d'authenticité par une organisation bidon que nous appelâmes l'Association des Antiquaires Vandiemoniens.

L'histoire du Vietnamien (il avait pour nom Lai Phu Hung mais la Conga, qui croyait au respect, a toujours insisté pour que nous l'appelions M. Hung) était aussi intéressante qu'un vieux récit de pêche à la baleine : la fuite de sa famille du Vietnam était plus périlleuse, la traversée vers l'Australie à bord d'une jonque de pêche délabrée et surpeuplée était plus désespérée, et de surcroît ils avaient encore plus de talent pour la peinture sur coquillages et sur os, activité secondaire, devrais-je ajouter, où nous faisions aussi de bonnes affaires. Comme modèles de ses sculptures sur os, M. Hung utilisait les gravures sur bois d'une vieille édition illustrée de *Moby Dick* de la Modern Library.

Mais sa famille et lui n'avaient pas de Melville, pas d'Ishmael, pas de Queequeg ou d'Ahab sur le gaillard d'arrière, pas de passé romantique, juste leurs ennuis et leurs rêves comme nous autres, et le tout bien trop salement, irrémédiablement humain pour avoir la moindre valeur pour les points d'interrogation voraces. Pour être juste envers eux, ils cherchaient seulement quelque chose qui les isole du passé et des gens en général, pas quelque chose qui leur procure un lien qui risque d'être douloureux ou humain.

Ils voulaient, je finis par m'en rendre compte, des histoires où ils étaient déjà prisonniers, pas des histoires où ils apparaissaient aux côtés du conteur, complices dans la fuite. Ils voulaient vous entendre dire « Baleinières », afin de pouvoir répondre « Moby Dick », et évoquer des images de la mini-série du même nom ; vous pouviez alors dire « Antiquités », afin qu'ils puissent répondre « Combien ? »

Cette sorte d'histoires.

Du genre qui paie.

Pas comme les récits de M. Hung, qu'aucun point d'interrogation n'a jamais voulu entendre, ce que M. Hung paraissait admettre extraordinairement bien, en partie parce que sa véritable ambition n'était pas d'être conducteur de grue à vapeur, comme il l'avait été à Haiphong, mais poète, rêve qui lui permettait d'adopter un air de résignation face à l'indifférence d'un monde sans cœur.

Car la religion de M. Hung était la littérature, littéralement. Il appartenait au Cao Dai, secte bouddhiste qui considérait Victor Hugo comme un dieu. En plus d'adorer les romans de cette divinité, M. Hung semblait tout savoir sur (et laissait entendre une certaine communion spirituelle avec) plusieurs autres grandes œuvres de la littérature française du dix-neuvième siècle dont, à part le titre – et quelquefois pas même cela – je ne connaissais rien.

Étant à Hobart et non à Haiphong, les touristes ne se souciaient pas le moins du monde de gens comme M. Hung, et ils n'allaient certainement pas nous donner de l'argent pour ses récits de grues à vapeur, ou ceux de son père sur les grues qui pêchent, ou sa poésie, ni d'ailleurs ses réflexions sur les rapports entre Dieu et la littérature française. Donc, à la place, M. Hung creusa un petit atelier sous sa maison, qui avait appartenu à la Compagnie du Zinc de Lutana, et se mit à fabriquer de fausses chaises anciennes et à sculpter des ersatz d'os de baleine pour compléter nos plus sordides élucubrations.

Et pourquoi M. Hung, sa famille, la Conga ou moi-même aurions-nous dû nous en faire de toute façon ?

Les touristes avaient de l'argent et nous en avions besoin ; ils demandaient juste en contrepartie qu'on leur mente, qu'on les trompe et qu'on leur dise la chose la plus importante, qu'ils étaient sains et saufs, que leur sentiment de sécurité – nationale, individuelle, spirituelle – n'était pas un mauvais tour que leur jouait une destinée lasse et capricieuse. Qu'on leur dise qu'il n'y avait pas de rapport entre hier et aujourd'hui, qu'ils n'avaient pas besoin de porter un brassard noir ou d'avoir mauvaise conscience parce qu'ils étaient puissants et riches et que personne d'autre ne l'était ; de se sentir mal parce que personne ne pouvait ni ne voulait expliquer pourquoi la richesse de quelques-uns semblait si curieusement dépendre de la misère du plus grand nombre. Nous prétendions charitablement qu'il s'agissait d'acheter et de vendre des chaises, et de nous poser des questions sur le prix et l'origine, et de répondre dans la même veine.

Mais il ne s'agissait pas de prix ni d'origine, il ne s'agissait vraiment pas de cela du tout.

Les touristes étaient travaillés par des questions insistantes non formulées et nous devions seulement nous contenter de répondre de notre mieux, à l'aide de meubles trafiqués. Ils demandaient en réalité, « Sommes-nous sains et saufs ? » – et nous leur répondions en réalité, « Non, mais une barricade d'objets inutiles peut aider à bloquer la vue. » Et parce que *hubris* n'est pas seulement un mot grec ancien mais aussi un sens humain si profondément ancré qu'il nous fallait plutôt y voir un instinct infaillible, ils voulaient aussi savoir, « Si c'est de notre faute, alors allons-nous souffrir ? » – et nous leur répondions en réalité, « Oui, et à petit feu, mais une chaise fausse peut nous faire nous sentir tous mieux en l'occurrence. » Ce que je veux dire, c'est que c'était un moyen de gagner sa vie, et si ce n'était pas si bien, ce n'était pas si mal que ça non plus, et tout en portant autant de chaises que nous pouvions en vendre, je n'étais pas prêt à porter le poids du monde.

Vous penserez peut-être qu'une telle entreprise aurait dû rencontrer la plus grande approbation, qu'elle aurait dû progresser, se diversifier, devenir une affaire rédemptrice de taille mondiale et de mérite national. Elle aurait même pu figurer au palmarès de l'exportation. Certainement, dans toute ville qui vaut son pesant d'astuce – Sydney, par exemple – une telle supercherie dans le domaine des rêves aurait été récompensée. Mais nous étions, tout bien considéré, à Hobart, où les rêves restent strictement une affaire privée.

Après réception de plusieurs lettres des avocats des antiquaires locaux, accompagnées de la menace de poursuites judiciaires, notre noble entreprise d'offre de réconfort aux tribuns retraités d'un empire décrépit capota. La Conga se sentit obligée de se lancer dans le conseil en écotourisme avec le contrefacteur de meubles vietnamien, et moi je partis à la recherche de nouvelles activités.

III

C'est ainsi que par ce matin d'hiver qui allait se révéler fatidique mais qui était alors tout simplement glacial, je me suis retrouvé dans le quartier des quais de Salamanca. Dans un vieil entrepôt en grès je suis tombé sur ce qui était encore une brocante, avant que l'endroit ne soit une fois de plus annexé par les touristes et transformé en un énième restaurant de plein air à la décoration délicatement surchargée.

Niché derrière des armoires 1940 en bois de trac démodées qu'aucun touriste ne consentirait jamais à recevoir en rémission de ses péchés, j'ai remarqué par hasard un vieux garde-manger en fer galvanisé et, avec le désir enfantin de regarder dans tout ce qui est fermé, je l'ai ouvert.

Dedans, je n'ai aperçu qu'un tas de magazines féminins des années passées, découverte aussi poussiéreuse que décevante. Je refermais déjà la porte quand, sous ces rumeurs fanées d'amour et ces récits sordides de tristes princesses perdues, mon regard a été attiré par quelques fils de coton friables qui saillaient joyeusement comme la barbe de Grand-Tante Maisie, sans vergogne et avec une certaine vigueur archaïque.

La porte du garde-manger a émis un son sourd quand je l'ai rouverte pour examiner de plus près son contenu. J'ai remarqué que les fils sortaient d'une reliure passablement éraillée dont la tranche était partiellement tombée. Aussi précautionneusement que si cela avait été un poisson de concours malencontreusement pris dans un filet, j'ai avancé la main, soulevé les magazines, et extrait de dessous ce qui ressemblait à un livre dépenaillé.

Je l'ai tenu devant moi.

J'ai approché le nez.

Bizarrement, il ne sentait pas l'odeur de moisi douceâtre des vieux livres, mais celle des vents salés qui soufflent de la mer de Tasman. J'ai passé légèrement l'index sur sa couverture. Elle était salie par une fine crasse noire, mais son toucher était soyeux. C'est en essuyant ce limon séculaire que la première de beaucoup de choses remarquables s'est produite.

J'aurais dû me douter alors que ce n'était pas un livre ordinaire, et certainement pas un livre auquel un bon à rien comme moi devait se laisser prendre. Je connais – ou du moins je croyais connaître – les limites de mes penchants criminels, et je croyais que j'avais appris à dire non aux embrouilles qui impliquent des risques personnels.

Mais il était trop tard. J'étais – comme on me l'a dit au cours du procès – déjà impliqué. Car sous cette délicate poudre noire quelque chose de totalement inhabituel était en train de se produire : la couverture marbrée du livre émettait un faible éclat, mais un éclat de plus en plus brillant.

IV

Dehors, c'était une journée d'hiver mélancolique.

La neige recouvrait la montagne qui surplombe la ville. La brume ondulait par-dessus la large rivière, recouvrant comme un édredon qui tombe lentement la vallée où gisaient les rues tranquilles et pour la plupart vides de Hobart. Dans la beauté froide du matin, quelques silhouettes emmitouflées dans une variété de tenues de grand froid se hâtaient, puis disparaissaient. La montagne passa du blanc au gris puis s'effaça et resta aux aguets derrière un nuage sombre. La ville s'enfonçait dans un doux sommeil. Tels des rêves perdus la neige commença à valser dans son univers étouffé.

Tout ceci n'est pas entièrement hors de propos, car ce que j'essaie de dire est qu'en réalité il faisait un froid sépulcral et que le silence était dix fois plus profond que dans la tombe, qu'il n'y avait ce jour-là aucun présage, et que rien n'aurait pu me prévenir de ce qui était sur le point de se produire. Il est certain qu'en un tel jour personne d'autre ne prit la peine de s'aventurer dans une sombre brocante non chauffée de Salamanca. Même le propriétaire resta penché au-dessus du petit radiateur électrique tout au fond de son domaine, le dos tourné, ôtant furtivement cet infâme rythme du commerce contemporain, les *Quatre Saisons* de Vivaldi, pour mettre en sourdine le réconfortant rubato des courses, la pantoufle dorée du bruit de fond.

Personne d'autre au monde n'était là pour remarquer, pour partager avec moi ce miracle, lorsque le monde sembla se concentrer dans ce coin lugubre d'une vieille brocante, et l'éternité se réduire au moment où j'ai pour la première fois brossé le limon de la couverture de ce livre bizarre.

Comme la peau d'une sacrée trompette de mer pêchée la nuit, la couverture du livre était à présent une masse palpitante de points violets. Plus je la brossais, plus les points s'étalaient, et à la fin presque toute la couverture brilla intensément. Comme il arrive au pêcheur nocturne qui empoigne la trompette de mer, cette phosphorescence tachetée passa du livre sur mes mains et à la fin elles furent elles aussi couvertes de points violets scintillant en un désordre splendide, telles les lumières d'une ville exotique inconnue vue d'avion. Tenir mes mains lumineuses devant mon visage et les faire lentement tourner d'étonnement – des mains si familières et pourtant si étrangères – était comme entamer déjà une inquiétante métamorphose.

J'ai posé le livre sur la table en laminex à côté du garde-manger, effleuré de mon pouce à présent scintillant son doux flanc de pages fragiles et tumultueuses, et tourné la couverture. À mon étonnement le livre s'est ouvert sur la peinture d'un hippocampe à gros ventre. Autour de l'hippocampe, telles des branches flottantes de grands laminaires et de ruppelles, se trouvaient des écritures échevelées. De loin en loin étaient intercalées d'autres aquarelles de poissons.

C'était, je dois l'avouer, un horrible mélange, des histoires à l'encre recouvraient pêle-mêle d'autres au crayon, et quelquefois le contraire. En manquant de place à la fin du livre, l'auteur semblait s'être simplement contenté de le retourner et de se remettre à écrire entre les lignes déjà existantes – en sens inverse ou à l'envers – davantage d'histoires. Comme si cela n'était pas encore assez déroutant – et ce l'était – il y avait de nombreux ajouts et annotations accumulés dans les marges et parfois sur des feuilles volantes, et une fois sur ce qui ressemblait à une peau de poisson séchée. L'auteur semblait avoir réquisitionné n'importe quel support – vieille toile à voile, bords arrachés à Dieu seul sait quels ouvrages, toile à sac, et même toile de jute – et en avoir couvert la surface de son écriture colorée en pattes de mouche qui était au mieux difficile à déchiffrer.

Pour résumer ce chaos, j'ai eu l'impression de lire un livre qui ne commençait jamais vraiment et ne finissait jamais tout à fait. C'était comme regarder dans un kaléidoscope enchanteur de vues changeantes, une expérience originale, tantôt frustrante, tantôt captivante, mais pas du tout un volume du genre à s'ouvrir et à se fermer comme devrait l'être tout bon livre.

Pourtant, avant même de m'en rendre compte, je fus emporté très loin par les histoires qui accompagnaient les poissons – si tant est qu'on puisse les décrire ainsi, l'ouvrage tenant plus du livre de bord ou du journal, narrant tantôt des événements réels, immergés dans la boue de la banalité, tantôt des choses tellement loufoques qu'au début je l'ai pris pour une chronique de rêves ou de cauchemars.

Ce récit étrange paraissait être celui d'un forçat du nom de William Buelow Gould, à qui, dans le prétendu intérêt de la science, le chirurgien de la colonie pénitentiaire de l'île Sarah avait, en 1828, ordonné de peindre tous les poissons qui y étaient pêchés. Mais si peindre était une tâche obligatoire, écrire, fardeau supplémentaire accompli par l'auteur, ne l'était pas. Tenir un tel journal était interdit aux forçats, et donc dangereux. Chaque histoire était écrite avec une encre différente qui, comme le précise leur forçat de scribe, avait été fabriquée grâce à divers expédients ingénieux selon ce qui lui tombait sous la main : l'encre rouge avec du sang de kangourou, la bleue en écrasant une pierre précieuse volée, et ainsi de suite.

L'auteur écrivait en couleurs ; plus précisément je soupçonne qu'il *ressentait* en couleurs. Je ne veux pas dire qu'il s'épanchait sur les couchers de soleil vineux ou sur la gloire azurée d'une mer calme. Je veux suggérer que son monde prenait des teintes qui le submergeaient, comme si l'univers était une conséquence de la couleur, plutôt que l'inverse. La merveille de la couleur, me suis-je demandé, rachetait-elle l'horreur de son monde ?

Cet arc-en-ciel clandestin de récits, en dépit – et pour être honnête, peut-être aussi à cause – de son style fruste, ses nombreuses incohérences, la difficulté à le lire, et son étrange beauté, sans parler de ses passages les plus absurdes et parfois franchement invraisemblables, me captiva tellement que je dus en lire la moitié avant de reprendre mes esprits.

J'ai trouvé sur le sol un vieux chiffon avec lequel je me suis frotté les mains presque jusqu'au sang pour ôter les brillantes taches violettes, et j'ai remis le livre dans le garde-manger dont j'ai alors fait l'acquisition, après avoir un peu marchandé, au prix modique qui convenait aux garde-manger en fer galvanisé en train de rouiller, avant qu'eux aussi, comme toutes les autres vieilleries, ne deviennent à la mode.

Ce qu'étaient exactement mes intentions en sortant dans la petite tempête de neige tout en me battant avec ce garde-manger encombrant, je suis encore dans l'incapacité de le dire aujourd'hui. J'avais beau savoir qu'il me serait possible de pulvériser de la peinture d'origine sur le garde-manger et puis de le fourguer comme meuble hi-fi antique pour le double de ce que je l'avais payé, et que j'allais probablement extorquer un plombage gratuit à un dentiste en échange des vieux magazines féminins pour sa salle d'attente, je n'avais aucune idée de ce que j'allais faire du *Livre des Poissons*.

À ma grande honte, je dois avouer que j'ai sans doute été d'abord assailli par le vil désir d'arracher les nombreuses peintures de poissons, de les encadrer, et de les vendre à un marchand de gravures anciennes. Mais plus j'ai lu et relu *Le Livre des Poissons* en cette froide nuit, la suivante, et maintes autres, moins j'ai été porté à en tirer profit.

L'histoire m'enchantait, et je me mis à l'emporter partout avec moi, comme si c'était un talisman puissant, comme s'il renfermait une magie qui pourrait d'une manière ou d'une autre me communiquer ou m'expliquer quelque chose de fondamental. Mais ce qu'était cette chose fondamentale, ou pourquoi elle semblait avoir tant d'importance, j'étais incapable alors – et le reste encore aujourd'hui – de l'expliquer.

Tout ce que je puis dire avec certitude, c'est que chaque fois que j'ai montré le livre à des historiens, des bibliophiles et des éditeurs pour les consulter sur sa valeur, pensant qu'ils pourraient eux aussi trouver du plaisir à ma découverte, j'ai seulement découvert avec tristesse que l'enchantement était seulement mien.

Si tous s'accordaient à dire que *Le Livre des Poissons* était vieux, une grande partie de l'ouvrage – l'histoire qu'il prétend raconter, les poissons qu'il déclare représenter, les forçats, les gardes, les administrateurs pénitentiaires qu'il tente de décrire – ne semblait coïncider avec les faits connus que juste assez pour les mettre en doute. Ce livre belliqueux, m'exposa-t-on, était le produit insignifiant encore que curieux d'un esprit particulièrement dérangé d'autrefois.

Lorsque je réussis à persuader le musée d'effectuer des tests sur le parchemin, les encres et les peintures, ainsi qu'une datation au carbone, et même une scanographie du livre page par page, tout le monde admit que tous les matériaux et toutes les techniques semblaient correspondre à la période donnée. Pourtant l'histoire comportait en elle-même de telles contradictions que, loin d'accepter de certifier que ce livre était un ouvrage authentique d'un grand intérêt historique, les experts du musée me félicitèrent au contraire de la qualité de ma contrefaçon et me présentèrent tous leurs vœux de réussite pour la poursuite de mon travail dans le tourisme.

V

Mon ultime tentative fut l'éminent historien des colonies, le professeur Roman de Silva, et, après lui avoir posté *Le Livre des Poissons*, je sentis mes espoirs grandir durant quelques jours, puis retomber durant autant de jours dans l'attente de sa réponse. Finalement, un jeudi après-midi pluvieux, sa secrétaire me téléphona pour me dire que le professeur aurait vingt minutes à me consacrer plus tard le même jour dans son bureau à l'université.

J'y découvris un homme dont la réputation semblait non seulement en désaccord, mais en contradiction totale avec son apparence. Les tics convulsifs du professeur Roman de Silva, sa minuscule carrure ventripotente et ses cheveux teints en noir corbeau, ramenés sur sa tête d'œuf en une invraisemblable coupe de teddy-boy, suggéraient un croisement malheureux entre une poupée Elvis et un coq de Livourne nerveux.

Il était évident que *Le Livre des Poissons* était dans le box des accusés, et le professeur se lança dans ce qui équivalait à une cinglante mise en accusation, bien décidé à ne jamais laisser notre entretien dégénérer en une conversation.

Il me tourna le dos, farfouilla dans un tiroir et puis – d'un mouvement soudain qui se voulait dramatique, mais ne réussit qu'à être maladroit – il lâcha sur son bureau un boulet avec sa chaîne en fer. Il se fit un bruit déchirant qui résonna comme du bois qui se fend, mais le professeur de Silva était déjà en plein dans son numéro et, en véritable pro, il n'allait laisser ni cela ni rien d'autre le détourner de son propos.

« Alors, vous voyez, monsieur Hammet », dit-il.

Je ne dis rien.

« Que voyez-vous, monsieur Hammet ? »

Je ne dis rien.

« Un boulet, monsieur Hammet, est-ce bien ce que vous voyez ? Un boulet de prisonnier avec sa chaîne, n'est-ce pas ? »

Voulant être agréable, je hochai la tête.

« Non, monsieur Hammet, vous ne voyez rien de tel. Une supercherie, monsieur Hammet, voilà ce que vous voyez. Un boulet avec sa chaîne fabriqué par des anciens forçats à la fin du dix-neuvième siècle pour le vendre à des touristes visitant l'horrible séjour gothique de la colonie pénitentiaire de Port Arthur, voilà ce que vous avez sous les yeux. Une supercherie du genre touristique, clinquante et frauduleuse, voilà ce que vous voyez, monsieur Hammet. Un échantillon de kitsch qui n'a rien à voir avec l'Histoire. »

Il s'arrêta, plia la jointure d'un petit index pour l'introduire dans ses narines hirsutes, d'où dépassaient d'humides poils noirs assez gros pour prendre des mites au piège, puis se remit à parler.

« L'Histoire, monsieur Hammet, est ce que vous ne pouvez voir. L'Histoire a du pouvoir. Mais une contrefaçon n'en possède aucunement. »

J'étais impressionné. Venant d'où je venais, cela ressemblait au passé du noble art que je cultivais. Cela avait aussi l'air vendable. Pendant que je me demandais si les capacités de faussaire et de forgeron de M. Hung se valaient, si je devais appeler la Conga et lui annoncer la nouvelle branche potentiellement lucrative sur laquelle j'étais tombé par hasard, et que je m'interrogeais sur les euphémismes dont je pourrais user pour traduire la charge érotique que nos amis américains ne manqueraient pas de trouver dans un tel objet (« N'y a-t-il absolument rien au monde qui soit sans connotation sexuelle pour eux ? » avait un jour demandé la Conga, et M. Hung avait répondu, « Les gens. »), le professeur de Silva fit tomber – avec ce qui me parut être un manque absolu de respect – *Le Livre des Poissons* de Gould à côté du boulet et de sa chaîne.

« Et ceci, cette chose, ne vaut guère mieux. Un vieux faux, peut-être, monsieur Hammet » – et à ce moment-là il me fixa d'un regard triste et entendu – « bien que je ne sois moi-même pas sûr du choix de mon adjectif. »

Il se retourna, mit les mains dans ses poches et regarda par la fenêtre un parking quelques étages en dessous pendant ce qui sembla être un très long moment, avant de se remettre à parler.

« Mais un faux néanmoins. »

Et, me tournant toujours le dos, il continua à débagouler de la manière dont, je le soupçonne, il avait passé à la moulinette des générations de malheureux étudiants, racontant à la fenêtre et au parking comment la colonie pénitentiaire décrite dans *Le Livre des Poissons* semblait, superficiellement du moins, être la même que celle qui avait existé à l'époque sur cette île où seuls les pires forçats étaient bannis ; comment son emplacement correspondait également à ce que l'on connaissait de sa perdition dans un grand port cerné par les impénétrables terres sauvages sur la moitié occidentale de la Terre de Van Diemen, un pays qui ne figurait à l'époque sur aucune carte, sinon comme un vide menaçant que les cartographes coloniaux nommaient Transylvanie.

Puis il se retourna pour me faire face, ramenant en arrière pour la centième fois sa houppe constellée de pellicules.

« Mais s'il est historiquement attesté qu'entre 1820 et 1832 l'île Sarah était le lieu de châtiment le plus redouté de tout l'Empire britannique, presque rien dans ce *Livre des Poissons* ne va dans le sens de l'histoire connue de cet enfer d'île. Rares sont les noms mentionnés dans votre étrange chronique qui se retrouvent dans les documents officiels qui restent de cette époque, et ceux qui s'y retrouvent effectivement ont une identité et une histoire complètement en désaccord avec ce qui est écrit dans ce... ce triste pastiche.

« Et, si nous prenons la peine d'examiner les documents historiques », continua le professeur, mais je savais maintenant qu'il haïssait *Le Livre des Poissons*, qu'il cherchait la vérité dans les faits et non dans les histoires, que l'Histoire n'était pas pour lui davantage que le prétexte à un fatalisme lugubre à l'égard du présent, qu'un homme affublé d'une telle chevelure était enclin à une profonde nostalgie qui inévitablement mènerait au sentiment que la vie est aussi terre à terre que lui, « nous découvrons que l'île Sarah ne subit pas les déprédations d'un dirigeant tyrannique, et ne devint pas temporairement un port de commerce d'une telle envergure et d'une telle indépendance qu'elle devint une nation commerciale distincte, pas plus qu'elle ne fut rasée par un incendie apocalyptique ainsi qu'il est raconté dans la chronique cataclysmique qu'est votre *Livre des Poissons*. » Il continua à parler à tort et à travers, se réfugiant dans la seule chose qui semblait lui conférer de la supériorité : les mots.

Il dit que *Le Livre des Poissons* pourrait un jour trouver une place dans l'histoire sans gloire sinon sans substance des contre-façons littéraires australiennes. « Ce domaine particulier des lettres nationales, observa-t-il, où l'Australie peut à juste titre revendiquer une éminence mondiale. »

« Il n'est nul besoin d'ajouter », ajouta-t-il avec un sourire narquois presque assombri par la houppe molle inclinée sur son visage comme un ivrogne sur le point de vomir, « que si vous vouliez le publier comme un *roman*, l'inévitable arriverait : il pourrait remporter des prix littéraires. »

Le Livre des Poissons pouvait avoir ses défauts – même si je n'étais pas prêt à les reconnaître – mais il ne m'avait jamais paru être suffisamment limité et pompeux pour être confondu avec de la littérature nationale. Prenant la remarque du professeur comme faite dans l'esprit d'une plaisanterie impolie à mes dépens, je mis fin à notre rencontre avec un adieu sec, repris *Le Livre des Poissons*, et m'en allai.

VI

Tout d'abord j'ai été en partie persuadé par les arguments que j'avais entendus, et j'ai convenu que le livre devait être une tromperie élaborée et dingue. Mais pour un homme passé maître dans le jeu de l'escroquerie, conscient que rouler les gens ne nécessite pas de dire des mensonges mais de confirmer des idées préconçues, le livre, si c'était un faux, n'avait aucun sens, parce que rien en lui ne correspondait à aucune attente de ce que le passé devrait être.

Le livre était devenu une énigme que j'étais désormais déterminé à résoudre. J'ai passé au peigne fin l'Office des Archives de Tasmanie, dont la devanture urbaine, propre et quelconque, dément la chronique complète de l'état totalitaire qu'il contient. J'y ai découvert peu de choses utiles, à l'exception du sage et vénérable archiviste, M. Kim Pearce, avec qui je pris l'habitude de boire.

Outre ce que le professeur de Silva avait appelé « les bizarreries impénétrables » du *Livre des Poissons*, il y avait le problème supplémentaire de l'identité du chroniqueur lui-même, « la lacune des lacunes », comme l'avait dit le professeur de Silva, formule qui avait signifié aussi peu pour moi que William Buelow Gould pour lui.

Dans les registres des détenus M. Kim Pearce avait trouvé plusieurs William Gould décédés, et m'avait fait connaître un Willy Gold vivant, à *L'Espérance et l'Ancre* ; un aquarelliste d'oiseaux alcoolique au palais fendu (le peintre, pas les oiseaux), au *Fils de l'Océan* ; et Pete, le patron de l'arrière-salle de la petite taverne sympathique – *Le Croissant*.

Un seul des William Gould historiques (c-à-d décédés) avait une vie qui semblait correspondre de quelque manière à l'auteur du *Livre des Poissons*, partageant un casier judiciaire similaire et le même tatouage au-dessus du sein gauche – une ancre rouge avec des ailes bleues, entourée de la légende suivante : « AMOUR ET LIBERTÉ ». C'était ce William Buelow Gould, artiste forçat récidiviste, qui, à son arrivée à la colonie pénitentiaire de l'île Sarah en 1828, avait été chargé de la mission particulière de peindre des poissons pour le chirurgien.

Si ce détail s'accordait avec la vie décrite dans *Le Livre des Poissons*, le casier judiciaire ultérieur du Gould historique suggère une vie complètement en désaccord avec ce qui m'avait tant fasciné. Il semblait parfois que l'auteur du *Livre des Poissons*, le conteur William Buelow Gould, était né avec une mémoire sans expérience ni histoire pour la justifier, et avait consacré tout son temps à tenter d'inventer ce qui n'existait pas, dans la curieuse croyance que son imagination pourrait devenir son expérience et, de ce fait, à la fois expliquer et guérir le problème de sa mémoire inconsolable.

Après un tel ébahissement, imaginez alors ma stupéfaction quand j'ai découvert dans le silence de la bibliothèque d'Allport un deuxième *Livre des Poissons*, attribué à l'artiste forçat William Buelow Gould, ouvrage qui contenait d'extraordinaires peintures identiques à celles du *Livre des Poissons* de Salamanca à un détail près, et cette similarité était si remarquable qu'elle me coupa le souffle.

J'ai pris à part le gentil M. Pearce, qui avait été si obligeant, et lui ai expliqué pourquoi j'avais eu un tel hoquet.

Je lui ai dit que j'avais découvert qu'il n'y avait manifestement pas un mais *deux* livres des poissons, et que ces deux ouvrages qui paraissaient se ressembler si précisément étaient à la fois pareils et pourtant fondamentalement différents. Alors que l'un (*Le Livre des Poissons* de la bibliothèque d'Allport) ne contenait aucun mot écrit, l'autre (*Le Livre des Poissons* de Salamanca) grouillait de mots comme l'océan de poissons, et ces bancs de mots formaient une chronique qui expliquait la curieuse genèse des peintures. Un livre parlait avec l'autorité des mots, l'autre avec l'autorité du silence, et il était impossible de dire lequel était le plus mystérieux.

« Vraiment, a dit M. Kim Pearce en me tendant sans commentaire quelques comprimés de Mylanta, leur mystère même est rehaussé par le reflet de chaque livre par rapport à l'autre. »

Je me suis précipité chez moi, j'ai sorti mon édition gardemanger de sa cachette derrière le miroir de la salle de bain, et me suis retiré dans un hôtel voisin pour m'adonner une fois de plus à la boisson et aux poissons.

Et à ce stade, avant de continuer, il me faut faire état d'un deuxième attribut inhabituel du *Livre des Poisson*s, outre la luminosité de sa couverture, une qualité remarquable qui semblait refléter la vie. J'ai déjà mentionné que le livre semblait ne jamais vraiment finir. Mais ce n'est pas toute la vérité. Même maintenant j'hésite avant d'écrire cette propriété curieuse jusqu'à en être incroyable – le refus de l'histoire de s'arrêter.

Chaque fois que j'ouvrais le livre, un morceau de papier contenant quelque révélation que je n'avais pas lue jusqu'alors s'en échappait, ou bien je tombais sur une annotation que j'avais d'une manière ou d'une autre manquée lors de mes lectures précédentes, ou bien encore je découvrais deux pages collées ensemble que je n'avais pas remarquées et qui, lorsque je les décollais avec précaution, contenaient un nouvel élément de l'histoire qui me forçait à repenser le tout sous un nouvel angle. De cette manière, à chaque fois que j'ouvrais *Le Livre des Poissons* ce qui équivalait à un nouveau chapitre apparaissait par miracle. Ce soir-là, où j'étais assis seul au bar de *La République* – le vieil *Empire* d'antan – ne fut pas différent, sauf que je savais, même dans la décrépitude de ma folle passion, que, par la nature même de son contenu, ce que j'étais en train de lire avec une horreur grandissante était le dernier chapitre que je lirais jamais.

En approchant de la conclusion, les pages se mirent d'abord à être humides sous mes doigts, puis mouillées, et finalement, tout en sentant mon cœur battre la chamade et mon souffle s'accélérer, tout en commençant à haleter et à panteler, j'ai eu l'inexplicable sensation que je lisais maintenant des mots écrits au fond de l'océan.

Dans un état de totale incrédulité j'en suis arrivé à ce que je savais être la fin. Je me suis rendu compte qu'aucun autre chapitre multicolore n'apparaîtrait jamais plus aussi miraculeusement, et considérant avec étonnement le terrible récit de William Buelow Gould et ses poissons, j'ai commandé un ouzo pour calmer mes mains tremblantes, je l'ai avalé d'un trait mal assuré, j'ai replacé le verre sur un napperon de la bière Cascade, et puis, toujours médusé, j'ai pris le chemin des toilettes.

À mon retour j'ai constaté que le comptoir du bar avait été débarrassé.

J'ai senti ma gorge se contracter et j'ai soudain eu du mal à respirer.

VII

Il n'y avait pas de napperon Cascade.
Il n'y avait pas de verre d'ouzo vide.
Il n'y avait pas... pas de *Livre des Poissons*.
J'ai essayé de déglutir, mais ma bouche était devenue sèche. J'ai essayé de me tenir droit, mais j'ai vacillé, assailli par une peur vertigineuse. J'ai essayé de ne pas paniquer, mais mon

cœur battait en un rugissement assourdissant, vague monstrueuse après vague monstrueuse déferlant sur le sol océanique de mon âme. Là où j'avais laissé *Le Livre des Poissons* il n'y avait à présent plus rien – rien, il faut le dire, sauf une grande flaque saumâtre que le barman était en train d'essuyer à l'aide d'une éponge, qu'il tordit ensuite dans un évier.

Ce n'est que maintenant que je me rends compte que *Le Livre des Poissons* retournait d'où il était venu, que, paradoxalement, juste au moment où *Le Livre des Poissons* était terminé pour moi, il commençait aussi pour les autres.

Sauf qu'à ce moment-là rien n'était clair. Pis encore, personne à l'hôtel ce soir-là, ni le barman, ni les autres clients, n'avait le souvenir que le livre eût jamais été là. Un sentiment d'horreur et de désolation, aussi total et énorme que celui de l'abandon, me saisit.

Ont suivi plusieurs semaines de dépression et de tourments au cours desquelles j'ai pressé sans succès la police d'enquêter sur ce vol manifeste. Je suis retourné à la brocante de Salamanca dans l'illusion et l'espérance éperdue que par je ne sais quelle curieuse osmose temporelle le livre aurait pu être réabsorbé par son passé. Je suis retourné maintes et maintes fois à *La République*, passant des heures à chercher sous le comptoir, chamboulant les poubelles et, dans ma recherche acharnée, fouillant les bennes à l'arrière et en éjectant des planches à roulettes et leurs propriétaires, des gamins assoupis, interrogeant sans relâche les clients et le personnel, et j'ai fini par être expulsé par la force avec l'ordre de ne jamais revenir. J'ai passé de longues heures à contempler le déversement putride des tuyaux d'égout dans l'illusion que le livre pourrait s'y métamorphoser.

Mais après quelques mois j'ai dû affronter l'horrible vérité.

Le Livre des Poissons, avec sa myriade de merveilles et son récit horrifique qui se déroulait et grandissait sans fin, avait disparu. J'avais perdu quelque chose de fondamental et j'avais acquis à la place une curieuse infection : la terrible contagion d'un amour non partagé.

VIII

« Des voyages ? Des passe-temps ? » demanda le docteur Bundy de sa voix cotonneuse que je m'étais mis à haïr ainsi que tout le reste de sa personne moins de cinq minutes après être entré dans son cabinet. Pendant que je me redressais et enfilais ma chemise, il me dit qu'il n'avait rien trouvé d'anormal à ma santé, que peut-être tout ce dont j'avais besoin était de nouveaux – d'autres – centres d'intérêt. Il continua longuement – avais-je pensé à m'inscrire dans un club de sport ? Dans un groupe d'entraide masculine ?

J'ai ressenti la même sensation d'essoufflement qui m'avait saisi dans la bibliothèque d'Allport et puis assailli dans le pub en ce soir fatidique où *Le Livre des Poissons* avait disparu. Je me suis précipité hors de son cabinet. Étant donné que le docteur Bundy refusait d'admettre la réalité de ma maladie, il ne me semblait pas déraisonnable de refuser la valeur de ses remèdes. En tous les cas je n'avais aucun argent pour voyager, aucune envie d'adopter un passe-temps, et une forte aversion pour les humiliations publiques qu'impliquent les triathlons, ou pour serrer dans mes bras des dentistes New Age qui transpirent dans des wigwams en se passant de la pommade et en pleurant comme des veaux sur le fait de n'avoir jamais connu leur père.

Alors manger a continué à me donner la nausée, j'ai passé mes nuits à regarder dans un océan de ténèbres que je ne pourrais jamais pénétrer, et mes heures de veille, qui étaient innombrables, se sont emplies de cauchemars de créatures marines, et pendant longtemps je suis demeuré inexplicablement souffrant.

Comme elles le font souvent, d'autres tragédies se sont accumulées. Grand-Tante Maisie est morte de la salmonellose. J'ai passé de longues heures sur sa tombe. Le livre, je me suis mis à le penser, n'était pas sans ressembler aux quiches surgelées, périmées depuis vingt ans, qu'elle tirait avec tant d'enthousiasme de son congélateur, dans l'attente du miracle de leur résurrection au micro-ondes. Le livre était le stade de footie de North Hobart attendant quelques gouttes d'eau bénite de

Lourdes et des souvenirs d'amour absent. Le livre, je me mis à le soupçonner, m'attendait.

Peut-être est-ce ainsi que ma maladie a pris la forme d'une mission. Ou peut-être est-ce seulement la joie que me donnait la splendide merveille de tout ce qu'avait écrit et peint Gould qui explique ma décision ultérieure de récrire *Le Livre des Poissons*, livre qui n'a ni intérêt public, ni justification universitaire, ni profit financier, rien vraiment à part la folie d'une triste passion.

À partir de souvenirs, bons ou mauvais, fiables ou non ; en utilisant de mauvaises transcriptions que j'avais faites, certaines de sections entières, d'autres n'étant que de brèves notes résumant de longs passages du livre ; et par le moyen pratique de la reproduction des peintures de l'exemplaire muet d'Allport, j'ai entrepris ma tâche désespérée.

Peut-être M. Hung avec son autel à Victor Hugo a-t-il raison : faire un livre, même un livre aussi insuffisant que l'exemplaire misérable que vous êtes en train de lire, c'est apprendre que le seul sentiment qui convienne à l'égard de ceux qui vivent à l'intérieur de ses pages est l'amour. Peut-être lire et écrire des livres est-il une des ultimes défenses qui restent à la dignité humaine, parce qu'à la fin ils nous rappellent ce que Dieu nous a jadis rappelé avant de s'évaporer Lui aussi dans cet âge d'humiliations incessantes – que nous sommes plus que nous-mêmes, que nous avons une âme. Et davantage, de surcroît.

Ou peut-être non.

Parce que c'était manifestement un fardeau trop lourd pour Dieu, que de rappeler aux gens d'être autre chose que de la poussière affamée, et vraiment la seule chose étonnante est qu'Il ait persévéré si longtemps avant de renoncer. Non que je manque de compassion – j'ai souvent ressenti les mêmes dégoût et lassitude à l'égard de mes propres créations rudimentaires – mais je n'escompte ni ne souhaite voir le livre réussir là où Lui a échoué. Mon désir était simplement de fabriquer un réceptacle – si grossier fût-il – dans lequel tous les poissons de Gould puissent être rendus à la mer.

Mais je dois avouer qu'une douleur grandissante me ronge, car ces temps-ci je ne suis plus sûr de ce qui est mémoire et de ce qui est révélation. Le degré de fidélité de l'histoire que vous êtes sur le point de lire par rapport à l'histoire originale est une pomme de discorde avec les rares gens que j'avais autorisés à lire *Le Livre des Poissons* original. La Conga – peu fiable, il est vrai – maintient qu'il n'y a pas de différence. Ou du moins pas de différence qui compte. Et il est certain que le livre que vous lirez est le même que celui que je me rappelle avoir lu, et j'ai essayé d'être fidèle à la fois à l'émerveillement de cette lecture et à l'extraordinaire monde qui était celui de Gould.

Bien que j'aie espéré le contraire, M. Hung ne sait pas. En cet après-midi pluvieux où nous restâmes assis devant le feu de bois de *L'Espérance et l'Ancre* et où j'évoquai ces questions troublantes avec lui – la seule personne que je connaisse qui connaisse quelque chose aux livres – dans l'espoir qu'il dise quelque chose qui calme mon cœur toujours plus agité, M. Hung avança la curieuse suggestion que les livres et leurs auteurs sont indivisibles, et – en ce qui me parut être une explication assez obscure – raconta (entre plusieurs Pernod, autre curieux legs des Français) l'histoire de Flaubert, qui, assailli de questions sur le modèle de Madame Bovary, avait fini par s'écrier – dans ce que M. Hung affirma être à la fois de l'exaspération et de l'exultation – « Madame Bovary, c'est moi ! »

Après cette anecdote incompréhensible qui laissa M. Hung triomphant, et la Conga et moi (qui ne connaissions ni le français ni la littérature – et même après traduction de la formule de Flaubert) pas plus avancés, la Conga déclara qu'elle ne savait pas non plus.

« Peut-être, hasardé-je, de Silva a-t-il raison. Ce n'était qu'un faux.

— Que de Silva aille se faire foutre, fait la Conga, le visage empourpré par la boisson et la haine, *qu'ils aillent tous se faire foutre !*

— Pour sûr, dis-je, pour sûr. »

Mais à vrai dire je n'en suis pas si sûr.

J'avais commencé avec la conclusion réconfortante que les livres sont la langue de la sagesse divine, et avais fini avec cette pauvre idée que tous les livres sont de grandes folies, destinées à n'être jamais comprises.

M. Hung dit qu'un livre en son début peut être une nouvelle façon de comprendre le monde – un univers original – mais il n'est bientôt plus qu'une note de bas de page dans l'histoire de l'écriture, porté aux nues par les flagorneurs, méprisé par les contemporains, et pas plus les uns que les autres ne le lisent. Triste est leur sort, absurde leur destinée. Si les lecteurs les ignorent, ils meurent, et, s'ils obtiennent l'aval de la postérité, ils sont destinés à jamais à être mal interprétés, leurs auteurs d'abord transformés en dieux et puis, inévitablement, sauf s'ils sont Victor Hugo, en démons.

Sur quoi il avale un dernier Pernod et s'en va.

Ensuite la Conga me la joue toute amoureuse, se tient tout près de moi, se penche sur moi tant et si bien que nous tanguons et roulons comme un seul bateau sur la mer déchaînée, glisse furtivement la main entre mes jambes et tire sur mes couilles comme si c'était le cordon d'un klaxon.

« Pouêt ! pouêt ! »

Nous terminons ensemble dans son lit, visages et corps zébrés par les ombres projetées par les piles de meubles Shaker vietnamiens invendus, fabriqués par un réfugié qui soupçonne Dieu d'être Victor Hugo et Emma Bovary, Gustave Flaubert, et la passion de la Conga s'évapore en un instant.

Ses yeux deviennent vitreux.

Ses lèvres tremblent.

« Qui es-tu ? crie-t-elle tout à coup. Qui ? »

Et elle a peur, tellement peur, et elle voit quelqu'un d'autre, mais qui, je n'ai aucun moyen de le savoir. Car son corps devient abruptement inerte et n'existe que dans l'état le plus horrible de subjugation, et moi, de façon méprisable, je continue un court instant, jusqu'à ce que mon propre sentiment d'horreur domine même mon désir dominant et que je me retire.

« Pourquoi tu t'en vas ? » s'écrie la Conga, mais à présent sa voix est différente, et je me rends compte qu'elle est revenue de là où elle était partie.

« Ne t'en va pas, reviens ici », dit la Conga, et elle m'ouvre ses bras, et, soulagé, je remonte. Et puis une fois encore ses yeux deviennent vitreux et son corps inerte, et elle s'exclame à maintes reprises « Qui es-tu ? » et elle pleure, et cette fois mon seul désir est d'échapper à ce cercle étrange, et je me lève et me rhabille à la va-vite, et de tout ce temps la Conga ne cesse de me dire, tout sucre tout miel, vraiment bouleversée, « Mais pourquoi ? Pourquoi tu pars ? » Et je pars parce que je n'ai pas de meubles à offrir qui puissent la consoler, pas de tables ou de chaises fausses à troquer contre ses chagrins coupables, parce que je ne peux ni lui dire ni me dire qui je suis ou qui elle est, encore moins en quoi consiste ce *Livre des Poissons*.

Comment puis-je lui dire que tard le soir, quand la mélancolie semble tomber avec la rosée vespérale, je suis le jouet de l'idée folle que William Buelow Gould est né pour moi seul ; qu'il a fait sa vie pour moi, et moi ce *Livre des Poissons* pour lui ; que notre destinée n'a toujours été qu'une ?

Parce que, voyez-vous, il semble parfois être si insaisissable, ce livre ; une série de voiles, dont chacun doit être levé et ouvert pour n'en révéler qu'un autre du même genre, et finalement atteindre le vide, un manque de mots, au son de la mer, le grand océan Indien à travers lequel je vois en imagination Gould tantôt avancer vers l'île Sarah, tantôt reculer ; ce son, cette pulsation qui monte et qui descend, qui monte et qui descend.

Je me suis laissé tomber dans un vieux fauteuil brun de la sombre salle de séjour de la Conga, épuisé par la chute honteuse que ma vie était devenue, et sans même m'en rendre compte je me suis profondément endormi, une seule question insistante tournoyant sans fin dans mon esprit.

Qui suis-je ?... demandait-elle. *Qui suis-je ?...*

IX

J'ai cherché la réponse à ce qui était pour moi une énigme grandissante en me réfugiant dans le seul endroit qui reste aux idiots et aux vieux-jeu, aux malades et aux laissés-pour-compte : les vieux pubs avec leurs nouvelles machines à sous clignotantes, et ce son lourd et balbutiant propre aux âmes intérieurement perdues qui s'éloignent en tourbillonnant vers quelque univers extérieur présageant la mort.

Au cours de mes voyages à travers ces enfers vacillants, j'ai demandé à ceux qui n'étaient pas en train de parier et dont les problèmes ne semblaient pas aussi importants que les miens, de venir boire avec moi et de me dire ce qu'ils pensaient de mon histoire et de mes images – des reproductions photographiques des dessins du *Livre des Poissons* d'Allport, abîmées par l'usure – que je plaçais alors sur le comptoir pour accompagner mon récit. Et je leur posais des questions.

Quelques-uns trouvaient les dessins rudimentaires mais pas mal faits, et l'histoire – telle que je la paraphrasais – complètement folle. Ayant acquis auprès des universitaires que j'avais rencontrés au cours de mon enquête l'habitude de la discussion vaine, j'essayais de persuader mes collègues du bar que peut-être dans la folie gît la vérité, ou dans la vérité la folie.

« Qui était votre mère et que murmurait-elle à votre oreille d'enfant ? leur demandais-je fermement. Était-elle un poisson ? me mettais-je à hurler. *L'était-elle ?* »

« Le monde était stupide au commencement, dit quelqu'un, non en réponse mais en dérision, et depuis il n'a fait que gagner en stupidité. »

« Voyagez avec moi dans le temps, rétorquais-je à cela, espèces d'hommes aux yeux de rouget et de femmes à dorure de grondin ! Voyagez avec moi loin de cette terre de napperons de bière trempés et de loisirs amnésiques, jusqu'à l'endroit où votre cœur pourra être découvert ! Où se trouve la terre lointaine que votre âme souhaite traverser ? Quelle ombre du passé vous tourmente tant ? Quelle sorte de créature marine êtes-vous ? »

Mais, pour dire la vérité, ils ne me furent pas d'un grand secours. Ils ne donnèrent aucune réponse aux mille millions de questions que je posais. Ils se mirent à m'éviter avant même que j'ouvre la bouche, filant devant moi à toutes jambes pour dépenser le reste de leur prime de licenciement, pension d'invalidité et indemnité de chômage, remplissant leurs gobelets Coca-Cola en polystyrène jusqu'à ras bord de petite monnaie pour la machine à sous, et allant ensuite s'asseoir devant les écrans, hypnotisés par la manière dont leur triste destin pouvait être traduit avec tant de précision dans l'image parfaite de ces roues tournoyantes.

Les rares types à me montrer quelque intérêt m'injuriaient et se moquaient de moi quand j'observais que les significations du *Livre des Poissons* de Gould étaient infinies, alors que ceux qui me connaissaient me disaient de me remettre à duper les Américains au lieu de me duper moi-même. Un étranger m'envoya un tel coup dans la figure que je tombai de ma chaise. Tout le monde autour se contenta de rire quand il me versa de ma bière dessus en chantant, « *Nage, petit poisson ! Nage pour retourner à la mer !* » – tous s'esclaffant, tous, en fait, sauf M. Hung qui venait juste d'entrer.

M. Hung me prit par les aisselles et me traîna dehors. Pendant que j'étais allongé à grogner sur le bitume mouillé, il fouilla dans mon manteau, trouva mon portefeuille, et en retira l'argent. Il se releva, promit de revenir, s'il plaisait à Victor Hugo, avec assez de gains pour démarrer un trafic de faux tableaux. Il disparut dans le néon balbutiant.

À ceux qui continuaient à passer devant ma forme allongée par terre pour entrer dans le bar à jeux, mes dessins de forgerons argentés et d'uranoscopes étaient, je m'en rendis compte, inutiles ; aussi vains qu'un ananas flanqué de deux citrons ; aussi décevants qu'un flush raté. Ce qui à leurs yeux manquait à tous les poissons, c'était la formule en travers de leur image annonçant notre destinée commune en lettres clignotantes –

« *GAME OVER* ».

X

Quand M. Hung eut perdu tout mon argent, il ressortit, me promit qu'il me rembourserait bientôt, et m'emmena dans sa maison de la Compagnie du Zinc à Lutana. Nous entrâmes sans bruit, car sa femme et ses enfants dormaient. Il disparut dans la cuisine pour nous préparer de la soupe, me laissant dans son petit salon-salle à manger.

Dans un coin trônait un autel dédié à Victor Hugo. Sur un tapis de velours vert était posé un cadre de plastique rouge contenant la photocopie d'une lithographie du grand homme, et de part et d'autre se trouvaient deux bougies éteintes, quatre bâtons d'encens consumés, plusieurs livres de poche et quelques abricots ridés.

À côté de l'autel était placé un aquarium, dans lequel M. Hung élevait un grand hippocampe à gros ventre et une créature similaire, d'une bonne trentaine de centimètres de long, couverte de nageoires aussi délicates que des feuilles, qu'il me dit par la suite être un dragon de mer feuillu, tous deux ressemblant aux images du *Livre des Poissons*. J'ai contemplé ces créatures inconnues qui semblaient flotter de manière si sereine.

L'hippocampe à gros ventre possédait des anneaux osseux, un nez en forme de tube, et des petites nageoires qui battaient aussi furieusement que l'éventail d'une débutante rougissante. Sur les joues il avait des nageoires pectorales grâce auxquelles il se dirigeait, un mélange de rouflaquettes et de volants de voiture. M. Hung apparut à côté de moi avec deux bols de soupe fumante. En les posant sur la table, il m'expliqua la capacité de transformation de l'hippocampe, dont le mâle accouche de centaines de minuscules hippocampes qu'il a incubés dans une poche couveuse.

Et sur ce, comme s'il n'attendait que cela, l'hippocampe a commencé à accoucher. J'ai regardé, hypnotisé, pendant que devant mes yeux il se contractait d'avant en arrière dans un petit mouvement anxieux de pompe, et à environ chaque minute d'intervalle un petit bébé hippocampe noir jaillissait d'un orifice situé au centre de son ventre gonflé tandis qu'il se pliait douloureusement – petits bâtonnets noirs qui se mettaient immédiatement à nager, seuls leurs gros yeux et leurs nez en tube étant reconnaissables, comme autant de fioritures montant et descendant. Ils étaient comme les mots perdus de Gould, et je me suis senti un peu comme le pauvre hippocampe à la fin de son accouchement prolongé, son ventre naguère gonflé à présent flasque, épuisé par tous ces mouvements maladroits.

Mon regard s'est porté sur le dragon de mer feuillu, qui était, j'en convins avec M. Hung, une créature superbe. Le dragon de mer feuillu nageait à l'horizontale comme un poisson, plutôt qu'à la verticale comme l'hippocampe, mais comme l'hippocampe ses mouvements étaient magnifiques : il oscillait de haut en bas, en avant et de côté, tel un mâtiné d'aéroglisseur et d'hélicoptère, un avion à décollage vertical dans des atours chatoyants. Son coloris lumineux était exquis – son tronc rouge rosé, tout de noirs pourprés et de bleus argentés constellés de points jaunes, autour duquel ondulaient ses feuilles mauves. Pourtant il possédait une grâce sereine qui était aussi une mélancolie des plus singulières. Autant que de beauté il chatoyait de tristesse.

Je n'étais pas alors un dragon de mer feuillu, et donc je ne pouvais pas partager son terrible emprisonnement, qui était infini. Je croyais comprendre son calme horrifique ; ce serait seulement une vie plus tard que je le comprendrais – ce sentiment que tout bien et tout mal sont également inéluctables. Pourtant, comprenant cela, le dragon de mer feuillu semblait n'être pas troublé de n'être pas compris.

J'ai approché mon visage du verre, regardé de plus près, et essayé de sonder son mystère descendant. Puis je me suis imaginé que la beauté du dragon de mer feuillu provenait d'une nécessité de l'évolution ; pour attirer des partenaires peut-être, ou pour se confondre avec les récifs colorés. Aujourd'hui je sais que la beauté est la révolte de la vie contre la vie, que le dragon de mer était la plus parfaite des choses, un chant en lui-même.

Il y eut un moment de transition qui fut soudain : illumination est un mot trop doux pour traduire la secousse que je ressentis. C'était un rêve, mais ce fut bien plus tard seulement que je devais comprendre qu'il n'y aurait pas de réveil. Avec son long nez le dragon de mer touchait l'autre côté du verre contre lequel mon visage était pressé. Ses yeux extraordinaires tournaient indépendamment l'un de l'autre, et pourtant tous les deux, sous des angles différents, me fixaient. Qu'essayait-il de me dire ? Rien ? Quelque chose ? Je me sentais accusé, coupable. Je me suis mis à murmurer au verre, avec presque un sifflement de colère. Me posait-il des questions auxquelles je n'avais pas de réponse ? Ou le dragon de mer me disait-il en un langage diaphane au-delà des mots : *Je serai toi.*

Et moi, me suis-je demandé, serai-je toi ?

À part les infimes mouvements de ses nageoires feuillues, je sais que le dragon de mer ne bougea pas tandis que je continuais à marmonner, et qu'il se contenta de regarder à travers le verre et à travers moi de la manière la plus affreusement sagace avec ses quinquets indisciplinés.

Je me suis arrêté de parler.

Peut-être avais-je regardé trop longtemps.

De toute façon, pendant un instant j'ai eu un sentiment à la fois de vertige et de liberté sans entraves. Je n'avais plus de poids, de soutien, de structure ; je tombais, je dégringolais, je passais à travers le verre et l'eau et pénétrais dans l'œil du dragon de mer pendant qu'il pénétrait en moi, et puis j'ai regardé l'homme dépenaillé qui m'observait, l'homme qui allait, j'avais maintenant la vanité de l'espérer, finalement raconter mon histoire.

LE KELPY

*L'invasion de l'Australie – Une malheureuse
méprise – Barriques de têtes noires –
Le Roi & moi – L'erreur de Jean-Babeuf
Audubon – Oiseaux en bourgeois – Le Capitaine
Pinchbeck & la Révolution Française – La Guerre
Noire – Clucas le* banditto *– Sa perfidie –
Le Hanneton – Mort tragique du briseur de machines –
Feux de joie de mots.*

I

La petite part que j'ai prise à la grande invasion de la Terre
de Van Diemen, comme nous la nommions alors – la Tasmanie,
comme ceux qui en sont natifs le préfèrent aujourd'hui, honteux
d'histoires du genre de celle que je raconte – n'a pas encore été
écrite jusqu'à ce jour, mais je crois que mon rôle mérite récit &
réflexion.

Dès l'instant où, jeune garçon, j'ai sauté de la baleinière en
1803, le pistolet de M. Banks enfoncé dans le dos au cas où ma
résolution faiblirait, & où je suis tombé la tête la première dans
les eaux agitées de la crique de Risdon, & moi & ce pays sem-
blons avoir eu des ennuis.

Moitié nageant moitié titubant j'ai gagné le rivage avec ce
que je croyais être le pavillon rouge de l'Union, je l'ai fort solidement planté sur la plage & j'ai revendiqué le sol de la vaste
nation qui s'étendait devant moi au nom de la glorieuse union

47

dont le pavillon au-dessus de moi était l'emblème. Mais quand j'ai cessé de saluer & fièrement levé les yeux, j'ai vu flotter ce qui s'est révélé être un drap jauni souillé de longues traînées dues aux langoureux après-midi du Lieutenant Bowen auprès de la princesse samoane Lalla-Rookh.

J'ai écopé de sept ans pour vol de biens personnels, de quatorze de plus pour insubordination & d'encore vingt-huit autres pour atteinte à la dignité de la Couronne. Ce n'était pas, il est vrai, le terme de mon existence terrestre, ce qui eût été un acte de bonté, mais l'emprisonnement perpétuel.

Et c'est plus ou moins comment cela s'est passé. J'ai réussi à prendre la poudre d'escampette & m'évader l'année suivante sur une baleinière en partance pour les Amériques & de là à rentrer finalement en Angleterre – où j'ai vécu une vie de rat sous différents noms pendant vingt ans, jusqu'à ce que je sois une fois de plus appréhendé & une fois de plus transporté ici. Réellement la seule chose qui fait que je continue à lutter aujourd'hui n'est pas la pensée que je serai relâché un jour, mais qu'ils vont finir par agir décemment & me tuer comme ils auraient dû le faire il y a tant d'années.

Le Lieutenant Bowen, dans sa fureur, a pris l'arrivée ultérieure de quelques centaines de noirs venus en famille chasser le kangourou comme une déclaration de guerre, & donné immédiatement l'ordre à nos canons d'ouvrir le feu sur la foule qui s'amassait sur le rivage, laissant quelque quarante-cinq hommes, femmes & enfants morts sur le sable, & qui sait combien d'autres que leurs compatriotes ramenèrent mourir dans leurs campements lointains.

M. Banks a été ravi de trouver la plupart de leurs corps noirs encore intacts, ainsi qu'un bon nombre d'objets de leur fabrication – lances, colliers de coquillages délicats, paniers en roseau, peaux & autres choses du même genre – & tandis que je demeurais enchaîné à un arbre dans l'attente de ma condamnation, mes camarades forçats se sont mis à couper & saumurer les têtes des noirs. M. Banks s'est montré très satisfait de la demi-douzaine de barriques remplies de têtes flottant dans l'eau salée, quand elles lui ont finalement été présentées, sentant, a-t-il dit, qu'elles ne pourraient qu'accroître grandement notre compréhension d'une progéniture aussi bâtarde de la race humaine.

Quand l'eau de mer recouvre une fois de plus mes chevilles suppurantes, je repense à ces têtes noires ballottantes aux yeux laiteux figés dans l'incrédulité, & ni elles ni moi ne pouvons alors voir la somme d'ennuis que des têtes noires me vaudraient par la suite. Quand je sens une fois de plus la douleur cuisante autour des plaies galeuses qui s'agglutinent comme des huîtres sur mes chevilles sous les anneaux biseautés de mes chaînes, je sais que la marée a tourné. Alors cette cellule, construite au pied de falaises de grès au-dessous de la ligne des hautes eaux – un de ces infâmes cachots à poissons dont vous avez sans nul doute entendu parler dans les brochures mensongères qu'on vend dans les rues sur la cruelle incarcération du broussard Matt Brady & sa carrière criminelle ultérieure – se remplira jusqu'au-dessus de ma tête.

Ce n'est pas que je me noierai ; comme d'autres avant moi je me suspendrai aux barreaux plusieurs heures de rang & maintiendrai la tête hors de l'eau dans la poche de trente centimètres d'air sous le plafond de la cellule à marée haute. Parfois je lâche & me laisse dériver autour de mon petit royaume, espérant mourir ce faisant. Parfois je fais le compte de mes motifs de gratitude tout en flottant ; ce bain deux fois par jour semble ces derniers temps m'avoir débarrassé de mes poux, & la cellule, si humide & sujette à répandre une odeur d'eau salée & d'algues soit-elle, n'est plus empuantie par l'horrible odeur de merde & de bouc rance qui prédomine normalement.

Deux motifs de gratitude ; c'est un défi suffisant à mes capacités de calcul mental. Et en flottant dans l'eau froide, frissonnant & frémissant comme si j'en étais déjà à m'exercer à la gigouillette qui m'attend au bout de la potence, mon esprit parfois s'échappe, & je goûte de nouveau le bonheur de peindre les poissons.

Appelez-moi comme vous voulez ; d'autres le font & peu me chaut ; je ne suis pas qui je suis. L'histoire d'un homme est de peu de conséquence en cette vie, une vaine carapace qu'il porte, sous laquelle il grandit, sous laquelle il meurt. Du moins est-ce ce que disait le hérisson de mer, & déjà, comme toujours, il fourre sa tête boursouflée là où elle n'est pas la bienvenue. Ce qui suit peut être ou n'être pas ma vraie histoire ; de toute façon, ça n'a pas grande importance. Néanmoins, maintenant que le hérisson de mer est mort & le vieux Danois disparu, je veux simplement raconter l'histoire de mes pauvres peintures, avant d'aller moi aussi les rejoindre.

Ce n'est pas que je croie que l'avenir ressemble à cette cellule sombre & mouillée, sur les murs de grès suintant de laquelle vous pourriez graver votre nom à côté de tant d'autres avant de disparaître vous aussi comme la dernière marée, évanoui ; la vanité de penser que de tels mots pourraient au moins demeurer comme preuve, épave de liberté fracassée, qui pourrait rendre ma mémoire chère à la postérité. Je suis, en tout cas, trop gravement atteint pour mettre mon espoir en de tels jeux. La vérité est que j'ai d'abord eu le désir bizarre d'en confesser quelque chose, & plus tard c'est tout simplement devenu une mauvaise habitude, aussi irrépressible & aussi pitoyable que de gratter mes couilles infestées de poux.

Ce n'est pas que je veuille vous faire croire que je ne suis pas bien traité. Loin de là. Parfois ils m'apportent une portion de gruau à la graisse rance de porc en saumure dans une tasse ou un bol, & ils me la jettent. Parfois je leur grimace un sourire, & si & quand je me sens particulièrement énergique, je lance en retour un étron que j'ai spécialement conservé pour l'occasion. Parfois après un si heureux échange ils me flanquent également une bonne raclée, & je remercie pour ça aussi, parce que ça montre qu'ils se soucient encore un peu de moi. Merci, beaucoup, mes petits chéris, dis-je, merci merci merci. Ils en rient aussi, & entre les rossées & les lancements d'étrons, je puis vous dire que nous nous entendons magnifiquement. « C'est ce qu'il y a de bien dans une colonie pénitentiaire insulaire, murmuré-je à la porte de ma cellule, nous sommes tous dans la merde ensemble, les geôliers, les tuniques rouges & même le Commandant en personne. C'est vrai, hein ? C'est vrai ?

— *Non* ! » hurle le geôlier Pobjoy de l'autre coté de la porte en mettant le verrou, mais je ne l'entends pas, parce qu'il n'a pas encore fait son entrée dans l'histoire, & une fois qu'il y sera, je vous promets que comme moi il ne s'en échappera pas non plus.

Je sais que je devrais expliquer d'emblée pourquoi j'en suis venu à peindre des poissons, & pourquoi les peintures de poissons ont pris tant d'importance pour moi, mais réellement rien n'est plus clair pour moi désormais, & toute l'affaire me semble dépasser les limites de la compréhension, & encore plus de l'explication. Je puis vous dire que jamais des portraits de forçats ne sont peints dans cette colonie pénitentiaire, & qu'en faire est interdit sous peine des pires sanctions.

C'est, à y réfléchir ne fût-ce qu'un instant, un fait curieux qu'aucun document visuel ne survivra à ces temps & lieu, pas une seule peinture des estropiés, des loques, ni même du Commandant. Existent, il est vrai, les documents écrits de la colonie renfermés aux Archives – office mystérieux dont l'emplacement n'est pas divulgué aux forçats de peur qu'ils n'essaient de falsifier leurs dossiers. Dans ce dépôt réputé labyrinthique, on dit que les détails concernant chaque forçat & chaque événement du passé de l'île sont méticuleusement consignés, aucun détail n'étant assez insignifiant pour échapper au catalogage & à l'enregistrement.

Mais je ne vais pas prétendre que mes poissons constituent des Archives parallèles ou inverses. Mes ambitions ne sont ni gargantuesques ni exhaustives.

Au mieux une peinture, un livre ne sont que des portes ouvertes vous invitant à pénétrer dans une maison vide, & une fois à l'intérieur il vous faut inventer le reste de votre mieux. Tout ce que je puis vous montrer avec quelque conviction est un peu de ce qui m'est arrivé ici – les pourquoi & les comment, autant de verbiage pour les juges en bonnet noir & perruque poudrée, les zoïles & compagnie : culpabilité, péché, motivation, inspiration, ce qui est bien, ce qui est mal – qui sait ? Qui s'en soucie ? Tout ce que je puis dire c'est qu'entre les raclées & les marées hautes le geôlier Pobjoy m'a apporté un peu de parchemin de mauvaise qualité volé aux Archives sur lequel il m'a commandé de peindre des scènes de bonheur bucolique dans le style de Constable, rien que des fenaisons joyeuses & des nigauds champêtres comme Pobjoy lui-même, & des charrettes traversant des ruisseaux anglais diaprés de soleil, qu'il peut ensuite vendre ou troquer.

Pobjoy est un échalas à la frontière entre les hommes & les girafes ; il est si grand que quand il entre dans la cellule il doit se plier pratiquement en deux, ce qui fait qu'il a l'air de se prosterner devant moi, plutôt que l'inverse comme ce devrait être le cas dans notre situation. Je dois me courber tellement bas pour être au-dessous de Pobjoy que je fais presque des bulles dans les flaques de vase des rochers à nos pieds, dérangeant mes amis qui s'y agglutinent dans le noir, les crabes, bigorneaux & moules qui partagent ce demi-monde avec moi.

« *Merci merci merci* », dis-je à tous ceux qui comme moi vivent dans la vase marine, & avant que l'eau monte je me jette sur mon travail comme la vérole sur le bas clergé espagnol, parce que ce n'est pas une seule peinture mais trois tâches que je dois exécuter chaque jour : en premier, une peinture de piétés pastorales pour Pobjoy ; en deuxième, une peinture de poisson pour moi ; & en troisième – besogne où je suis toujours à court de temps & n'arrive jamais à dire toutes les choses que j'ai besoin & envie de dire – les présentes notes qui doivent accompagner mes poissons.

II

Vu que pour un forçat rédiger une relation personnelle de l'île est un délit auquel est réservé un châtiment encore plus féroce que celui assigné à la peinture d'un tableau, je dois m'y prendre prudemment. Chaque jour Pobjoy emporte mes couleurs & mon papier avec son faux Constable tout juste terminé, vérifie que pas trop de couleurs ne semblent avoir disparu, & que la quantité de papier restant équivaut à ce que je lui dis avoir gaspillé en ébauches & puis utilisé pour me torcher le cul – rare privilège que Pobjoy en son infinie générosité octroie parfois à un forçat au cul crevassé comme moi, au motif qu'en ma qualité d'Artiste mes orifices délicats ne sont point accoutumés à l'indignité.

Chaque jour je dérobe à l'intention de mon livre des poissons quelques feuilles de plus que je cache soigneusement & chaque jour je réarrange bien en évidence dans le coin de la cellule où tombe la lumière à l'ouverture de la porte la même feuille de papier froissée conservée spécialement à cet usage, que j'ai astucieusement bariolée de traînées vertes & brunes particulièrement vives. Avec son coloris moite elle sert à corroborer mon histoire d'hygiène personnelle & elle est, je crois, conforme aux deux réalités de mon régime alimentaire & de mes plaintes à Pobjoy de mauvaises coliques. Miséricordieusement, Pobjoy n'a jamais encore été tenté de mener une enquête plus approfondie en la matière.

Disposant de couleurs mais pas d'encre il me faut utiliser tout ce qui me tombe sous la main pour écrire – aujourd'hui, par exemple, j'ai arraché quelques croûtes sur mon coude & je trempe ma plume taillée dans une côte de requin dans le sang qui suinte lentement pour écrire ce que vous êtes présentement en train de lire. Pour dire que la voix du sang est la plus forte, on dit chez nous que le sang est plus épais que l'eau, mais cela est également vrai du porridge, & je n'attache pas plus de signification symbolique à ce que je suis en train de faire qu'à une bouillie de flocons d'avoine. Si j'avais une bouteille de bonne encre de Chine, je serais sacrément plus content, & souffrirais un peu moins. D'un autre côté, mon histoire est loin d'être en noir & blanc, & donc il se peut que la rédiger en écarlate ne soit pas si peu approprié que ça. De grâce, ne soyez pas horrifiés, comparé à presque toutes les infectes saloperies qui me sortent du corps ces temps-ci, morve verte, pus jaune & jus de merde, mon sang est réellement d'une pureté & d'une beauté parfaites, & il me rappelle qu'il y a toujours quelque chose d'une pureté & d'une beauté parfaites à condition de regarder sous les croûtes & les plaies.

En tout cas, la couleur est une tragédie qui ne devrait pas être prise au sérieux : « Dieu est Couleur & Newton le Démontre », écrivait Billy Blake, le pote ignare d'Ackermann. Même la femme de Billy Blake ne l'a jamais vu se laver & ses opinions pouvaient parfois être aussi avancées que son odeur. En ce qui me concerne, depuis que Newton a décomposé avec son prisme la lumière blanche en de multiples couleurs, la lumière divisée de l'arc-en-ciel n'est rien d'autre pour moi que ce ridicule monde déchu.

Quand l'eau atteint mon ventre, je cache mes poissons & ces bon sang de pensées, puis hurle devant la porte jusqu'à ce que Pobjoy vienne chercher son Constable de forçat. Et quel endroit splendide j'ai pour mon livre des poissons ! Je le cache en haut de ma cellule dans une niche qui se creuse derrière une mince fente entre les pierres de la première rangée & forme un renfoncement grand comme trois miches de pain. Parfois quand je flotte autour de ma cellule à marée haute, mon gros pif pointu heurtant presque les chevrons du plafond, j'essaie d'imaginer que je suis dans cette niche avec mon livre des poissons, d'imaginer que c'est une maison coupée du monde, une maison où je me suis réfugié. Je crois que Pobjoy sait mais choisit de ne pas savoir. C'est mon unique dédommagement pour les Constable de forçat qu'il me prend chaque jour. Ou peut-être a-t-il seulement peur de se cogner la tête s'il la lève pour regarder.

Mais Pobjoy sait que je peins des poissons, j'en suis sûr.

III

Le Roi, avec qui je partage ma cellule, ne révèle rien à Pobjoy. À vrai dire le Roi ne révèle presque rien sur rien, ne dit rien, n'est presque rien, & consacre son temps à une communion silencieuse avec les anges. Ce dont je lui suis reconnaissant.

C'est un homme des plus remarquables que le Roi. Il tient beaucoup de place & ne peut s'éviter. On le sent partout sur soi. Parfois je pense qu'il n'est que de la vase qui monte le long des murs. D'autres fois j'éprouve une curieuse affection & mon admiration envers son œuvre considérable est incontestée. Il croît tous les jours non seulement dans mon estime, mais aussi, il faut l'avouer, dans son être même, devenant de plus en plus corpulent & demeurant pourtant doux & poétique dans ses mouvements ; le Roi roule sur lui-même, le Roi danse sur l'eau, le Roi remue dans les vagues. Comment il possède cette plénitude, cette dignité, je ne saurais le dire. Nous autres nous flétrissons & dépérissons comme des cosses vidées par des charançons avec le peu qu'ils nous donnent à manger, mais le Roi ne fait qu'enfler. En tant que compagnon je le trouve impénétrable comme un sage. Je pense parfois que l'augmentation constante de son volume insubmersible indique peut-être qu'il y a plus en lui du Docteur de l'Église Occidentale que je ne l'avais soupçonné.

Dans la discussion le Roi ouvre un champ dont il faut reconnaître l'étendue, permet à son adversaire – moi – de dérouler le fil d'un raisonnement jusqu'à ce qu'il se prenne dans ses propres impossibilités & contradictions. On peut objecter qu'il ne dit rien de neuf, mais il le communique merveilleusement bien.

Un exemple. Un jour, par taquinerie je dois le reconnaître, je lui ai dit que les Presbytériens écossais avaient produit de nombreux travaux d'une grande valeur théologique. Typiquement, il a attendu un moment avant de répondre, mais je savais qu'il pensait : Il n'existe pas un seul ouvrage de théologie digne de ce nom produit par ces mangeurs d'avoine non-conformistes. Je n'en avais moi-même aucune idée, mais par un heureux hasard j'avais remarqué dans un des catalogues qu'expédiaient au Chirurgien les librairies de Londres, le titre *Aberdeen sur les Sumériens*. Armé de ce maigre savoir possiblement étranger au sujet, j'ai enfoncé le couteau en plein : « Peut-être avez-vous lu le magnifique discours d'Aberdeen sur les Sumériens ? »

Il n'a rien dit, rien admis. C'était une accusation, d'autant plus parlante qu'elle demeurait muette. J'ai senti la chaleur m'envahir & puis j'ai rougi jusqu'aux oreilles, & ça a été terminé, nous le savions tous deux, mon imposture avait été révélée, &, typiquement, il n'a pas dit un mot de plus sur le sujet & ne l'a jamais soulevé depuis.

Il y a en lui quelque chose de majestueux qui produit des effets d'une souveraine prestance. J'ai même vu Pobjoy stupéfié par la simple sensation de la présence du Roi, & pourtant Pobjoy n'est pas capable de voir ce que je vois ; n'empêche qu'il plisse le nez & vire au coing, & je suis sûr qu'il serre les fesses comme on ne le fait que dans deux cas, en présence d'un grand pouvoir ou d'une terrible puanteur.

J'apprécierais davantage le Roi, c'est vrai, s'il était un peu plus sociable, d'un commerce plus facile. Il ne fait pas d'efforts avec Pobjoy, & j'ai beau insister auprès de lui sur les avantages de la vie sociale, il n'a aucun désir de participer ni à mes lancements d'étrons ni aux raclées de Pobjoy. Néanmoins, tel est son choix, & je sais qu'il a ses raisons. Un chêne ne peut pencher comme un saule. Ce sont d'autres choses que les familiarités & les flagorneries qui désignent le Roi comme un être remarquable.

Autre exemple : son teint. Pour la plupart nous devenons plus blancs que le blanc de céruse du Chirurgien dans ces cellules. Mais le Roi, révélant une affection héréditaire royale, une pigmentation habsbourgeoise peut-être, devient plus sombre de jour en jour, sa peau plus noire &, récemment, fâcheusement plus verte. Mais il ne souffre pas de souffrir ; pas un mot de plainte ou de désolation ne passe ses lèvres.

Tout en dérivant autour de notre misérable cellule, je revois parfois avec ce qu'il me faut avouer être de l'*envie* ma vie à l'époque de mon arrivée ici. Parce que j'en suis venu à croire que la trajectoire est tout en cette vie, & bien qu'à l'époque elle me parût être tout sauf prometteuse, la trajectoire de ma vie était celle d'un boulet de canon tiré dans un égout – fendant la merde, mais fendant néanmoins.

Dans les mornes yeux de chien de Pobjoy je vois bien qu'il sait que ce n'est pas la première fois que je m'essaie à peindre des poissons ; il voit bien que je travaille de mémoire d'après mon premier livre des poissons qui m'a été si cruellement enlevé. Mais ce que Pobjoy ne sait pas c'est *pourquoi* je les peins. Ce que Pobjoy ne sait pas c'est ce que je suis sur le point d'écrire ici, les annales d'une vie gravée à l'eau-forte du sang.

IV

Avant de me mettre à écrire, j'ai demandé au Roi :

« Comment pourrais-je commencer une si puissante chronique ? En chantant une nouvelle genèse ? En chantant les poissons, & l'homme destiné à l'exil qui a depuis longtemps quitté la terre des Anglais & est venu sur la Terre de Van Diemen en cette île-prison ; & l'immensité de ses souffrances par terre & par mer aux mains de dieux crus morts depuis longtemps parce que ses crimes exigeaient qu'il souffrît un châtiment du même ordre ? »

Non. J'ai bien vu que le Roi jugeait meilleur de chier dans son froc & de barbouiller sa page de merde que d'écrire de telles insanités, car qui pourrait jamais vouloir chanter ce pays de neuf ?

Le Roi, aussi bien que moi – mieux, à vrai dire – sait que cet endroit & ses hôtes pathétiques seront bien plus heureux d'être rongés & encore rongés par les mêmes tristes chansons & peintures du Vieux Monde, qui leur racontent la même triste histoire, celle que j'entends depuis ma chute aux Assises de Bristol – vous êtes coupables, vous êtes blâmables, vous êtes des moins que rien – & vous entendrez tous les nouveaux chanteurs & tous les nouveaux peintres dire les mêmes inepties que le juge en perruque noire. Longtemps après que ces barreaux seront tombés, ils chanteront & peindront les barreaux de neuf & vous emprisonneront, vous & les vôtres, à perpétuité, chantant & peignant avec allégresse : *Moins que rien ! Moins que rien ! Moins que rien !*

« Les artistes ! Ha ! Les geôliers du cœur ! hurlais-je au Roi. Les poètes ! Ha ! Les cafards & mouchards de l'âme ! – ce que j'écris ici, ce que je peins ici, est Expérience & Prophétie – n'en jugez rien à l'aune écourtée de ce qu'ils nomment Littérature & Art, compas malades & brisés. »

Pour clarifier ma pensée, j'ai menacé le Roi de la manière que j'avais trouvée si efficace avec Pobjoy, & voyant ce que je tenais prêt à lancer s'il disait un mot de critique, il ne hasarda aucune sottise de commentaire. Néanmoins, comme toujours, il

disait juste, alors au lieu de donner vie à un nouveau pays &
une noble race en les chantant, j'ai commencé avec la sale vérité
comme suit :

Je suis William Buelow Gould – condamné pour meurtre,
peintre & mille autres choses sans importance. Je suis contraint
par mon manque de vertu de vous dire que je suis le guide le
plus indigne de confiance à qui vous vous fierez jamais, un
homme mort avant terme, un faussaire condamné dans les
recoins obscurs des Assises de Bristol dans la touffeur de
l'après-midi du 10 juillet 1825, le juge remarquant, à défaut
d'autre chose, que mon nom était bon pour le Rôle de Newgate
avec celui des autres condamnés, avant d'ôter son bonnet noir
& de me condamner à la pendaison.

Dans cette salle d'audience il y avait une quantité de têtes de
bûche qui essayaient de se prendre au sérieux. Pour éclairer tout
ce triste aréopage, j'aurais dû lui conter l'histoire que je vous
narre à présent, à savoir qu'on apprécie mieux la farce qu'est la
vie une fois qu'on a découvert que tout le Ciel & tout l'Enfer
sont implicites dans ce qu'il existe de plus insignifiant, un drap
souillé, une chasse au kangourou, les yeux d'un poisson. Mais
je n'ai rien dit, surestimant grossièrement la valeur du silence.
Le juge, me croyant repentant, commua ma sentence en transportation sur la Terre de Van Diemen.

Déconfit, à moitié désespéré, il n'était pas vraiment au mieux
de sa forme, le Billy Gould à qui fut jadis pompeusement
ordonné de représenter le grand dieu de la Mer, Protée, qui
peut – comme le Chirurgien dans son latin de cuisine avait cou-
tume de me le rappeler – prendre miraculeusement la forme de
n'importe quelle créature aquatique. Je devais peindre des poissons, voyez-vous, toute espèce de vie marine : requins, crabes,
pieuvres, calmars & pingouins. Mais quand j'ai eu terminé ce
qui était l'œuvre de ma vie, je me suis reculé & à ma grande
horreur j'ai vu toutes ces images se fondre en une seule dans le
contour de mon propre visage.

Étais-je Protée ou bien Protée était-il seulement une andouille
comme moi ? Étais-je immortel ou simplement incompétent ?

Parce que voyez-vous je ne suis pas né mauvais, mais le fruit bâtard de la passion d'une belle journée, une folie, un tour de passe-passe en deux temps trois mouvements, ternaire comme mon nom actuel, & vous pouvez soulever n'importe lequel des trois gobelets vous ne trouverez... rien !

Curieux est le destin qui mène un tisserand juif français dans une foire irlandaise, mais c'est néanmoins le destin qui voit alors le tisserand – « père » me semble être un vocable trop généreux – frappé d'apoplexie à l'apogée de sa primitive passion en cette grange, alors qu'il pensait faire dada toute la journée. Mais voyez, le voilà subitement foudroyé en selle, quittant la vie & cette histoire aussitôt qu'arrivé. La femme qu'il n'avait guère rencontrée plus d'une demi-heure avant en train de rire dans la tente de la fromentée après le porridge au whisky dont elle s'était copieusement régalée, était maintenant trop effrayée pour hurler, jurer ou pleurer. Elle se contenta de repousser le galant & de s'essuyer sur le beau gilet de futaine qui l'avait tant impressionnée, il avait une telle allure de dandy avec ses habits, ses longs cils du genre viens-donc-voir-par-ici & son accent frenchie, & elle s'enfuit en courant & se promena d'un air morose jusqu'au moment où elle approcha d'une grande foule dans un champ.

Haute comme une patate (&, à ce qu'on m'a raconté, d'un maintien correspondant, avec une bouche en métier à filer), elle ne pouvait voir ce qui avait attiré l'attention de la foule, & prise d'une brusque curiosité, peut-être une forme de diversion à ce qu'elle venait de vivre, elle poussa, joua des coudes & se retrouva au premier rang devant une estrade improvisée.

Le brouhaha s'éteignit inopinément & elle se retourna pour voir ce dont il s'agissait, si c'était elle ou autre chose qui avait ainsi fait taire l'attroupement. Elle vit que tous les gens par-derrière dirigeaient leurs regards non pas sur elle mais par-dessus elle & beaucoup plus haut, & elle fit volte-face & suivant la direction des regards vit que l'estrade était en fait un gibet provisoire.

Au même instant elle entendit le grincement rapide de l'ouverture de la trappe & vit un homme maigre en longue chemise sale, un nœud coulant autour du cou & la queue molle dans les mains, tomber du ciel devant elle. À l'instant où son corps atteignit la fin de sa chute, la corde tendue conspirant avec le poids soudain de sa culbute à lui briser le cou, elle entendit le faible mais indéniable bruit de la rupture des os. Après quoi elle rêva que l'homme maigre avait ouvert la bouche en tombant & que ce qui en était sorti n'était pas un cri mais une flèche chatoyante de lumière bleue. Elle regarda la lumière bleue traverser le champ & lui sauter dans la bouche, qu'elle avait ouverte d'étonnement.

La pauvre femme fut convaincue que l'esprit malin du condamné avait pris possession d'elle, & elle renonça à la vie, survivant juste assez longtemps pour me mettre au monde puis à l'hospice, persuadée que, né bleu, je devais nécessairement être l'incarnation même de cet esprit malin.

J'ai grandi dans cet hospice rempli de vieilles femmes, certaines folles, d'autres aimantes, d'autres encore ni l'un ni l'autre, & toutes aussi pleines d'histoires de morts & de vivants que nos hardes l'étaient de poux, car c'était tout ce qu'elles possédaient dans cet hospice sombre & humide – des poux & des histoires qui me donnaient, les uns comme les autres, une mauvaise gale & des croûtes qui se changeaient en petites plaies purulentes. J'ai grandi avec ces histoires (dont leur préférée, celle du tisserand mourant en pleine action & du pendu, sa queue molle, la lumière bleue et moi) & guère autre chose pour me nourrir.

Pendant un certain temps le vieux prêtre de l'hospice me prit à tort pour un disciple. Il me lisait un Calendrier des Saints où pour chaque jour il y avait un saint dont la vie était une histoire exemplaire de souffrance, torture & châtiments originaux ; un catalogue fabuleux de vierges & martyres dont les seins voluptueux mais éternellement purs étaient coupés par des préfets romains lubriques ; de moines médiévaux dont la lévitation devenait si fâcheuse qu'on les attachait pour qu'ils ne troublent pas les repas de leurs frères ; d'anachorètes qui se rendaient célèbres pour s'être flagellés quarante jours & nuits d'affilée simplement pour avoir pété. Réellement, rien n'aurait pu mieux me préparer à la réalité de la Terre de Van Diemen.

Le prêtre m'a soutenu avec son enseignement comme la corde

avait soutenu le poids du pendu. Il m'a enseigné les 26 lettres de l'alphabet & me faisait lire à voix haute la Bible et le Livre de Prières pendant qu'il lavait la plante de mes pieds & mes maigres mollets, sans cesser de murmurer, « Dis-moi quand ta semence va se répandre, dis-le-moi, s'il te plaît. »

Je me contentais de répondre « *A-B-C-D-E-* » etc., etc., & j'imaginais que toutes les paroles de Dieu étaient contenues dans ces lettres, & qu'Il pouvait les embrouiller en n'importe quelle Prière Parfaite & Sainte Écriture qu'il voulait, si j'arrivais à faire monter chaque jour ces 26 lettres jusqu'à Lui, *A-B-C-D-E-* etc., etc., mais quand le prêtre a glissé les bâtons de craie cassés de sa main gercée à l'intérieur de ma cuisse, je lui ai envoyé mon pied lavé en plein dans sa gueule édentée.

Le vieux prêtre hurla de douleur & siffla, « Dieu a peut-être tes lettres mais le Diable a ta langue – tu n'es pas un disciple mais Belzébuth en personne ! » & ne voulut plus jamais entendre parler de moi ni de mes pieds.

Une des vieilles femmes fut si impressionnée, elle haïssait tant le prêtre, qu'elle me montra sa bibliothèque d'une douzaine de brochures à quatre sous qu'elle avait l'autorisation de conserver par privilège spécial, & par la suite elle me les prêta l'une après l'autre.

J'ai commencé à m'inquiéter de ce que chaque nuit pendant mon sommeil les lettres des brochures à quatre sous puissent se réarranger & prendre de nouvelles formes & significations sous les couvertures bleues, car en elles j'avais découvert que Dieu mélangeait effectivement ces 26 lettres & leur faisait signifier tout ce qu'Il souhaitait, & que donc tous les livres étaient saints. Si Dieu avait vraiment un Mystère ainsi que le prêtre l'avait maintenu, alors peut-être résidait-il dans la gale incessante de toutes ces histoires.

On peut se procurer ce genre de brochures à quatre sous sur n'importe quel étal de marché, pourtant je ne les aimais pas moins mais davantage d'appartenir à tout le monde. Chacune, des *Comptines de la Veuve Hickathrift* aux *Fables d'Ésope*, m'enchantait à ce point que bien avant d'entendre parler du Barde de Stratford, de Pope & des Lumières des Français, toutes étaient pour moi Littérature & Art. Même aujourd'hui les oranges & les citrons & les cloches de Saint-Clément à califourchon sur un cheval de bois vers la Croix-de-Banbury sont de la vraie poésie qui m'a jeté un sort auquel je ne puis me soustraire.

Ensuite le prêtre a conspiré avec le bedeau pour me faire vendre à un tailleur de pierre, dont mon corps chétif n'était pas capable d'accomplir le dur travail, & quand je me suis enfui de l'autre côté de l'eau le tailleur de pierre a dû s'estimer bien débarrassé d'une canaille d'avorton écorché, car il n'a fait aucune tentative pour me récupérer.

D'abord j'ai survécu à Londres en me vendant à ceux dont je pensais qu'il leur fallait payer pour me laver les pieds & en me donnant à ceux envers qui j'éprouvais de la pitié. Décider qui devait payer & qui ne le devait pas me donnait l'impression d'avoir du pouvoir, mais je n'avais rien en réalité, rien qu'une inguérissable gale purulente qui recouvrait toujours davantage mon cœur & une invasion de petites plaies malsaines qui ne cessaient de se multiplier afin de recouvrir la honte sans nom qui était la mienne.

Pendant un certain temps j'ai vagabondé & volé, sentant qu'avec de pareilles entreprises les petites plaies malsaines avaient été recouvertes par de plus forts sentiments d'excitation, de peur & de plaisir. Puis j'ai été un Coquin, voyez-vous, un Mauvais Sujet vraiment arrogant, on ne peut plus fier de soi. Je suis allé ici & là, d'abord en quête de gloire & d'or, puis en quête d'une explication, & avide de tout, mais seulement parce que le moindre butin était susceptible de prouver que je vivais & n'étais pas un homme sans nom né d'une femme sans nom dans une ville sans nom, dont la seule subsistance était des histoires galeuses que des vieilles femmes édentées devaient démêler de l'étoupe & des chansons croûteuses volées à Dieu dans des brochures à quatre sous.

J'ai vu tout cela & bien davantage encore au matin de ma vie, & maintes choses choquantes presque aussi fabuleuses, mais le soir il n'y avait personne dans mon nouveau monde de poivrots & de mendiants ambulants, de maquereaux & de roulures & de voleurs à la tire capable de répondre à mon insistant *Pour-*

quoi ? – qui finit par me paraître la plus stupide, vaine & destructrice des questions. Décidant que rien d'autre ne profite à l'homme que ses efforts terrestres, j'ai abandonné ma quête incertaine d'une réponse à une question qui n'avait pas de sens. Je me suis lassé du Vieux Monde & un soir dans un cabaret avec des filles de Spitalfields à qui je vantais les vertus des brochures à quatre sous, je me suis trouvé convenir – après quelques horions & des menaces raisonnables de bien pires violences de la part d'un détachement d'enrôleurs de force, la crème de la nation anglaise – qu'en vérité j'avais toujours voulu prendre part à la mission du Lieutenant Bowen en qualité de matelot de pont afin de concourir à civiliser la Terre de Van Diemen. De cette manière j'ai été persuadé de m'aventurer dans le Nouveau Monde où l'on dit que résident le Progrès & l'Avenir.

V

Pour commencer la peinture a été pour moi un accident & ensuite c'est devenu la seule chose que je savais faire à moitié bien. J'ai cru que c'était un travail facile, & le temps que je me rende compte qu'il n'en était rien, il était trop tard pour apprendre un autre métier. C'est dans le Nouveau Monde, après mon retour subreptice de mon invasion réussie encore que mal interprétée de l'Australie, que j'ai rencontré dans les marais de Louisiane un Créole qui à sa manière a été le responsable de ma passion pour les poissons. Son nom était Jean-Babeuf Audubon & c'était un homme d'apparence ordinaire & de petite taille, dont le trait le plus distinctif était les grandes manchettes de dentelle qu'il tenait à porter en tous lieux & qui étaient en conséquence toujours élimées & crasseuses.

Jean-Babeuf Audubon me persuada qu'avec mes vingt et quelques années, j'étais manifestement un homme à la fleur de l'âge désireux de se prémunir contre un avenir hostile en investissant le petit capital que j'avais apporté avec moi dans une entreprise commerciale qu'il poursuivait avec un Anglais du nom de George Keats – l'exploitation d'un bateau à vapeur dans un petit hameau du Kentucky. Qu'il ait fait l'emplette de quelques belles redingotes immédiatement après que je lui eus remis mon argent n'a rien fait pour diminuer ma foi dans les rêves de cette caille crottée d'homme, car à l'égal de tous les vrais coquins j'étais crédule en présence de toute idée plus vaste que celle d'un vol manifeste & immédiat.

Certes, nous voulions tous être des Capitalistes, mais c'est d'Audubon que j'allais tout apprendre sur la peinture, car l'entreprise d'Audubon était aussi invraisemblable que ses histoires sur son père – réputé français comme le mien – le sien prétendument le Dauphin, qui sous un nom d'emprunt avait combattu avec Washington à Valley Forge. Nous nous flattions d'être des hommes pratiques & nous moquions des histoires que nous racontait Keats à propos de son rêveur de frère John qui désirait être poète dans le Vieux Monde & qui, contrairement à nous, ne serait jamais grand-chose. Mais pas une once d'esprit pratique & de Désir Capitaliste ne nous a été du moindre secours lorsque la chaudière du bateau à vapeur a explosé, que les fermiers du pays ont préféré à la folie d'Audubon & Keats les chalands traditionnels manœuvrés à la gaffe & halés par des chevaux, & que les nègres & défricheurs itinérants ont préféré marcher à pied que de verser le prix que nous devions faire payer pour ne pas couler.

Mais le manque d'intérêt suscité par le bateau & le manque de mouvement qui en résultait nous ont au moins procuré du temps pour d'autres activités, surtout des expéditions dans les bois où nous tirions des oiseaux que nous rapportions. Je regardais Audubon insérer des fils métalliques dans leurs cadavres ensanglantés pour leur donner la posture dramatique du vol ascendant ou descendant en déployant les ailes dans un sens ou un autre, & puis dessiner & peindre ces formes souillées & tourmentées en beaux oiseaux.

Je le trouvais un peintre exceptionnel & le lui disais, mais il recevait de mauvaise grâce les compliments & avec son fort accent créole me morigénait. Il n'aimait pas l'art. C'est, disait-

LE KELPY

il, le nom donné aux peintures une fois qu'elles ont été volées
& vendues. Lui n'était qu'un peintre d'oiseaux.

J'ai également appris – mais bien plus des oiseaux que Jean-
Babeuf Audubon manquait à la chasse que de Jean-Babeuf
Audubon en personne – l'importance d'être toujours une cible
mobile en cette vie, car il n'est rien que les gens aiment davantage que leur contraire. C'est ainsi qu'en Amérique j'ai appris
la valeur d'être un Anglais de la pègre, tandis que par la suite,
revenu dans la pègre d'Angleterre, j'ai joué à être un aventurier
américain, & ici dans la Terre de Van Diemen les gens semblent
ne rien aimer davantage qu'un Artiste Venu d'Ailleurs – ce par
quoi, bien sûr, je veux dire l'Europe – si médiocre soit-il. Si
jamais je retourne en Europe je me sentirai, je gage, obligé de
tenir le rôle d'un rustaud ébaubi de colonial dupé.

Audubon en savait beaucoup sur les oiseaux, leurs us & coutumes, leur vie en société, & ses peintures d'oiseaux étaient
toutes exécutées avec netteté & précision, sans mollesse ni rien
de flou. Comme de sous les ailes emplumées de leur mère, les
oiseaux d'Audubon émergeaient de sous ses manchettes de dentelle sales, entièrement formés, beaux, tristes, vivants. D'Audubon j'ai appris à rechercher en l'oiseau qu'on est en train de
peindre ses humeurs essentielles, sa fierté, sa gravité ou sa sauvagerie, sa stupidité ou sa folie. Car pour lui rien n'était jamais
un simple spécimen : toute vie lui offrait une encyclopédie de
sujets, & la seule tâche ardue – et il concédait qu'elle était parfois rien moins que facile – était de comprendre la vérité que le
sujet représentait & de la figurer, aussi honnêtement & correctement que possible. Pour ce faire – pour distiller dans une seule
image l'esprit d'une vie entière – il lui fallait des histoires, &
son trait de génie était de trouver ses histoires non pas dans les
arbres, les forêts & les bayous, mais dans les nouvelles villes &
cités américaines qui poussaient comme une éruption fatale de
pellagre de par tout le pays, dans les rêves & les espoirs de ceux
autour de lui.

Audubon peignait les noces, les tendres tête-à-tête, toutes les
momeries du beau monde, & tout en était oiseaux, & tous ses
oiseaux se vendaient, & c'était une chose très ingénieuse qu'il

faisait là, une histoire naturelle des nouveaux bourgeois. Je pourrais, je gage, peindre les poissons en imitant pareillement les nouveaux colons libres qui nagent en banc. Mais les poissons me parviennent dans la vraie condition de cette vie – seuls, apeurés, sans foyer, sans nulle part où courir se cacher. Et si je plaçais deux de mes poissons côte à côte obtiendrais-je alors un banc ? Obtiendrais-je l'apparence de l'océan sous les vagues que seules voient les femmes indigènes qui plongent pour pêcher la langouste ?

Non.

J'aurais deux poissons & tous deux seraient seuls, apeurés, unis seulement dans la terreur de la mort que je vois dans leurs yeux. Audubon peignait les rêves d'un nouveau pays qui ont toujours un acquéreur potentiel ; mes poissons sont le cauchemar du passé pour lequel il n'existe pas de marché. Ce que je peins n'est pas ingénieux comme le travail de Jean-Babeuf Audubon, & ne deviendra jamais populaire non plus : c'est une histoire naturelle des morts.

Pour finir le bateau a été brûlé, nous avons dit par des créanciers furieux, ils ont dit par nous ; quoi qu'il en soit nous avons tous été ruinés, & la dernière fois que j'ai vu Jean-Babeuf Audubon il agitait une manchette de dentelle noire de suie par une fente du poste de police local où il avait été incarcéré pour dettes. Mais cette fois aucun oiseau magique n'est apparu. Keats, qui était assis dehors, lisait à haute voix à l'intention d'Audubon quelques vers de la lamentable poésie de son frère sur la nature traîtresse du Nouveau Monde – poésie qui ne m'a guère paru propre à réconforter Jean-Babeuf Audubon, lequel, dans sa cellule, plaidait avec ses geôliers, beuglant, de son déplorable accent créole : « Mwen sé an kapitalist anglé. Mwen sé – »

Dehors Keats ne prêtait pas attention à ces propos & déclamait, « Leurs fleurs sont sans couleurs, leurs oiseaux sans doux chant. »

« — an nônm donèr, hurlait Audubon sous le coup de l'injustice – si mwen pa péyé – ké mwen môdi. »

« Et la Nature infaillible, continuait Keats, a tort cette fois. »

VI

Vingt ans ont passé.

Je devrais rendre un compte exhaustif de ma vie durant cette période, mais je viens de lire au Roi ce que j'ai écrit jusqu'ici. Éloquemment, glacialement, il n'a fait aucun commentaire. Sa courtoisie naturelle interdit la critique ouverte, mais j'ai vu son œil opaque, & son mépris est transparent, sa sagesse – comme toujours – instructive.

Je vois bien qu'il m'évite la folie de raconter ce que lui &, je le soupçonne, vous ne trouvez aucun intérêt à entendre – ce qui est arrivé à Billy Gould durant ces années-là. Vous pouvez penser que chaque instant de la vie de Billy Gould a le même poids, mais le Roi sait que c'est faux. En majeure partie elle a passé comme dans un rêve pénible qui se dissipe au réveil, parce qu'il n'est pas assez mémorable pour que l'on s'en souvienne, excepté sa fin avec l'arrestation pour contrefaçon à Bristol en 1825.

Je n'étais pas un faussaire, & je ne fus pas content d'être accusé d'en être un. J'étais un Coquin en cavale qui avait fait de la peinture, & je prenais comme une insulte qu'on puisse m'accuser de m'abaisser jusqu'à contrefaire des billets de la Banque de Bristol. Néanmoins, ayant toujours soutenu que le meilleur moyen de lutter contre le pouvoir est d'acquiescer, une fois condamné à la transportation sur la Terre de Van Diemen, je devins un faussaire. Après tout, que pouvais-je faire d'autre ?

Me donner pour un Artiste paraissait compatible avec le mensonge de ma condamnation, offrait la perspective d'un meilleur poste que le travail dans une chaîne de forçats, me faisait passer pour autre chose que le criminel ordinaire que j'étais, & c'est la seule contrefaçon dont je me sois jamais rendu coupable jusque-là – me fabriquer faussement cette nouvelle personnalité d'Artiste.

Mais cela n'a pas bien commencé.

Mon coup d'essai pictural – inspiré, il faut bien le reconnaître, d'une lithographie de Robespierre sur laquelle j'étais tombé par hasard dans une brochure illustrant les horreurs de la Terreur – a été le portrait du Capitaine Pinchbeck, commandant le bâtiment de transport des condamnés, qui me l'avait demandé en découvrant quel était mon métier. Ce portrait a rendu le capitaine tellement furieux qu'il m'a remis aux fers pour le reste des six mois de traversée jusqu'en Australie. J'ai tenté de me racheter en lui prêtant les traits plus virils de Danton, mais cela a paru seulement au capitaine être une insulte supplémentaire &, en l'espèce, impardonnable.

Trop tard, quand j'ai été tiré de la cale puante, j'ai découvert que le capitaine souffrait depuis un certain temps l'ignominie d'être cocufié par un baleinier français.

J'ai entrepris de condamner auprès du Capitaine Pinchbeck les macs & les marlous des autres races, sans autre résultat que de me faire dire de la fermer, tandis que lui m'exposait les horreurs des Français – & tout particulièrement leurs noyades redoutées. Celles-ci avaient eu lieu au plus fort de la Terreur, dans les pontons de vieux navires négriers remplis de rebelles de Vendée & coulés le soir dans le port de Nantes, puis remis ingénieusement à flot au matin, vidés de leurs cadavres détrempés & remplis derechef d'autres rebelles dont il semblait y avoir une réserve inépuisable, parce que, comme le déclara le Capitaine Pinchbeck, la tyrannie fait naître ses adversaires comme la pluie fait naître l'herbe.

Quand il eut finalement achevé son interminable récit, il me fit conduire à ce qu'il appelait sa petite noyade, une caisse perforée semblable à un cercueil où les hommes étaient enfermés & traînés dans le sillage du navire, afin que je découvre quel effet ça faisait réellement d'être français.

J'aimerais dire que lorsque je fus alors plongé pendant une longue minute dans l'océan Pacifique à l'intérieur de cette caisse mouillée & noire de chêne visqueux d'où s'échappaient des bulles, j'ai eu pour la première fois le pressentiment de ce qu'allaient être les véritables conséquences de l'Art sur mon avenir. Mais cela serait faux. J'ai seulement pris la résolution de chercher des modèles autres que les fauteurs de troubles & les sansculottes français, & j'ai retenu ma respiration jusqu'au moment où j'ai cru que j'allais exploser.

Lorsque j'ai été sorti de l'eau le capitaine m'a dit que si

jamais je refaisais son portrait il me jetterait personnellement en pâture à ceux qu'il nomma les justiciers de la mer – les requins qui suivaient notre bateau. Au moment où j'ai été extrait de la petite noyade, un garde forçat m'a flanqué une raclée sous les regards du capitaine. En me roulant en boule, il m'est venu à l'esprit que le Capitaine Pinchbeck pouvait fort bien se tromper sur le chapitre de la tyrannie, que pour un tyran qui naît il naît aussi des milliers d'hommes consentants à l'asservissement, & que quels qu'aient été les rebelles vendéens ils méritaient d'être noyés pour s'être entièrement mépris sur cette vérité de la nature humaine.

Je ne veux pas que vous pensiez pour cela que ma réincarnation en peintre était un mensonge sur toute la ligne. Après tout, j'avais regardé Jean-Babeuf Audubon travailler, & j'avais une fois terminé pour lui un couple d'aigles à tête blanche qu'il devait livrer sans délai pour honorer une dette pressante. Il y avait le temps que j'avais passé chez le graveur Shuggy Ackermann, mais il ne paraissait pas valoir davantage que la possibilité de nouveaux chefs d'accusation. Aussi bien, je suppose, pourrais-je mentionner ma demi-année d'expérience dans les Poteries, mais je n'ai pas envie d'aborder le sujet juste maintenant, parce que cela me plonge dans la tristesse de songer que j'ai jadis dansé ces bonnes vieilles Lumières avec tant d'entrain, & n'ai plus que la Veuve Pouce & ses Quatre Filles avec qui jouer.

Ailleurs il aurait pu y avoir un autre avenir en matière de travail & de femmes, & franchement il aurait été le bienvenu. Mais il me fallait saisir le travail comme il venait, apprendre de mon mieux les règles de mon art suivant une si piètre expérience.

À mon arrivée par une chaleur pestilentielle de fin d'été dans ce minable monde moderne de la Terre de Van Diemen tout en entrepôts en grès, bâtiments de douane, chaînes de forçats & tuniques rouges, j'ai été assigné à Palmer, le carrossier de Launceston, qui passe pour la capitale du nord de l'île. Pour lui j'ai peint de rutilantes armoiries familiales sur des voitures, inventant des blasons pour la progéniture bâtarde du Nouveau Monde qui souhaite revêtir l'absurde livrée du Vieux. Lions rampants, chênes verts, mains rouges & épées toujours dressées se mêlaient sans bonne raison ni grand besoin d'explication sur les portières de nos voitures, au-dessus d'absurdes devises latines fournies par un prêtre irlandais qui faisait son temps pour bestialité : *Quae fuerent vitia, mores sunt* (Les vices d'hier sont les mœurs d'aujourd'hui) ; *Vedi Hobarti e poi muouri* (Voir Hobart & mourir) ; *Ver non semper viret* (Le printemps ne fleurit pas toujours). Cela fut ma première grande leçon artistique ; l'art colonial est le tour de main comique pour faire du vieux avec du neuf, du connu avec de l'inconnu, de l'européen avec de l'antipode, du respectable avec du méprisable.

VII

Je me suis enfui au bout de six mois. J'ai pris vers le sud, en direction de la ville de Hobart, à pinces, avec l'espoir de m'en échapper par bateau comme je l'avais fait deux décennies plus tôt. La longue & pénible guerre contre les sauvages était encore loin d'être terminée, les sauvages faisant montre de tant de ruse dans leurs attaques que bon nombre de coloniaux – habitant en bordure des grandes forêts noires où la peur engendre naturellement le soupçon – les croyaient sorciers. L'arrière-pays était *leur* pays, mais il était infesté d'évadés, de bandes de broussards qui tiraient sur les tuniques rouges, de patrouilles de tuniques rouges qui tiraient sur les broussards de groupes d'autodéfense avides de tirer sur des sauvages ou, à défaut, sur n'importe qui.

Les rares enceintes armées qui passaient pour des fermes étaient encore plus redoutables. Je me suis approché de l'une d'elles dans l'espoir d'y trouver refuge pour la nuit, & n'ai été sauvé des chiens féroces lâchés sur moi que par les coups de mousquets tirés en guise d'avertissement à travers les fentes du grand mur extérieur.

J'ai résolu que, plutôt que de continuer en évitant la grand-route par l'intérieur du pays, je suivrais la route plus longue mais bien plus sûre le long de la côte orientale. J'ai marché jusque là où la mer verte brisait la lumière en une myriade d'éclats argentés dont elle émaillait les plages blanches, où j'ai souvent découvert les ossements & les crânes blanchis de sauvages massacrés par les chasseurs de phoques lors de leurs raids pour enlever des femmes noires. Un tel spectacle était étrangement réconfortant, car il signifiait que je pouvais emprunter ces plages sans courir de danger, car sauf dans la région lointaine de l'Ouest les sauvages avaient désormais tendance à éviter la côte. Néanmoins je me suis gardé d'allumer du feu la nuit, de crainte que les sauvages ne me trouvent & me tuent, bien que ce fût le début du printemps avec de fortes & âpres gelées.

Quatre jours après avoir quitté Launceston, complètement perdu, j'ai rencontré un homme qui a dit s'appeler Tom Weaver le Gueulard. Il m'a fait des avances durant notre première nuit mais n'a pas paru contrarié que je lui dise de me laisser tranquille, & m'a répondu que je n'étais pas vraiment son genre de poulette de toute façon.

Après avoir essuyé le feu d'une équipe de baleiniers à la recherche d'eau, l'après-midi suivant, nous sommes partis vers l'intérieur des terres. Nous avons suivi les étoiles dans la nuit mais des nuages sont arrivés & nous avons finalement fait halte sur un affleurement rocheux. Les mouches pullulaient, mais nous étions perdus & trop fatigués pour continuer. Nous avons dormi comme des bûches. Quand le soleil s'est levé, il s'est avéré que les mouches avaient élu domicile sur le cadavre décomposé d'une noire gisant à moins de cent mètres de l'endroit où nous nous étions arrêtés pour la nuit.

Elle avait été empalée sur le sol, violée de la plus atroce façon & abandonnée à la mort. Des parties de son corps avaient des lueurs blanches dues aux reflets du soleil sur le grouillement des asticots. Tom le Gueulard a éclaté en hurlements craintifs & cris perçants. Il était comme fou & j'ai mis longtemps à lui faire cesser sa mélopée funèbre.

Ce soir-là, auprès d'un misérable feu que la peur nous empêchait de nourrir d'autre chose que de brindilles minuscules, nous n'avons pas dit mot. Le lendemain, nous sommes arrivés en rase campagne, un espace vert enchanteur sous un ciel d'un bleu porcelaine si parfait – un ciel tel que je n'en ai jamais vu dans le Vieux Monde – qu'il paraissait fragile, comme s'il pouvait se briser à tout moment & révéler quelque chose d'horrible derrière toute cette splendide lumière.

Nous avons senti la fumée de la hutte de berger en train de brûler bien avant de voir les ruines fumantes de cette hutte d'écorce & d'enduit & le corps calciné de son habitant, que tirait hors des cendres sur un grand morceau d'écorce son compagnon, sans pouvoir s'arrêter de pleurer. L'homme en pleurs était un forçat libéré qui avait un bout de terrain dans la vallée voisine & venait parfois voir son pote le berger, tous deux étant natifs de Roscommon. Il était arrivé trop tard ; les sauvages avaient attaqué son ami à coups de lance dans la hutte, après quoi ils y avaient mis le feu & laissé l'homme brûler vif. Quand lui-même avait tiré sur eux, les sauvages s'étaient dispersés. Le forçat libéré désigna un arbre tombé, derrière lequel gisait un sauvage qu'il avait abattu. Il n'avait jamais tué d'homme auparavant & il était difficile de savoir ce qui le bouleversait le plus, la mort de son ami ou avoir tué un sauvage.

Sept jours après avoir quitté Launceston, le hasard nous a fait rencontrer Clucas, homme barbare qui travaillait pour le colon libre Batman, l'aidant à rabattre les sauvages. Il savait, disait-il, parler leur jargon depuis l'époque où il chassait le phoque & il connaissait un peu leurs usages. Nous étions sans défense, affamés & perdus une fois de plus. Clucas portait un pistolet & un mousquet qu'il pouvait brandir, de la viande de wallaby & de la farine qu'il a bien voulu partager avec nous, & il connaissait la route de Hobart. Il s'habillait comme tant de *banditti* diemoniens – peaux de tigre & de kangourou grossièrement coupées & cousues rudimentairement, bonnet en peau de tigre posé sur ses longs cheveux. Il a raconté gaiement comment il avait livré des attaques-surprises contre des feux de camp de sauvages sur les instructions de Batman, abattu une douzaine d'hommes ou plus & les avait ensuite fait cuire sur leur propre feu. Il a dit n'être pas un monstre comme certains chasseurs de phoques rencontrés dans les îles du Détroit de Bass, tel Munro qui avait coupé un morceau de cuisse & les oreilles de sa femme, Jumbo,

& les lui avait fait manger pour la punir d'avoir tenté de s'enfuir. Quand nous lui avons parlé de la femme empalée sur le sol il est resté pensif un instant, & puis s'est mis à rire & a dit que certaines noiraudes étaient de véritables Amazones & méritaient ce qui leur arrivait.

Nous campions juste sous la brèche de Charlie le Noir lorsqu'a éclaté un violent orage, & nous avons pu voir les plaines de Pittwater & au-delà le mont Wellington couronné de neige près de Hobart, qu'illuminaient de grands coups de foudre. Trempés jusqu'aux os & dans un état pitoyable, nous sommes repartis avant l'aube. Peu après le lever du soleil nous avons rencontré ce qui avait été un grand eucalyptus poivré, de deux bons mètres de diamètre à la base. Fracassé par la violence d'un coup de foudre blanche, il était entièrement brisé, tronc & branches réduits à un grand chaos de débris blancs & noirs projetés à deux cents mètres à la ronde. Ce n'était que rameaux cassés, débris & brindilles, maîtresses branches & menus copeaux. Impossible de se figurer la taille & la splendeur qu'avait pu avoir cet arbre de la Terre de Van Diemen, à présent pulvérisé en un million d'éclats.

VIII

En atteignant Hobart sous le couvert d'une nuit froide, le *banditto* Clucas nous trouva une cachette dans un cabaret illicite de la zone d'appontement de Wapping, tenu par un nègre marron de Liverpool nommé Capois Death. Il promit de nous dégoter à chacun une place sur une baleinière en partance avant la fin du mois.

Deux jours plus tard nous avons été ramassés par les cognes à qui Clucas nous avait dénoncés. Il s'est révélé que Tom Weaver le Gueulard était un giton fugitif & il a été condamné à un supplément de quatorze années de transportation sur l'île Sarah. J'ai été cueilli au troquet des *Ombres* où je peignais une fresque murale d'aigles à tête blanche avec des guirlandes de glycine pour régler une énorme ardoise de rhum. J'ai été condamné à trois mois de chaîne à Bridgewater, qui n'avait de pont que le nom, à charrier des blocs de pierre dans des traîneaux en bois pour construire une chaussée au-dessus de la Derwent. La semaine n'était pas écoulée que le Lieutenant Perisher, l'officier en charge de la chaussée, m'avait tiré des fers & embauché pour peindre le portrait des épouses des officiers & des colons libres ainsi que de proies nouvellement tuées – curieux kangourous & émeus avec un faisan peint de mémoire drapé comme une écharpe sur la table.

À l'époque les rues fangeuses & les taudis pestilentiels de la ville de Hobart ressemblaient assez à une colonie d'artistes & ceux-ci n'étaient pas peu à œuvrer sous le patronage du gouvernement. Il y avait Bock, l'avorteur dont les mains avaient jadis administré des breuvages au mercure à des jeunes femmes épouvantées & qui peignait maintenant les dirigeants prétentieux de la colonie ; il y avait Wainewright, l'assassin qui dessinait des croquis de virginales demoiselles avec le talent dont il avait jadis fait montre pour empoisonner sa femme avec du laudanum à la strychnine ; & Savery, le faussaire qui écrivait sur la colonie des inepties maniérées qui flattaient ses lecteurs en imitant leur stupidité. Un jour on voyait l'un ou l'autre de ces artistes à la chaîne, cassant des cailloux d'un marteau indolent du côté des appontements de Wapping ; la semaine suivante ils sortaient avec un air affairé d'un café de la rue Macquarie, bloc de papier & boîte de couleurs à la main, essayant oh ! d'avoir ah ! si fort une allure d'Esthète Professionnel, mais – en vieux pantalon de serge pourri & grosse veste jaune de forçat, cheveux galeux taillés à la serpe & trogne de vérolé mal rasée – y échouant inévitablement.

Moi, au contraire, jouant mon rôle de tâcheron, je soulevais ma casquette & n'ai jamais prétendu à une autre position que la mienne sur l'échelle vandiemonienne – tout en bas. La concurrence n'était pas si féroce, mon attitude n'était pas si menaçante, & quelques perspectives dans le marché s'ouvrirent pour moi.

IX

Mes services ont commencé à être recherchés : portraits de patriarches aux yeux laiteux sur leur lit de mort ; cadavres de tout petits pour des familles endeuillées de colons libres, où je partageais avec l'entrepreneur des pompes funèbres la plus désespérée des tâches, essayer de découvrir la forme d'un doux sourire sur ces visages blafards ; étalons & verrats de concours ; croquis rapides de femmes nues dans le goût des scènes d'amour ardent – où était réservé un bon accueil saisissant aux coups de boutoir d'un jeune homme vigoureusement membré, & adopté un parti artistique plus stylisé qu'honnête.

Le montant de mes gains n'était pas entièrement satisfaisant, le Lieutenant Perisher s'attribuant neuf-dixièmes de chaque commande. Néanmoins la besogne était plus facile & se faisait plus au chaud que le transport des blocs de pierre, pieds-nus & enchaîné, dans la boue glacée, le givre & le brouillard de Bridgewater. Et, quels qu'aient été les péchés du Lieutenant Perisher, il fermait les yeux sur mes sorties nocturnes.

Le temps que j'ai passé alors dans la ville de Hobart m'a seulement laissé le souvenir d'une fastidieuse répétition d'emprisonnements & évasions. Je me faisais cueillir parfois par la Couronne, en général pour m'être enfui ou pour quelque méfait sans importance, le plus souvent par des taverniers & des cabaretiers furieux qui exigeaient une forme d'œuvre picturale en dédommagement de l'ardoise que je leur devais pour une bonne bringue. Dans l'ensemble se succédaient bitures, dettes, arrestations, emprisonnements dans des caves & des remises de barriques où il me fallait peindre en échange de ma liberté, l'effacement de mes dettes, & une nouvelle occasion pour moi de batifoler avec certaines des dames – belles ou moins belles, je n'ai jamais fait d'embarras – que le hasard pouvait me faire rencontrer dans les parages. Et dans l'ensemble c'était chouette. Ai-je dit fastidieux ? Eh bien, oui, ce l'était aussi, mais avec l'avantage du rythme & le plaisir de la certitude. C'était comme la toupie d'un enfant qui retombe tôt ou tard.

Étant donné que ma production artistique devait se maintenir à un niveau équivalent à mes beuveries, mes peintures sont vite devenues une particularité des troquets de Hobart au même titre que leurs murs tachés de fumée de tabac & d'huile de baleine. À *L'Espérance & l'Ancre*, par exemple, on ne me laissa pas sortir du bûcher avant d'avoir terminé une nature morte animalière dans le style hollandais pour payer mon ardoise de rhum. J'ai peint une composition originale débordant des vieux modèles champêtres favoris – un lièvre mort suspendu par les pattes arrière, quelques faisans, un mousquet ou deux, une dame-jeanne brune pour donner une impression d'intérieur, & un aigle à tête blanche sur un perchoir.

Il s'est produit sinon un certain progrès dans mon art au cours de l'année suivante, du moins une lente modification, & ce qui avait d'abord été du bricolage est devenu du style. Au *Repens-toi & Bois* j'ai peint une fresque murale de fleurs dans le goût des Poteries pour dédommager le tavernier, Augusto Traverso, de lui avoir prétendument refilé un faux billet. Les fleurs s'enlaçaient autour de certains clients, ressemblant davantage, il faut le reconnaître, à un tribut pastoral au Comité de Salut Public de la Révolution – tant d'élégants & raisonnables Marat & Robespierre fleuris –qu'à un rendu fidèle des poivrots débraillés & déraisonnables de la ville de Hobart. Néanmoins les vieux forçats libérés – bénies soient leurs âmes rances – furent assez flattés pour en être contents.

Nul doute que l'apogée de ma brève carrière dans la ville de Hobart ait été mon tableau spectaculaire pour *Le Duc de Fer*, dépeignant la dépravation de la vie dans les cirques après que la femme du brave tavernier se fut enfuie avec le Grand Valerio, funambule sicilien & vendeur de poudres aphrodisiaques. J'ai peint une fresque terrifiante représentant une femme nue entraînée dans un Enfer d'acrobates & d'équilibristes en flammes par un aigle à tête blanche d'aspect assez menaçant, au bas de laquelle se déployait la devise *Ex Australis semper aliquid novi* (Il y a toujours quelque chose de nouveau en Australie).

« Le seul troquet de Hobart sans un Gould sur son mur », remarqua le tenancier du cabaret illicite, M. Capois Death, en voyant cette merveille tant célébrée, « est celui avec Gould dans le caniveau. »

Il m'a cordialement tapé dans le dos &, honnête avec moi pour une fois, m'a proposé de me payer si j'effectuais pour lui un travail spécial. Il ne m'a fallu qu'une matinée pour bricoler une enseigne sur une planche carrée de pin Huon. Elle représentait une femme blanche exaspérée (modèle : Mme Arthur, épouse du Gouverneur de la colonie insulaire, le Lieutenant George Arthur) frottant de toutes ses forces dans un baquet en bois un bébé noir qui lui sourit, avec la devise de l'établissement ainsi signalé au public – *La Peine Perdue* – qui célébrait l'entrée dans la légalité dudit établissement de M. Capois Death près du Vieil Appontement.

Sachant que je ne faisais après tout qu'agir sur ses instructions, je me console ces temps-ci à la pensée que M. Capois Death était, d'une manière ou d'une autre, toujours voué au désastre. Il avait une réputation d'homme crâne, due à sa passion pour les petites lopes & à son écurie de femmes légères & de chevaux lents, & un goût aussi douteux faisait de l'alcool de sa fameuse Soupe de Voyou, bière horriblement forte épicée à l'armoise, l'absinthe du pauvre. À cette époque, toutefois, la destinée semblait aussi fraîche & prometteuse que la brise de mer estivale sous laquelle l'enseigne fut hissée & se mit à battre au-dessus d'un M. Capois Death ravi.

C'était, si vous me permettez le compliment, une chose grandiose que cette enseigne de taverne qui balançait doucement d'avant en arrière, si légère & rieuse qu'elle amenait un sourire sur le visage de tous ceux qui passaient dessous dans la rue du Barracuda. Ils se seraient bien plus esclaffés devant leurs pots de bière épicée s'ils avaient vu l'avenir que cette enseigne indiquait véritablement, plutôt que la Soupe de Voyou que nous croyions bêtement qu'elle annonçait. Il est difficile de croire au pouvoir qu'eut cette peinture, dont l'effet sur Capois Death & sur moi allait s'avérer aussi décisif que si ce n'avait pas été une enseigne mais madame Guillotine en personne planant au-dessus de nos têtes. Mais avant de nous détruire *La Peine Perdue* allait nous rapprocher.

Nous n'en avons bien sûr rien vu. Capois Death était un homme de couleur, un esclave marron de Liverpool, & il a trouvé la peinture amusante & instructive. Il a dit que j'avais saisi l'esprit de l'île de façon précise. J'ai eu le droit de réintégrer son troquet avec ma dette épongée.

Le lendemain M. Capois Death a été définitivement fermé sur ordre personnel du Gouverneur Arthur, pour menées subversives. Notre splendide enseigne a été brûlée & M. Capois Death & moi condamnés à quatorze jours de manège de discipline, lui pour avoir involontairement empoisonné le chirurgien d'un navire, moi pour m'être enfui sans préavis de chez Palmer le carrossier.

Il eût été possible sinon de supporter cet arrêt du moins d'y survivre, sans le retour imprévu du Capitaine Pinchbeck dans la ville de Hobart. Il commandait à présent une baleinière, dans l'espoir, disait-on, de harponner accidentellement son rival français, mais son désir de vengeance était, j'allais le découvrir, encore plus grand que les léviathans qu'il pourchassait à travers les mers du Sud. Au cours d'une nuit de ribote, il eut lieu de visiter plusieurs établissements de la ville, dont *Le Duc de Fer* & le *Repens-toi & Bois*, & il déduisit des peintures qu'il y vit que je poursuivais une vendetta au moyen d'une série de peintures habilement codées dépeignant ses cocufiage & lente strangulation par des adultères français. Ce fut ma seconde leçon d'art colonial : vous découvrez la véritable nature de votre sujet en même temps que vous découvrez votre public, mais c'est une déconvenue supplémentaire.

Par hasard le Capitaine Pinchbeck avait dîné avec le Gouverneur & sa toujours chagrine épouse le soir suivant notre mise en jugement pour le panonceau de *La Peine perdue*. C'est tout ce que je sais – ce qui fut dit en dégustant aux chandelles du consommé de wombat ne peut être que conjecturé.

Le lendemain matin j'ai été informé que venait d'arriver un ordre personnellement signé par le Gouverneur Arthur, commandant que M. Capois Death (dont la complicité semblait se borner à la folie de me tenir compagnie sur le manège de discipline) & moi soyons transportés sur l'île Sarah pour une durée de sept ans, lui sous l'inculpation nouvelle de sédition, moi – fugitif en liberté depuis vingt ans – pour avoir conspiré à entraver le cours de la justice en faisant usage d'un faux nom.

Était fait mention de divers actes d'insubordination, rébellion, profanation du drapeau national, etc., etc., à l'époque de la fondation de la colonie par une personne dont je reconnus le nom pour y avoir répondu autrefois. Mais à présent condamné au bagne de l'île Sarah, je n'avais plus envie de répondre qu'à moi-même. Quand m'a été demandé si j'avais à dire quelque chose s'agissant de ma sentence, j'ai répondu :

« Je suis William Buelow Gould, & mon nom est une chanson qui sera chantée. »

Au motif d'insolence ma sentence fut doublée à quatorze ans.

X

Le Hanneton était une machine d'une prodigieuse cruauté. Il vous laissait la sensation d'avoir le corps fait de douleur plutôt que de chair. Ce qui n'était pas uniquement dû à la pure & simple fatigue physique ou aux effets irritants que quelques heures d'évolution dans l'uniforme grossier du gouvernement avaient sur votre aine, la transformant en une masse de chair à vif, mais à la monstrueuse splendeur de sa parfaite inutilité, sachant qu'à la fin de la journée votre cruel labeur n'avait eu absolument aucun autre but que de faire tourner ce monstrueux manège de discipline.

Le Hanneton se présentait sous la forme d'une gigantesque roue à eau allongée, suspendue légèrement au-dessus du sol, tel un grotesque rouleau à pâtisserie revêtu de lattes de bois formant des marches. Il avait la hauteur de deux hommes & deux bonnes douzaines de mètres de longueur, de sorte que jusqu'à trente hommes pouvaient être punis simultanément.

Nous grimpions à une petite échelle pour être en position, saisissions une poignée fixe en eucalyptus brillant de sueur & de sang qui faisait toute la longueur du manège à hauteur de coude, puis montions sur cette roue à eau tournante dont nous devions devenir l'eau. Pendant les dix heures suivantes nous escaladions ce cercle de l'Enfer, sans jamais monter plus haut que la marche suivante, en essayant de ne pas entendre les gémissements de chacun, le raclement de l'axe, le *clic-clac-cloc* de nos chaînes. Dans la chaleur torturante de l'été nous transpirions des torrents de sueur qui rendaient les marches gluantes & glissantes & nous affolés par la soif.

Vers la fin du deuxième jour un briseur de machines de Glasgow, en proie à de terribles crampes, n'a plus été en état de lever les jambes qu'avec les plus vives souffrances. Malgré ses supplications les gardes ont refusé de le faire descendre. Incapable de mettre un pied plus haut que l'autre, il a fini par tomber, coincé entre le manège & l'échelle. Les lames ont écrasé son corps bloqué, mais l'énorme manège, comme répondant à d'autres lois que celles du monde, n'a pas cessé de tourner tandis que nous hurlions aux gardes de nous laisser nous arrêter. Même après que l'ordre eut été donné de descendre, il n'a pas été immédiatement possible de stopper la roue qui, emportée dans son élan, a persisté à broyer le pauvre homme avant de se bloquer.

Certains s'en fichaient, seulement heureux de la pause que son supplice nous procurait, disant que s'il avait de la chance il périrait. D'autres ont tiré comme des fous pendant un moment, essayant de faire tourner la roue en arrière & de le dégager. Nous avons parlé au briseur de machines & il nous a dit quelque chose. En mots sombres qui lui sortaient de la bouche avec des crachats sanglants il a avoué qu'il aurait aimé être un vrai Coquin. Nous avons hurlé notre approbation & finalement réussi à traîner son corps brisé, si inexplicablement indemne, dans la poussière de l'aire de rassemblement devant la roue.

« Mon père était tisserand, a-t-il poursuivi, & je regrette d'avoir fait honte à mon père, mais tisser n'est pas un bon gagne-pain aujourd'hui, en fait ce n'est pas un gagne-pain du tout. » Puis il a cessé de parler pendant un long moment, & nous nous sommes demandés, est-il en train de réfléchir ou en train de mourir.

Puis sa voix s'est fait de nouveau entendre, mais cette fois beaucoup plus lointaine & assourdie, comme si tout le coton des métiers à filer du monde bourrait sa bouche en sang. « Mon père était tisserand, a-t-il répété, mais pour un homme mieux vaut aujourd'hui voler de la soie que tisser du coton sur un métier à... » Mais il n'a pu dire le mot « vapeur », seulement vomir un nouveau jet de sang sur le sol.

Plus tard il s'est mis à délirer que le kelpy venait le prendre. Il poussait des hurlements aigus, grêles & rauques, comme la pédale non graissée d'une meule hors d'usage. Un autre Écossais du manège nous a dit que le kelpy est un esprit des eaux qui a la forme d'un cheval, & que ce kelpy noie ceux qui sont partis trop loin de chez eux.

Nous avons reçu l'ordre de retourner sur le manège & laissé le tisserand là où il gisait le temps qu'on trouve un médecin. Ses hurlements aigus se sont réduits à un cri bizarrement craché, comme s'il essayait de vomir tous ces métiers à vapeur sans y réussir.

Capois Death s'est mis à parler à voix haute au tisserand, ce qui était strictement interdit quand on était sur le manège, mais les gardes ont pris le parti de l'ignorer car cela semblait calmer le tisserand & l'empêcher de crier. Capois Death a raconté les histoires de sa mère sur son pays & les nombreuses choses fabuleuses qu'elle avait vues & connues avant que les négriers ne viennent & que ses chefs ne la vendent. En montant & descendant sur le manège, j'ai moi aussi écouté & essayé d'imaginer comment il pouvait être possible de voler ainsi que les ancêtres de Capois Death l'avaient jadis fait ; de s'élever en lévitation puis de s'envoler loin des chaînes & des Hannetons de la Terre de Van Diemen en mangeant des yeux de poisson, en s'enduisant les bras du sang d'un oiseau, en sautant d'une certaine montagne magique, puis en plongeant dans la mer & en nageant comme les poissons jusqu'à devenir poisson.

Parfois, tout en parlant, Capois Death se retournait pour jeter un rapide coup d'œil au briseur de machines maintenant brisé par une machine, pour voir s'il était déjà mort, mais il avait les yeux toujours clairs, plus brillants que des braises, & ces yeux nous suivaient toujours, comme si nous n'aurions pas dû permettre une chose telle que le Hanneton & notre asservissement à lui, comme si nous étions en un sens coupables d'un plus grand crime que les délits de pacotille figurant sur nos dossiers de forçat.

XI

Durant nos quinze jours en mer dans un paquebot suivant la côte méridionale inhabitée de la Terre de Van Diemen jusqu'au port de Macquarie, la violence des vagues est devenue telle que nous avons été forcés de chercher un bon mouillage dans l'anse de Port Davey.

Il a transpiré que la maîtresse du capitaine à Cape Town, sous l'influence d'un Kabbaliste qui ne savait pas compter & auquel elle avait recours pour lui prédire son avenir, croyait que la vérité réside dans le nombre trois. Comme messagers de son amour le capitaine lui avait ainsi envoyé trois anneaux fabriqués avec des dents en or cruellement arrachées séance tenante à plusieurs forçats jadis riches ; puis trois émeus vivants, tous morts en cours de route ; & avec un parfum d'exotisme plus prononcé trois mâchoires de grand requin blanc, encore que cette dernière offrande ait été faite davantage en mémoire des plaisirs qu'elle lui avait donnés que pour lui faire plaisir. Le capitaine était sans nouvelles depuis dix-huit mois ; il se demandait avec inquiétude si ses cadeaux devaient être plus subtils & énigmatiques, & pour cette raison la présence à son bord d'un peintre, dont il était vaguement familier pour avoir fréquenté les hostelleries de la ville de Hobart, lui donna l'idée d'un triptyque de créatures van-diemoniennes étranges.

J'ai été amené sur le pont avec M. Death, le capitaine ayant naguère bu dans son établissement & fait usage de ses femmes. Il s'est empressé de rejeter ma première suggestion de trois aigles à tête blanche, de même que l'idée de trois guirlandes de glycine. Il m'a signifié qu'il ne voulait rien de provocant comme Mme Arthur & le bébé noir, mais une chose apparemment innocente & telle quelle, & pourtant susceptible d'une interprétation entièrement différente. Capois Death a suggéré que le triptyque contienne un animal, un oiseau & un poisson, & le capitaine a paru juger l'idée excellente. À quoi cela se résumait-il véritablement ? à une mise en garde ? à un encouragement ? impossible d'en juger, mais j'ai décidé qu'il ne m'appartenait pas de déchiffrer les messages subtils de mon œuvre. « Tu es le poisson, a dit Capois Death dont je n'avais pas sollicité l'opinion, pas le filet. »

L'après-midi suivant j'ai été convoqué par le capitaine, de qui j'ai reçu une boîte d'aquarelle & l'ordre de peindre le résultat de sa chasse matinale à terre, une perruche à ventre orange avant qu'elle soit plumée & adjointe à la tourte que le capitaine devait manger pour son dîner, & un petit kangourou du type appelé wallaby par les Vandiemoniens, qui devait aussi être cuit en ragoût quand j'en aurais fini avec lui.

Les peintures n'ont abouti à rien de très fidèle. La perruche à ventre orange, petit oiseau assez charmant & coloré de nature, était deux fois plus grosse sur le papier que dans la réalité. C'était inévitable : la moitié de la tête de la pauvre créature avait été emportée par les plombs du capitaine & une grande partie de son corps était collée par le sang séché. J'ai dessiné de mémoire pour combler le trou que le capitaine avait fait, & l'oiseau a pris une splendeur royale, sa posture celle de l'agression menaçante, son bec & – soyons honnête – son corps tout entier l'apparence d'un aigle à tête blanche plutôt que d'une perruche vandiemonienne. Le kangourou était pire : ce bel animal a perdu sur le papier sa douce physionomie pour une tête suspecte de rongeur, attachée à un corps souffrant de graves problèmes de posture &, pour couronner cette absurdité générale, affublé d'une longue queue évoquant une corde qui aurait mieux convenu à un cerf-volant.

Mon corps, comme vous pouvez le comprendre après les horreurs que lui avait infligées le Capitaine Pinchbeck lorsqu'il s'était montré mécontent de mon travail, n'était que sueurs & picotements. Impossible de déglutir, la langue me pendait dans la bouche telle une morue fumée. J'ai essayé de retoucher les peintures, puis renoncé & tout recommencé, mais les résultats n'ont fait qu'empirer à chaque fois – le kangourou ressemblant toujours davantage à un daim hydropique à l'anatomie impossible ; la perruche prenant à chaque nouvel essai l'allure d'un guerrier du vent, un esprit agressif d'Amérique du Nord en veston mal coupé de couleurs criardes.

Lorsque le capitaine est venu peu avant le crépuscule inspecter mon œuvre, des souvenirs de la petite noyade ont envahi mon esprit aussi infailliblement que l'eau l'avait fait dans cette horrible boîte. Incapable de parler, j'ai hoqueté & senti l'eau de mer m'emplir déjà la gorge, puis j'ai humblement placé les peintures devant lui sur le pont sans aucun commentaire. Mais à la différence du Capitaine Pinchbeck, ce capitaine-ci a paru satisfait de l'élément d'irréalité qui s'y était accidentellement glissé. Cela suggérait, a-t-il dit, un monde à la fois plus fantastique & pourtant bizarrement plus familier que celui où nous vivions, & tout compte fait il a jugé que cela lui serait bénéfique auprès de sa maîtresse.

Pour compléter le triptyque il m'a fait apporter le lendemain un poisson que les marins aimaient pêcher avec un crochet & une ligne autour des récifs du port, puis fumer & manger. Le poisson avait de grosses écailles & d'assez jolies couleurs ; peut-être est-ce ce dernier trait qui faisait penser au capitaine qu'il pourrait plaire à sa maîtresse. Il m'a été dit qu'en raison de sa nourriture de prédilection, les grandes forêts aquatiques de laminaires appelées gros kelp qu'on rencontre dans les océans au large de la Terre de Van Diemen, ce poisson était connu des forçats sous le nom de kelpy.

XII

Il ne ressemblait en rien à un cheval. Il ressemblait à un joli poisson de deux livres qu'il vaudrait la peine, si vous aviez assez faim, de fumer & de manger. Mais cela ne me fit aucunement me sentir mieux. Un kelpy était-il un kelpy ou juste un poisson ? Un poisson était-il *juste* un poisson ? & puis j'ai regardé ce satané kelpy droit dans les yeux & malgré que j'en aie ils m'ont ramené, plus vite que M. Banks scalpant un moricaud, au Hanneton & à nous qui restions assis ce soir-là à attendre que le briseur de machines meure, à nous demander s'il passerait la nuit & à essayer de trouver un moyen de persuader le cuisinier de nous donner de la graisse pour enduire nos cuisses à vif, lorsque Capois Death s'est remis à parler.

Il avait un air d'autorité impossible à expliquer & en parfaite contradiction avec la simple réalité de son apparence physique. Un portrait montrerait un noir de petite taille, au menton légèrement fuyant, & à l'épaule droite tordue qui lui donnait une curieuse nature, à la fois intimidatrice & soupçonneuse, car il semblait toujours regarder derrière lui & tire-bouchonnait tout le corps pour vous écouter comme s'il allait vous frapper.

Capois Death était originaire de Saint-Domingue & les rides de son visage de pruneau étaient aussi tortueuses que son histoire. Comme d'autres anciens esclaves que j'avais rencontrés il emportait partout avec lui une bouteille d'alcool. C'était un cruchon en terre cuite mate & éraflée qui contenait, disait-il, sa propre mémoire invincible d'homme qui s'était lui-même libéré, enfermée & protégée dans sa jadis célèbre Soupe de Voyou. Emmené de la Jamaïque aux Bermudes pour y être vendu par son maître, il avait réussi, contre une fellation, à soudoyer un soldat qui lui avait établi un faux certificat d'affranchissement & sur ce il s'était enfui en Angleterre où il avait trouvé du travail d'abord dans l'Atlantique nord comme harponneur & plus tard à Liverpool comme valet de pied, place qu'il avait perdue en même temps que sa liberté en étant pris à voler de l'argenterie à son patron.

Il avait la bouche tordue constamment en mouvement, & quand la nuit est tombée & que nous avons reçu l'ordre de regagner nos quartiers, en emmenant le briseur de machines avec nous vu qu'aucun médecin n'était encore venu, il nous a raconté, alors que nous étions couchés sur nos vieilles paillasses humides, sous une forme tellement épique & abondante qu'elle semblait ne devoir jamais s'achever, l'histoire de la grande révolte des esclaves de Saint-Domingue qui avait vu un demi-million d'esclaves renverser tour à tour les blancs du pays, les soldats de la monarchie française, une invasion espagnole, une expédition anglaise de soixante mille hommes, & une seconde expédition française menée par le beau-frère de Bonaparte.

Et il l'a racontée juste comme ça, comme s'il était un fantassin tirant, rechargeant son mousquet & tirant encore, le visage rouge brique, sans faire de pause ni d'effet oratoire, & l'horreur, la gloire & le prodige de son récit étaient dans l'accumulation de détails infinis – la férocité de la révolte qu'il avait vue de ses yeux d'enfant ; la tentative du beau-frère de Bonaparte pour la réprimer ; les Nègres donnés publiquement à manger aux chiens & brûlés vifs ; leur chef, Toussaint Louverture, le Napoléon noir, trahi par le Napoléon blanc ; le général noir cultivé de Louverture, Maurepas, obligé à regarder noyer sa femme & ses enfants sous ses yeux pendant que les soldats français clouaient des épaulettes en bois sur ses épaules nues, ajoutant sarcasmes & rires aux coups de marteau : *Un vrai Bonaparte maintenant !* Et pourtant c'était un autre français, le capitaine au long cours Mazard, à qui il devait la vie, qui avait refusé de noyer les cent cinquante esclaves qui lui avaient été remis expressément pour ce faire & qui au lieu de cela les avait emmenés à la Jamaïque. Là il les avait vendus aux planteurs anglais, ce pourquoi le capitaine avait été honni à la fois par les blancs & par les noirs, car les premiers voulaient la mort des noirs en punition de leur rébellion, & les derniers auraient préféré mourir de n'importe quelle manière plutôt que de continuer à vivre en esclaves, parce que mourir en homme libre signifiait que la révolte ne finirait jamais.

Capois Death s'était tu. Pendant un certain temps nous avons eu l'impression d'être de retour sur le manège, avec le seul bruit de nos fers à chaque pas, *clic-clac-cloc* & du lent raclement de la roue en mouvement, comme s'il n'y avait d'évasion que dans les histoires. Puis le briseur de machines de Glasgow s'est remis à parler, mais sa voix n'était plus qu'un croassement rauque, & il nous a demandé de le tuer.

D'abord nous avons rejeté ses prières, l'avons assuré qu'un médecin finirait bien par arriver & qu'il serait soigné.

Mais il haletait sans répit, comme s'il était attaché à un nouveau manège & ne pouvait qu'en suivre le rythme.

« Je meurs ! »

Encore & encore & encore, *clic-clac-cloc*.

Comme si nous en doutions.

XIII

Capois Death a pris sa paillasse & s'est dirigé vers l'endroit où gisait le briseur de machines. Il s'est agenouillé & n'a pas regardé l'homme dans les yeux. Il a semblé regarder ses cheveux noirs épais, qu'il a écartés avec douceur. Il a passé le bord de la main sur la joue du briseur de machines, l'y arrêtant un instant. Puis il s'est relevé, a laissé tomber sa paillasse sur la tête du briseur de machines & s'est mis à califourchon sur la tête recouverte de l'homme, en tendant fermement la paillasse entre ses genoux.

Tout en maintenant solidement le briseur de machines de cette manière, il a commencé à chanter d'une voix douce les chansons qu'il avait apprises de sa mère. Le corps de l'homme étouffé s'est arqué & cabré, mais ses sursauts ont bien trop vite semblé s'atténuer & puis cesser tout à fait. Capois Death est resté assis sur l'homme une bonne minute de plus, puis il s'est arrêté de chanter, s'est relevé & a retiré sa paillasse.

Personne n'a bougé. Tous les yeux étaient fixés sur le briseur de machines à l'affût d'un signe de vie. Il n'y en avait pas. Capois Death lui a fait les poches &, trouvant la moitié d'un anneau de grenat, l'a glissé dans sa bouteille d'alcool. Puis il s'est recouché sur sa paillasse, a fermé les yeux, & sur le pont du transport des forçats j'ai ouvert les miens & vu rouler autour de moi les basses terres sauvages de Port Davey, & j'ai su que tout cela était maintenant derrière moi, que la tâche la plus effroyable devant moi était seulement de peindre le poisson que le capitaine m'avait donné comme sujet du troisième volet du triptyque de sa bien-aimée.

Le kelpy qu'il m'avait apporté à peindre ne semblait pas avoir connaissance de son destin d'ambassadeur des amours. Blotti dans un seau d'eau, il était toujours en vie &, semblait-il, assez légèrement dédaigneux de son nouveau rôle. J'ai sorti le kelpy du seau une demi-minute environ, le disposant sur la table devant moi, travaillant rapidement, le remettant dans l'eau pour qu'il puisse respirer & ne pas mourir encore. Cette table sèche, m'est-il apparu, était la petite noyade du kelpy, & moi son Capitaine Pinchbeck. Comme moi, le kelpy était coupable. Comme moi, il ne savait pas pourquoi.

Je n'ai pas trouvé si difficile de peindre un portrait raisonnablement fidèle, mais le kelpy me suivait des yeux comme s'il connaissait tous nos véritables crimes, juste comme le briseur de machines m'avait suivi des yeux au moment de sa mort, mais ce n'est pas exactement comme ça que j'ai peint le poisson – l'œil horrifié, accusateur, dans un corps agonisant. Non, enhardi par les bizarreries que le capitaine avait si étonnamment sanctionnées dans les deux premières peintures, je dois confesser que j'ai pris des libertés avec la physionomie de ce poisson, & ainsi c'était à la fois l'œil sagace du poisson & l'horreur dans l'œil du briseur de machines posé sur nous sur le manège, à la fois cela & beaucoup d'autres choses. C'était le regard de Capois Death, ses dents en avant, & le regard mi-horrifié mi-fasciné à jamais jeté en arrière par-dessus son épaule vers son passé pendant que le briseur de machines se cabrait sous lui. C'était tout ce sang – des yeux de poisson, des esclaves révoltés mis en lambeaux, de l'hémorragie des épaules clouées de Maurepas & des yeux injectés du briseur de machines après que nous eûmes retiré la paillasse – & c'était ma propre peur devant ce monde fêlé où moi & eux & tout étions pris au piège. C'était une drôle de chose mais il ne paraissait pas alors tellement drôle que toutes ces choses soient unies un instant & que toutes existent en un seul kelpy mourant.

C'étaient des pensées stupides & j'ai été content que le capitaine emporte la peinture pour sa maîtresse & donne aux marins le kelpy à fumer & à manger.

XIV

Comment aurais-je pu savoir alors – en peignant mon premier poisson – que je me lançais dans une aventure aussi chimérique qu'infinie ? J'ai lu les vies des artistes &, comme les vies des saints, la grandeur semble imprimer sa marque sur eux dès l'origine. À la naissance, dit-on, leurs doigts font de grands gestes de peintre, attendant simplement un pinceau chargé de couleurs & une toile à remplir des images avec lesquelles ils semblent être nés, comme par autant d'immaculées conceptions.

Mais l'art est une sentence répressive, pas un droit de naissance, & rien dans mes premiers ans ne suggère une aptitude ou même un intérêt artistique, mes distractions & mes fascinations relevant presque toutes de ce qui pouvait être – & était bel et bien – jugé simplement le fait d'un coquin. Et j'ai beau être, bien sûr, le héros de mon récit, ne serait-ce parce que je suis vraiment incapable d'imaginer que n'importe qui d'autre veuille l'être, mon histoire n'est pas une resucée du mythe d'Orphée, mais l'histoire dégradée d'un rat d'égout.

Je suis William Buelow Gould, âme de jais, yeux verts, dents écartées, cheveux hirsutes & boyaux chignards, & même si mes peintures sont encore plus vilaines que ma mine, mes tableaux dépourvus de la majesté d'un Girtin & de la maîtrise d'un Turner, croyez-moi quand je vous dis que j'essaierai de vous montrer tout, si fou, si fêlé, si mauvais que ç'ait été.

Je me ferai connaître à ma façon, plutôt crever que d'y manquer & je sais que je serai sacrément étonné si je le fais, car ce ne sera sans doute pas la poésie des Lakistes, Ovide ou ce sacré nain de Pope, mais ce sera le mieux que je peux faire & ne ressemblera à rien de ce qui a été fait par personne avant. Le gros travail sur une âme reste toujours ouvert à tous, condamnation & réprobation y compris, mais le travail fin qui abrite le vide est fermé à toutes les insultes & aisément couvert du lierre d'éloges achetés. On dit qu'un conteur est un homme qui laisserait la flamme de son histoire brûler la mèche de sa vie. Mais comme le bon Trim Shandy je ne m'en tiendrai aux règles de personne. Auprès des peintures je veux faire un feu de joie de mots, dire tout ce qui peut illuminer un misérable moment de vérité dans mes pauvres tableaux.

Je suis William Buelow Gould & je veux peindre pour vous du mieux que je peux, ce qui n'est que médiocrement, l'art d'un homme rude, le bruit de l'eau sur la pierre, le rêve insensé de la dureté cédant à la douceur, & j'espère que vous finirez par voir se refléter dans mes aquarelles translucides, non pas les taches blanches du papier à cartouche par en dessous, mais l'opacité même des âmes.

Et n'est-ce pas tirer assez de la mer démontée dans son bateau pour un matelot qui lutte ? Répondez-moi – n'est-ce pas assez ? Ou désirez-vous des preuves du sublime ? De l'Artiste en pleine maîtrise – en vérité, à l'apogée – de ses moyens ?

Vous n'obtiendrez de moi aucune de ces fadaises. Car là je ne maîtrise plus rien, gravement & je l'espère dangereusement, & lorsque mon pinceau commence à attaquer le papier de Pobjoy par petites touches – *rantanplan, rantanplan* – je fais feu pour la liberté, rien de moins, l'état d'homme libre, mais je ne vise pas juste & mes armes sont une pitoyable boîte de peinture que je serais honteux de mettre au clou, quelques pinceaux miteux, quelques pots de peinture encore plus miteux & un talent meurtri pour rien de mieux que de la copie. Mais ma vue est bonne & je m'en servirai de mon mieux.

Quoi ?

Où, entends-je les zoïles demander, est la *finesse* d'approche ? La preuve de rien d'autre qu'un pauvre esprit *provincial* acharné à faire fortune par tous les moyens ?

Ils m'amoindrissent avec leurs définitions, mais je suis William Buelow Gould, ni petit ni humble. Je ne suis entravé par aucune idée de qui je serai. Je ne suis pas enfermé dans les limites de mes orteils & ma crinière mais je suis aussi infini que le sable.

Approchez, écoutez, je vous dirai pourquoi je rampe près du sol. Parce que c'est mon choix. Parce qu'il ne me plaît pas de vivre au-dessus du sol comme ils se figurent que c'est la façon de vivre, l'endroit où être, pour qu'eux dans leurs nids d'aigle

& leurs tours de garde puissent regarder de haut la terre & nous & juger que tout laisse à désirer.

Il ne me plaît pas de peindre de prétendues peintures de longues perspectives qui brouillent les particularités & insultent le vivant, ces *paysages* tant aimés des Pobjoy, ces *paysages* qui mettent à mal la vérité en montant toujours plus haut dans le ciel, comme si nous ne connaissions un lieu ou un être que vu de loin – tel est le mensonge de cet état de choses alors que la vérité n'est jamais loin mais toute proche dans la poussière, dans les ignobles détails de la fange, du tartre & de la crasse, avec le Diable, avec les anges, avec tous ceux piégés dans la terre & en nous, tous ceux réunis dans un seul battement d'un cœur – le mien, le vôtre, le nôtre – & avec tout mon sujet quand je vise & fais du poisson la chair incarnée.

Les zoïles disent que je suis cette petite chose-ci & mes peintures cette vaine chose-là. Ils font du chambard au-dehors & au-dedans de ma pauvre tête & alors je n'arrive plus à suivre la cadence des petites touches de mon pinceau. Ils me réveillent hurlant de mon rêve nécessaire. Ils essaient de me définir comme le Chirurgien le fait de ses pitoyables spécimens, ces damnés Linnéens de l'âme, de me piéger dans une nouvelle tribu de leur invention & définition.

Mais je suis William Buelow Gould, seul de sa sorte, indéfinissable, & mes poissons me libéreront & je m'enfuirai avec eux.

Et vous ?

— écoutez bien le grand Shelley –

Vous fûtes outragés & cela vaut mémoire.

Et il va juste vous falloir commencer comme je l'ai fait, en regardant assez longtemps dans l'œil du poisson pour voir ce que je dois maintenant décrire, pour commencer cette longue plongée jusque dans le monde de l'océan où les seuls barreaux sont ceux de la lumière qui descend.

Chut !

Pobjoy vient, la mer monte, ma blessure se coagule, alors installez-vous bien & convenez avec le forçat russe que tout est mieux dans un livre, que la vie s'observe mieux qu'elle ne se vit. Hochez la tête comme les sacrés veinards que vous êtes, comme les élégants employés de la ville de Hobart qui prennent leur petit déjeuner au dernier étage des bureaux du Ministère des Colonies en regardant les exécutions publiques au petit matin, trémoussant leur gros cul sur leur siège rembourré, jouissant voluptueusement, le bon goût pisseux de rognons frits encore en bouche, du spectacle, juste de l'autre côté de la rue Murray à l'entrée de la prison, d'un bon gibet.

Dans le bref instant avant que la trappe n'ouvre sa gueule béante & insatiable, laissez-moi maintenant poursuivre – comme toutes les bonnes confessions d'un condamné – avec les événements immédiats qui m'ont précipité dans une si mauvaise passe.

LE HÉRISSON DE MER

L'île Sarah – Plusieurs formes de torture –
Le Commandant fonde une nation –
M. Lemprière – Partager les joies de Voltaire –
Danser les Lumières – Une mort & un nouveau nom –
Dévergondage – Castlereagh le Porc –
Le livre du Dr Bowdler-Sharpe sur les œufs –
Comment j'ai peint mon deuxième poisson.

I

Au bout de ce voyage des plus étranges, nous approchâmes lentement de notre nouvelle prison, en fin de soirée, sur une mer du début de l'automne si tranquille que nous étions fréquemment encalminés. En cet âge d'abomination, en un temps où, comme il nous l'est si souvent dit, tout ce qui est sacré est profané, rien n'est plus abominable, plus inouï dans les annales de la dégradation, que cette île où mon histoire allait désormais se dérouler. Dans toute la moitié occidentale inconnue & inexplorée de la Terre de Van Diemen, seuls vivaient des sauvages & aucune colonie ne se rencontrait, à part cette unique geôle pour les récalcitrants.

Pourtant dans le pâle clair de lune couleur de lait caillé où nous l'aperçûmes d'abord, l'île Sarah n'apparut pas telle que nous l'attendions. Le capitaine avait accordé à plusieurs forçats – dont Capois Death & moi – une dispense spéciale & nous avait permis de sortir de la cale suintante & fétide sur le pont. Tel un fabuleux monstre marin argenté dressant sa terrible tête, l'île dominait notre bateau d'encore loin.

On eût dit qu'une pieuvre géante avait recouvert l'île & dévoré chaque vestige de végétation jusqu'au dernier, arbre, plante & fougère jusqu'au dernier, laissant seulement ses tentacules érigés de barrières en rondins de quinze mètres de haut ou davantage, parcourant en tous sens la colonie. Les dominaient les grands bâtiments de l'île, comme autant de têtes de kraken vif-argent : le palais de marbre rose du Commandant au pied duquel nous devions nous croire dans le fond d'une gorge creusée par l'homme où les vents déchaînés soufflaient & dont l'ombre envahissait le reste de la colonie ; la magnifique Intendance de pierre qui n'eût pas déparé un grand port ; le Pénitencier au centre duquel se trouvait un linteau cyclopéen emblasonné du curieux écu de la colonie, un masque souriant.

Puis j'ai détourné mes regards de l'île & les ai abaissés sur la mer. J'ai vu une chose que je n'avais encore jamais vue, une chose très remarquable que j'eusse aimé décrire avec des mots tout en sachant qu'il n'en existait pas : les étoiles reflétées dans la mer, brillant d'un éclat aussi vif que le ciel, comme si nous naviguions dans les cieux mêmes du Sud pour arriver en ce lieu de merveille ; comme si un millier de chandelles brûlaient juste sous la surface de la sombre eau tranquille, une lumière pour l'âme de chaque forçat enterré sur la petite île des morts à notre droite. Lorsque plusieurs de ces lumières furent éteintes par la tête & ensuite par le corps d'un homme mort qui flotta très lentement devant notre proue encalminée & arriva en vue, le visage dans l'eau, je me suis demandé si finalement le briseur de machines faisait un avec son rêve de liberté.

Le cadavre fut ensuite identifié comme celui d'un forçat évadé qui n'avait pas réussi à rallier la grande terre sur un radeau fait d'une porte. Que le capitaine voulût parler du destin du forçat ou de l'île dont il n'avait pu s'évader que dans la mort, son commentaire en regardant repêcher le corps du forçat à la gaffe me glaça.

« Un point final, dit le capitaine, à la fin de l'Empire. »

II

Lorsque plus tard dans la soirée le vent a fini par se lever &
que nous approchâmes pour accoster, nous avons pu voir les
audacieuses rues suivre & traverser les contours naturels de l'île,
le vaste site d'enfouissement des déchets, les appontements ina-
chevés & en bordure de mer les rues d'imposants entrepôts en
pierre qui auraient fait honte à Liverpool – cet ensemble formait
la prophétie d'une nation qui pouvait être appelée à l'existence
simplement par la volonté nocturne de son chef, un homme que
nous devions à juste titre finir par considérer comme extraordinaire.

Vous direz peut-être : Quelle chance pour les colonies d'avoir
un pareil homme !

Mais à la vue de ses vastes chantiers navals – je dis « ses » à
dessein – il est vite devenu apparent que nous étions passés
d'une domination, celle des Anglais, à une autre bien plus
remarquable, celle de Sa Corpulence, le Napoléon de l'Île-Sarah,
le Grand Doge des Mers du Sud, le Commandant en personne.
À cette époque déjà ses chantiers navals étaient les plus actifs
des colonies du Sud ; beaucoup, beaucoup plus grands que ne le
savaient les autorités coloniales, car pour chaque brick ou sloop
construit par les forçats charpentiers avec le bois des pins Huon
abattus par une chaîne de criminels pieds nus vers l'amont de la
rivière Gordon, & envoyé comme une sorte de tribut au gouverneur de la Terre de Van Diemen dans la ville de Hobart, une
douzaine supplémentaire était construite & réservée à la grandissante flotte de commerce de l'île, grâce à laquelle le Commandant avait établi des liens, d'abord commerciaux & puis
politiques, avec des marchands javanais & plusieurs pays
d'Amérique du Sud nouvellement indépendants.

Sous l'influence du mercure, qu'il s'administrait quotidiennement comme baume pour soigner sa syphilis, & du laudanum,
dont il buvait chaque soir des doses mesurées sans précision afin
de pouvoir dormir, car entre toutes choses cet homme brave ne
craignait que ses propres rêves, cauchemars exacerbés par
l'opium qui ne lui laissaient aucun répit & se terminaient tou-

jours dans des flammes d'où il s'élevait à la manière d'un phénix juste avant l'aube chaque matin, pour recommencer à construire ce qui était déjà en cendres.

Vous demanderez peut-être : Comment diable imaginait-il que cela prendrait fin ?

Mais son ambition était aussi énorme que ses appétits, tant alimentaires que charnels, & ce n'était rien de moins que la création d'une nation qui aurait pour cœur l'État-cité dont il construisait déjà les fondations, & serait le Père.

Vous questionnerez peut-être : Comment tout cela était-il possible ?

Mais il suffisait seulement de l'entendre parler de ses rêves, de ses visions, & les planches grossièrement taillées sous vos pieds commençaient à tanguer & à rouler, les murs écailleux de grès délité de la pièce autour de vous s'écroulaient & le monde de cette morne prison désespérée se transformait sous vos yeux. Avant d'avoir seulement conscience de la transformation, nous allions voler dans les cieux du Sud jusqu'à une terre lointaine de légende, une tyrannie peut-être, mais enchantée par les histoires des espoirs & désespoirs du Commandant, un monde que chacun de ses mots & chacun de ses gestes nous rendaient de plus en plus réel.

Après avoir accosté nous avons reçu l'ordre de nous dévêtir & tandis que nous frissonnions tout nus sur le pont des gardes forçats nous ont enfoncé le doigt dans le cul & raclé la bouche à la recherche de chiques de tabac & de pierres précieuses. Nous avons alors été autorisés à nous rhabiller & nous avons attendu l'arrivée du Commandant.

Peu avant l'aube il vint à bord nous haranguer. Son apparence était peu ordinaire. Ce n'était pas tant qu'il était petit, mais que son petit corps allait en diminuant sous sa très grosse tête, & qu'en conséquence il semblait n'avoir pas de cou. Ses cheveux noirs, drus & ondulés, étaient ce qu'il avait de mieux, pourtant leur extravagance ne faisait que mettre en valeur ses autres défauts physiques. Sur tout autre, une mise aussi exotique que la sienne – l'uniforme bleu, le masque d'or – eût été son trait le plus distinctif. Mais en ce petit matin ce fut sa façon de parler :

directement, simplement, tombant parfois dans le *dementung*, le sabir né du langage des moricauds & de l'argot des forçats, & il y avait quelque chose d'hypnotisant dans ses paroles, sa passion.

Avant que nous ayons le temps de nous en rendre compte, le bateau s'était transformé en un nuage mouvant, & au moment où les pastels lézardés du soleil levant commencèrent à s'échapper dans le ciel du petit matin derrière lui, il indiquait l'avenir pendant que nous le survolions ; la petite île qui était devenue un noble géant marchand, également révéré & redouté de par le monde, pour sa richesse, sa puissance, la beauté & la majesté de ses dispositions civiques. Nous vîmes comment les marchands & les artistes & toutes sortes d'autres courtisanes accomplissaient dans leur jeunesse la longue migration depuis les provinces reculées, abandonnant leur passé, leur accent, désavouant leur famille, leurs amis, leurs amants & n'emportant avec eux que le désir enflammé d'identifier leur ambition & leurs rêves fous avec ceux de l'île qui s'élevait dans le Sud.

Il imaginait – et nous avec lui – qu'il était peint en toge romaine, qu'il était le sujet d'odes épiques, qu'il fondait une dynastie qui guerroierait au nom de sa mémoire contestée, qu'il était révéré pour Lui-même, & il ne voyait aucune contradiction entre ses désirs despotiques & dynastiques, ses devoirs officiels d'officier anglais administrateur d'une colonie pénitentiaire impériale & la haute estime dans laquelle il tenait les États-cités de la Renaissance tels que Florence & Venise, dont il s'était formé une certaine conception erronée dans des livres de colportage sur l'Italie. Ils lui étaient envoyés par la femme qui nous fut bientôt connue comme sa sœur, Miss Anne – aquarelliste romanesque dont le talent mineur ne résidait pas dans son art, mais dans ses brèves amours illicites avec Thomas De Quincey durant l'unique trimestre que le mangeur d'opium avait passé enseveli dans les tristes cloîtres décrépits du Collège de Worcester – accompagnant les lettres qu'elle lui écrivait d'Oxford.

Le Commandant était atteint d'une étrange variante de la danse de Saint-Guy, nourrissait une bredouillante déférence envers les mirages & les spectres de l'âge nouveau, & nous déclara que les plus hautes impulsions créatrices de l'homme seraient dorénavant réalisées par le génie civil. Nous fûmes emportés dans son grand roman interminable de construction – ses plans pour rebâtir le marché en colossale arcade vitrée ; pour reconstruire la piste boueuse & tortueuse qui partait de la mer en un immense & rectiligne boulevard de la Destinée au bout duquel se dresserait une massive arche de fer, les amoureux se promenant dessous si le temps était agréable & les troupes s'élançant dessus si les forçats ne l'étaient pas.

Pourtant il ne comprit jamais ce qui nous éblouissait tous tellement au sujet de sa cité : ses mots.

Quand il parlait tout & n'importe quoi devenait possible, & nous avions beau savoir que notre rôle dans tout cela n'était pas de bénéficier de ces rêves, mais de sacrifier notre vie à leur transformation en brique & mortier, en panneaux de verre & dentelle de fer, notre décrépitude était si grande que nous ressentîmes – au moins aussi longtemps qu'il parla, & il parla assez longtemps – que cela nous procurait un but, un sens, une chose qui signifiait que nous n'étions pas des forçats, une chose qui dépassait le Berceau & le Bâillon-Tube, & que c'était ce que nous désirions tous ardemment. Une autre idée de nous-mêmes, une machine à vapeur grâce à laquelle nous pourrions nous refaire, nous-mêmes & notre monde, car pour échapper à notre condition de forçats, il nous fallait nous évader de notre passé & de l'avenir décrété par le Système du Bagne.

C'était un monde qui exigeait que la réalité imite la fiction & l'exigeait de nous tous. Pour un faussaire les possibilités parurent momentanément infinies et, pour être franc, qui aurait pu alors honnêtement prédire à la fois mon avenir fabuleux & l'horrible destinée qui devait nous consumer tous ? À la fin, bien sûr, le Commandant devait assécher la mer, puis exploser d'un excès océanique de fierté & abandonner l'île & ses quelques survivants une fois de plus à leur isolement désolé. La voie la plus facile avec l'autorité est inévitablement l'acquiescement – plus elle est stupide, plus il vous faut l'être. Il était alors inévitable, je suppose, que sur l'île Sarah je devinsse ce que j'avais toujours jusque-là seulement feint d'être – cette plus méprisable des créatures – un Artiste.

III

En débarquant, nous allions découvrir pleinement la brutalité requise & les conditions sordides prévisibles en un tel lieu. Mais même avant de débarquer, même avant d'avoir rien vu de près, nos nez furent assaillis par l'émanation de la mort. La mort était dans cette odeur pénétrante de corps ravagés & d'âmes incrustées de chancres. La mort s'élevait en miasmes des membres gangrenés & des poumons phtisiques en lambeaux sanguinolents. La mort se cachait dans les relents haineux des raclées, dans les nouveaux bâtiments qui déjà s'écroulaient sous l'effet insidieux de l'humidité omniprésente, elle suintait des sphincters pourrissant sous l'effet de viols répétés. La mort montait dans l'odeur trop mûre de la boue en fermentation, des inimitiés en pétrification, elle attendait dans les murs de brique mouillés qui penchaient, dans la vapeur de la chair ulcérée sous les coups de chat à neuf queues, de tant d'exhalaisons fétides de hurlements inouïs, de meurtres, mêlées à la saumure d'une certaine horreur inarticulée ; collectivement ces odeurs de sueur d'angoisse qui surissent les vêtements & imprègnent des lieux tout entiers, & qu'on dit insensibles au passage du temps, un parfum de sang répandu dont aucune somme de lavage ou d'aveu ne me débarrasserait jamais. Et peut-être que la mort étant partout, la vie n'avait jamais perversement semblé si douce qu'elle le fit lors de mon arrivée à l'île Sarah.

Trébuchant dans nos chaînes en gravissant la côte vers le Pénitencier perché de façon précaire sur une petite falaise accotée à la mer, voyant de nos yeux les images sordides épouser malheureusement toutes ces odeurs horrifiques, nous avons compris que l'île était tout ensemble quelque chose de plus & quelque chose de moins que la merveille que nous avions d'abord supposée, comme si elle n'était pas sûre d'être le rêve du Commandant ou le cauchemar des forçats.

Collés aux magnifiques bâtiments de pierre, certains terminés mais vides, d'autres encore à moitié bâtis, se trouvaient des huttes en terre délabrées & des abris en bois déglingués penchés à tant d'angles bizarres qu'ils paraissaient ivres. Si la zone de l'appontement & la route y conduisant étaient pavées, les autres artères de l'île étaient des sentiers bourbeux pestilentiels où l'on pouvait enfoncer jusqu'à la taille. Des essaims de puces s'élevaient en petits nuages où que les gens s'asseyent & d'immenses quantités de mouches infestaient l'île, ainsi que des rats si hardis qu'on les voyait détaler en meutes autour des bâtiments pendant le jour.

En sautillant autour de ma cellule aujourd'hui & en y repensant, nous ne fûmes pas surpris de sentir peser sur nous comme une haine implacable le regard méchant de cette affreuse armée de persécutés – petits avortons écorchés & pouilleux décrépits & pauvres hères à demi morts de faim, dont les yeux remplis de pus saillaient comme des boutons d'or dans un visage croûteux et squameux, le dos lacéré & labouré jusqu'à perdre toute forme naturelle par l'administration incessante du Fouet ; des épaves aux muscles flasques & au ventre émacié d'hommes courbés & brisés bien avant leur temps, celui que je crus le plus vieux n'ayant que trente-deux ans.

Nous ne fûmes pas non plus choqués par la nouvelle qu'ici toute la nature était inversée – au milieu des mignons & des gitons une joconde de cet acabit se promenait même avec un simulacre de poupon caché sous ses frusques, un paquet de loques crasseuses qu'il prétendait être son bébé nourri au nichon de son mec ; par la nouvelle qu'ici la nature même était à redouter – le port, nous dit-on, infesté de requins, le désert inconnu au loin rempli de sauvages meurtriers. Bizarrement ce fut un soulagement finalement de voir l'île & de commencer à apprendre la meilleure façon de l'endurer & si possible de s'en évader.

Mais en vérité il n'y avait aucun moyen de prendre son parti des diverses formes de torture propres à cette île. Vous pouviez réussir à soudoyer le forgeron pour qu'il vous donne des chaînes plus légères, mais il n'y avait pas de remède pour les trois mois de torture, jour & nuit, de porter aux chevilles des fers de trente livres dont les biseaux intérieurs étaient délibérément taillés pour lacérer la chair.

Il n'y avait, je le sus dès ce moment, longtemps avant de les connaître intimement comme je le fais maintenant, aucune façon d'accepter avec le sourire les cellules salines où vous pouviez passer des mois ou même des années à monter & descendre avec la marée. Ni le Bâillon-Tube – cet ingénieux instrument qui enseignait le silence au prix du supplice, un tube de bois dur enfoncé dans la bouche comme un gros mors de cheval, souvent avec tant de force que des dents en sautaient. Au moyen d'une lanière de cuir fixée à chaque extrémité le tube était alors attaché derrière la tête & serré jusqu'à ce qu'un long sifflement spasmodique & une écume sanglante indiquent que le bâillon fonctionnait. Ni l'Aigle Éployée, où un homme était enchaîné par les bras à deux pitons de près de deux mètres d'écart & de hauteur, et par les pieds à un piton fixé dans le sol, la tête tournée vers le mur, et le Bâillon-Tube appliqué si le moindre hurlement s'élevait quand il était matraqué sur la tête & le corps.

Il y avait plusieurs autres tortures exotiques dont le nom évoquait l'humiliation perverse – la Fille du Boueux, le Balai de la Sorcière, l'Échaudoir de la Maîtresse. La plus redoutée de toutes, la plus passive aussi, le Berceau, chevalet de fer où les hommes étaient ligotés sur le dos, souvent après avoir été fouettés, des semaines d'affilée, entièrement immobiles, le dos nécrosé d'ulcères jusqu'à n'être plus qu'une putrescence grouillante d'asticots sous le corps gangrené immobilisé tandis que leur esprit se dissolvait en une bien pire bouillie.

Une ou plusieurs de ces punitions pouvaient être encourues pour le crime d'être pris en possession de tabac, de graisse, d'un oiseau apprivoisé, ou en train de partager de la nourriture, de chanter, de ne pas marcher assez vite en allant au travail, de parler (insolence) ou ne pas parler (insolence muette), de rire ou de regarder de travers – mais en réalité le vrai crime était d'avoir maille à partir avec un garde forçat, ou un salaud qui mouchardait. Vous montiez ou descendiez sur l'Échelle de l'île Sarah non pas selon votre conduite, votre zèle réformateur ou votre vilenie récurrente, mais seulement selon la chance, bonne ou mauvaise.

Ce à quoi j'étais prêt.

Mais au hérisson de mer rien n'aurait pu me préparer.

IV

Tout ce que j'ai narré des nations nouvelles & de la recréation de l'Europe en île rabougrie de conceptions erronées sous les cieux du Sud était encore devant nous & restait à découvrir, alors que devant moi, le lendemain matin glacé de nos débarquement & incarcération dans les misérables baraquements de briques hourdées réservés aux nouveaux arrivants, se dressa un gros homme à la tête ronde, un pudding fumant couvert alternativement de farine & de mélasse, qui allait changer ma vie pour toujours.

« TOBIE A CHILLE LEMPRIÈRE – *MONSIEUR* – dit le pudding – CHIRURGIEN DE LA COLONIE – EXIGEANT – COMME MOI-MÊME », l'haleine chaude du petit déjeuner déversant des nuages turbulents de brume dans ma cellule. Même si sa façon de parler était essentiellement incompréhensible, son ton était imposant, ce qui est peut-être pourquoi il parlait inévitablement en lettres capitales. Les mots existaient dans ses propos comme les raisins secs d'un pudding au pain mal cuit – des grumeaux noirs pâteux.

Son apparence était si affreuse qu'au premier coup d'œil elle me fit frémir. Il était si rond qu'il avait l'air d'avoir été tonnelé plutôt que conçu. Son habit noir à queue-de-pie, trop petit & plus miteux que coquet, sa culotte étriquée, ses minuscules souliers à boucle d'argent, tout suggérait un malade de l'hydropisie essayant sans succès de passer pour un roué de la lointaine Régence.

Ce qu'il avait de plus distinctif était aussi le plus terrifiant – la blancheur absolue de sa grosse tête chauve, si frappante que tout d'abord je crus que l'ombre du briseur de machines était revenue me hanter. Avec le désert blanc du reste de sa face contrastaient des bajoues & fanons adipeux où l'ombre creusait des sillons de ruse. Plus tard je découvris que son visage était naturellement plus cireux que spectral, qu'il usait de poudre de céruse d'un blanc luisant pour se donner l'air d'être enfariné de frais. Comme on le dit des chapeliers fous de Londres, c'est peut-être son recours trop fréquent à ce métal qui explique une part de sa conduite erratique par la suite. Malgré tout, ma première impression de son grotesque visage inhumain est ce qui a persisté le plus nettement de lui dans ma mémoire.

Ses yeux étaient grands & humides et, si je puis me permettre le mot, *lunaires*, mais ce qui dans un corps différent eût pu suggérer une disposition poétique ou même mystique, suggérait ici seulement un certain manque inhumain d'intérêt envers autrui. Pourtant, dans ce fantomatique paysage lunaire de visage, seuls ces yeux semblaient vivants & vous tenaient captif de leurs regards, &, comme j'allais le découvrir, de l'obsession sur laquelle ils se concentraient sans répit.

Je compris vaguement que M. Tobie Achille Lemprière, en sa qualité de chirurgien, occupait une position de pouvoir considérable sur nous, qui ne valions, cela m'était déjà évident, guère mieux que des esclaves. C'était M. Tobie Achille Lemprière qui décidait si un homme était trop malade pour être envoyé effectuer n'importe quel travail éreintant avec l'une des chaînes de forçats, ou si cet homme méritait d'être inculpé & fouetté pour avoir tiré au flanc. C'était M. Tobie Achille Lemprière qui décidait si le châtiment devait cesser, & c'était M. Tobie Achille Lemprière qui disait si les coups de chat à neuf queues étaient trop légers & devaient être plus appuyés & énergiques.

Je me suis levé du sol de terre humide pour essayer d'avoir l'air d'un homme empreint de quelque dignité au lieu du misérable criminel que j'étais, mais en se mettant debout mon corps a senti le poids de mes chaînes à hisser, senti la démangeaison des poux dans ce mouvement brusque, senti le grattement & le frottement des frusques de forçat crasseuses sur ma peau. L'oppression m'accablant, je n'avais qu'une envie, retomber sur le sol, mais je me suis tenu aussi haut & droit & immobile que je l'ai pu en de si misérables circonstances.

Je me préparais à être humble & docile comme il convenait, à flatter & à feindre, quand à ma surprise M. Tobie Achille Lemprière a sorti un petit tabouret de pied de derrière son dos, l'a placé sur le sol visqueux, & puis y a assis sa masse considérable, ayant l'air à tous égards, dans son habit noir étriqué, d'un roulé à la confiture brûlé au bout d'une fourchette recourbée susceptible à tout moment de disparaître dans son gros cul lardeux.

« ÉTUDE DU KELPY – BEAU TRAVAIL – TRÈS BEAU, dit-il en s'installant sur le tabouret. CONCEPTION – EXÉCUTION – SPLENDIDE – SCIENTIFIQUE ». J'ai cru qu'il voulait faire faire son portrait ; il ressemblait un peu à un Marat bouffi & j'ai jugé que je pourrais juste arriver à torcher une copie passable quand le Chirurgien a soupiré une fois de plus & continué. « TRÈS APPROPRIÉ – DÎNÉ HIER SOIR – BON CAPITAINE », dit-il, un peu irrité, pensant peut-être que mon absence de réponse dénotait une incompréhension imbécile de ma part.

« VU TRIPTYQUE L'AMORE – POISSON BEAU TRAVAIL – AIGLE NON ; RAT PARALYSÉ, GUÈRE – POURTANT AI PENSÉ – UNE APTITUDE À PEINDRE, À DÉFAUT D'AUTRE CHOSE – POISSONS – VOUS – MOI – DESTINÉE – MON DÉSIR DE SERVIR LA SCIENCE. » Puis il me demanda – avec ce que j'estimai être de l'humilité & le déploiement inédit d'une phrase complète – « VOUS ÊTES UN ARTISTE DE QUELQUE EXPÉRIENCE ? »

J'ai hâtivement façonné plusieurs histoires qui ont paru lui plaire, chaque nouveau conte bâti sur ses propres conceptions de ce que l'art devait être & de ce qu'il ne devait pas être. Cela a exigé de moi d'être à une égale distance de la hauteur & de l'humilité, un peu au-dessus de mes camarades criminels, un peu au-dessous de maîtres tels que lui, exercice de corde raide au cours duquel j'ai failli tomber une ou deux fois, mais ai repris chaque fois l'équilibre en faisant une allusion détournée à Shuggy Ackermann – dont lui, bien sûr, ne savait trois fois rien – qui était, après tout, un graveur. Je l'ai célébré dans mes apartés comme le stupéfiant Ackermann, le génial Ackermann, l'empereur hanovrien des graveurs londoniens avec son accent prononcé, Ackermann, & me suis baigné dans la gloire que j'espérais que le Pudding verrait reflétée en moi.

« ACKERMANN – OUI ? NON ? OUI », soupira enfin M. Tobie Achille Lemprière d'un air entendu en se tapotant le nez d'un index grassouillet, révélant une chair écarlate vernie sous la poudre « ÇA, C'ÉTAIT DE LA GRAVURE. »

Mais à part dire que j'avais travaillé durant un temps précieux avec Ackermann – ce qui était vrai – j'ai évité de dire que c'était un temps passé davantage à participer à ses petites combines de fraude & de larcin qu'à faire de la gravure, & bien plus de temps encore que les deux à boire dans la bonne vieille taverne du *Vaisseau de Guerre* à Spitalfields.

Je n'ai pas non plus assommé le Chirurgien avec les détails ennuyeux qui affluaient à ma mémoire de la conduite déplaisante du tavernier là-bas, lequel pressurait continuellement Ackermann & moi comme une harpie des taudis d'Eightways au sujet de notre crédit, lui, qui le croirait, avec tout son argent planqué.

Puis le tavernier la gorge tranchée, l'argent envolé, & Ackermann ayant pour une fois l'air déconfit, les pellicules pleuvant sur l'empiècement de sa veste en peau de porc neuve, l'air rien moins que heureux exprimé aussi dans ses dents brunes en avant que tachetait de blanc de l'anguille en conserve, son mets préféré, pendant qu'il se fendait en un sourire qui allait de Wapping à Tyburn, & Ackermann ne comprenant pas qu'il allait bientôt prendre la suite de son sourire là-bas, dansant la gigouillette au gibet comme un misérable meurtrier.

Mon passé, qui jusqu'en cet instant n'avait pas réellement existé pour moi, se mit alors à exploser comme un pétard sautant partout dans mon esprit. On eût dit que j'avais besoin de la vérité de ces souvenirs que je ne mentionnais pas comme un lest nécessaire pour tous les mensonges que je proférais à gogo.

Car tout en racontant au Chirurgien ma passion de suivre une vocation supérieure dans mon art, je m'emplissais de la terreur jadis éprouvée lorsque les argousins étaient à mes trousses dans les ombres grisonnantes de mes vieux repaires, cette terreur qui me saisissait & me faisait dévaler le long d'une racine frémissante hors de moi-même & me ramasser dans la crotte & l'ordure puantes derrière les barriques dans les sombres ruelles des taudis, la terreur que je puisse en fait *être* quelqu'un d'autre, que tout autour de moi ait commencé à tournoyer, que toute ma vie ne soit qu'un rêve rêvé par un autre, que tout autour de moi soit seulement un simulacre de monde, & je pleurais, perdu, j'étais réellement quelque part ailleurs, quelqu'un d'autre, voyant tout cela.

V

Mais alors j'étais déjà parti depuis longtemps, loin de Londres, comme une balle de mousquet, laissant tout derrière moi, y compris mon ancien nom, mes terribles peurs, tout ce tournoiement, ce fracas & ces inepties s'éteignant enfin, & sur la route du nord mon humeur se ragaillardit. Je me dis, je suis vraiment un Artiste maintenant, le célèbre Portraitiste Billy Bellow – cela sonnait très bien – mais à la réflexion cela sembla trop commun, & je devins Billie Buelow – cela avait un côté français & fantaisiste & me donna l'impression d'une sorte de lien avec mon père, comme si j'avais désormais des aïeux qui signifiaient quelque chose au lieu de rien – mais alors j'ai pensé, Non, les Français ne sont pas appréciés, mais quand j'ai trouvé du travail dans les Poteries, j'y ai répondu à l'appellation de William Buelow parce que je n'ai réussi à penser à rien de mieux.

J'avais eu la bonne fortune de rencontrer un maître potier connu sous le seul nom de Vieux Gould. Se conjuguait aux bavardages incessants du vieillard – et à y réfléchir, peut-être en était-ce la cause – la peur de périr écrasé par une charrette ou un coche. Si forte était sa conscience de cet inexorable & cruel sort, qu'il restait jusqu'à une heure d'un côté de la rue avant de s'armer de tout son courage pour la traverser. Notre première rencontre fut accidentelle & providentielle. J'étais sorti en titubant de *L'Oiseau dans la Main* à Birmingham sans plus rien en poche & avais heurté de plein fouet sa personne tremblante au coin de la rue. Me sentant bien disposé envers l'humanité, j'avais accédé à sa prière balbutiante de l'escorter de l'autre côté de la rue. Puis, sentant que son besoin d'aide en la matière ne s'arrêterait pas avant qu'il fût arrivé à destination – une taverne où il passait la nuit à deux bons kilomètres de là dans la vieille ville – je l'y avais accompagné, & à la troisième traversée l'homme à la haute silhouette de cigogne se répandait en courbettes, débordant d'une gratitude si sincère de me devoir la vie sauve que sur-le-champ il m'offrit de l'embauche dans son atelier.

Le Chirurgien interrompit mes rêveries en me demandant à sa manière guindée quelle pouvait être mon opinion de la nature morte en tant que forme.

Je lui dis tout cru que mon travail était fortement influencé par les grands maîtres hollandais du siècle précédent – Van Aelst, De Heem & Van Huysum – mais ne mentionnai pas que tout ce que je savais d'eux, ainsi que mon modèle standard de guirlande de glycine, venait de ces six mois que j'avais alors passés dans les Poteries, à travailler pour le Vieux Gould en peignant sans fin sur sa porcelaine fine ce même ennuyeux motif floral, & à entendre chaque soir au troquet l'interminable & monotone récital du Vieux Gould vantant les insipides barbouilleurs d'un passé à dormir d'ennui – il les aimait tant, voyezvous. Un soir sa fille unique, elle me dit, *Viens !* elle qui avait des cheveux longs d'un roux somptueux & le visage truité de taches de son, elle me dit, *Viens avec moi !* Nous nous sommes esbignés & avons tant bu que j'ai à peine réussi à retrouver le chemin de l'atelier obscurci du Vieux Gould où nous nous sommes écroulés sur une toile à même le sol devant toutes les peintures qu'il avait collectionnées, & sur ladite toile nous avons dansé la bonne vieille nature morte hollandaise, faisant rouler les poires cireuses & éclater les grenades tant & si bien que je n'ai plus été qu'un lièvre mort & mou à la fin des fins.

De cette manière & d'autres le Vieux Gould fut une plus grande éducation qu'il ne s'en douta jamais. Éparpillés parmi ses pinceaux & ses instruments se trouvaient des volumes de Grotius & de Condorcet & il faisait parfois venir sa fille sur le devant de l'atelier, un petit buste de Voltaire posé sur la table de travail au-dessus d'elle avec son insondable sourire, & elle nous lisait des pages du grand homme pendant que nous peignions nos motifs compliqués encore & encore.

Candide & le Dr Pangloss nous firent une si grosse impression que ma beauté & moi abandonnâmes la nature morte hollandaise & nous mîmes à danser les Lumières à la place & elle tira grand joie de ce que le sourire de la raison de Voltaire la pénétrait, avançant & reculant telle une lente vague sur le point de se briser, se disant tout ce temps comme c'était plaisant d'avoir son jardin ainsi cultivé.

Comme vous le comprendrez, ce fut une tragédie lorsque le Vieux Gould revenant du marché avec des oignons périt écrasé par une diligence en partance pour Liverpool. L'atelier fut vendu par ses exécuteurs testamentaires, sa fille acquit subitement une petite somme d'argent & de plus hautes prétentions, & elle, armée des deux & abandonnant les joies de la raison qui avaient tant compté pour elle comme pour moi, fit avantageusement un mariage idoine avec un quincaillier de Salford à face d'enclume & âme de scories, & ainsi je ne vis jamais ses taches de rousseur se flétrir & ses cheveux cuivrés se ternir, et n'eus jamais à regarder notre amour prendre une non-couleur & blanchir.

Moi, cependant, je fus forcé une fois de plus de m'en aller de par le vaste monde, emportant avec moi trois choses qui m'ont rendu d'assez bons services depuis : la connaissance des joies que Voltaire peut octroyer, qui dépassaient sensiblement ce que peut jamais savoir la Raison ; le livre de gravures de Gould réunissant ses bien-aimées natures mortes hollandaises ; & son nom, dont ni lui ni sa fille n'avaient désormais l'usage.

Lorsque l'on s'enquit de mon identité dans la première taverne où je m'arrêtai pour passer la soirée suivante, j'en essayai le calibre & m'écriai, « Je suis William Buelow Gould ! »

Je jugeai vraiment que cela sonnait beaucoup mieux qu'avant, ces trois mots splendides faisant tour à tour avancer, reculer & avancer les lèvres &, très satisfait de ma nouvelle incantation, je fis un clin d'œil à une femme, dont je sus plus tard qu'elle était l'épouse du tavernier, tout en faisant sonner mon nouveau second prénom. Et ça alors ! – la femme du tavernier me rendit mon sourire ! Avant qu'elle profère le moindre mot je sus que c'était une dévergondée, prête à quitter la couche de son légitime pour me rejoindre dans la mienne, laquelle, si misérable fût-elle cette nuit-là – une paillasse humide à l'odeur de moisi dans l'écurie – fut cependant plus qu'accueillante pour nous deux.

« Et mon nom, lui murmurai-je à l'oreille, est une chanson qui sera chantée. »

Plus tard dans la nuit j'appris qu'un inconnu au nom risible réussit beaucoup mieux qu'un familier au nom normal quand il danse ces bonnes vieilles Lumières.

« Tu sais ce que j'apprécie en toi ? dit-elle. Tu es différent des autres de par ici. » Puis elle me raconta qu'elle s'était rendue à pied à Londres l'année précédente pour regarder passer le cercueil de Lord Byron, & parce que tout le monde doit être poète aujourd'hui & que peu le sont, elle m'apprécia d'autant plus quand je lui dis qu'elle avait des seins comme des fruits en cire, ce qui n'était pas vraiment un compliment du tout mais la première chose qui me vint à l'esprit quand je les vis, & quand elle dit, « Qu'est-ce que je te rappelle d'autre ? » – je dis, « Eh bien, ça dépend de ce que tu veux bien me montrer d'autre. » Elle dit, « Tu es vraiment le Diable ! Peut-être que tu n'es pas si différent que ça après tout. » Je dis, « Attends voir », & cela continua ainsi, jusqu'à ce qu'elle sente le peintre flamand tout entier & convienne que ce n'était pas si différent que ça, & ni moi non plus, que nous autres hommes étions tous les mêmes, & puis elle se mit en colère...

Derechef le Chirurgien interrompt, & derechef je suis obligé d'acquiescer, cette fois à son assertion que le rôle de l'Art diminuera au fur et à mesure que celui de la Science augmentera. Et pourquoi pas ? – quand c'est après tout la belle idée personnelle du Chirurgien & que n'importe comment mon esprit est empli seulement de pensées sur ce que l'art pourrait signifier pour moi, ce qui comme vous pouvez le constater vraiment n'était pas si haut & pur que ça, mais néanmoins plaisant, une vision radieuse des blanches cuisses & fesses de la femme du tavernier montant & descendant tandis que nous dansions ces bonnes vieilles Lumières, & tout cela paraît une chose indistincte & perdue –

« SCIENCE – INÉVITABLE ASCENSION – ART – SERVITEUR – » & le voilà reparti. Je n'ai pour ma part nulle pensée réelle que ce soit sur le chapitre de la Science & de l'Art mais seulement quelques doux souvenirs auxquels je m'accroche, car je ne suis rien de mieux qu'un faussaire accusé à tort & je prends tout boulot comme il se présente & l'exécute aussi bien ou aussi mal que l'argent l'exige. Pour je ne sais quelle raison je me suis rappelé que le Vieux Gould, qui tirait vanité de ses connaissances en ces matières, m'avait dit que le philosophe français Descartes croyait que toute matière consiste en tourbillons, mais je ne sais pourquoi je n'ai pas jugé que le Chirurgien voudrait entendre que tout, des fœtus aux reliques & à la mort, tourne en rond, alors à la place je n'ai rien dit de plus.

Finalement le Chirurgien se leva, ramassa le tabouret de pied, se retourna, heurta deux fois la porte de la cellule avec le tabouret, & la lumière & une bouffée d'air frais remplirent brièvement ma sombre cellule fétide quand le guichetier ouvrit la porte pour faire sortir le Chirurgien.

À cet instant je sus qu'il était temps d'intervenir.

« Un homme tel que vous, monsieur, commençai-je avec une déférence appropriée, & qui est, si je puis prendre une telle liberté, à la quarantaine, manifestement un homme à la fleur de l'âge qui désire assurer son sort contre un avenir hostile en invitant la postérité à partager vos merveilleuses réussites de savant...

— PRÉCISÉMENT, dit le Chirurgien. MAIS — ESTIMATION DE L'ÂGE — FLATTEUSE — QUARANTAINE ? — OUI ? — NON ? — OUI — PEUT-ÊTRE.

— Étant un tel homme, dis-je, ma langue glissant dans l'ornière des mots usés, vous savez que de telles choses ne peuvent s'acheter ni à bas prix ni aisément, mais naissent de l'estime de ses pairs.

— ABSOLUMENT, dit le Chirurgien qui déglutit avec un certain embarras, PROGRÈS DE LA SCIENCE CEPENDANT, PAS DE SOI — DÉSIR ?

— La science, dis-je en feignant compréhension & accord, désire uniquement la science. » Je me mis à baisser la tête. « Mais pour représenter cela sur la toile, il faut le savant aussi bien que la science, vous peindre avec votre œuvre &... » Le Chirurgien déglutit une fois de plus, comme si ses rêves d'immortalité scientifique exigeaient d'autres preuves que celles que j'offrais. Je sentis ma langue glisser hors de son ornière, perdre son chemin. « Si vous me permettiez l'honneur de peindre votre portrait. Je — »

Le Chirurgien m'interrompit d'un haussement farouche de ses

sourcils broussailleux – et pendant un terrible instant j'ai redouté que deux des nombreuses souris marsupiales de ma cellule ne lui eussent sauté au visage, le prenant pour une citrouille, & ne fussent suspendues à son front au-dessus de ses yeux verruqueux.

« POISSON, GOULD ! – CE POISSON – L'ŒIL – TRÈS SCIENTIFIQUE. » Je devais être encore tellement ébloui par ses sourcils qu'il crut que je ne l'avais pas entendu comme il le fallait. « POISSON DU CAPITAINE », continua-t-il, un peu irrité. Les souris se courbèrent sur son nez pour souligner ses paroles. « UN HOMME DOIT TROUVER SON MÉTIER – LE VÔTRE, JE CROIS – VOUS L'AVEZ TROUVÉ – EN UN MOT ? – POISSONS ? » Il s'arrêta, regarda le plafond & puis revint à moi. « DANS LES POISSONS, OUI ? – NON ? OUI – DANS M. TOBIE ACHILLE LEMPRIÈRE, UN HOMME QUI RESPECTE LES TALENTS, UN SAVANT – VOTRE MÉCÈNE, OUI VOUS POUVEZ AUSSI AVOIR TROUVÉ PRÉCISÉMENT CELA – À VOUS, MONSIEUR, BIEN LE BONJOUR. »

Et sur ces mots il s'en alla, & avec lui, estimai-je, toute chance d'échapper jamais à la chaîne des forçats.

VI

Notre deuxième rencontre a eu lieu immédiatement après ma libération entièrement inattendue, lorsque j'ai été conduit directement de ma cellule à la résidence de M. Lemprière, petit cottage en terre badigeonné de blanc & plutôt délabré. Sur le chemin nous sommes passés devant une flagellation qui se déroulait dans la cour de l'appel. Le flagellateur marquait une pause entre chaque coup du chat, dont il faisait glisser les neuf queues entre ses doigts pour en exprimer le sang en excédent, avant d'en plonger les neuf bouts dans un petit seau de sable posé à cet effet auprès de lui, afin que leur morsure soit encore plus râpeuse à chaque nouveau coup.

Après un bref trajet nous sommes arrivés devant un bâtiment près des chantiers navals qui m'a fait penser à un roulé à la confiture. J'ai été introduit sans cérémonie dans une pièce obscure & malodorante qui m'a paru en désordre malgré l'obscurité.

J'ai failli ne pas remarquer que le Chirurgien reposait comme une otarie sur une chaise-longue.

Autour de lui j'ai commencé à discerner ses possessions fièrement disposées – trop cuites, croûteuses & rugueuses au toucher, pâteuses & molles en leur centre, qu'il s'agisse de la table vermoulue ou des portraits qui suintaient sur ses murs, toutes semblaient avoir envie de hurler, « Nous aussi sommes Lemprière. » Étant d'un naturel poli je n'ai pas eu le désir d'exprimer l'étendue du chagrin que j'ai ressenti en conséquence. Particulièrement frappantes étaient les innombrables curiosités déployées autour de lui comme le soleil autour des rois égyptiens dans les pyramides : plus d'os que dans la cuve d'un équarrisseur – des étagères de crânes, côtes & fémurs de marsupiaux & de squelettes entiers d'animaux variés – ainsi que des assortiments de plumes, coquillages, fleurs séchées des collections encadrées de papillons, phalènes & coléoptères ; & des plateaux d'œufs d'oiseaux.

Je n'étais pas encore assis que le Chirurgien se lançait dans un sujet qui n'excitait en moi ni intérêt ni curiosité.

« COMME VOUS SAVEZ – SANS NUL DOUTE – DANS LES SCIENCES PEU DE NOMS PLUS HAUT, me dit M. Lemprière, QUE CARL VON LINNÉ – OUI ? NON ? OUI – GRAND NATURALISTE SUÉDOIS. »

Abasourdi, j'ai hoché la tête d'un air entendu. M. Lemprière m'a fait signe de m'asseoir sur un tabouret en face de lui, & désigné une carafe du meilleur rhum de la Martinique française (pas le rhum clairet du Bengale au goût de caramel & de feu mouillé auquel j'étais habitué), indiquant que je me serve. Après quoi – pour user d'un de ses termes favoris – il *disserta* sur la révolution qu'inaugurait dans les affaires humaines le système linnéen de classification des plantes & des animaux.

Pour chaque plante, une espèce ; pour chaque espèce, un genre ; pour chaque genre, un phylum. Terminés les noms vulgaires populaires des plantes fondés sur de vieux contes de sorcière & remèdes de bonne femme, terminés l'herbe de Saint-Jacques, le sureau noir et le gant de bergère, mais un nom latin scientifique pour chaque chose vivante, fondé sur une étude scientifique approfondie de ses caractéristiques physiques. Terminée l'idée que les mondes naturel & humain sont entrelacés, mais une base scientifique pour la séparation des deux, & le progrès humain sur la base de cette différence scientifique à tout jamais.

Il semblait avoir puisé son érudition uniquement dans les index & je me suis demandé s'il avait jamais écouté un livre en entier comme je l'avais fait du conte du vieux Français, les aventures du bon Dr Pangloss & de Candide. Il était rempli de mots propres aux encriers, allant jusqu'à appeler les estaminets des *zythepsaires,* ce qui paraissait trop long de plusieurs syllabes pour être prononcé par n'importe lequel des gens que j'avais rencontrés en de tels lieux, & il n'employait jamais un mot tout simple quand un foutu long mot latin pouvait être fourré à sa place ; de sorte que ses phrases devenaient comme la pièce où nous étions, encombrées & affreusement confuses.

Si dans son apparence il s'enfermait dans le passé, dans ses idées & ambitions il souhaitait être vu comme un homme de l'avenir. Mais ce n'était clairement pas une conversation – quelque effort que je fisse en ce sens en répétant à l'occasion la dernière formule qu'il avait proférée, comme si lui faire écho pouvait éveiller son attention sur la présence d'une autre personne dans la pièce – mais un manifeste dans lequel il réussissait à combiner spectaculairement opinions familières & scientifiques en une seule phrase qui n'avait pas le moindre sens.

« ERASMUS DARWIN – HOMME AVISÉ, dit-il à un moment, MAIS POURQUOI CITRON DANS THÉ VERT ? »

Une fois encore je ne compris goutte à ce dont il parlait mais hochai judicieusement la tête, murmurant à l'occasion un « Eh bien » légèrement sceptique ou un « Oh » inintéressé, & relevant mes lèvres serrées humides de rhum vers mon nez pour donner l'impression de comprendre ce qui l'échauffait & pour indiquer un intérêt critique actif quand il me montra sa possession la plus chère, la célèbre – il me le dit tout cru – dixième édition du *Systema naturae* de Linné pour les animaux.

Le Chirurgien allait à présent atteindre son apogée. « EN VÉRITÉ », continua-t-il & pour s'assurer que mon intérêt ne faiblisse pas il me reversa du rhum martiniquais, « LE TEMPS EST

PROCHE — DÛMENT CLASSIFIER PAS SEULEMENT LES ANIMAUX — TOUT CE QUI VIT — EN UN MOT ? — LES GENS — OUI ? NON ? OUI. »

Je hochai la tête, dis Santé ! & tendis mon verre vide sans y avoir été invité cette fois, & le Chirurgien – merveilleux, généreux M. Lemprière – le remplit encore une fois.

« ME CROYEZ PAS — HEIN ? — MAIS LE FEREZ, OUI, LE FEREZ — D'ABORD CLASSIFIER À BONNE FIN TOUS LES FORÇATS DANS UNE CLASSE DE 1 À 26 — PUIS SUR CETTE BASE FORMER LA SOCIÉTÉ DE NEUF.

— C'est de la science ? demandai-je.

— APPLIQUÉE », confirma-t-il.

Puis il engagea sa conversation dans plusieurs chemins détournés. Le traitement de la gonorrhée avec de l'onguent mercuriel. « UNE NUIT AVEC VÉNUS, soupira-t-il une fois, UNE VIE AVEC MERCURE. » Il hocha la tête. « RHUM CHAUD — DONZELLE — VIEUX DOCTEUR — CRUEL — CRUEL. » Il dégoisa sur un botaniste français nommé Lamarck dont il dit que l'*Histoire naturelle des animaux sans vertèbres* en sept volumes était un tour de force taxinomique, & sur la perfectibilité infinie des porcs par l'élevage.

Là-dessus il indiqua en agitant un doigt gras que nous allions nous transporter à l'extérieur. Après m'avoir montré la beauté de son unique fenêtre à guillotine à l'arrière de son cottage, la seule de ce type sur l'île, qu'il avait apportée avec lui de la ville de Hobart pour l'installer dans sa nouvelle résidence, M. Lemprière me mena derrière son cottage où il élevait un porc, un gros verrat qu'il appelait Castlereagh comme le Premier Ministre, parce que, étant Whig, M. Lemprière se voyait comme un homme aux idées avancées qui refusait d'avoir affaire à ces mignards de Tories.

Il était difficile de saisir où tout cela menait ; j'y renonçai & me contentai de le suivre. Le porc était de race indéterminée & vivait dans un enclos contigu au cottage. Même selon les critères sordides de l'île, le gîte de Castlereagh était un abominable bourbier putride & puant où le Chirurgien déversait chaque jour ses eaux sales & ses restes où n'importe quel forçat aurait été heureux de fouiller à quatre pattes. Le porc – un cochon tacheté noir & blanc – était en conséquence l'unique forme de vie qui semblait prospérer sur l'île & il avait acquis une taille gigantesque, une extrême puanteur & une humeur exécrable.

On pensera peut-être que le cochon, animal intelligent comme on sait que le sont les porcs, aurait essayé de chercher à s'insinuer dans les bonnes grâces du Chirurgien, qui tenait à le nourrir lui-même afin de s'assurer que toute cette nourriture allait bien à l'animal & pas aux domestiques. Mais au contraire, la colère de Castlereagh contre le monde & tous ceux qui y vivaient semblait seulement augmenter avec sa masse & il aurait aussi volontiers chargé le Chirurgien que n'importe qui d'autre.

Le dessein du Chirurgien en élevant ce porc semblait confus. Certaines fois il le disait destiné à un banquet pour les officiers de la colonie, d'autres fois à un dîner de Noël, ou à l'arrivée du nouveau pilote, & d'autres fois encore au seul plaisir pervers d'enfoncer un coutelas dans sa gorge, de sorte que la fin du porc reflète celle de son méprisable homonyme. Parfois il parlait de le vendre à l'Intendant pour de l'argent, & parfois de troquer des morceaux de Castlereagh tué avec les autres officiels contre les articles substantiels que la viande fraîche inspire chez ceux qui n'ont mangé que du porc en saumure au goût rance depuis des années.

En vérité, je suppose qu'il l'élevait parce que cela lui donnait un sentiment de puissance d'avoir la haute main sur tant de nourriture, de savoir que nul ne pouvait le regarder sans rêver envieusement à un banquet ininterrompu de porc – soupedepois-&jambonfromagedetêtepiedsdeporcboudinjambonneaurôtideporc-craquantpiedsengelée. Alors le jour du Jugement était constamment remis pour Castlereagh, avec pour effet que le cochon continuait à grossir toujours plus gigantesquement & avec un caractère plus abominable que son haleine.

Mais à l'époque je ne sus pas grand-chose de cela parce que le Chirurgien s'était remis à parler en me ramenant à l'intérieur de son roulé à la confiture de cottage. Il poursuivit en disant qu'il croyait que nous avions un rôle précieux à jouer en fractionnant le monde en un million d'éléments classifiables qui mèneraient à une société entièrement nouvelle. Je n'y comprenais rien, sauf que feindre de l'intérêt était récompensé par une resucée de rhum martiniquais, que j'avais d'abord trouvé très bon & commençais maintenant à juger excellent.

« JE SUIS », dit-il en se rallongeant, dressant l'obélisque de sa tête blanche & rentrant ses lèvres baveuses de morse, afin que je comprenne que les mots qui allaient venir devaient être soulignés, « EN CONTACT – TRÈS IMPORTANT – COSMO WHEELER ? – AVEC LE M. COSMO WHEELER – DISTINGUÉ NATURALISTE ANGLAIS », chose manifestement de grande conséquence, si seulement j'avais su ce que cette conséquence était.

Je ne le savais pas.

Mais je n'étais pas assez stupide pour trahir mon ignorance & laisser paraître que la réputation du susdit M. Cosmo Wheeler n'était pas encore complètement universelle.

« Célèbre, suggérai-je.

— EXACTEMENT », acquiesça-t-il.

Quel qu'il fût, le mystérieux M. Wheeler avait persuadé le Chirurgien de la majesté & de la centralité du travail que le Chirurgien accomplissait en collectant & cataloguant des spécimens & en les lui expédiant tous en Angleterre. Ce travail, avait écrit M. Wheeler, devait être la « Destinée Historique » du Chirurgien. À lire entre les lignes, soulignées ou non, il m'a semblé que si ce naturaliste anglais était distingué, ce pouvait bien être parce qu'il édifiait une belle vieille carrière avec les pièces & morceaux que le Chirurgien & ses autres collectionneurs des colonies lui envoyaient par la voie des mers.

Pour sa part, le Chirurgien semblait aveugle à l'utilisation qui était faite de lui & pathétiquement reconnaissant de la plus mince association avec un personnage de l'éminence qu'il prêtait à M. Cosmo Wheeler. Il semblait parfois que le Chirurgien croyait que s'il pouvait seulement briser le mystère du monde en assez de fragments & les expédier tous à M. Wheeler afin qu'il les catalogue, alors le mystère disparaîtrait & tout serait connaissable &, une fois connaissable, soluble & perfectible, tous les problèmes du bien & du mal explicables & remédiables sur une échelle linnéenne de la création.

Notre propre rôle dans ce gargantuesque acte de vandalisme était de noter aussi complètement & aussi clairement que possible ce que le Chirurgien, citant Cosmo Wheeler, nommait « LE PETIT MONDE ICHTHYOLOGIQUE DU PORT DE MACQUARIE », & puis d'envoyer nos observations à M. Cosmo Wheeler afin qu'il les catégorise & les systématise.

Comme toujours quand je ne comprenais pas un mot qu'il avait employé, je hochai la tête & le cruchon fut une fois de plus approché de mon verre & mis en position mais non pas versé. Le bon Chirurgien tint le cruchon en l'air, posa sur moi son regard larmoyant, pour indiquer que son système de pensée était juste sur le point de se révéler génial dans une déclaration révélatrice de la plus grande profondeur.

« CE DONT JE PARLE, GOULD », dit le Chirurgien en se penchant tout près de moi & en posant une petite main grasse sur mon genou tout en souriant en même temps – deux gestes physiquement répugnants auxquels j'aurais pu avoir une réaction très hostile si à ce moment le magnifique rhum de Martinique n'avait recommencé à couler – « C'EST DES POISSONS. »

VII

Il m'apparut clairement à cet instant précis que le Chirurgien était complètement fou. Nous allions nous mettre à faire des tableaux non de fougères, d'oiseaux, de kangourous ou d'ornithorynques, mais de poissons, à recenser en peinture pilchards & brochets, lottes & sangliers de mer, ou tout ce que leurs équivalents ou opposés des antipodes pouvaient être. Car les poissons étant ce qu'ils sont, des spécimens d'une nature utilisable ne pouvaient aisément se conserver &, plus spécifiquement, M. Cosmo Wheeler avait écrit de la manière la plus explicite au Chirurgien que la réputation d'un savant ne naît pas simplement de l'Industrie & du Génie, mais, comme le grand collectionneur-naturaliste suédois, le comte Linné, l'a lui-même montré par l'exemple de sa vie, du fait d'être un aussi fin stratège que Wellington dans ses choix entre ce qu'il convient & ne convient pas de collectionner.

Je n'aurais pu savoir alors comment une telle folie, cet emploi de peindre des poissons pour servir la réputation d'un autre homme dans un autre pays, en viendrait à engloutir ma vie au point de *devenir* ma vie – que je chercherais, comme je le fais à présent, à raconter une histoire de poissons en utilisant des poissons pour la raconter de toutes les façons, jusqu'à la plume d'os de requin & à l'encre sépia avec laquelle j'écris ces mots, laquelle provient d'une seiche qui m'a aspergé il n'y a que quelques heures.

Elle avait été portée dans la cellule par la marée hier soir & j'ai réussi à la transpercer avec mon pinceau quand la marée est descendue ce matin. Pauvre créature entraînée dans quelque chose de plus grand qu'elle, elle a craché son encre noire sur moi avec autant d'affreuse fureur qu'elle pouvait en rassembler. J'en ai reçu dans les yeux & un peu dans le bec, mais j'ai réussi à en recueillir un bon tiers dans mon écuelle & avec cette encre foncée qui prend en séchant la couleur de merde de cette colonie de merde, je consigne tous ces souvenirs.

« Les Poissons réclament à cor & à cri d'être les prochains à être Systématisés & par là Compris, avait écrit M. Cosmo Wheeler au Chirurgien, & quelqu'un dans une position aussi privilégiée que vous, mon cher Lemprière, & donc à même de collecter & d'enregistrer tout un nouveau Monde Exotique de Poissons ! »

Je me rappelle que je n'ai senti le rhum ni dans ma bouche ni dans ma gorge en vidant mon verre d'un trait, les yeux toujours fixés sur ses quinquets laiteux tandis que le Chirurgien continuait à détailler le contenu de la correspondance la plus récente de M. Cosmo Wheeler avec lui.

« Et, ajoutait M. Cosmo Wheeler dans une question rhétorique, n'est-ce pas d'aussi heureuses coïncidences de Lieu (le port de Macquarie – la Transylvanie – la Terre de Van Diemen) – & de Génie (Tobie Achille Lemprière) que procède si souvent l'Histoire ? »

Parce qu'il tenait en si haute estime son naturaliste-collectionneur amateur, poursuivait M. Cosmo Wheeler, il serait disposé – si les spécimens s'avéraient suffisamment originaux & leur peinture de qualité idoine – à reproduire les poissons dans son prochain ouvrage, provisoirement intitulé *Systema Naturae Australis*.

Le Chirurgien avait parlé si longuement & si assidûment qu'il m'avait accordé le privilège de n'avoir rien à dire qui puisse éventer mon histoire d'être un Artiste & révéler le mensonge qu'elle était. Il s'était si habilement convaincu de ma propre valeur que je finis même par succomber brièvement à la vanité de croire qu'il pouvait juste se faire que je peigne des images exactes de poissons de la plus haute qualité scientifique.

Mais je n'ai exprimé ni cela ni autre chose.

Pour dire toute la vérité, je n'étais pas capable de placer un mot. Le Chirurgien interpréta mon incapacité à l'interrompre seulement comme la nécessaire & louable servilité que je lui devais désormais comme à mon nouveau mécène, & la reconnaissance de la suprématie du pouvoir aussi nécessaire à l'Artiste que la capacité de dessiner. Son ivresse empira & sa conversation prit un tour plus intime & confessionnel.

« REGARDEZ-MOI, confia-t-il à un certain moment, MODERNE MÉDICIS – VOUS BOTTICELLI ! »

J'ai brièvement souri, mais remarqué alors qu'il ne souriait pas, que ses yeux ternes semblaient devenus incandescents, que ce n'était pas une boutade, qu'il ne faisait que parler davantage et dire :

« MAIS NOTRE TÂCHE – PLUS GRANDE – PAS D'INTERPRÉTER LA NATURE POUR LA DÉCORATION – CHERCHER À CLASSIFIER – ORDONNER LA NATURE – ALORS SEULE ÉNIGME RESTANTE SERA DIEU – MAIS L'HOMME ? – LA DOMINATION DE L'HOMME SERA ENTIÈREMENT CONNUE & CONNAISSABLE, & LA MAÎTRISE DE L'HOMME COMPLÈTE – SON EMPIRE FINAL LA NATURE – VOUS COMPRENEZ ? – OUI, NON ? OUI – DITES-MOI. »

Je ne comprenais pas. Cela ressemblait de manière louche, de la part du Chirurgien & de M. Cosmo Wheeler, à une tentative de recréer le monde naturel sous la forme d'une colonie pénitentiaire, avec moi, le détenu, jouant désormais le rôle de guichetier. Néanmoins on m'avait fait de pires propositions.

« La hiérarchie ? proposai-je.

— L'ÉLYSÉE », dit-il.

Comme le disait toujours le Billy Blake de la vaisselle en porcelaine d'Ackermann, c'est seulement par les contraires que nous progressons. Mais, devinant que ce n'était pas ce que le Chirurgien voulait dire, je m'efforçais alors de penser à autre chose à dire sur la Noblesse de la Science quand le Chirurgien m'épargna la peine de répondre en me reversant encore du rhum martiniquais.

Brandissant la carafe devant lui comme une torche, il me dit que notre travail allait commencer par ma peinture, un par un, de tous les poissons qu'on trouvait dans la mer intérieure du port de Macquarie, de toutes les créatures marines qui flottaient mortes au fil des eaux empoisonnées des rivières King & Gordon. Il avait parlé au Commandant & dorénavant j'étais dispensé de toutes les autres tâches pour devenir le serviteur du Chirurgien.

Mes tâches se diviseraient entre passer la moitié de la journée à faire le ménage & la lessive en qualité de domestique du Chirurgien & l'autre moitié de la journée je serais absolument libre de m'occuper uniquement de poissons, et plus précisément de les peindre.

Le Chirurgien, fin soûl à présent, se leva & tituba d'avant en arrière, métronome pansu marquant lentement la mesure entre son besoin de dignité & son désir de me faire un cadeau. Il chancela & puis moitié chut moitié croula sur mes genoux, portant comme en offrande une boîte en bois, de la taille d'un grand coffret à cigares, dans laquelle étaient disposés de nombreux pots de peinture à l'aquarelle, certains usagés, quelques-uns non – toutes les couleurs d'un arc-en-ciel fatigué – & six pinceaux, tous vieux & loqueteux.

Puis il glissa jusqu'au sol, sans cesser de parler & je me remis à rêvasser à de nouveaux noms & de vieilles amours. À un certain moment plus tard dans la soirée je me rendis compte qu'il dormait par terre depuis au moins une demi-heure & que je ne l'avais pas remarqué.

VIII

Dans une grosse valise cabossée en maroquin foncé rangée sous son lit, le Chirurgien conservait ses divers livres d'histoire naturelle, ainsi qu'une brève missive qu'il avait reçue de Jeremy Bentham en réponse à une longue dissertation que le Chirurgien avait envoyée au grand homme sur la manière dont le principe du panoptique de Bentham – prison modèle où tous les internés peuvent être constamment observés – pourrait être profitablement étendu à l'histoire naturelle.

Cette lettre était son bien le plus précieux, le talisman de son éventuel statut de futur membre de la Société Royale, qui, m'assura-t-il, était la consécration suprême susceptible d'être offerte à un Gentleman & Savant, & le désignait comme un Homme de l'Histoire.

Pour dire toute la vérité, je dois admettre qu'au début Billy Gould ne portait pas grand intérêt aux poissons & que s'il avait pu leur échapper, il l'eût très assurément fait. En fouillant dans la valise du Pudding il tomba sur le *Systema naturae* de Linné ainsi que sur une édition de colportage abrégée de l'*Histoire naturelle* de Pline, que le Chirurgien rejeta comme boniments superstitieux écrits par un ignorant de Romain.

Mais je découvris dans ses pages davantage qu'un bestiaire mythique de manticores & de basilics. Dans les observations de Pline je découvris que l'homme, loin d'être au centre de cette vie, vit dans un monde périlleux qui dépasse ses connaissances, où une femme enceinte peut perdre son enfant si une lampe est éteinte en sa présence, un monde où l'homme est perdu & infime, mais perdu & infime au milieu du merveilleux, de l'extraordinaire, du somptueusement inexplicable mystère d'un univers que seule limite l'imagination qu'on en a.

En revanche, le *Livre des Œufs* du Dr Bowdler-Sharpe, niché dans le fond de la valise, était une autre affaire, au total plus dans l'esprit du panoptique. Il dressait la liste de 14.917 types différents d'œufs produits par 620 espèces différentes d'oiseaux. Le style du Dr Bowdler-Sharpe était économique jusqu'à l'évidence brutale.

À savoir –

Les œufs de l'*Orthonyx temmincki* (Coureur des bois à queue busquée) sont de forme ellipsoïde, modérément lustrés & tous d'une simple couleur blanche. Trois œufs mesurent respectivement 2,54 sur 1,93 cm ; 2,87 sur 2,03 cm ; 2,97 sur 2,03 cm.

Les goûts du Pudding, je commençais à m'en rendre compte, ne seraient jamais – quelque effort que je fisse – les miens. C'était un système fêlé en manque de sujet, le Dr Bowdler-Sharpe à la recherche d'un œuf de plus à mesurer. Il voulait être l'ichtyologiste, mais j'aurais préféré être le poisson. Ses rêves étaient de capture, les miens d'évasion.

J'aurais préféré voir une grive, comme je l'avais fait dans mon enfance, occupée à se nourrir d'escargots par un hiver rigoureux, que lire des niaiseries comme le Dr Bowdler-Sharpe ; préféré regarder la grive fracasser les escargots sur un roc au milieu des débris d'autres coquilles semblablement fracassées jusqu'à ce qu'elle libère le repas à l'intérieur. Bien plutôt cela qu'un inventaire illustré de types de grives, définis par des similarités de pattes & des différences de bec. Bien plutôt entendre le *toot-toot* plaintif du rossignol quand il est alarmé & voir ses petits se figer dans une immobilité absolue en réponse qu'analyser une collection d'oiseaux empaillés dans une vitrine selon le rayon de la tête & l'envergure des ailes déployées. Collectionner & classifier ainsi, c'est du flan, comme mon pote Clare, le fou, l'a une fois remarqué, une sorte de gloire ambitieuse & qui n'est digne d'aucun éloge.

Laissez-moi confesser à ce stade, que jamais je n'ai été aussi mal préparé à une tâche qu'à celle de peindre les poissons du Chirurgien. J'éprouvai un sentiment passager & assez affreux de panique. Il y avait, raisonnai-je pour tenter de calmer mes nerfs, mon passé de graveur dont je pouvais m'aider. Mais tout ce que j'en avais vraiment retiré était un mandat d'arrêt de plus sous mon ancien nom et et – pour une courte période en tout cas – un nouveau nom sans tache. Il y avait mon expérience de peintre colonial – de décorateur de troquets, d'enseignes de tavernes &

parfois de portraits – mais je connaissais mes limites. Mes talents de dessinateur, pour ce qu'ils valaient, se réduisaient à la copie grossière des détails des billets de banque & des billets à ordre ou à la caricature des caprices des humbles & des vanités des colons libres, tous objets plats qui peuvent être en partie tracés, en partie calqués & reproduits par un système de carrés, en partie facilement devinés.

Un poisson, d'un autre côté, n'est pas un article facile à contrefaire.

Un poisson est un monstre scabreux & tridimensionnel qui existe sous toutes sortes de courbes, dont le coloris, les surfaces & les nageoires translucides suggèrent la raison & l'énigme mêmes de la vie. En contrefaisant de l'argent j'avais toujours apaisé ma conscience en concluant que je ne faisais qu'étendre le mensonge du commerce.

Mais un poisson est une vérité &, n'ayant aucune idée de comment dire une vérité, encore moins de comment la peindre, durant plusieurs jours j'ai évité entièrement la question en m'ensevelissant avec un zèle extrême dans mes activités dans & autour de ce qui passait pour le foyer du Chirurgien. Tout en vaquant aux soins du ménage & de la lessive, & puis en reconstruisant les parties en pourriture & en ruine du cottage du Chirurgien, & enfin en mettant de l'ordre dans ses collections nombreuses & variées, je revenais à mon idée fantasque de devenir portraitiste de la société de la ville de Hobart – une contradiction, je le sais, j'ai entendu la boutade une douzaine de fois avant même de débarquer là-bas – mais je me figurais que des visages aussi rudes que les leurs avec des passés aussi louches que les leurs méritaient un artiste aussi peu talentueux que moi pour les peindre. Ce n'était pas travailler pour la Société Royale, le Prado ou le Louvre, mais pour la descendance bâtarde & imbécile du Vieux Monde qui par le vol & la terreur croyait avoir le droit de gouverner le Nouveau.

Ce qui, devrais-je ajouter, était en effet le cas.

C'est le seul moyen que quiconque puisse gouverner & en ce qui me concerne je ne cherchais pas à le contester, seulement à gagner modestement ma vie dans les parages. Car comme le disait Capois Death, si jamais la merde devient une matière précieuse, les pauvres naîtront sans trou du cul. C'était notre sort, & je ne me prétendais pas capable de le changer, je souhaitais seulement survivre de mon mieux, & que pouvais-je faire d'autre ? Je n'avais nul désir de devenir scieur, berger ou matelot de baleinière. Je n'avais ni les mains ni le dos pour cela, & moins encore le savoir-faire requis.

Au début je voulais seulement me débrouiller tant bien que mal de tout ce système pourri & si cela impliquait de faire des copies de n'importe quoi qui me ferait gagner ma journée – billets de banque ou tronches de bourgeois – d'une manière qui n'attire l'attention ni sur eux ni sur moi, eh bien soit !

Mon problème immédiat était que si mes talents de peintre étaient sans doute propres à la confection de mauvais portraits du beau monde, ils n'étaient pas suffisamment développés pour me convaincre de ma capacité à produire des peintures acceptables comme le kelpy de la qualité manifestement attendue, & je me tourmentais à l'idée que si je me révélais ne pas être ce que le Pudding s'était persuadé que j'étais, je pourrais bien encore finir au gibet. Et même si je réussissais à me montrer à la hauteur de ma tâche, je n'étais plus certain d'en avoir envie. J'avais reçu la promesse alléchante du statut de Botticelli, mais à la froide lumière d'un nouveau jour cela commençait à ressembler de manière louche à la reprise du fardeau de Bowdler-Sharpe.

Si j'avais pu trouver un emploi plus confortable & moins dangereux je l'aurais pris avec joie. Mais il n'y avait pas de solution de rechange & je n'avais d'autre choix que de me concentrer sur la façon dont je pourrais produire une image passable d'un poisson.

Quand le Chirurgien sortait pour superviser une flagellation ou pour assister à l'appel & refuser à tous les malades & mourants de la chaîne des forçats une dispense de travail ou une admission à l'hôpital, & que j'étais donc sûr d'être tranquille, j'allais chercher la valise & examinais soigneusement la méthode & le style employés dans les divers volumes pour illustrer plantes & animaux. Les meilleurs dénotaient une certaine spontanéité que je me savais incapable d'approcher, mais les pires étaient aussi plats & sans vie que devaient l'avoir été leurs modèles au moment d'être étudiés, & je me flattais de ne pas pouvoir faire pis.

Mais ensuite je descendais jusqu'à la jetée des pêcheurs & regardais les poissons pris au filet ce jour-là, ainsi que parfois le forçat gonflé d'eau qui s'était noyé en tentant de s'évader, & une fois encore mon cœur s'emplissait de terreur, car dans leurs soubresauts & leurs ultimes convulsions les masses de nageoires & d'écailles semblaient totalement me dépasser.

Le seul talent artistique que je croyais avoir – capter une certaine ressemblance grossière de caractère dans des caricatures de visages de gens – je m'y adonnais le soir avec du charbon de bois sur le mur de grès du Pénitencier. Là nous dormions tous dans des hamacs infestés de poux d'un bout à l'autre d'un long baraquement lugubre.

Et là, le soir de mon septième jour au service du Chirurgien, alors que pour l'amusement de mes camarades d'infamie j'esquissais une caricature grossière du Chirurgien tout nu, la chose la plus étonnante se produisit.

Une nageoire dorsale poussa sur le Chirurgien.

Je m'arrêtai un instant, légèrement choqué.

Quelqu'un eut un sourire narquois.

Capois Death rit.

Je repris momentanément ma tâche, redessinant ses yeux en grosses boules lugubres derrière lesquelles des ouïes commencèrent à poindre. Puis un corps écailleux & bulbeux se développa derrière les yeux & je couvris impétueusement la totalité de cette outre distendue de hachures figurant des piquants, & au bout de ce ballon de football épineux on vit saillir une queue.

IX

Le lendemain matin je recueillis un spécimen vivant auprès de la chaîne de pêche, expédiai le ménage du cottage, & puis déplaçai la petite table en acajou pour profiter de ce qu'il entrait de lumière matinale par l'unique fenêtre, sortis la boîte de peinture & me mis au travail.

La journée passa par à-coups, le soleil accomplit sa course & dans l'après-midi commença, maigre & variable, la pluie du début de l'hiver, mais j'étais bien trop absorbé pour y prendre garde. Je fis plusieurs croquis préparatoires, tous sur la même feuille de papier, puis gâchai deux feuilles parfaitement vierges à des peintures que j'esquintai à un certain stade, la première fois par accident, en renversant une petite bouteille d'encre de Chine sur la table, la seconde, en ratant la proportion de la queue à cause de mon désir de faire une image aussi ressemblante que possible.

Mais mon troisième essai me plut – oh ! ce n'était pas une œuvre de génie, je vous l'accorde – mais dans le haussement légèrement craintif, légèrement belliqueux de la grande pupille de l'œil je pus sentir l'excitation subite d'être le pêcheur à la ligne & lui inopinément ferré. Dans la protubérance exagérée du front dont il tirait tant de vanité (le réservoir du génie, m'avait-il confié la veille en se tapant sur le sommet de la caboche) je pus sentir le poids de ses mouvements frénétiques en cherchant à s'échapper, & donc laissai filer un peu ma ligne dans la bouche charnue tirée vers le bas, parlant d'une certaine amertume impossible à dissimuler & d'une sensualité qui était transformée en une présence physique oppressante & hargneuse. Mais alors je tirai & oh ! oh ! – Oh je sus que je l'avais maintenant, oui, c'était lui sans aucun doute, & oh le corps bouffi & oh le déploiement ridicule de piquants & oh la ridiculement petite queue au bout du ballon de chair quand il finit par sortir de l'eau & être visible. Un courant de joie me traversa parce que maintenant je l'avais réellement, il était finalement attrapé, offert à la vue de tous.

Ce soir-là, quand le Chirurgien rentra, je lui présentai mon premier tableau.

Le Chirurgien tint la peinture à bout de bras, posa sur elle des regards glissant de ses absurdes grands yeux de biche de part & d'autre de son gros nez épaté, &, comme j'y étais maintenant habitué, se lança dans une interminable dissertation sur la nature défensive du hérisson de mer, sa façon d'aller jusqu'à tripler de taille & de dresser ses piquants hérissés pour intimider les autres poissons. Tout le temps qu'il parla, il ne cessa de tripoter le tableau, le tenir à bout de bras, le rapprocher de très près, le poser sur la table, le reprendre & le considérer derechef, les bras complètement tendus.

Finalement il le déclara passablement réussi.

Et puis il fut appelé pour assister à une pendaison, nous laissant seuls ensemble, le hérisson de mer & moi, dans la lumière vespérale.

Je saisis un couteau accroché sur le côté de la cheminée & en posai le bout aiguisé contre le corps tendu du hérisson de mer. Puis j'enfonçai.

La chair se comprima un peu, puis avec une brusque chasse d'air sa peau se déchira & le poisson se dégonfla avec le sifflement abrupt d'une vessie crevée.

Sur la table gisait maintenant un poisson entièrement différent de la monstrueuse forme hérissée que j'avais peinte, un minuscule alevin aux grands yeux qui m'accusaient de ne pas comprendre son besoin de posture, un alevin à la peau flasque, transpercé par un grand couteau.

Je savais qu'il ne me serait pas commandé de le peindre une seconde fois, que même la chaîne de forçats ne ferait pas de troc pour une chair aussi vénéneuse. Je le jetai dans le feu, où il se drapa autour d'une bûche qui brûlait lentement, telle une âme effondrée de plus.

L'URANOSCOPE

Du pus des buccins – Puffins, leur retour –
Pressentiment du désastre – Essor du Commandant –
Sa prise de pouvoir – La question des nations –
Miss Anne, sa subtile influence –
L'invention de l'Europe – La vente de l'Australie –
De la conversation de Rolo Palma avec les anges –
Musha Pug – Sa haine des gitons –
La fièvre du chemin de fer.

I

Pobjoy, fort satisfait de son dernier Constable, m'a apporté quelques oursins à manger. C'est une petite récompense, & ce n'est guère un gros repas, mais elle vaut bien plus à mes yeux que Pobjoy ne saurait l'imaginer. J'extrais la laitance avec les doigts, mais à vrai dire ce n'est pas pour ce petit plaisir salé que je convoite l'oursin, mais pour les piquants d'une éclatante couleur pourpre dont sa coquille est bardée tel un échidné aquatique cuivré. À marée basse en début de soirée je casse les piquants, ramasse deux des nombreux petits galets qui tapissent le sol de ma cellule et, écrasant les pointes avec les galets, en fais une poudre pourpre.

Ensuite, je mélange la poudre avec de la salive & de la graisse que j'ai gardée d'une portion occasionnelle de porc en saumure, dans le lisse creux cannelé de la coquille Saint-Jacques qui me sert d'encrier. Ainsi je fabrique mon encre, regardant tourner la pourpre dans la coquille blanche, tout en pensant que la pourpre, la couleur des empereurs, semble convenir à la section suivante de mon histoire, qui raconte comment mon sort s'est inextricablement enchevêtré avec celui d'un César des mers du Sud, dont personne ne se souviendra & que tourmentait le pressentiment des ravages qu'il savait que le temps infligerait à son œuvre.

Le Roi, je le soupçonne, juge étrange que je consacre plusieurs pages au Commandant, mais son histoire est la mienne & la mienne la sienne, car ses rêves déterminèrent ma destinée. Je dis au Roi qu'il ne peut se faire une idée de la perversité de mon destin s'il ne comprend pas vraiment que le Commandant créa finalement non pas un mais *deux* enfers alternatifs. Le second, ce que je ne devais découvrir que bien plus tard – bien trop tard comme il apparut – fut celui qui me terrifia véritablement par ses aspirations à l'immortalité. Mais l'infinie perversité de son œuvre ne peut être saisie que par qui connaît intégralement la terrible & véritable histoire du Commandant. Nos destinées devaient bientôt se fondre, si peu que nous l'eussions l'un & l'autre souhaité.

L'encre avec laquelle je tâche d'écrire ce récit n'est pas, il est vrai, la majestueuse pourpre tyrienne qui déclenchait le lyrisme du Vieux Gould, la teinte que les anciens extrayaient du mollusque en exprimant d'un petit kyste situé derrière la tête du buccin le pus qui se violaçait au soleil, une teinte si précieuse que seuls les plus riches & les plus puissants pouvaient s'offrir des robes de cette couleur, mais plutôt une pourpre d'oursin – et cela semble convenir à un homme qui, loin d'être né dans la pourpre, a fait des pieds & des mains & a tué pour une couleur qui passe bien trop vite. Je ne présente aucune excuse pour ce qui est donc à la fois évident & nécessaire, à savoir que la prose qui suit est aussi d'une semblable teinte.

II

Sa trajectoire fut aussi silencieuse & sombre que sa figure, qu'il devait par la suite se mettre à cacher sous un masque d'or, sans que nul ne semble savoir si la honte, la modestie ou l'embarras le faisait agir ainsi ; pas plus qu'on ne connaissait sa famille ou son passé militaire. Il était, comme le broussard Matt Brady qui finit par le hanter toujours plus, une énigme, mais d'un autre ordre, car alors que Brady était toujours invisible, insaisissable dans la vie comme dans les rêves, le Commandant se voyait partout. Pourtant personne ne prétendait le connaître ou le comprendre intimement, car c'eût été convier la mort.

Des histoires, d'abord murmurées et, bien plus tard, après son prétendu décès, hurlées, affirmaient que le Commandant n'avait jamais été populaire mais tenu pour un idiot. Il était indéniable que ses cheveux huilés, avec une raie bien droite au milieu, son nez en bec de perroquet qu'il laissait inexplicablement saillir par un trou de son masque d'or, l'enfoncement légèrement ovin de ses yeux, & une bouche qui pour être dorée sur tranche n'en paraissait pas moins molle & tordue, concouraient à lui donner une apparence qui au pouvoir était insensible & formidable, mais en dehors du pouvoir semblait simplement minaudière.

La plus étrange de toutes ces histoires était aussi la plus tenace : c'était – comme nous – un jean-foutre, un condamné à la transportation pour des crimes innommables, un récidiviste qui travaillait à la chaîne de forçats de Parramatta, avait été condamné à une nouvelle peine & expédié à l'île Norfolk où il était devenu un maître-roublard qui ne craignait ni Dieu ni homme.

Lorsque cette colonie pénitentiaire consacrée au génie de la torture avait finalement été fermée & ses misérables habitants expédiés dans la Terre de Van Diemen, son navire avait essuyé une forte tempête & s'était brisé sur une île du détroit de Bass. Unique survivant, il s'était alors fait passer pour le Lieutenant Horace, dont le corps – le visage livide piqué d'une centaine de trous par les limules voraces – s'était échoué à côté de lui sur la plage en ce début de soirée où le ciel au-dessus de ses yeux terrifiés s'était assombri, non sous l'effet du crépuscule mais d'une multitude vibrante de puffins.

Spectacle comme il n'en avait jamais vu ! Des centaines de milliers de puffins, peut-être des millions, éclipsant la boule du soleil couchant, glissant tous rapidement dans une direction sur de longues ailes qui ne semblaient que rarement battre paresseusement, puis revenant à leurs terriers dans les dunes de sable, ce qui resterait toujours pour lui un épouvantable présage de la nuit.

Arbres, refuge & bien-être étaient, par ailleurs, étrangers à l'île. À part lui & les puffins, ses principaux habitants étaient les puces, les mouches, les rats, les serpents & les pingouins dont les criaillements incessants le soir s'alliaient aux mugissements glacés des vents d'ouest pour faire de ses nuits une horreur sans fin.

Il survécut plusieurs mois avec la viande grasse à goût de mouton des puffins & le réconfort fourni par le seul livre échoué avec lui, l'*Histoire des guerres napoléoniennes* de Huntington, jusqu'au jour où il fut sauvé par deux Quakers missionnaires qui parcouraient les lointaines îles sauvages du détroit à la recherche de femmes indigènes achetées ou enlevées à leur tribu par des chasseurs de phoques. Eux-mêmes, à leur tour, achèteraient ou enlèveraient lesdites femmes, & puis les interrogeraient afin de rédiger un rapport écœurant sur de tels abus pour la Société des Amis, à Londres, qui patronnait leur mission. À l'époque où les deux Quakers dans leur petite baleinière avaient pénétré à la rame dans l'enclave rocheuse & balayée par les vents où il s'était installé depuis si longtemps, il avait réussi à se métamorphoser en autre chose, ayant acquis l'odeur graisseuse de la petite autorité, & sous le duvet de puffin qui voletait légèrement sur son visage & ses vêtements il avait même commencé à se convaincre de l'inévitabilité de l'invention.

Avec les Quakers, une femme noire, & trois enfants d'une autre femme noire qui était morte, contre lesquels les Quakers avaient troqué quelques haches & du sucre avec un chasseur de phoques, il prit la direction du sud-ouest. Il leur fallut une semaine pour traverser le détroit, puis ils longèrent la côte ouest de la Terre de Van Diemen & arrivèrent à la tristement célèbre colonie pénitentiaire de l'île Sarah, sujet d'une autre investigation des Quakers.

Là les sauveteurs & le rescapé se séparèrent, ce dernier armé d'une noble rhétorique de pénologie acquise auprès des sages & zélés Quakers, ainsi que de sa connaissance personnelle, plus vile & plus ancienne, de l'animalité des hommes, & ces deux cordes, caressées par l'archet de son ambition grandissante, émirent un puissant accord hypocrite. Le Commandant d'alors, le Major de Groot, se réjouit de l'arrivée d'un soldat de plus dans la garde militaire insuffisante de la colonie pénitentiaire, tandis que le Lieutenant Horace se réjouit de l'occasion d'ajouter à son invention de véritables états de service.

Après les funérailles du Major de Groot, le Chirurgien & l'Intendant s'étaient querellés pour savoir qui était l'officier le plus ancien qui devait prendre le commandement. Quand ils se montrèrent incapables de sortir par eux-mêmes de cette impasse, le Lieutenant Horace s'engouffra dans la brèche. Se déclarant seul capable de maintenir l'ordre parmi les soldats & la discipline parmi les forçats, il se proclama le nouveau Commandant. D'une manière qui lui était particulière, il tira avantage de ses propres limites en déclarant que s'il ne connaissait rien au droit civil il comprenait suffisamment bien la loi des hommes sous les armes, & fit préparer par le vieux commis danois pompeux, Jorgen Jorgensen (jusqu'à sa mort je ne l'ai jamais vu se départir de la plus grotesque des affectations, un collier de lapis-lazuli qu'il prétendait avoir gagné à l'écarté au Général Blücher lors d'un séjour à Dresde), une déclaration de loi martiale, le premier document, comme je devais le découvrir plus tard, d'une longue & remarquablement féconde collaboration.

Même selon les horribles critères de cette île horrible, Jorgen Jorgensen – en dépit de ses affectations – avait une misérable dégaine de merde de pélican, tout distendu & anguleux, des épaules en portemanteau tâchant de se rappeler le manteau tombé depuis des éternités. Il portait invariablement une épée rouillée démesurée traînant derrière lui dans la poussière & la boue, avec son principal compagnon – un chien galeux à trois pattes qu'il appelait Elseneur – clopinant dans l'ornière de son sillage. En marchant il marmonnait souvent dans sa moustache, & quelquefois chantait pour le chien qui savait se dresser sur ses deux bonnes pattes de derrière & siffler en réponse. Comme son chien, Jorgen Jorgensen possédait le talent de siffler le même air que son maître. À un certain moment, ce commis de second ordre décida que son maître ne serait plus le Major de Groot, mais le Lieutenant Horace.

Nul ne pensa grand-chose de la prise de commandement du Lieutenant Horace, l'estimant une formalité qui devait être remplie jusqu'à ce que le Gouverneur Arthur dans la lointaine ville de Hobart nomme à ce poste quelqu'un de qualifié & compétent, vertus qui n'étaient ni l'une ni l'autre évidentes chez le Lieutenant Horace, lequel se contentait de hausser les épaules pour passer outre aux singularités méprisables de sa propre conduite, telles que la rétention de la femme noire que les Quakers avaient confiée à ses soins en échange de la promesse solennelle de son édification morale & spirituelle. Les forçats l'appelaient Sally Deux-Sous, mais le Commandant – comme il tint rapidement à être appelé – auprès de qui elle trouva d'abord du travail de domestique, puis les faveurs d'une maîtresse, tint à l'appeler la Mulâtresse. Dans son esprit il était peut-être plus acceptable de s'accoupler avec une femme aux origines raciales mêlées qu'avec une femme qui était si manifestement une indigène van-diemonienne. Dans cette affaire, comme en tant d'autres – son inaptitude à remplir ce poste, par exemple –, il avait au début ri avec les autres & dit, « Touchez-moi, regardez, je suis juste comme vous, vous pouvez me toucher. » Mais pendant qu'il disait cela le duvet de puffin tombait de son visage & quelque chose d'autre, comme du roc, affleurait.

III

Au début, de même qu'à la fin, ce fut comme le Commandant l'avait soupçonné depuis longtemps : il était immortel. Le peu de gens qui connaissaient les Archives de la colonie pénitentiaire disaient que même là ne figurait aucun dossier précis concernant le bateau sur lequel il était arrivé ni d'ailleurs son passé militaire, car Jorgen Jorgensen avait bien des années auparavant, sur l'ordre du Major de Groot, vérifié tous les registres maritimes & n'avait trouvé aucune mention d'un Lieutenant Horace.

Après le décès prématuré du Major de Groot, dont la rumeur disait qu'il était dû au poison, des documents officiels furent trouvés (mais ce n'étaient, il est vrai, que des feuilles volantes insérées dans les registres de lettres du Major de Groot), relatifs à des lettres signées par le Major de Groot nommant le Lieutenant Horace comme successeur. Par la suite, selon un ajout dans les marges, ces lettres avaient été malencontreusement perdues dans un petit incendie qui s'était déclaré aux Archives immédiatement après que le Lieutenant Horace eut pris le contrôle de la colonie.

Au début le nouveau Commandant fut un modèle d'obséquiosité vis-à-vis de ses lointains supérieurs. Il faisait écrire par Jorgen Jorgensen de longs rapports sur ses divers perfectionnements de la machine de l'administration pénitentiaire – ses réformes diététiques qui faisaient moins de nourriture durer plus longtemps tout en garantissant l'amélioration de la santé & la vigueur des forçats confiés à ses soins ; ses nouvelles cages à dormir individuelles de la longueur d'un homme & de la hauteur d'un avant-bras, conçues pour empêcher le péché innommable parmi les forçats ; son pot de chambre à fond basculant elliptique dont le bon fonctionnement exigeait l'emploi des deux mains, rendant ainsi impossible le crime d'Onan qui répand en vain sa semence dans le sable.

Il n'y eut jamais de réponses.

Pas un mot d'éloge, d'encouragement, ni même, d'ailleurs, d'approbation ou de réprimande.

Le ton des lettres que le Commandant faisait écrire par Jorgen Jorgensen commença à changer. Il commença à dresser la liste des problèmes rencontrés quand on essaie de tenir une colonie pénitentiaire composée des pires types de forçats qui se livrent au péché innommable avec des soldats d'à peu près le même acabit – les derniers ne se distinguant des premiers que par le rose terne de leur uniforme rouge délavé ; le dilemme d'essayer d'assurer la survie de la colonie, & pis encore – comme on l'attendait de lui – l'équilibre de ses comptes, alors qu'on lui donnait si peu d'outils & aucun ouvrier qualifié pour construire des bateaux ou des maisons, pas d'argent ni de vivres de réserve qu'il aurait pu troquer avec les marchands de passage. Il supplia qu'on accorde un petit supplément de rations. Quelques soldats de plus. Des officiers de quelque envergure, de préférence à ce qu'ils étaient en règle générale, en disgrâce pour avoir détourné les fonds du régiment ou couché avec la femme du commandant en chef de l'île Maurice ou, pis encore, avec le commandant en chef en personne à Cape Town.

Jamais ne lui furent accordés de réponses, d'approvisionnements ou de renforts.

Ses lettres passèrent de la mauvaise humeur à la colère & finalement à l'insulte. Un mémorandum bref & cassant arriva en retour. Il était signé par un sous-fifre du Ministre des Colonies. Il reprenait les termes de son brevet d'officier & lui rappelait le devoir sacré de sa charge jusqu'à ce que le gouverneur nomme un successeur au Major de Groot.

Il apparut clairement au Commandant que ses lettres, vu leur effet, auraient tout aussi bien pu être jetées à la mer & mangées par les énormes baleines au large des pointes, dont le passage en grandes bandes presque toutes les heures était signalé par de lointains petits arcs-en-ciel de jets d'eau. Ce fut à cette époque que le Commandant plongea dans l'abîme du désespoir & ne se rasa ni ne changea de vêtements pendant plusieurs mois.

Lorsqu'il émergea de l'hiver de sa solitude il portait un masque d'or au sourire perpétuel & d'autres preuves du profond effet que son long isolement après le naufrage avait eu sur son esprit – un nouvel uniforme bleu magnifique, rappelant celui du Maréchal Ney à la bataille de Waterloo, remarquable pour ses énormes épaulettes en plumes dont la forme ressemblait étonnamment à des ailes de puffin déployées. S'il adopta le masque simplement pour cacher qui il avait été & prévenir la possibilité d'être dénoncé comme imposteur, ou s'il le porta pour s'inventer en quelqu'un qui n'était ni le Lieutenant Horace ni même celui qu'il avait été avant le naufrage, mais en une toute nouvelle créature, le Commandant, je l'ignore.

Tout ce que je peux rapporter c'est que le masque souriant fut bientôt partout, rutilant, allègre, nous renvoyant l'image de nos propres cupidité & désirs, si omniprésent que nul ne sembla remarquer sa silencieuse & prompte usurpation de la place de la grande flèche symbolisant la propriété du gouvernement, quand il apparut sur les barriques & les outils de la même façon, puis fut estampé sur nos avant-bras, fusion spectaculaire de l'État, de l'être & de la dissimulation, & qui était si caractéristique du grand homme.

Le Commandant tint la première d'une suite innombrable de longues conversations avec Jorgen Jorgensen, après quoi le Danois se mit à rédiger pour le Ministère des Colonies d'imperturbables rapports sur une croissance régulière à défaut d'être spectaculaire. Dans ses rapports le progrès était entravé mais jamais arrêté ni excessivement empêché par les inévitables problèmes de l'isolement, l'indolence & l'incompétence des ouvriers forçats, de la pénurie d'ouvriers qualifiés & d'outils. C'était l'image d'un respectable établissement bien dirigé qui dégageait de petits bénéfices & contribuait à la régénération de la terre & des âmes criminelles. Mais seul Jorgen Jorgensen remarqua que la salive qui luisait aux commissures des lèvres dorées du Commandant était noire à cause du mercure qu'il prenait déjà pour traiter sa syphilis.

Le Commandant ordonna ensuite que le magasin de l'intendance soit ouvert au commerce. Il ordonna que la réserve entière de barriques de porc salé de la colonie soit échangée avec un négociant en baleines de Nantucket contre deux vieilles baleinières qu'il envoya avec un nouvel équipage de forçats à la recherche du grand poisson de Jonas. L'une coula avec tous les hommes à son bord, juste devant les Portes de l'Enfer, mais l'autre regagna la colonie affamée qui subsistait de farine & de poisson rationnés, avec deux baleines à bosse dans sa cale, & le Commandant se lança dans le commerce d'huile de baleine.

Avec ses profits il acheta davantage de bateaux & envoya sur l'île où il avait été naufragé des hommes chasser le puffin pour sa viande & les phoques pour leur fourrure. Il forma avec les forçats en qui il avait confiance une garde d'élite à qui il fit abattre la moitié de ses soldats, & s'abstenant d'en informer les autorités coloniales, continua à percevoir leur solde comme un salaire de la mort. Il doubla le rythme d'abattage de pins Huon & divisa par deux la quantité envoyée aux autorités coloniales, puis, le marché étant florissant, quadrupla l'abattage & divisa par quatre la quantité désormais envoyée comme un malheureux tribut à la ville de Hobart, accompagnée de lettres dépeignant le problème quasiment insurmontable des mauvais outils, des scieurs inexpérimentés, des épidémies du péché innommable & du temps si abominable que les rivières étaient gelées six mois dans l'année.

Ces échanges se firent exubérants & exotiques : une vingtaine de barriques d'huile de baleine contre l'odeur décadente d'une seule goyave trop mûre, des outils de construction navale contre des œufs d'iguane, une baleinière contre une grosse cargaison de bananes vertes, des tuniques rouges très prisées contre des turbans en soie.

En dépit de ce que les marchands portugais racontaient tout bas à leurs matelots brésiliens pendant qu'ils vidaient leurs cales de plumes des Moluques, & contrairement à ce que les forçats pieds nus se grommelaient les uns les autres pendant la cruelle & interminable corvée du transport des énormes troncs de pin Huon à travers les forêts sans pistes jusqu'à la berge de la rivière gelée, tout n'était pas que folie dans son commerce.

En échange du pin, dont il prétendait que l'huile pouvait être utilisée comme aphrodisiaque & comme remède contre la chaude-pisse, ce qui en faisait une merveille doublement souveraine promouvant & protégeant tout ensemble ses adeptes dans les torrents de l'amour, il obtenait le tissu de soie le plus fin de l'Inde. En échange d'une horde de cacatoès à crête soufre qu'il avait fait peindre pour qu'ils aient l'air de bébés aras & auxquels il avait fait apprendre à réciter de la poésie mélancolique à la manière de Pope & à chanter des chansons brûlantes dans l'argot le plus truculent de leurs dresseurs forçats, il gagna quatorze caravelles brésiliennes & sept canons, qu'il s'empressa d'échanger contre une principauté à Sarawak qu'un marchand levantin avait gagnée lors d'une partie de tarot au cours de son voyage au sud vers le fabuleux royaume de l'île Sarah, & dont la vente ultérieure finança son palais & le nouvel appontement.

En échange du continent de l'Australie dont il s'était récemment déclaré le souverain en y envoyant Musha Pug planter sur une plage abandonnée le nouveau drapeau de la Principauté de l'Île-Sarah, il obtint une flotte de Siamoises. Au début elles établirent leur commerce dans des bosquets tapissés de frondes de fougères géantes, mais lorsque la lumière vespérale faiblit & que les bosquets s'humidifièrent, les Siamoises se mirent à se rassembler avec leurs fougères le long du mur fortifié au nord du pénitencier. Là elles racolaient, invitaient les jean-foutre à prouver qu'ils étaient de vrais hommes, & buvaient leur semence, persuadées que cela guérissait la phtisie qui était devenu un fléau dans leurs rangs.

Sa réputation grandit, son nom commença à se répandre dans le vaste monde, & des navires se mirent à arriver avec toutes sortes de négociants, de marchands, de mendiants & de charlatans. Le Commandant leur faisait bon accueil à tous & ce qui avait débuté comme un commerce furtif le long de la palissade sud, administré mais non pas contrôlé par les criminels le samedi après-midi, devint un marché, le marché un bazar, & le bazar une idée de nation. « Car qu'est-ce qu'une nation ? » demanda le Commandant au Chirurgien d'une voie aiguë aussi étrange & flexible que la vieille scie qu'il ressassait, « sinon un peuple qui possède une flotte de commerce. Une langue, sinon un dialecte avec une armée ? Une littérature, sinon des mots vendus comme provenances ? »

IV

L'usurpation de l'identité du Lieutenant Horace par le Commandant eut une conséquence importante & imprévue : il reçut le courrier du défunt. Celui-ci était banal & sporadique, à l'exception d'un flot incessant de lettres de la sœur du feu Lieutenant, Miss Anne. De certains apartés dans ce qu'elle écrivait le Commandant retira l'impression que le frère d'origine de Miss Anne, avant d'être dévoré dans la mort par les limules, l'avait été dans la vie par l'ennui des missives de Miss Anne. Il leur avait rarement répondu, si tant est qu'il l'eût jamais fait. Mais le frère de substitution de Miss Anne, le Commandant, se montra un correspondant plus zélé. Il écrivit avec régularité & enthousiasme, envoyant deux voire trois lettres en réponse à une seule.

Peut-être au début avait-il l'intention de se constituer avec ces lettres une petite bibliothèque de renseignements personnels l'aidant utilement à tenir le rôle du défunt frère de Miss Anne. Plutôt que de sa propre personne, il remplissait ses réponses – dont je devais bien des années après voir des copies dans un registre de lettres – de questions cherchant à démêler des détails sur la famille, le monde, les centres d'intérêt, les passions & les enthousiasmes de sa sœur.

Mais la correspondance prit rapidement une vie propre. Que cela ait été immédiatement implicite dans la façon dont elle écrivait ou simplement déduit par le Commandant dans la façon dont il lisait, il en vint à croire que sa toute nouvelle sœur était un être parfaitement remarquable. Miss Anne, se réjouissant du nouvel intérêt & de l'appréciation grandissante de son frère, écrivit davantage, & davantage selon son cœur. Le ton de Miss Anne changea à un tel point qu'il parut presque au Commandant que ses lettres étaient écrites par une personne entièrement différente, une personne en qui il reconnaissait à présent sa véritable sœur. Et au fur & à mesure que changeaient les lettres de Miss Anne, le Commandant ne les considéra plus comme un travail nécessaire de recherche, mais une passion exigeant démonstration. Car en même temps que sa confiance dans l'invulnérabilité de sa position de dirigeant de l'île avait crû son sentiment d'isolement. Ce n'était que dans les lettres de Miss Anne qu'il était à même de trouver une source à la fois d'intimité & d'inspiration qui exigeait, il en avait le sentiment croissant, d'être payée en retour d'une manière ou d'une autre.

J'ai utilisé l'image d'un flot incessant pour décrire les lettres de Miss Anne, mais cela est imprécis. Il est certain que ses récits enchanteurs semblaient rédigés de la sorte deux ou même trois fois par semaine mais qu'ils étaient expédiés & donc reçus une ou deux fois par an seulement – & par conséquent leur effet sur l'esprit du Commandant tenait moins de l'infime érosion qu'un cours d'eau imprime à la berge qu'à celle d'un raz de marée effaçant tout sur son passage.

Quand plus tard j'en suis venu à peindre plusieurs de ces lettres, j'ai trouvé leur ton inévitablement exubérant, leur forme débordante, les phrases se bousculant les unes les autres, les tournures passant à saute-mouton par-dessus les idées, l'épisto-lière impatiente de raconter à celui qu'elle croyait être son frère cadet toutes les nouvelles merveilles de l'époque, rendues d'au-tant plus remarquables par quelque association personnelle – une collation en compagnie de la sœur de George Stephenson qui avait trouvé son idée d'appeler la locomotive « Le Jupiter Ton-nant » excellente ; une soirée risquée à assister à un combat d'ours & de chiens aux Five Courts où elle avait été présentée au poète John Keats, avec qui elle avait échangé ses impressions, écrivait-elle, sur leurs têtes brûlées de frères perdus dans le Nou-veau Monde.

Ces lettres tourmentaient le Commandant qu'affligeait pro-fondément désormais le pathétique de l'éloignement. Elles faus-saient sa perspective du Vieux Monde, amoindrissaient le quotidien, le banal, la chicane & la médiocrité de l'Europe, exa-géraient le merveilleux, le sublime, l'incroyable de ce monde distant d'une demi-année de voyage.

Dans l'esprit du Commandant les événements en Europe se mirent à faire époque, & à se relier de façons inattendues. Ainsi la locomotive à vapeur, le *Don Juan* de Byron & les splendides âtres scientifiques du Baron Rumford – tous issus d'une char-mante association personnelle avec Miss Anne – firent-ils dans l'imagination du Commandant une irruption simultanée, déclen-chant l'idée du voyage romantique sans fumée & les plaisirs de la chair qu'il allait plus tard cultiver avec une certaine ardeur insensée.

Une nuit que derrière son masque d'or ses yeux avaient fini par se lasser de relire les lettres extraordinaires de sa sœur &

par se fermer dans l'attente plaisamment assoupie du sommeil imminent, il se rendit compte que tous les nouveaux miracles technologiques de l'Europe avaient été soit inventés par Miss Anne soit directement inspirés par ses bonnes œuvres, ses sages conseils ou ses interventions bienveillantes ; que ce fussent la locomotive, le bateau à vapeur, la presse à vapeur ou la génération de la force surnaturelle de l'électricité – tous étaient des créations de Miss Anne !

Et puis encore plus tard il avait dû s'avouer que non seulement les questions technologiques mais aussi la merveille même de l'Europe moderne du dix-neuvième siècle étaient clairement une conséquence directe de l'imagination de sa sœur. Avec la force d'une profonde révélation, il se rendit compte que sa sœur inventait l'Europe & sentit son corps violemment ébranlé par une grande secousse.

Le lendemain matin, alors qu'il faisait calculer au vieux Danois la recette mensuelle de blanc de baleine sur un grand boulier, il s'aperçut qu'il commençait à se demander s'il ne pouvait pas faire de même. Tandis que les boules blanches & noires allaient & venaient en cliquetant quelque chose d'autre se calcula dans son esprit, dont la somme était qu'il pourrait bien faire de la colonie pénitentiaire de l'île Sarah le produit de sa volonté imaginative aussi sûrement que Miss Anne l'avait fait de l'Europe.

Il poussa un tel cri que le vieux Danois sursauta & fit tomber le boulier, qui se cassa sur le sol dallé de la cellule du Commandant. Tandis que les boules blanches & noires roulaient dans toutes les directions & que le vieux Danois les cherchait à tâtons, le Commandant hocha la tête dans une révélation. Il allait réinventer l'Europe sur l'île Sarah, seulement cette fois elle serait encore plus extraordinaire que tous les récits de sa sœur.

Et en ce jour où les calculs du vieux Danois s'avérèrent n'être qu'une multitude de boules noires & blanches roulant dans la poussière, le Commandant vit ses rêves monochromes d'homme inspiré par le retour nocturne des puffins exploser en un kaléidoscope de désirs colorés. Dans une mer de sang de forçats qu'il prétendrait plus tard n'avoir versé que pour servir la destinée de son peuple, les lettres de Miss Anne devaient dorénavant être pour lui un aimant naturel détraqué, à l'aide duquel il accomplirait son étrange traversée, avec nous pour passagers embarqués malgré nous.

V

À cette époque ma vie s'était installée dans de petites habitudes qui étaient, sinon agréables alors, du moins tolérablement confortables comparées à celles de la plupart de mes camarades criminels. Bien que continuant à dormir au Pénitencier avec les autres forçats, entre l'aube & le crépuscule j'étais dans une large mesure libre d'agir à ma guise & d'aller là où je voulais sur l'île. Je recevais un rabiot de nourriture, une ration de rhum & j'avais la permission d'avoir un petit potager pour mon propre usage à côté de l'enclos de Castlereagh. J'avais même une femme, ce qui, dans une colonie pénitentiaire remplie d'hommes, n'était pas peu de chose.

C'était la maîtresse du Commandant, Sally Deux-Sous. Mes rendez-vous galants avec elle étaient par conséquent risqués & donc des affaires furtives, cachées à tous, menées dans le seul endroit où personne d'autre ne s'aventurait, le petit bouquet de buissons entre l'enclos de Castlereagh & le talus en pente derrière lui.

Là, à l'abri d'un taillis fourni de leptospermes & des volutes de miasmes qui s'élevaient de la merde de cochon, nous conservions dans des cruchons en terre cuite notre réserve de contrebande de rhum raide que nous faisions fermenter avec des raisins & du sucre volés, parfumions & teintions en vert avec des feuilles de sassafras en mémoire de la Soupe de Voyou de Capois Death. Lorsque je prétendais être ailleurs à peindre des poissons, j'étais immanquablement dans les leptospermes à pêcher les délices de Sally Deux-Sous.

Cachés du monde, nous passions là jour après jour. C'était le début de l'hiver. Tandis que les vents d'ouest brutaux traversaient l'île, nous avions dans les leptospermes notre refuge douillet, chaud & protégé, fermé & béni comme la nuit. Là nous troquions des mots.

Mon préféré : Moinee.

Son préféré : Pote.

Sally Deux-Sous se délectait des histoires sur Londres, était à la fois terrifiée & excitée par les descriptions de foules plus grandes que le plus grand troupeau de kangourous & de bâtiments si hauts & en rangs si serrés qu'ils créaient leurs propres vallées, gorges & ravins sans un seul arbre en vue. Elle contait à son tour des histoires sur la création de la Terre de Van Diemen, faite par le dieu Moinee frappant la terre & créant les rivières, soufflant & soulevant la terre en montagnes.

« Et comment le port de Macquarie a-t-il été fait ? demandai-je un jour. Par *Moinee* ?

— Le port de Macquarie ? dit-elle. Le pot de chambre de Moinee – *pote*. »

Elle sentait le hareng mariné & je lui prêtais ma pipe &, la pipe fermement coincée entre les dents, elle frémissait comme un poisson, puis sentait quelque chose de complètement différent & même de meilleur, & puis nous prenions racine nagions volions & échangions des câlineries de la plus merveilleuse manière qui soit. Elle avait de petits seins, la taille épaisse, les jambes maigres, & elle était toujours vorace au début quand elle faisait l'amour. Elle faisait beaucoup de bruit, un peu comme le hurlement nocturne d'un diable vandiemonien, un peu comme le martèlement d'un grand galop, ce qui était en même temps plaisant & effrayant, car cela signifiait que nous courions le risque d'être découverts, même avec Castlereagh qui chantait par-derrière. J'avais beau l'implorer de savourer sa passion dans une félicité muette, elle n'en tenait aucun compte. Elle ignorait la honte & quand la passion s'emparait d'elle, ce qui au début, comme je l'ai dit, était plus que fréquent, elle m'aurait volontiers pris devant le Chirurgien, le Commandant ou la chaîne de forçats.

Mais je serais moins qu'honnête si je disais que tout allait bien pour moi & mes petites habitudes qui étaient – je ne le savais pas encore – sur le point de prendre fin. À y repenser, il est vrai de dire que les choses commençaient dès ce moment à se gâter. Au bout d'un certain temps Sally Deux-Sous finit par apprendre les bonnes manières indispensables, mais elle avait alors pratiquement perdu tout intérêt pour moi & passait du temps avec Musha Pug, un saligaud qui à force de moucharder s'était vu récompenser par la bonne planque d'aide-magasinier à l'Intendance, & qui était une bien meilleure source de nourriture, de rhum & de tabac que je ne l'avais jamais été. Et elle, dont la présence avait fini par me sembler aller de soi, me manqua plus que je ne l'aurais cru possible.

Par bonheur le style de mes peintures de poissons s'améliorait, & avec lui mes perspectives de survie. Mes peintures devenaient économes, aussi utiles qu'un bon brodequin, aussi solides qu'un mât d'artimon bien planté sur le navire de la glorieuse Science du Pudding.

N'importe comment – & quel que soit le parallèle – le Pudding était fort satisfait, parfois jusqu'à la jubilation, & ses rêves s'emplissaient d'images du Glorieux Retour du Grand Historien Naturaliste & Ichthyologiste Renommé Lemprière dans la Capitale de Londres, tout en articulant en silence ses reparties aux Dames du Beau Monde qui aux Grandes Soirées de la Science tombaient à ses pieds & lui demandaient comment il avait survécu aux Sauvages, aux Jungles & aux Hottentots Affamés, & lui, avec la plus grande humilité, répondait :

« Parce que je croyais en la Science, Madame, & en mon modeste rôle dans sa Mission Sacrée. »

VI

Sous des formes diverses se présente le Diable & nulle ne se laisse jamais aisément réduire à une illustration. Mon travail devenait de plus en plus frustrant & il semblait tout simplement normal que le nom évocateur & lumineux d'« uranoscope » me fasse penser à un poisson entièrement différent de celui que la chaîne de pêche me présenta à peindre un matin. J'imaginais un poisson possédant je ne sais quelle qualité éthérée, comme s'il était une vertu méditative incarnée en poisson. Un tel poisson, pensais-je, conviendrait idéalement à l'aquarelle, avec laquelle je trouvais difficile de capter la densité, mais qui avait une certaine capacité à rendre le passage de la lumière.

Mais l'uranoscope que m'avaient donné les pêcheurs forçats était loin d'être un poisson facile à peindre. Je ne sais pas pourquoi, c'est ce que j'ai pensé, bien que dans son être noir, dans son apparence féroce, dans ses cornes sataniques au bord de sa terrible tête taurine, sa bouche verticale figée en un rictus menaçant, sa peau visqueuse, l'étrangeté de ses yeux placés sur le dessus de sa tête & non sur le côté – comme s'il regardait toujours vers le ciel, d'où son nom enchanteur & céleste – dans tout cela se perçût la suggestion de quelque chose que je ne trouvais pas étranger mais familier. Impossible de dire cependant quelle était la nature de cette familiarité, ni pourquoi au début elle me troubla tellement.

Un uranoscope est un poisson effrayant de quelque manière qu'on l'imagine, mais il m'a fallu attendre d'en voir un dans son propre monde pour comprendre sa véritable nature. J'étais allé sur la jetée pour m'extasier devant la dernière prise de la chaîne de pêche – une morue géante, avec une grosse boule dans le ventre. Sous sa dépouille laiteuse était encore reconnaissable la tête de Doughy Proctor – la seule chose qui restait de lui après sa tentative d'évasion attaché à une vieille barrique de porc en saumure. Le chef de la chaîne de pêche, un Valaque du Levant qui répondait au nom de Rolo Palma, me fit signe de le rejoindre au bout de la jetée pour regarder dans la mer.

D'une manière aussi caractéristique de sa contrée d'origine que de lui-même, la destinée de Rolo Palma était d'être lié à d'autres pays. S'étant retrouvé en Angleterre & voyant que l'amitié anglaise se manifestait typiquement par une absence de conversation, Rolo Palma – à l'exemple de son héros Swedenborg – se mit à la place à parler avec les anges. Il avait une imagination fertile & un vif intérêt pour le monde naturel, & toutes les chances – si obéir aux anges ne s'était pas interposé en l'astreignant à une migration obligatoire vers la Terre de Van Diemen en qualité de meurtrier condamné – d'inventer un système d'histoire naturelle encore plus fou que celui admiré par le Chirurgien. Mais il dut se contenter de spéculer sur l'existence de créatures mythiques telles que le minotaure & le griffon dans l'arrière-pays de la Terre de Van Diemen & de me montrer du doigt, peut-être à un mètre cinquante sous l'eau, deux yeux diaboliques qui saillaient du sol marin. Le poisson auquel les yeux appartenaient gisait enfoui dans le sable – son énorme tête, ses cornes sataniques, son corps fuselé d'hercule de foire – immobile, tendu, caché, attendant le moment où un bébé flet passerait au-dessus de lui.

Puis une explosion de sable d'où jaillit le grand corps de l'uranoscope, comme s'il naissait du désordre même qu'il avait créé. Cette énorme bouche s'ouvre & se ferme en même temps & tout ensemble. Un corps s'arque & saute, propulse l'uranoscope vers le haut & engloutit le bébé flet jusque-là sans défiance, ne laissant que le Valaque qui s'exclame de joie & un tourbillon d'eau sablonneuse qui suggère le départ d'une vie.

Les traits de ma première peinture étaient médiocres & infidèles à cette aptitude à manifester la menace. Ils ne réussissaient pas à rendre les proportions monstrueuses, la tête démesurée qui dominait le corps fuselé qui lui était attaché, & mes couleurs ne savaient pas reproduire la tension implicite dans la musculature de tout poisson, mais plus particulièrement dans celle de l'uranoscope.

En un tel cas, lorsque le poisson restait une piètre illustration scientifique, se glissait dans mon esprit comme une intruse l'image abominable de M. Cosmo Wheeler réinventant le Monde en une Grande Machine à Vapeur comme celles que le briseur de machines avait essayé de saccager rouage après rouage, & tous les poissons & moi y étions mis en bouillie entre leurs dents grinçantes de taxa & systemae.

J'ai travaillé & retravaillé mes esquisses & mes peintures jusqu'à ce qu'elles débordent d'un embrouillamini de lignes & de couleurs qui formait un filet à la recherche d'un poisson, mais toujours ce poisson m'échappait. J'ai fini par faire une peinture toujours médiocre, mais dont j'espérais qu'elle paraîtrait acceptable au Chirurgien. À ce moment-là le poisson s'était avarié &

s'il a quand même été bouilli & mangé en soupe, les gars de la chaîne de pêche n'ont pas été contents que je leur demande un second uranoscope qui serait, pensaient-ils, gâché de la même façon.

Or il advint qu'ils n'eurent jamais à me donner ce poisson, car ma fortune allait prendre une face nouvelle & plus favorable avant que tout ne devienne un Enfer, & que l'Enfer ne vienne à nous.

VII

Qu'un livre ne doive jamais digresser est une chose à laquelle je n'ai jamais souscrit. Dieu non plus, qui fait ce qu'Il veut avec les 26 lettres & Ses histoires marchent aussi bien avec C.Q.F.D. qu'avec *A-B-C*.

Les seuls à croire dans les routes droites sont les généraux & les postillons. Je crois le Roi d'accord avec moi sur ce point. Il est favorable, je n'en doute pas, aux coudes de la route, aux diversions & aux excursions qui, s'ils sont toujours l'art actuel de la déception, font quand même d'un voyage l'expérience mémorable qu'un voyage doit être.

De plus en plus séduit par mon idée, j'ai exposé au Roi que cette question des routes marque la division fondamentale entre les civilisations antiques grecque & romaine. Vous faites une route droite comme les Romains & vous avez la chance d'obtenir les trois mots : *Veni, vidi, vici*. Vous avez un sentier de chèvres tortueux comme les Grecs sur toute l'Acropole & qu'obtenez-vous ? L'intégralité de ces satanés *Odyssée* & *Œdipe-Roi*, et voilà. Le Roi, qui a fait des études classiques, regarde le plafond, & son esprit se remplit de griffons, de centaures &, bien sûr, de Pline.

Comment ai-je pu oublier Pline ?

Une fois de plus, le sagace Roi a gagné, montrant que généraliser c'est être idiot, car Pline peut avoir été un Romain, n'empêche qu'il a écrit un livre plus tortueux & tordu que le visage de Capois Death le jour où il revint m'impliquer dans une encore plus inévitable digression. Oh, comme le cabaretier noir semblait refaire surface dans ma vie à intervalles réguliers avec des promesses d'espoir infini & la quitter en laissant mon monde dans le complet désespoir. Il était Aventure & moi Envie, il était Tracas & moi Excitation, il parlait & moi déjà n'écoutais pas pensais rêvais souhaitais que d'une manière ou d'une autre l'évasion serait maintenant possible.

Capois Death était aussi guilleret & fringant que s'il venait juste d'être libéré du Hanneton, souriant comme si Brady en personne était son meilleur pote, riant comme s'il était la plus grosse légume de la ville de Hobart. Déconfit, éméché, allumé, Capois Death s'amène à la porte du Chirurgien & crie « Satané poisson, mon petit Billy ! » & avant que j'aie eu le temps de dire un mot il jette ma peinture de l'uranoscope dans les tristes cendres du feu de Lemprière & se remettant à jacasser gaiement il me dit, « On a mieux à faire. »

Même dans ses frusques du gouvernement, il faisait encore de l'effet, du moins sur moi. Et, comme toujours, il avait réussi à remonter sur l'échelle de l'île Sarah. Il était à présent, dit-il, employé à la Gare du Chemin de Fer National de l'Île-Sarah, chargé de Responsabilités Spéciales pour le Voyage.

Sous l'influence des histoires de Miss Anne sur les nouvelles locomotives à vapeur qui faisaient rage en Europe, le Commandant, de plus en plus frustré dans son désir d'être considéré comme un homme du destin, enivré par les longues descriptions que lui faisait sa sœur de la liesse de l'avènement d'un Âge Nouveau quand on prenait le train de Manchester à Liverpool, avait trois ans auparavant décrété la construction d'une grande gare de chemin de fer.

C'était un projet colossal qui nécessitait l'extraction du grès & son expédition par mer de la côte nord, l'acquisition & le rassemblement de toutes les pièces mécaniques nécessaires aux ateliers, forges & usines œuvrant à une grande gare de chemin de fer. Tout cela en dépit de ceux qui exprimaient silencieusement le doute craintif qu'une gare sur une île au milieu d'un désert éloigné de la côte d'un pays perdu & si déchu qu'il n'existait que comme prison, avait peu de chance d'être jamais un terminus ou une station de départ pour des voyageurs. De tels arguments furent calmement réfutés par l'implacable conviction du Commandant que les voies ferrées sortent des gares de chemin de fer comme les racines d'un saule au bord d'un lac, & que par conséquent ce serait avant longtemps la gare la plus fréquentée des antipodes ; que bientôt les habitants de la Mandchourie & de Liverpool parleraient avec envie & convoitise de la Gare du Chemin de Fer National de l'Île-Sarah. Grâce à elle, dit-il – et certains ont même prétendu que le masque d'or avait souri – nous aurons troqué notre tyrannie de l'isolement contre la liberté du commerce.

Deux cents mètres de voies furent posés à la rotonde autour de laquelle courait une ligne de contournement afin que les locomotives – quand elles sortiraient à toute vapeur de la jungle – puissent pivoter soit sur une énorme plaque tournante en bois opérée par un axe poussé par deux douzaines de forçats qui avaient été déplacés de la chenille, soit en empruntant la ligne de contournement pour regagner la gare. Quand après plusieurs mois il n'y eut toujours pas le moindre signe de voies serpentant comme des vrilles de saule dans notre direction à travers le désert voisin, pas la moindre trace de ponts métalliques s'élevant entre l'île & le continent, le Commandant annonça qu'il avait commandé un train à vapeur à un baleinier américain, utilisant le reste de l'or qu'il avait gagné avec la vente de la rivière Gordon & de la Grande Barrière de Récifs.

VIII

Billy Gould n'avait pas été sans son lot de problèmes sur l'île Sarah. Mais comparé à Capois Death il avait été chanceux. Peu après son arrivée sur l'île Sarah Capois Death avait retrouvé Tom Weaver le Gueulard qui s'était débrouillé pour dénicher à son vieil aubergiste une bonne planque dans la chaîne de ramassage de coquillages. Là Capois Death s'était attiré la malveillance & l'inimitié du gendarme forçat Musha Pug, surveillant de la chaîne, qui avait été transporté sur l'île Sarah en raison d'un intermède répugnant avec un mouton. Lors de son procès Pug, poursuivi pour bestialité, s'était cru à tort accusé de sodomie. À la question du juge lui demandant ce qu'il avait à dire pour sa défense, il s'était senti obligé de faire remarquer que ce n'était pas un bélier mais une brebis avec qui il avait été surpris. Depuis lors sa haine des gitons – avec qui il était persuadé d'avoir été si criminellement confondu – était devenue une passion dominante qui trouvait heureusement de nombreux exutoires sur l'île Sarah.

Après avoir été dénoncé par Musha Pug pour avoir vendu de la voilure aux Siamoises des fougères, Capois Death reçut cent coups de fouet, fut attaché au Berceau pendant une semaine, puis envoyé en amont de la rivière Gordon travailler comme scieur. Un soir, sous les ombres diaprées que posaient sur le feu les myrtes en surplomb, il raconta à ses camarades scieurs l'histoire tragique du briseur de machines de Glasgow, en usant d'un langage tellement évocateur pour décrire la puissance meurtrière des métiers à vapeur qu'on estima à tort qu'il possédait une certaine familiarité avec les choses mécaniques.

Lorsque les énormes caisses contenant des pièces en fer forgé marquées « Locomotive » arrivèrent sur l'île Sarah le mois suivant, les instructions de montage complexes qui les accompagnaient eurent raison même de l'ingéniosité des meilleurs charpentiers de marine. Le désespoir du Commandant fut total jusqu'à ce qu'il reçoive de Musha Pug, grâce à son réseau étendu d'espions, l'information erronée qu'un nègre marron de la chaîne d'abattage de la Gordon s'était vanté d'avoir construit des moteurs à vapeur par le passé.

Convoqué par le Commandant, Capois Death lui prodigua de fermes assurances & donna aux charpentiers des instructions fantasques fondées exclusivement sur le vague souvenir d'une brochure à quatre sous qu'il avait lue sur la nouvelle merveille de George Stephenson. Mais c'est seulement après que le Commandant eut dit à Capois Death qu'il lui ferait bouffer ses propres couilles débitées en tranches & rôties sur un feu de fagots de ses bons à rien de bras – & les charpentiers itou – que Capois Death se sentit en mesure de convaincre les charpentiers de trouver un sens à ce qui paraissait être un désordre total, & de fabriquer avec ce méli-mélo de fer forgé une locomotive, dont la particularité remarquable était un petit mât dont les câbles en porte-à-faux maintenaient une double cheminée qui saillait à l'horizontale des deux côtés de la chaudière comme une moustache cirée.

La locomotive finalement assemblée, le Commandant prit l'habitude de quitter l'île chaque soir en grande pompe & en compagnie de deux Siamoises, avec fanfare, coups de canon & parade militaire. Après quoi il parcourait à bord du train les deux cents mètres qui séparaient la gare de la rotonde. Là le train passait le reste de la soirée à tourner en rond jusqu'à ce que le machiniste vomisse & que le poids supplémentaire exercé par la force centrifuge sur les roues externes les use au point que le frottement fasse pencher le train en dehors. À bord, le mélancolique Commandant s'était endormi, la tête dans le giron de l'une ou l'autre Siamoise.

Quand au bout d'encore une année il n'y eut toujours aucun signe de l'arrivée d'un train, le Commandant envoya dans l'arrière-pays quatre expéditions avec mission de découvrir exactement de quelles directions les nouvelles voies de chemin de fer devaient inévitablement progresser. Personne ne revint. En leur absence le Commandant fit sommairement juger & condamner tous les membres de ces expéditions perdues quelque part en Transylvanie, & en estampant au fer rouge le ventre d'un fuyard rentré au Pénitencier il obtint le récit véridique de leur disparition : ils s'étaient tous embarqués à bord d'une locomotive express en partance pour Ambleside dans la région des Lacs en Angleterre, à un petit arrêt au bord de la route près du Bonnet du Français – arrêt auquel, soit dit en passant, Brady & son Armée de Lumière étaient descendus – dans la ferme intention de ne jamais revenir.

Lorsque fut expliqué au Commandant avec détermination mais respect qu'une gare de chemin de fer sur une île au milieu d'un désert n'avait guère de chance d'attirer une clientèle susceptible de fournir des revenus qui compenseraient son énorme coût, le Commandant en convint avec une surprenante placidité.

Il dévoila alors que ces derniers mois il n'avait pas du tout dormi dans le compartiment de la locomotive tournante, mais avait tenu de grandes discussions avec un marchand japonais du nom de Magamasa Yamada, dans le pays duquel existait une forte demande de bois, & le Commandant avait pris avec lui des dispositions pour lui vendre la totalité du désert de Transylvanie en échange d'un surcroît de matériel roulant entré en possession du pirate lors d'un voyage d'affaires en Amérique du Sud. Ces chariots mécaniques permettraient à la Nation de tirer profit de l'inévitable boom qui accompagnerait l'abolition du désert & l'ouverture subséquente de la terre défrichée à la colonisation. Nul n'eut envie de dire à Son Masque d'Or que tourner indéfiniment en rond dans la voiture de chemin de fer avait précipité son équilibre mental déjà perturbé dans la folie totale.

Le seul à ne pas être surpris l'été suivant lorsque les jonques de scieurs japonais débarquèrent fut le Commandant. Il les regarda décharger le matériel roulant promis. Les compartiments étaient horriblement vermoulus & pourris, mais comme le Commandant ne s'asseyait jamais que dans le wagon à charbon improvisé, baptisé Compartiment Royal, cela parut ne pas avoir d'importance.

IX

Pendant que je regardais l'uranoscope monter dans la cheminée en une multitude de bouts de papier calciné, Capois Death, en biglant niaisement d'un air entendu, commença à me parler de son nouveau poste & me raconta qu'après sa réinvention réussie de la locomotive, son rôle était de développer un concept de voyage susceptible de promouvoir l'utilisation de la gare du chemin de fer national, de la locomotive nationale & du matériel roulant qui allait avec.

Je me gardais bien de parler quand il me fallait écouter, mais pourtant j'ai senti le besoin de risquer l'observation que sur une île d'environ deux kilomètres carrés, il n'y avait nul endroit où aller.

« Précisément », a dit l'ancien cabaretier en cherchant – je le sentis – à prendre un air de mystère qui à ma grande honte réussit à m'intriguer, « mais il y en aura un jour. »

Il me dit que je devais me présenter à la gare le soir même, immédiatement avant le départ de l'Express de l'Île-Sarah. En cette soirée brumeuse, tandis que la chaudière était lentement mise sous pression en prévision du départ, tandis que l'air se changeait en un canevas flamboyant de braises & de cendres, tandis que je me tenais pieds nus & enfoncé jusqu'aux chevilles dans la boue de la voie d'évitement à regarder en l'air, le Commandant, derrière un rideau charbonneux tiré dans le Compartiment Royal, m'expliqua longuement sa conviction que le Commerce – qu'il me sembla confondre avec l'interminable vélocité circulaire de sa locomotive – pénétrait à présent des territoires nouveaux non seulement pour le Négoce, mais aussi pour l'Art. Il m'expliqua ensuite pourquoi il jugeait absolument nécessaire de me faire attacher à l'avant de la locomotive pour que je puisse mieux faire l'expérience de la nouvelle esthétique du mouvement.

Il ouvrit légèrement le rideau, mais de là où je me tenais je ne pus guère apercevoir autre chose qu'un bout de son masque & deux petits yeux reflétant la troublante lueur jaune du masque. J'ai eu beau objecter – poliment – le Commandant a insisté – gentiment – et m'a fait saisir sur-le-champ par Musha Pug. Sans plus de discussion, j'ai été fermement attaché à l'aide de plusieurs ceintures & lanières de cuir aux barreaux à l'avant de la locomotive.

Dans le grondement grandissant du moteur à vapeur & le cliquètement cadencé des roues en fer sur les rails en fer, j'ai tourné sans fin. Après quelques minutes j'ai vomi, & après quelques autres je n'ai plus rien eu à rendre qu'une infecte bile verte qui, comme le vomi, s'est étalée sur mes vêtements. En avant, toujours en avant, en rond, toujours en rond, & aucun effort pour me libérer dans le sommeil ou la rêverie ou concentrer mes pensées sur la nourriture ou les femmes ne m'a aidé du tout. Mes seules sensations étaient la nausée voisine de l'agression violente des sens, la puanteur de fumée de charbon qui m'emplissait les poumons, l'impression d'avoir tout le corps violé & mutilé, la conscience d'être complètement seul. Si c'était ça l'avenir, ai-je pensé pendant un des rares instants de lucidité qui me furent accordés durant cette longue soirée, ça n'était pas un avenir digne de ce nom.

Après l'arrêt de la locomotive en un lent crissement, j'ai été détaché & traîné inconscient & malade jusqu'à un chevalet spécialement installé pour l'occasion, avec une vue magnifique de la rotonde.

Pendant un certain temps j'ai dû lutter simplement pour tenir sur mes jambes. Le monde roulait en vagues autour de moi ; la rotonde se soulevait & retombait comme une forêt de gros kelp, des Siamoises dérivaient, Musha Pug & ses hommes de main s'élançaient ici & là tel un banc de créatures aquatiques inconnues. Assez chancelant, j'ai saisi un pinceau, mon corps léger a trébuché dans la boue épaisse, j'ai repris l'équilibre & je me suis mis au travail, avec la ferme intention malgré la puanteur de la nausée de peindre pour le Commandant un tableau de la Révélation & de la Profonde Découverte qui refaisaient le monde de neuf sous les espèces du Commerce.

Et puis j'ai eu terminé.

De tous points de vue j'ai su que j'avais échoué.

Billy Gould avait toujours estimé que si une chose valait la peine d'être faite, elle valait la peine d'être mal faite. Mets-toi en peine de la faire trop bien, croyait-il, & tu pourrais bien être mutilé par ton ambition. À cet égard, sinon à d'autres, il pressentait qu'il avait réussi.

Car ce que j'avais peint n'était ni une chose chaleureuse ni une chose heureuse, mais une chose froide, une chose effroyable, effrayante & effrayée. Ils avaient voulu de moi la consolation & cette chose était la désolation. La violence latente, la vision maniaque, je n'en avais rien capté. Ils avaient voulu l'Espoir & le Progrès, & à mon horreur j'ai vu, qui me regardait d'un air morose – un uranoscope ! Ils avaient voulu un Nouveau Dieu & dans ma confusion monstrueuse je leur avais donné un poisson !

Il n'y avait rien à faire ! Une destinée pire que la petite noyade du Capitaine Pinchbeck, plus cruelle que le Hanneton du Gouverneur Arthur m'attendait, le Bâillon-Tube, le Berceau & la Fille du Boueux tous réunis & moi mourant de la plus terrible mort au milieu.

Me sentant encore plus malade, j'ai reculé, hoqueté, titubé un peu, terrifié de ce que mon échec pouvait augurer. Je tâchais de recouvrer l'équilibre quand à mon horreur le Commandant, dont je ne savais pas qu'il était resté tout ce temps derrière moi à regarder, s'est avancé.

Contrairement au Chirurgien qui pouvait passer des journées entières à rechercher des défauts dans une seule image, le Commandant ne passa que quelques secondes à observer le tableau tandis que je l'observais pour la première fois depuis qu'il nous avait parlé le jour de notre arrivée. De derrière se voyait clairement ce que le masque d'or était censé dissimuler, la grande taille de sa tête, la petitesse disproportionnée de son corps par en dessous, cette subordination du corps à l'esprit.

Puis il se retourna, mais tout ce que je pus voir ce furent ses yeux torves éclairés par les orbites du masque d'or, & sous la fente du sourire du masque l'ébauche d'une caverneuse bouche noire toujours plus béante. Les gloussements incongrus émergeant de ce vide sombre déclarèrent le Commandant aussi satisfait que j'étais épouvanté, comme si j'avais exécuté un beau portait de lui en l'un des maréchaux de Napoléon qu'il avait tant admirés jadis, & non la peinture d'un poisson pouilleux.

Là se tenait, je le compris, un homme manifestement à la fleur de l'âge. J'ai souri et, avec le panache dont Audubon m'avait aussi laissé le souvenir, je me suis incliné.

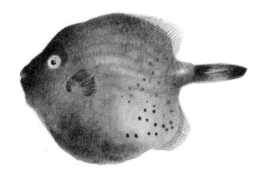

LE BALISTE

Comment un peintre flamand en vint à entendre Raison –
Sublimes possibilités du voyage moderne –
Le Grand Palais du Mah-Jong – De la force colonisatrice
des poissons – Soulignement de l'Europe –
Passion de Goethe pour Miss Anne – Paganini –
Les cacatoès – La culture n'est que guano –
Le rêve d'une cité silencieuse – Un excès d'amour.

I

Le lendemain je fus convoqué par le Commandant dans sa cellule. Le temps était on ne peut plus vandiemonien. Le vent cinglait brutalement. Des bardeaux se détachaient des toits & fendaient les airs avec une grande férocité involontaire, blessant imprudents & malchanceux. On entendait les murs en rondins de pin Huon craquer & gémir sous la torture continue d'avoir à tenir debout sous les coups de bélier mille fois répétés du vent. La pluie tombait sans répit. La cantine des soldats était enfouie dans une coulée de boue. Écume & brume s'élevaient & parcouraient cinquante ou cent mètres d'un seul jet, pour s'arrêter un instant ou une minute avant d'être de nouveau emportées par le vent. Et plus loin la furie blanche de la mer fouaillée martelait l'île. Une partie du nouvel appontement s'effondra & puis fut arrachée. Aucun bateau n'était sorti depuis trois jours après qu'une équipe de retour de la Gordon eut tenté de traverser le port & que tous les hommes eussent péri. Je profitai d'une rare accalmie de la pluie pour me précipiter entre le cottage de Lemprière & la résidence du Commandant, & j'eus les yeux brûlés par la brume saline, la poussière & la cendre qui tournoyaient dans l'air comme de la grenaille.

Trempé & transi j'attendis plusieurs heures dans un sombre corridor étroit avec la tunique rouge qui m'avait amené. Lorsque je fus finalement admis au début de la soirée, ce fut dans une chambre incroyablement petite & inhabituellement parfumée – de l'envergure d'un bras, tout au plus supérieure à la taille normale d'un homme.

Des rats aussi gros & hardis que partout ailleurs dans l'île passaient parfois en détalant dans la maigre lumière d'une chandelle vacillante empalée sur un crochet mural, & leur taille était accentuée par la petitesse même de la cellule & les ombres étranges qu'ils projetaient dans la lumière tressautante. Il semblait impossible que deux personnes puissent se tenir dans un espace si confiné & pourtant ne pas se voir, cependant tel était le cas, car il resta derrière un rideau tiré qui divisait la cellule, comme dans un confessionnal papiste.

La cellule était essentiellement sans ornements, à part un petit buste en verre de Voltaire, à moitié rempli d'un liquide ambré que je soupçonnai être du whisky. Par sa forme & sa taille, sinon sa matière, il semblait identique au buste dont la fille de Gould avait jadis éprouvé les bienfaits en dansant les Lumières. Son usage pour un homme qui essayait de recouvrer la passion de Sally Deux-Sous était pour moi, à défaut de l'être pour tout autre, manifeste.

Je ne savais pas alors – comment l'eussé-je su ? – la force du désir du Commandant pour les odeurs. Je ne savais pas par Sally Deux-Sous qu'il l'avait une fois suppliée de ne pas se laver de tout un mois de façon à savourer l'univers complet de ses odeurs naturelles. Je n'avais pas compris qu'il faisait venir de Naples son eau de cologne préférée ; je n'étais pas conscient, en soupesant son léger poids dans ma main & en la faisant glisser le long de mon bourgeron gouvernemental, que le parfum le plus précieux de tous pour le Commandant – un parfum préparé pour lui par le parfumeur personnel de Napoléon, Chardin – arrivait précisément dans cette petite bouteille-là, dont la forme n'était autre qu'un buste de Voltaire souriant & contemplant bientôt à la hauteur de mon pantalon le triste spectacle d'un peintre flamand sans travail.

Le Commandant me dit, la voix assourdie par le rideau, qu'étant donné la merveilleuse peinture du Progrès que j'avais achevée la veille au soir, je devais me voir assigner une nouvelle tâche qui – si je l'exécutais avec diligence & puissance créatrice ainsi qu'une certaine discrétion – verrait mes conditions de vie s'améliorer considérablement, & peut-être la révision de la sévérité de ma sentence originelle. Il croyait comprendre que je faisais un travail d'illustration d'une nature plus ou moins descriptive pour le Chirurgien, mais ce qu'il me proposait était seulement une interruption, pas une cessation de ces travaux scientifiques, & quand j'aurais accompli cette tâche, je retournerais à mes devoirs pour le Chirurgien.

Mon soulagement, en ce jour poreux où le Commandant me signifia ma nouvelle mission, fut incommensurable. Je pourrais – au moins pour un temps – échapper à mon horreur des poissons sans perdre aucun de mes précieux privilèges. Le Commandant m'offrait un chemin loin de l'impitoyable corrosion de mon âme qui commençait à m'affecter si grièvement que j'étais incapable de dormir de la nuit de peur de m'éveiller en plein océan. J'aurais voulu soupirer, sourire, poser le bras sur le dos de Sa Corpulence. Mais je ne dis rien & – à part continuer d'écouter – ne fis rien, car le Commandant poursuivit en décrivant sa vision de la ligne de chemin de fer en l'absence de mouvement.

Il voulait que je peigne une série de toiles de fond de théâtre conçues par Capois Death & représentant différentes vues & scènes sublimes qui formeraient un panneau mural circulaire tapissant la voie de chemin de fer circulaire à la rotonde. Ces vues, croyait-il, devanceraient une nouvelle tendance du voyage où les gens n'auraient jamais à bouger pour satisfaire leur désir de spectacles exotiques, regardant parfois au dehors en tournant indéfiniment en rond pour voir qu'ils filaient comme le vent devant l'abbaye de Tintern ou le lac de Windermere ou, touche poétique, les nouveaux taudis de Salford – juste pour ajouter cette impression d'aller de l'Industriel au Naturel, du Moderne au Pastoral, cette impression de contraste dans laquelle Capois Death, lequel avait autrefois lu les poètes lakistes, lui avait dit que toute appréciation du paysage romantique est si profondément & indélébilement enracinée.

Ces peintures proposées ne paraissaient pas être d'aussi horribles sacs de nœuds que les poissons. Au contraire ! Elles paraissaient être de belles sortes de peintures avec lesquelles je pouvais me familiariser promptement, des panoramas splendides où des aigles à tête blanche pourraient s'apercevoir, peut-être, pensai-je empli d'un vague désir, & arborer de splendides guirlandes de glycine.

En quittant ce jour-là la cellule du Commandant & en parcourant seul ce sinistre corridor humide éclairé à l'huile de baleine, Voltaire cognant contre mes couilles, j'ai entendu la pluie chanter comme toujours dehors & pour la première fois depuis longtemps j'ai eu l'impression qu'elle ne résonnait pas comme une infinité de maillons de chaîne tambourinant sur la pierre. Elle résonnait comme l'espérance, la sérénité, un crachin de sécurité. Elle résonnait comme si les choses s'amélioraient enfin un peu pour Billy Gould.

Vous demanderez quels étaient les motifs du Commandant en tout cela. Pourquoi de telles peintures ? Pourquoi moi ?

Mais je ne me le suis pas demandé. Je n'ai jamais mis en question les singularités du pouvoir, seulement cherché à le servir, qu'il s'agisse du Capitaine Pinchbeck, du Commandant ou de cette grande dinde de Pobjoy. S'ils me disaient, « Baise-moi le cul, Billy Gould », je ne leur répondrais jamais que, « Combien de fois ? Et voulez-vous aussi que j'y mette la langue ? »

II

Les toiles de fond ne furent pas un grand drame à la Almeida Garrett à peindre, toutes de grands gestes qui tendaient à couler en de sinistres & lugubres & maussades dégueulis quand il pleuvait, mais ceci fut tourné à notre avantage par Capois Death. Il inventa un système prévoyant que les toiles seraient remplacées chaque semaine par une nouvelle série ; d'abord les alpes suisses, puis la grande taïga russe (qui n'était que les alpes où les montagnes dissoutes par la pluie devenaient le ciel), puis le merveilleux veldt africain (ou taïga encore plus sinistrée), enfin la sublime région des Lacs (le veldt avec des jonquilles), etc., etc., & tourne manège !

Tandis que le Commandant tournait interminablement en rond dans le Compartiment Royal devant le vide douloureux des plaines orientales, la tristesse fuligineuse des fabriques sataniques du Yorkshire, la blanche invite du cercle arctique, les scieurs japonais établirent leur camp sur le bord du marais à la pointe de la Liberté. Divisant les forêts environnantes en carrés, ils se mirent au travail d'une manière consciencieuse & systématique qui en quelques mois transforma les bleues & vertes terres sauvages environnantes en un échiquier indiscipliné de carrés nus de chaumes bruns là où ils avaient abattu & défriché la forêt, & de carrés verdoyants encore ni abattus ni défrichés. Puis les Japonais s'en allèrent pour l'hiver, & tandis que le Commandant hoquetait de surprise quand le chaos surpeuplé de l'île de Manhattan cédait à la gloire sans piste des Rocheuses américaines récemment découvertes, d'abord le sol, puis plusieurs montagnes furent emportés par la pluie, de sorte qu'à leur retour, l'été suivant, les scieurs japonais trouvèrent devant eux un immense désert de rocs entièrement désorientant qui s'étendait jusqu'au nord.

Encore & encore tournait le Commandant, filant devant mes nombreuses peintures d'aigles à tête blanche dans tous les lieux exotiques connus de l'homme, & plus il avançait dans sa croyance en sa destinée manifeste, plus il déclinait dans la pratique du bon sens. Ses propos n'étaient que d'impossibilités – construire un temple d'odeurs ; élever le Pénitencier dans les airs par le pouvoir de la lévitation, afin de rendre toute évasion impossible sauf en ballon ; développer le mesmérisme comme arme offensive pour son armée en levant un régiment de spiritualistes qui se tiendraient au premier rang de grandes batailles & ferait perdre l'adversaire par la force de leur volonté.

En dépit de ses projets épiques de construction d'une nation, le Commandant sombra dans la dépression en constatant la chute du commerce jusqu'à presque rien, l'insolence de ses créditeurs réclamant leur dû avec toujours plus d'insistance, & sa propre incapacité à trouver une solution à l'augmentation de ses dettes.

Peu après le départ des Japonais non découragés dans la direction du pic du Bonnet du Français pour ne jamais plus revenir, mais quelque temps avant la métamorphose du désert rocheux en bois bouton & la réapparition de la forêt, des histoires commencèrent à circuler sur le Commandant & son projet sans précédent sur aucun continent. Malgré les rumeurs voulant que les scieurs japonais eussent succombé à une incurable mélancolie & continué à dériver pendant plusieurs années, ce qui en vint à dominer presque tous les propos – autres que ceux relatifs à Matt Brady – fut la plus grande de toutes les idées du Commandant, celle du Grand Palais du Mah-Jong.

III

Après que la Gare du Chemin de Fer National de l'Île-Sarah eut échoué à attirer la moindre locomotive voyageuse, le Commandant se convainquit que ce bâtiment finirait par générer l'argent qui lui était nécessaire pour devenir une vraiment grande puissance. Il attirerait négociants javanais & chinois, pirates moluquois & marchands hollandais, marins anglais & savants français, tous à la recherche d'un lieu dans les mers du Sud où jouer leur fortune durement gagnée. Il écrivit de longues lettres à Miss Anne, l'interrogeant sur les nombreuses formes prises par les tables de jeu de Londres, les dernières modes en matière d'architecture & de décoration intérieure.

Puis il appela Capois Death.

Le tavernier reçut l'ordre de dessiner un bâtiment alliant la merveille de Versailles aux plaisirs plus grossiers offerts par la fosse des combats d'ours de Five Courts. Quoiqu'il fût seulement inspiré par ce qu'il avait vu – les coquillages & les voiles de soie & la gravure parabolique du ciel nocturne entrevu sous les frondaisons des fougères géantes où il était couché avec les Siamoises – Capois Death avait la terreur de l'espèce normale de parasites qu'il avait trouvés autour du Commandant. Toujours prêts à plaire à leur maître & à desservir leurs rivaux, tous se déclarèrent conquis par l'ambition déclarée du Commandant de surpasser l'Europe en la reconstruisant. Ils louèrent les bustes en plâtre de Cicéron qui commencèrent à arriver avant même que les plans ne fussent achevés, écrivirent des sonnets à l'imitation de styles depuis longtemps défunts & réussirent à créer un Art qui était un masque mortuaire de modes enterrées partout ailleurs.

En conséquence Capois Death se donna beaucoup de mal pour expliquer que ses premières séries de plans étaient de style renaissance égyptienne avec quelques éléments rococo. Au Commandant ils parurent avoir une ressemblance louche avec six dômes à armature d'acier & panneaux de verre au-dessus desquels trônait une gigantesque coquille Saint-Jacques soutenue par des colonnes ornementales d'où claquaient des voiles d'argent attachées à un grand beaupré.

Quelques doutes que le Commandant ait pu avoir, ils furent étouffés, cependant, par l'approbation polie de ses acolytes pour les plans & son propre plaisir à voir comment un bâtiment aussi ambitieux & vaste que celui-ci serait à son tour éclipsé par une statue de sa propre personne, si haute que sa tête serait toujours dans les nuages, si massive que son seul doigt – montrant toujours le nord en direction de l'Europe de Miss Anne – devait avoir dix mètres de long. Il n'entendit pas les commentaires ironiques sur la grosse coquille Saint-Jacques, saisit seulement l'admiration, le soutien nécessaire & les prêts des négociants javanais & des marchands chinois, tant que diverses garanties étaient établies & signées.

La prédilection du Commandant allait à une stricte symétrie suivie par l'ornementation, qui toutes deux souffrirent en conséquence de son désir que le bâtiment soit l'incarnation de son désir. Aucun plan ne pouvait être exécuté sans sa signature, & lorsque Capois Death soumit ultérieurement un choix de trois dessins pour le style des six dômes, le Commandant dans un moment de lassitude inattentive apposa sa signature au bas des trois, & en conséquence dix-huit dômes, tous de formes & de matériaux variés, furent bâtis par ses sous-ordre craintifs.

La taille d'un tel bâtiment était renversante & sa construction fut un cauchemar de souffrance pour ceux qui y travaillèrent, les centaines qui moururent durant sa construction, les milliers qui furent estropiés & mutilés en forgeant le fer, en coupant & transportant le bois de charpente, en effectuant l'extraction des pierres, la maçonnerie, la menuiserie. Toutefois ce fut un cauchemar aux proportions si stupéfiantes qu'il était impossible de ne pas ressentir un étonnement pervers devant ce qui s'édifiait au milieu de ce désert.

Longtemps après qu'il eut oublié pourquoi elles étaient si importantes pour lui, sa croyance infinie dans les missives de Miss Anne conduisit le Commandant à appeler Capois Death.

« Je songe, dit le Commandant au tavernier-architecte, à la décoration la plus magnifique concevable, la réplique des lettres de Miss Anne en énormes caractères dorés autour des murs du Grand Palais du Mah-Jong. » Capois Death se dévissa le cou de façon à ce que son regard porte sur le plafond & non sur le Commandant. « La peinture de ces Mots Sacrés » continua le Commandant, sa voix de tête atteignant le niveau de la quasi-inaudibilité en cherchant à mettre des majuscules aux mots importants – « est le Plus Grand Honneur Concevable, elle exige une croyance religieuse en la sainteté de la Noble Mission de la Nation. »

En écoutant la voix de fausset du Commandant émettre avec tant de force de si peu mémorables paroles, Capois Death songea au bruit d'un jet de pisse frappant le sable. Il baissa les yeux pour croiser ceux du Commandant. Il l'assura qu'il connaissait l'homme qui convenait à cette tâche.

IV

Mes boyaux sont foutus maintenant & m'ont trahi en un moment de grande nécessité. Mais à l'époque mes boyaux se vidaient encore au lieu d'arroser, devant moi j'avais un bel avenir d'Artiste National & sous moi j'avais de robustes merdes à déployer défensivement en cas de nécessité. Maintenant mes tripes se resserrent plus étroitement que le bec du briseur de machines agonisant, je crains les poissons dégueulasses que je peins, je chie à travers le chas d'une aiguille depuis quatre jours & aujourd'hui je n'ai pas eu une seule merde solide à lancer sur Pobjoy quand il m'a rendu visite.

Il n'a pas cessé de débagouler sur sa nouvelle passion, l'Art, en quoi il voit en moi un peu un guide, un peu un rival, un peu un imposteur, tandis que je suis sans défense. Il a paru peu sensible à l'âcre puanteur de ma résidence, à mes gémissements & encore moins aux arguments liquides que je m'efforçais allégrement de faire jaillir de tous mes orifices dans l'espoir désespéré qu'il s'en aille.

Comme Pobjoy se plaisait à me le signaler, les définitions appartiennent à leur auteur & non à leur objet. Maintenant je comprends que c'est une idée qui charmerait infiniment le Roi dans son dialogue avec le Ciel, mais quand je la mentionne le Roi roule légèrement son corps, ce qui est sa manière de montrer un mépris total pour une opinion autre que la sienne.

Regarde Lycett, continuait Pobjoy, ses lithographies de la Terre de Van Diemen ont été exécutées sans qu'il supporte jamais le fardeau d'avoir à visiter l'île & elles ont eu beaucoup de succès à Londres, elles montrent que moins l'Art peut avoir affaire au monde réel, plus il aura de réussite.

Je n'ai rien à dire à cela – après tout, mis à part le potage de Pobjoy, que m'ont jamais rapporté mes poissons ? J'ai seulement essayé de le faire partir aussi vite que possible de façon à pouvoir retourner à mon travail. De ses hauteurs alpestres Pobjoy a sorti une carte de l'île de la Terre de Van Diemen pour renchérir sur son raisonnement & m'a demandé à quoi sa forme me faisait penser.

Pobjoy était un homme incapable de regarder un nœud dans un arbre sans se mettre dans un état de surexcitation. Indubitablement il voulait que je lui dise que sa forme triangulaire ressemblait à celle du tabernacle d'une femme & donc je le lui ai dit. Pobjoy a réagi comme s'il s'agissait d'un étron & pas d'un mot, il a sauté sur moi & s'est mis à me rosser. Je l'en ai remercié aussi car cela signifiait qu'il s'en irait bientôt. « Espèce d'idiot ! » a hurlé Pobjoy en me flanquant par terre d'un coup magistral du droit. « C'est à un masque que ressemble la Terre de Van Diemen, à un foutu masque ! »

En me tordant comme un poisson agonisant sous ses coups de brodequin redoublés, j'ai réussi à résister à l'attaque assez longtemps pour lui dire que je m'étais toujours considéré comme son plus loyal serviteur & n'avais aucun désir de lui déplaire. Je lui ai dit ensuite que les supérieurs ne devraient jamais sousestimer le désir de leurs inférieurs de bien agir. Je lui ai raconté comment du temps où je travaillais chez les carrossiers Palmer, le Vieux Bonhomme Palmer – qui ne mâchait pas ses mots – faisait clairement comprendre chez lui qu'il ne voulait rien avoir à faire avec les sauvages.

Un de ses domestiques forçats de confiance lui empruntait souvent son cheval pour aller tirer le kangourou. Le Vieux Bonhomme Palmer se plaignit au domestique qu'il utilisait une quantité excessive de poudre & de plombs rien que pour chasser. Le domestique fit valoir qu'il lui en fallait autant que cela pour tuer des moricauds. Le Vieux Bonhomme Palmer traita cette réponse d'absurdité vaniteuse & de vantardise. Quelque temps après le Vieux Bonhomme Palmer dut prendre son cheval aussitôt après le retour du domestique d'une de ses expéditions de chasse. En s'arrêtant au bord d'un ruisseau, il plongea la main dans la sacoche de sa selle pour y prendre son gobelet & aller boire, mais à la place il en tira une tête d'enfant noir & trois mains noires avariées. À son retour il interrogea son domestique sur cette découverte macabre. Le domestique répondit, « Eh bien, Maître, sachez que je ne cherche jamais qu'à vous plaire & que je ne dis pas de mensonges. »

Pobjoy s'était écroulé dans un coin, hochant la tête dans un profond abattement, ressemblant à saint Éloi qui en entendant un homme lâcher un vent éclata en sanglots & chercha le réconfort dans la prière.

« Alors vous voyez, dis-je à Pobjoy, il faut croire à la sincérité des serviteurs dans ce qu'ils disent. » Et là-dessus Pobjoy s'est relevé en grande fureur & m'a flanqué une raclée comme je n'en avais pas reçu depuis longtemps. « Es-tu un parfait crétin, Gould ? hurlait Pobjoy. – Oui, absolument », ai-je répondu, bien qu'il fût rien moins que facile de faire sortir tous les mots avec le poing & le brodequin de Pobjoy me martelant les dents. « Je dois très respectueusement dire que je le suis. »

Tandis que mon corps glissait sur le sol sous ses coups, tandis que son lourd brodequin me faisait tanguer la tête comme si je n'étais pas d'accord avec lui alors même que tout ce temps-là j'essayais seulement de lui dire dans notre intérêt à tous deux ce qu'il voulait entendre, j'ai senti mon esprit se détacher & dériver vers l'époque où je coulais sereinement mes jours à peindre les histoires de l'Europe de Miss Anne sur les murs du Grand Palais du Mah-Jong.

V

Tout d'abord, dans les humides confins brumeux du bâtiment en construction, j'esquissais les lettres au crayon sur les murs déjà peints. Puis, avec l'aide de camp du Commandant, le Lieutenant Lethborg – qui me fournissait des extraits soigneusement choisis des lettres de Miss Anne – & surveillait pour s'assurer qu'aucun vol n'était commis – je dorais les mots à la feuille d'or le plus fin.

Plus tard, quand le palais commença à rencontrer des problèmes de financement, je peignis les mots de Miss Anne directement sur le plâtre humide, sans surveillance ni dorure, toutes ses descriptions des miracles nouveaux de la vapeur mécanique & de la poésie désenchaînée. On eût dit que le Commandant souhaitait à la fois célébrer ces merveilles & prouver par leur capture même dans le Grand Palais du Mah-Jong qu'il s'en était affranchi en emprisonnant tous ces mots entre les éléphants en papier mâché d'Hannibal & les authentiques bustes en plâtre-de-Paris de Cicéron, Homère & Virgile – comme si l'honneur était la forme la plus cruelle & la plus subtile de moquerie.

Lorsque les lettres de Miss Anne offraient un matériau trop mince, le Lieutenant Lethborg ordonnait à Jorgen Jorgensen d'inventer de plus grandioses contes. Pour la première fois – mais pas la dernière – j'ai commencé à entrapercevoir la capacité de Jorgensen à l'invention. Il inventait des conversations entre Miss Anne & les plus grands esprits de l'Europe – avec Goethe, avec Mickiewicz, avec Pouchkine, ce dernier censé composer l'ode suivante en honneur des exploits du frère de Miss Anne :

> En ce lieu nous voici destiné par nature
> Au percement d'une européenne ouverture
> Et à la fondation d'un comptoir maritime.

Je mis cette ode en grandes lettres rouges dans la salle de banquet, juste au cas où quelqu'un ne serait pas sûr de sa signification, car à la différence des poissons toute cette affaire paraissait avoir désespérément besoin d'être soulignée.

On dit que le Commandant remarqua ces vers en faisant une tournée d'inspection le lendemain & fut si ému qu'une larme jaillit d'une orbite du masque d'or & coula d'ambre sur sa rutilante paroi.

Les vers de Goethe, par ailleurs, apparemment écrits au comble de ce que nous savions tous être une passion conçue au cours de brèves vacances à Londres, passion dont nous savions qu'elle ne put jamais être consommée avec la toujours chaste Miss Anne, je les peignis en italiques pourpres sur le miroir qui occupait tout le mur du fond des toilettes des dames, au-dessus d'une longue coiffeuse en teck, ancien cadeau des négociants javanais :

> Les choses éphémères
> Ne sont que paraboles ;
> Ici l'inaccessible
> Devient réalité,
> Car maintenant voici
> L'ineffable accompli ;
> L'Éternel Féminin
> Vivement nous entraîne.

Les sentiments & les histoires moins ésotériques de l'aparté de Miss Anne sur le pouvoir des brumes inspirant à Nasmyth son marteau-pilon à vapeur, je les mis dans le corridor, en compagnie de ses anecdotes européennes sur le violoniste Paganini repensant sa pratique du doigté après une soirée en sa divine compagnie, ou de son survol de Strasbourg en ballon avec les frères Montgolfier, & de Malus resté à terre qui l'aperçut dans son télescope & fut frappé par sa grande révélation sur la polarisation de la lumière.

C'était un dur labeur, plus physique que vous pourriez le croire, mais les journées ne semblaient jamais aussi longues qu'elles l'avaient été avec ces poissons pestilentiels. Les mois se divisaient en tant de lettres, les jours en tant de mots, & l'esprit de Billy Gould était libre, à la différence d'avec les poissons dont il avait déjà senti qu'ils avaient jeté leur dévolu sur lui. Dans la mesure où l'on peut être heureux emprisonné sur une île, il aurait dû l'être. Mais ses pensées ne cessaient de revenir à Sally Deux-Sous.

Il se faisait des amis, impressionnait autrui par son industrie attentive. Il apportait à ses dessins de lettres à la fois sa brève expérience de peinture d'armoiries pour le carrossier Palmer & une modeste mais véritable dextérité créatrice. Il en exécutait certains en capitales romaines, d'autres en anglaises arrondies ; aux grandes descriptions il conférait une qualité presque sculpturale, alors que les maximes mystérieuses étaient entourées de vastes espaces où pourrait croître leur sens. Il manifestait une juste déférence, disant que sa tâche était aisée avec un matériau aussi magnifique que les écrits de Miss Anne. Mais en vérité quand il peignait un mot ou une phrase de manière particulièrement belle, ce n'était pas en l'honneur de Miss Anne, mais d'une autre.

Quand il ne resta plus de murs à peindre, toute cette industrie & flagornerie paya. Par l'entremise du Lieutenant Lethborg me fut dit que le Commandant, enchanté de mon travail, avait ordonné que je peigne maintenant une série de portraits de lui dans diverses poses historiques. Entre-temps, si cela ne me dérangeait pas, je devais torcher quelques copies de Rubens d'après un livre de gravures.

Durant ce temps les fortunes de l'île changèrent. Le fleuve d'argent qui s'était déversé sans fin dans la colonie tarit. Le Commandant fut forcé de vendre tout ce qu'il put, y compris une collection inestimable de Rubens, pour rembourser ses dettes aux pirates chinois & usuriers javanais qui avaient financé la construction du palais.

Le jour où finalement ouvrit le Grand Palais du Mah-Jong l'île se réjouit, mais personne ne vint payer pour jouer au mahjong. Il était incompréhensible à toute l'île Sarah que les gens puissent ne pas avoir envie de faire la moitié du tour du monde pour perdre de l'argent dans cette merveille du Nouveau Monde, mais néanmoins personne ne vint. Un vent glacé souffla dans les salles de réception, les salons fastueux & les salles de jeu ornées aux plafonds si hauts que les nuages s'y assemblaient, &

il n'y avait personne pour s'émerveiller avec nous que tant puisse signifier si peu.

Le Grand Palais du Mah-Jong demeura vide. On laissa les enfants noirs dont s'occupait Sally Deux-Sous courir dans ses salles de bal & de banquet résonnant à tous les échos, pourchasser les oiseaux & jouer à cache-cache dans sa décrépitude grandissante.

Avec l'omniprésence de l'humidité qui montait & des brumes qui descendaient, envahissant désormais l'intérieur du palais, les lettres de Miss Anne se détrempèrent & ses mots commencèrent à couler. En peu de temps ces contes saturés de la merveille & de la gloire de l'Europe dont j'avais orné tant de murs se mouchetèrent, puis se couvrirent d'excréments de perruches arc-en-ciel & de discordants cacatoès noirs à queue jaune qui se mirent à voler par bandes dans cette vastitude vide.

Sous la pluie qui désormais tombait à l'intérieur, les observations de Miss Anne sur l'illumination de Pall Mall à la lumière du gaz & sur le rôle de premier plan qu'elle avait joué dans le traité du Comte von Rumford sur les cuisines collectives commencèrent à couler dans ses descriptions de la presse à vapeur & de la guérison mesmérique, & le tout fut bientôt revêtu d'une carapace de plus en plus dure de fiente de plus en plus abondante. Tandis que des aigles de mer décrivaient leurs spirales très haut dans le ciel, des martinets commencèrent à nicher au-dessus des descriptions lyriques consacrées par Miss Anne aux routes macadamisées. Des chauves-souris maculèrent ses observations sur l'invention du télégraphe électrique, des cacatoès à crête soufre se juchèrent en foule sur son rôle d'inspiratrice de la récente refonte du *Prélude* par Wordsworth (à la meilleure encre bleue de Grasmere) & dans le désert engraissé qui se formait par-dessous une petite jungle commença à pousser. Dans une si féconde catastrophe de pourriture tout se brouilla & puis tout se couvrit d'une carapace de poux de plus en plus pestilentielle & d'une bourbe grouillante d'asticots.

Le long de toutes ces inscriptions consacrées à l'ingéniosité européenne, à la pensée européenne & au génie du progrès euro-

péen, des stalactites de crottes blanches & vertes grandirent un
peu plus chaque jour. Puis la merde amoncelée sur le sol
commença à monter telles les voix merveilleuses d'un chœur de
castrati emplissant les exquises corniches européennes, & l'on
vit la merde choir des charmantes gargouilles européennes
comme d'éloquentes disputes augustiniennes. La merde jaillit
des grandes fenêtres européennes tel le Vésuve, la merde coula
des grandioses portes européennes tel le puissant Danube, & à
la fin le Commandant vendit toute cette saloperie d'Europe
incrustée de merde comme guano aux Péruviens qui le payèrent
de plusieurs caisses de mauvais pisco – alcool raide populaire
parmi les baleiniers – & transportèrent cette merde dans leur
propre pays pour faire pousser du blé.

VI

Le Commandant cessa ses voyages circulaires sur la Grande
Ligne de Chemin de Fer de l'Île-Sarah, se rendit rarement dans
son palais & passa désormais non seulement la plupart de ses
journées mais encore la totalité de ses nuits dans sa cellule d'isolement. Il emprisonnait parfois l'un ou l'autre de ses conseillers
intimes dans la cellule adjacente pendant quelques jours, afin de
leur faire mieux comprendre que son but ultime était une cité
où il serait assuré que chacun soit son propre geôlier & vive
dans un isolement parfait par rapport à tous les autres.

Le vieux Danois – avec lequel le Commandant passait désormais beaucoup de son temps, à dicter des rapports, des lettres &
ce que nous pensions être les minutes administratives nécessaires à la gestion d'une nation naissante – raconta une fois à
Capois Death que le Commandant, au cours d'une longue partie
de cribbage, avait soupiré qu'une grande cité est une grande
solitude. J'ai longtemps soupçonné que dans ce commentaire
était enchâssée sa véritable motivation pour avoir d'abord transformé une île pénitentiaire en une cité & puis ensuite la cité en
une plus vaste & plus complète geôle.

Les rêves du Commandant, comme toujours, transcendaient nos capacités. Il voulait que la cité soit silencieuse. Il voulait que les gens ne parlent plus mais communiquent grâce à un système compliqué de messages écrits. Ceux-ci devaient être roulés & placés dans de petits cylindres de bois qui seraient propulsés par air comprimé dans des tuyaux, transportant le message au lieu & à la personne de leur destination.

Mis à part la stricte impossibilité mécanique d'un tel système, il fut respectueusement remontré au Commandant, assis solitaire sur le dallage nu de sa cellule plongée dans l'obscurité, qu'il n'était pas vraisemblable qu'à l'avenir les gens puissent vouloir vivre dans un monde où ils pourraient uniquement communiquer par des moyens aussi stériles, sans jamais se voir ni se rencontrer.

« Le langage a été donné à l'homme pour dissimuler la pensée », dit le Commandant, son propre langage désormais presque entièrement réduit à la pauvreté de tels aphorismes à n'en plus finir, & d'aucuns dirent avoir vu son masque sourire dans la pénombre de sa cellule de prison, & ses épaulettes empanachées s'agiter pendant qu'il parlait.

Le Commandant poursuivit en soutenant que ceci – ce sur quoi il tendit les bras comme pour en envelopper la cellule – *ceci* était notre avenir, affirmation si clairement ridicule, si manifestement erronée, que personne ne la discuta ni ne discuta avec le Commandant du reste de la journée. On le laissa seul dans le triste catarrhe de sa cellule à inventer de telles impraticabilités & les maximes sarcastiques qui justifiaient de telles outrances d'inutilité.

VII

Tandis que l'ombre projetée par le Grand Palais du Mah-Jong diminuait au fur & à mesure de son démantèlement, le Commandant en sentit une autre croître jusqu'à recouvrir non seulement l'île Sarah mais la Terre de Van Diemen, une ombre à laquelle nul corps défini ne pouvait être attaché mais dont la présence corporelle était dans tous les propos.

Le nom de cette ombre était Matt Brady.

« Mat Bradé » grave un forçat inconnu dans le grès friable du mur de la prison, « –LE LIBÉRATEUR » ! La splendide légende est que Brady le broussard s'évada avec quatorze autres forçats de l'île Sarah dans une baleinière volée & avec le Pilote Lucas & une garde armée acharnée à leur poursuite la fit naviguer autour de la moitié de la Terre de Van Diemen jusqu'au port de Hobart, où ils abandonnèrent le bateau & s'établirent promptement comme la bande de broussards la plus redoutée & la plus admirée du pays.

Comme des poissons dans la mer les broussards nagèrent dans l'arrière-pays inculte de l'est, peuplé d'anciens forçats, de forçats gardiens de bestiaux, de bergers & de sauvages qui abritaient & nourrissaient, cachaient & tenaient informés les plus puissants & les plus admirés des *banditti* de Tasmanie.

Récits & rumeurs vinrent jusqu'à nous de l'effervescence du reste de la Terre de Van Diemen ; du nombre croissant de forçats qui s'évadaient & ralliaient des bandes de broussards toujours plus nombreuses & plus féroces. Certaines, totalement inefficaces, d'autres gratuitement cruelles. Mais la somme de leurs entreprises fut que le règne de la loi anglaise s'effondrait.

La Terre de Van Diemen – dont les autorités voulaient faire une Angleterre transplantée – se change en un foutu monde à l'envers & de plus en plus la population de forçats & d'anciens forçats de cette terre sens dessus dessous considère Brady comme le chef de ce nouveau monde.

L'île attend.

Une confrontation finale, un règlement de comptes.

Devant le pouvoir grandissant de Brady, la nature de plus en plus indisciplinée & agitée de la population de forçats en conséquence, & l'incessante guerre noire, les colons commencent à abandonner leurs fermes & à se replier dans les plus grandes villes.

Brady, implacable, gagnant en puissance à l'instar de sa

némésis le Gouverneur Arthur, lui aussi passé maître en fait de gestes publics, les poursuit.

Un petit homme tiré à quatre épingles entre sur un splendide rouan dans le centre de la ville de Hobart & placarde une affiche offrant une récompense pour la tête du Gouverneur Arthur. *Signé Matt Brady, Roi des Bois.* Le petit homme en habit splendide fait tourner le rouan, sourit, tire son chapeau & en salue très bas ceux qui accourent en foule autour de lui, épaves ballottées dans un tourbillon sur le bord d'un rapide.

Et puis le rapide a disparu.

De plus fortes récompenses sont placardées. Davantage d'argent pour tout renseignement sur Brady. La liberté à tout forçat qui trahit Brady. Et partout le réseau toujours grandissant d'informateurs du Gouverneur Arthur & avec les informations qu'il reçoit d'eux les sous-fifres d'Arthur menacent, font du chantage & se mettent à bâtir un réseau auquel nul ne peut échapper. Les rues boueuses de Hobart débordent du sang de la Terreur d'Arthur. Jusqu'à quatorze paires de jambes dansent la gigouillette chaque jour, jusqu'à quatorze caleçons putrides de la merde des mourants sont enterrés chaque soir avec leurs propriétaires finalement rendus immobiles dans des tombes sans noms.

Cependant Brady conquiert le cœur des dames en n'abusant jamais d'elles, traite leurs lourdauds d'époux & de pères comme les imbéciles bouffis d'orgueil qu'ils sont, rend les femmes complices avec ses sourires, sa grâce, sa toilette tapageuse – gilet couleur de mûre, culotte de brocart fantaisie, plume d'émeu au chapeau, chaîne en or avec croix ornée de diamants autour du cou. Il caresse leurs poignets avec des faveurs de soie, les laisse avec des désirs inavoués qu'elles emporteront dans la tombe comme les moments les plus vifs de leur existence. Son absence complète d'armes – dans une société où chaque homme libre en porte & le dispute aux autres pour l'honneur d'abattre Brady comme un chien – ne fait que renforcer son aura d'invulnérabilité & de destinée.

Comme pour remplir le vide qui semblait se former entre nos rêves & notre vie quotidienne, le bruit se répandait que Matt

Brady avait fait le serment qu'une fois les tempêtes de neige hivernales terminées il ouvrirait pendant l'été un passage à travers les vastes étendues occidentales inexplorées de la montagne & de la forêt tropicale, conduisant ses forces vers l'ouest, avec l'intention de libérer son ancienne prison, l'île Sarah, & de former avec les criminels libérés une armée nouvelle.

C'était si invraisemblable, si impossible, que c'était difficile de ne pas le croire. Divers éléments étaient ajoutés dans les rumeurs – qu'il cherchait à libérer l'île de son misérable asservissement en faisant cause commune avec les sauvages en lutte de l'île & que même il couchait avec une de leurs femmes, Mary la Noire ; qu'elle devait lui montrer la route vers l'ouest à travers les montagnes inexplorées ; qu'il avait l'intention de nous employer comme base d'une armée qui proclamerait une république où tout ce qui était solide se volatiliserait & où aucun homme ne demeurerait asservi.

Le Commandant écrivit au Gouverneur en le priant d'envoyer davantage de soldats maintenir l'ordre sur l'île, prévenir un soulèvement de masse & repousser Brady lors de son inévitable attaque.

Car Brady envahissait les rêves embrumés par les drogues du Commandant aussi sûrement qu'il poursuivait sa conquête de nos imaginations enfiévrées ; Brady qui pouvait se mesurer à une douzaine de tuniques rouges en même temps ; Brady qui se montrait plus malin que le Gouverneur ; sublime Brady de nos désirs les plus sacrés ; lascif Brady de nos pensées les plus dépravées ; immortel Brady invincible qui renversait les hommes du gouvernement, le monde des richards, des mouchards & des cadavres ambulants – intrépide Brady, grand Brady, admirable Brady, drôle de chnoque pas si loufoque qui en valait dix, Brady, Ô Brady, & chacun attendant son entrée triomphale & sa proclamation de la République, car nous savions tous désormais que le jour de la libération approchait.

Alors je m'éveille & avant de m'éveiller pour de bon je fais-rêve-prie-peins un poisson avant l'appel, avant la peur-raison-espérance-pensée un petit baliste commence à apparaître sur le papier, non pas hérissé de piquants, mais joli à sa façon, poisson qui ne se nourrit pas d'autres poissons mais seulement de varech & de kelp, yeux curieux, nageoires jaune vif de dandy, peau douce de papier de verre à l'éclat violet sous les ouïes. Doux baliste, beau baliste de mes rêves de délivrance imminente, touche d'une telle douceur après tant d'horreur.

VIII

Et quand j'ai eu terminé de peindre & regardé le pauvre baliste qui gisait à présent sur la table j'ai commencé à me demander si à chaque mort d'un poisson diminuait dans le monde la somme d'amour que l'on peut éprouver pour une telle créature. S'il y avait en moins cette exacte quantité d'émerveillement & de beauté en circulation à la remontée de chaque poisson dans le filet. Et si nous persistions à prendre, piller & tuer, si le monde persistait en conséquence à s'appauvrir toujours davantage en amour, merveille & beauté, quoi donc, à la fin, resterait ?

Commença à m'inquiéter, voyez-vous, cette destruction des poissons, cette attrition de l'amour que nous causions aveuglément, & j'imaginai un monde futur d'une uniformité stérile où chacun se serait repu de tant de poissons qu'il n'en resterait plus & où la Science connaîtrait absolument chaque espèce, chaque phylum & chaque genre, mais où nul ne connaîtrait l'amour parce qu'il aurait disparu avec les poissons.

La vie est un mystère, disait le Vieux Gould, citant encore un autre peintre hollandais, & l'amour est le mystère au cœur du mystère.

Mais une fois les poissons disparus, quels joyeux sauts, quels éclaboussements allègres signaleraient où commenceraient désormais ces cercles ?

IX

Avec l'afflux de vapeurs & de terre humide que la construction du Grand Palais du Mah-Jong avait entraîné, la phtisie du Commandant – contractée sous les frondaisons des fougères géantes avec les Siamoises – empira au point qu'aucune profusion de saignées ne sembla faire aucun bien.

Le Commandant & le Chirurgien en vinrent tous deux à craindre que ces saignées ne remplissent de son sang le port tout entier sans qu'aucune guérison ne soit obtenue. Et la phtisie ne répondait à aucun des autres traitements invariablement salutaires du Chirurgien – ni à l'absorption vespérale de tartre de vase de nuit que le Chirurgien faisait fermenter dans sa propre urine ; ni à l'absorption journalière d'album nigrum, l'excrément des rats, qui avait au moins la vertu d'être le remède le plus facilement disponible sur l'île ; à la différence du tabac, dont usa le Chirurgien en ultime recours par la pratique de l'insufflation, ce pour quoi on le vit injecter de la fumée de tabac dans le rectum du Commandant après chaque évacuation des entrailles.

Puis pour donner au Commandant l'illusion que quelque chose était fait pour son corps – outre la faculté de péter de la fumée – le Chirurgien proposa un nouveau traitement qui rencontrait apparemment un certain succès en Angleterre. D'abord le Commandant se montra réticent à ingurgiter de vastes quantités de beurre plusieurs fois par jour, au motif absurde que cela le rendait nauséeux, mais l'idée derrière le traitement était scientifique, incompréhensible, & pour ces deux raisons, irréfutable.

Que le Commandant souffrît maintenant de malnutrition aussi bien que de phtisie n'arrangeait pas ses humeurs, qui devenaient chaque jour davantage des vapeurs & se laissaient même moins aisément présager qu'auparavant. Il était assailli de cauchemars où il apparaissait non pas en empereur romain mais en poète lakiste, porté à de longues rêveries sur les rives de Grasmere sur le Sublime & le Majestueux, comme si ses rêves mêmes étaient écrits en majuscules pour lui enfoncer l'idée si fort dans la comprenette qu'il se sentait suffoqué par elle, parce qu'un père de la nation doit être né pour tenir ce rôle sans avoir à se battre pour cela chaque jour.

Il savait que pour lui rien de cela ne venait aisément, pas même la cruauté, & cela ne faisait que le rendre plus furieux qu'en ses jours néfastes où un peu de compréhension de la part des autres n'eût pas été malvenue tant de gens pensent à tort que la dureté était sa seconde nature, car même avec & pour sa malveillance il devait lutter chaque jour.

« Vous me comprenez, O'Riordan ? » s'exclamait-il, bondissant de sa paillasse de fantassin, arrachant un mousquet à son aide de camp & lui écrasant la crosse dans la figure, à maintes & maintes reprises, pendant que le lieutenant protestait qu'il ne s'appelait pas O'Riordan mais Lethborg. Ça ne faisait que contrarier davantage le Commandant, car il savait que tous ses soldats étaient des propres à rien de paysans irlandais poltrons, & il était évident que O'Riordan étaient encore pire, un propre à rien de paysan irlandais poltron & *menteur*.

Le Commandant prit l'habitude de le frapper dans les noix & la tête en sifflant « Brady-brady-brady » avec une vigueur immodérée qu'on aurait pu prendre pour de la joie s'il n'avait pas été évident que les deux hommes pleuraient, l'un du sang par la bouche & le nez, l'autre seulement des larmes par ses yeux masqués, parce qu'il était le Commandant & qu'une certaine dignité lui seyait, parce que sa voie était ardue & pourquoi n'était-il pas en train de composer *L'Abbaye de Tintern* au bord du lac de Rydal ?

Parce que sa colère était si incomprise, voilà pourquoi le Commandant fit arrêter, ligoter & bâillonner le lieutenant & le peloton de papistes perfides qu'il commandait ; parce que le Commandant ne pouvait supporter plus longtemps les gémissements de O'Riordan couvert de blessures, voilà pourquoi il n'eut d'autre choix que d'ordonner que la masse informe de traîtrise ligotée & bâillonnée soit jetée dans la mer pour aller rejoindre les poissons.

Ses symptômes empirent chaque jour, écrivit le Chirurgien à Sir Isaiah Newton, distingué collègue de Liverpool avec qui il avait fait ses études & auprès de qui il sollicitait à présent un avis professionnel sur ce qu'il fallait faire pour son Commandant, *car sa poitrine devient fétide & palpite comme un papillon de nuit captif.* Étant donné le gros morceau de globe qui les séparait il se passerait des mois, voire des années, avant qu'une réponse parvienne & entre-temps le papillon de nuit captif se mua en mulet barbotant dans le panier de pêche croulant de la cage thoracique du Commandant.

« Vous comprenez, Commandant, balbutia le Chirurgien, ces choses prennent du temps.

— Mais le temps ! rugit le Commandant, le temps ! mon cher Chirurgien, est ce que notre Nation ne possède pas ! » Parce que désormais dans son esprit Sa Destinée & celle de Sa Nation étaient une seule & même chose, voilà pourquoi le Commandant ne pouvait ignorer le calme qui assaillait l'île à la suite des échecs respectifs du Chemin de Fer National, du Grand Palais du Mah-Jong & de mille & un autres désastres monumentaux.

La nuit il ne pouvait dormir en l'absence du bruit d'une nation. Tout ce qu'il entendait résonner à tous les échos dans les allées solitaires du marché censées retentir du vacarme du troc, du commerce & des gens, était le son creux des vagues battant sinistrement le rivage.

Couché sans dormir, en proie à une terreur grandissante, il commença à se demander si cet unique son était celui de la mer ou de ses poumons, ou bien encore sa destinée qui battait flic-flac-floc à ce moment-là même, battait l'appel ou le rappel, son rappel, si c'était son propre râle grinçant brady-brady-brady ou bien les forçats s'adonnant à leurs incessants racontars perfides prédisant comment Brady les libérerait, peu importe combien de vieux de la vieille il obligeait à se tenir derrière les étals vides en faisant mine de commercer, comment Brady les vengerait, peu importe combien de beaux bâtiments en pierre il dressait entre lui & ses visions nocturnes, peu importe combien d'Europe il érigeait entre lui & le silence, c'était le même cauchemar de la mer qui montait, montait, montait, de Brady qui approchait toujours, toujours plus près, & des flammes de l'Enfer toujours plus ardentes...

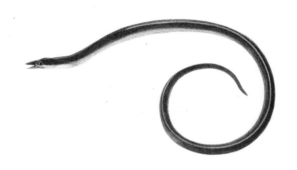

L'Anguille

Qui n'est pas si long que d'autres chapitres –
Envies incontrôlables – La genèse d'une nation –
Castration de M. Lemprière – Un beaupré de
souffrance – Barriques de têtes noires parlantes –
Élévation de Cosmo Wheeler & autres malheurs –
Triste fin de M. Lemprière – Castlereagh homicide.

I

Le voici donc, ce Gould, ce pitoyable faussaire, cet ivrogne qui fait de son mieux pour réussir & ne pas retrouver les chaînes du Triangle & du Berceau. Il est, si vous voulez – & comme il le voudrait très certainement – en train d'essayer de s'élever sur l'échelle de la société du bagne, & que se passe-t-il alors ?

Ayant reçu l'ordre de peindre des poissons & puis ayant été libéré de ces petites boules lépreuses d'humeur visqueuse & d'écailles, ayant décroché la meilleure planque de toutes à peindre ce marlou de Commandant en mille & une poses historiques, que voyons-nous maintenant –

Un homme qui va utiliser cette nouvelle position d'influence auprès du Commandant pour obtenir de l'avancement ?

Non.

Qui va commencer sa transformation du statut de laquais à celui de conseiller, d'initié, de confident, avec tous les avantages requis ?

Non, vous ne voyez rien de tel. Certes ce Gould veut simplement abuser de sa position à son profit, mais il est troublé par des Pensées. Il a beau seulement désirer exploiter ce bon filon, la vérité est qu'il se sent plus emprisonné que jamais dans des Notions & des Lubies.

Ce que vous voyez – & là je crains de devoir le dire tout net – ce que vous voyez est un idiot qui éprouve *un désir insupportable* de se remettre à peindre des poissons.

Et pourquoi donc ? Parce que c'est une passion ?

Non.

Parce qu'il pense avoir un rôle à jouer dans le progrès de la Science ?

Non.

De l'Art ?

Dieu nous en garde, non, non & non ! Parce que, bonté divine, parce que, tenez-vous bien, il se met à éprouver des envies incontrôlables à l'égard des poissons !

Mais avant d'en arriver là il me faut tailler ma plume en os de requin, la retremper dans ce laudanum vert, & faire un détour nécessaire si nous devons atteindre notre destination, la faiblesse d'esprit grandissante de notre homme, cette cellule saline d'une inéluctable destinée putride, & puis repartir vers l'une des soirées de bringue du Commandant avec M. Lemprière dans le cottage de celui-ci.

M. Lemprière est dès ce moment, comme on pouvait le prévoir, plus que morose que sa Grande Mission Scientifique Transylvanienne de découverte de poissons ait été provisoirement, peut-être définitivement interrompue par le besoin du Commandant de mettre l'Art au service d'Objectifs Nationaux plutôt que simplement Scientifiques. Alors permettez-moi de changer de direction, de fondre de nouveau sur l'île Sarah, au-dessus des gardes moluquois du Commandant, & de tomber par la cheminée noire de suie dans la salle enfumée où le Commandant dans les vignes du Seigneur confesse le crime de son ambition.

« Créer une nation, mon Dieu oui, une nation qui soit ce que nous pouvons & devons devenir, est-il en train de dire à M. Lemprière, & non, monsieur, je n'en suis pas honteux. Non, monsieur, comment le serais-je quand j'ai reçu l'onction de la Destinée pour remplir ce rôle ? Une Nation & moi son fondateur & elle une Nation qui ne soit pas la misérable lie d'une Île-Prison. Une nation dont je serai le père, le père honoré & révéré de tous, célébré en poèmes épiques & peint sur de superbes étalons blancs cabrés sur fond de nuit de tempête. Vous m'entendez, Lemprière ? Et nul ne saura que c'est le travail, notre dur travail, notre sueur & nos sacrifices, qui ont élevé cette île du rang de prison à celui de nation.

— PISSER, marmonne le Chirurgien ivre, BESOIN. » En y mettant une certaine puissance, il réussit à soulever sa fenêtre à guillotine tant vantée & s'incline vers l'extérieur, soupirant lentement en français « G-O-U-T-T-E À G-O-U-T-T-E » tout en commençant à se soulager.

M. Lemprière s'habille à la mode d'il y a trente ans, culotte, grosses boucles sur ses souliers qu'il m'a naguère fait astiquer chaque soir. Elles sont en mauvais étain que M. Lemprière prétend être de l'argent, quoiqu'elles soient plus ternes que de l'eau de vaisselle. Il prend appui sur ces souliers & se penche en avant pour améliorer sa trajectoire par la fenêtre.

Pendant qu'il se soulage une des boucles finit par abandonner son long combat inégal avec les contorsions du corps gigantesque de M. Lemprière. La boucle saute. Le pied de M. Lemprière dérape. Au même instant il lâche la fenêtre & titube d'abord en arrière puis en avant. Brusquement, avec un grand fracas, la fenêtre s'abat sur le rebord en travers duquel gît comme une chenille égarée le membre saillant de M. Lemprière.

Vu tout ce que j'ai déjà dit vous pouvez penser qu'en cet instant le Chirurgien va pousser des beuglements de zébu ou des cris d'orfraie, mais nenni, à part l'exquise teinte rose corail que prend son visage cérusé, pendant un moment rien n'indique toute l'horreur de ce qui vient de se passer.

Peut-être qu'en ce moment d'atroce douleur il sait que nulle somme de cris & de hurlements ne va modifier le fait indéniable que son sexe a été affreusement écrasé dans l'accident. Il éprouve une horreur vertigineuse que provoquent autant la souffrance que la crainte de ce que cela peut signifier pour son avenir. Il sent ses jambes fléchir, faiblir, se dérober sous lui, défaillir & puis au même moment c'est le noir.

II

Ranimé par des sels, au sortir de son évanouissement M. Lemprière refuse tout net son remède pour tous les maux, arguant que saigner le sexe est outrager un homme dans sa dignité. Il cite Sir Isaiah Newton, mentionne quelques cas où le bander mou de l'ivresse est devenu un état permanent après le recours précipité à ce type de traitement non scientifique, & donc au lieu de se tailler lui-même il avale de grandes quantités de laudanum, que le pot en cuivre où il est conservé pour le Commandant a teinté de vert. À part lui procurer une vision splendide du Commandant en éléphant en rut, l'opiacé ne fait rien pour modifier au cours des semaines suivantes l'évolution ininterrompue de son sexe qui passe de la condition de triste ver rouge à celle de grosse limace noire, qu'il pose sur une petite plateforme en pin Huon qu'il a fait construire tout exprès. Il se l'attache quotidiennement grâce à un expédient, passant un ruban de soie turquoise au-dessus de ses volumineuses poignées d'amour & le nouant en une grosse boucle ostentatoire sur le lard labouré de furoncles & boisé de poils de son dos.

Il erre dans la colonie, les pans de chemise déployés comme des voiles sur son promontoire en pin, beaupré de souffrance qu'il inspecte constamment chaque fois qu'il est seul, observant le miracle de transformation au fur & à mesure que la contusion s'infecte, que la chair pourrit, que le rouge vire au noir puis au vert. À la fin la puanteur est si insupportable qu'elle exaspère même l'odorophile Commandant, & il ordonne de ligoter M. Lemprière, de lui enfoncer un entonnoir dans le gosier malgré ses bredouillements de protestation, & de déverser plusieurs pintes de pisco dedans. Pendant la procédure qui s'ensuit le Commandant maintient la tête de son cher ami comme celle d'un nouveau-né, sans arrêter de chialer que c'est son affection pour son ami qui exige cela de lui. Après un quart d'heure d'at-

194

tente le Commandant se lasse de sa propre compassion. Il fait signe de la tête à un cuisinier forçat qui se tenait dans un coin sombre à repasser sur un aiguisoir un long couteau à lever les filets. Le cuisinier approche &, avant que M. Lemprière puisse protester en français ou en anglais, il tranche d'un seul coup le pénis suppurant.

Après la triste perte de son membre, M. Lemprière est tout d'abord encore plus belliqueux & exécrable que jamais. Puis son comportement colérique subit un changement automnal, se muant lentement en une mélancolie si profonde qu'il semble avoir perdu tout intérêt dans l'existence, même sa passion de la collecte & du catalogage.

Il devient solitaire & acquiert l'étrange habitude de passer de longs moments à parler à Castlereagh, enchaînant de tristes monologues sur la Dure Main du Destin & ce qui aurait pu être s'il s'était seulement spécialisé dans les lichens & les hépatiques. Le porc, habitué à se promener seul & sans importun dans son enclos infernal, semble rendu toujours plus furieux par les commentaires de M. Lemprière, donne des coups de tête dans sa barrière à chaque apparition du Chirurgien & la secoue avec une telle force que l'île tremble à chaque assaut. Inconscient de l'antipathie de son compagnon, le Chirurgien ne remarque pas que plus il parle plus le porc augmente de volume & de sauvagerie, tant & si bien qu'il bloque le soleil, est accusé de causer des éclipses de lune & de troubler la navigation céleste de la nuit. L'animal plein de rage couine parfois comme si le torrent interminable de paroles le noyait, hurlement si aigu & si grinçant qu'il rend fous de mal aux oreilles les hommes loin en mer, cependant que de si lamentables démonstrations semblent alimenter les récits de perte, d'échec & d'oubli personnel de M. Lemprière.

Perdu, déprimé, castré, son plus intime compagnon un porc monstrueux – il n'est guère besoin d'ajouter que M. Lemprière a dès ce moment perdu tout intérêt à me récupérer auprès du Commandant pour peindre des poissons.

J'avais tenté de peindre quelques poissons avec la peinture à l'huile que me fournissait si libéralement l'Intendance pour les portraits du Commandant. Mais la peinture à l'huile est un matériau de la terre, trop chargé de gravité, trop opaque pour un poisson. J'avais besoin des couleurs à l'eau du Chirurgien.

J'ai résolu de rendre visite à M. Lemprière dans l'espoir de rallumer son intérêt pour le projet du livre des poissons. Mon intention était de lui demander si je pouvais emprunter sa boîte d'aquarelle, pour essayer de continuer avec les poissons durant le peu de temps libre que je pouvais trouver.

Je me suis dit que c'était seulement une question de survie, pour m'assurer que si jamais ma place chez le Commandant prenait fin je disposerais d'une solution de rechange à la chaîne de forçats. Mais c'était un mensonge, & j'ai eu beau faire pour voiler mon cœur à mon esprit, la vérité est que, n'étant plus astreint à peindre pour la Science, mes sentiments envers les poissons changeaient pour la seconde fois, & ce que j'avais naguère exécré me manquait aujourd'hui. Pour la plus bizarre des raisons je me découvrais maintenant le besoin des poissons.

Les poissons n'étaient au début qu'un boulot, mais pour bien faire ce boulot & conserver les incontestables bénéfices qui en découlaient, j'ai dû apprendre des choses sur eux. J'ai dû étudier la manière dont les nageoires passent du domaine de la chair opaque à la merveille de la diaphanéité, la fermeté suspendue des corps, le rapport entre les bouches & les têtes démesurées, entre les têtes & les corps en expansion, la façon dont les écailles enchevauchées créent une moirure dansante. Sur un poisson je cherchais à parfaire ces bouches inexplicablement voluptueuses, sur un autre la translucidité des nageoires. Et il me faut avouer que peindre & repeindre ainsi a commencé à m'affecter.

Peut-être parce que je passais tellement de temps avec eux, peut-être parce qu'il me fallait tenter de comprendre quelque chose à eux, ils ont commencé à m'intéresser, & puis à m'irriter, ce qui était pis, parce qu'ils commençaient à entrer en moi & que je ne savais même pas qu'ils étaient en train de me coloniser aussi sûrement que le Lieutenant Bowen avait colonisé la Terre de Van Diemen il y avait si longtemps.

Ils me pénétraient, traversant mes pores par une affreuse osmose. Et quand a lui en moi la conscience imprévue & assez terrifiante qu'ils prenaient possession de mes pensées diurnes, de mes rêves nocturnes, j'ai pris peur & eu envie de les repousser, de résister comme l'avaient fait les moricauds. Mais comment attaquez-vous un grondin moribond ? Un mulet dans les affres de la mort ?

C'était comme s'il n'était pas possible de passer si longtemps dans la compagnie des poissons sans que quelque chose de leur œil froid & de leur chair palpitante ne traverse l'air & n'entre dans votre âme.

J'utilise délibérément le mot « traverse ».

C'était comme si leur esprit cherchait un autre milieu aquatique, & à un certain point où la mort était imminente cet esprit pour assurer sa survie jaillissait à travers le milieu mortel de l'air, saut si soudain & si rapide qu'il était invisible à l'œil nu. À la manière dont la lumière bleue avait jailli de la bouche du condamné à la foire & pénétré dans celle de ma mère, je me demandais si tous les esprits cherchent un autre œil pour y entrer au terrible instant fatal, pour éviter d'être livrés à quelque monde souterrain d'ombres perdues.

C'était juste mon idiotie, comme quand je suis retourné voir la fille du Vieux Gould après l'annonce de ses fiançailles avec le quincaillier de Salford pour lui demander de s'enfuir avec moi & qu'elle m'a ri au nez, il me fallait retourner à davantage de poissons & pourquoi ? – car tant que j'étais chargé de peindre encore & toujours ces cruels nouveaux colons de mon âme, d'abord par un Chirurgien fou & puis plus follement encore par moi-même, il ne semblait y avoir aucun moyen d'échapper à leur insidieuse invasion, aucun répit quand ils ont commencé à nager vers l'arrière-pays de mon cœur, de mon esprit, en vue de prendre totalement le contrôle de moi.

Et comment aurais-je pu savoir, le jour où je suis allé le voir, que dans l'énorme tête de M. Lemprière était en train de naître une ultime passion sordide qui devait nous fondre ensemble à jamais, les poissons & moi ?

III

Sur le chemin du cottage de M. Lemprière en ce calme matin bleu d'hiver, deux forçats en blouse sale m'ont croisé, suant & jurant en tirant un traîneau sur lequel bringuebalaient de longs sacs en jute.

« Encore les nègres morts », a dit l'un sans un regard en arrière ni sur moi ni sur les sacs.

Les sauvages étaient arrivés la semaine précédente avec le conciliateur blanc Guster Robinson, par une froide journée où le vent soufflait en rafales. Ils formaient une troupe disparate, émaciée, certains couverts d'une maladie de peau, beaucoup toussant & crachotant sans arrêt ; tailladant leurs poitrines & leurs gorges malades avec des bouteilles cassées & des pierres coupantes. Quand leur mal a tourné à la fièvre, ils se sont pareillement lacéré le front & le sang leur a coulé sur la figure, de façon à ce qu'ils puissent, comme ils disaient, « faire sortir la douleur ». Ils ont commencé à mourir dès leur arrivée.

Pourtant de tels sauvages perdus nous considéraient, nous les forçats, comme des esclaves au-dessous d'eux. D'après leurs dires ils étaient un peuple libre & noble qui avait abandonné sa nation pour l'exil, qui en retour serait pris en charge par le gouvernement & qui n'avait pas à travailler comme nous. La nuit certains forçats du Pénitencier pissaient à travers les planches sur les sauvages hébergés à l'étage en dessous pour prouver la supériorité d'un blanc emprisonné sur un noir exilé.

À son entreprise chimérique auprès des sauvages sous le patronage du gouvernement – entreprise au service de laquelle il avait parcouru les sombres forêts sauvages de Transylvanie – Robinson avait donné le titre grandiose de Conciliation, mission d'un blanc pour rabattre tous les sauvages qui menaient depuis si longtemps la guerre contre eux & qui demeuraient encore en liberté dans la brousse.

Sur les portraits de lui que j'avais vus dans la ville de Hobart – grandes toiles qui tentaient sans y réussir de créer une noble & tragique histoire de sauveurs & de damnés aux antipodes – Guster Robinson avait une présence rondelette, brillam-

comme je l'avais fait jusque-là. Towtereh était un homme d'esprit & aimait faire des jeux de mots entre les deux langues blanche & noire. En outre c'était un vrai patriote dont le profond amour de son pays semblait indéniable. J'ai peint Towtereh en homme de dignité, portrait qui pour une seule & très évidente raison n'a pas sa place dans un livre des poissons.

Parmi le nombre de noirs à qui Towtereh m'a présenté se trouvait un homme crâne connu sous le nom de Traqueur Marks. Contrastant vivement avec nous autres forçats, il s'habillait comme un dandy d'Eightways. Il était d'une propreté méticuleuse, & dans la crasse de la colonie assez délicat pour laver journellement ses vêtements. Il portait une chemise blanche aux longs revers qu'il déployait sur – au lieu de sous – son col, & un chapeau rond rigide qui tenait du fez & du bonnet tricoté, à la mode des baleiniers américains avec qui il avait autrefois parcouru les océans du sud. Il était paisible sauf s'il était provoqué, mais ses yeux farouches & le pli mauvais de sa bouche laissaient penser que le provoquer serait peu prudent.

Traqueur Marks était né sur le continent & avait pendant un certain temps travaillé pour les troupiers vandiemoniens qui traquaient les broussards, & ensuite, pour une raison peu claire, participé à la mission de Robinson pour ramener du désert les tribus en guerre. Il ne semblait pas heureux de ce qu'il faisait, pourtant il n'y était pas hostile. Selon ses propres termes les gens de Robinson était seulement une bande avec qui voir du pays, mais ce n'était pas son pays qu'il parcourait, & bien qu'il fût noir ce n'était pas son peuple. À la différence de Barrabas, l'autre noir de Nouvelle-Galles du Sud, il ne se moquait pas des sauvages vandiemoniens en les traitant de singes des rochers, comme si en les dénigrant il pourrait monter un peu plus haut sur l'échelle européenne de la création. Il semblait n'éprouver de sentiments pour personne, seulement une immense & sagace lassitude.

Pendant un certain temps Traqueur Marks a souvent été vu en compagnie de Capois Death. Tous deux conversaient sans interruption dans un drôle de jargon saccadé de leur invention, un mélange de créole influencé par l'anglais & d'anglais influencé par l'aborigène. Traqueur Marks parlait à Capois Death des siens & de leur monde, de leur terre & de leur place sur celle-ci. Capois Death, qui n'avait connu d'autre patrimoine que la rupture, écoutait attentivement. Chacun semblait chercher en l'autre ce qu'il n'avait jamais connu – Capois Death, l'endroit d'où venait & où irait un noir & ce que cela signifiait, mais il lui était finalement impossible de surmonter ce qui lui avait été inculqué sur la plantation de Saint-Domingue, le sentiment que les façons des blancs, sinon les blancs eux-mêmes, valaient mieux que celles des noirs. Car Capois Death haïssait l'homme blanc mais aimait sa civilisation.

Traqueur Marks était d'une opinion différente. Malgré son air d'être plus blanc que les blancs, il n'avait pas de temps à perdre avec leurs façons. Pour lui il n'y avait pas de différence entre sa mise et son maintien, et le fait de rester sous le vent à l'ombre des arbres quand il chassait et de se fondre dans le monde de ceux qu'ils chassait plutôt que de s'en distinguer. Autrefois il avait excellé à la danse de l'émeu & à la danse du kangourou ; puis son talent l'avait mené à la danse du blanc, seulement il ne restait personne de sa tribu pour faire cercle autour du feu & louer son talent d'observation & d'imitation furtive.

Les blancs n'ont pas de loi, disait-il à Capois Death, pas de rêves. Leur façon de vivre n'a pas de sens du tout. Pourtant il ne les haïssait & ne les méprisait pas. Ils étaient incroyablement stupides, mais ils avaient un pouvoir, & d'une certaine manière leur stupidité & leur pouvoir étaient, dans l'esprit de Traqueur Marks, inextricablement liés. Mais comment ? demandait-il à Capois Death. Comment pouvoir & ignorance peuvent-ils dormir ensemble ? Questions à quoi Capois Death n'avait pas de réponse.

Puis davantage de noirs ont commencé à tousser & à cracher & assez de morve a coulé de leurs nez pour remplir le port, assez de sang de leurs têtes lacérées pour teindre l'île en rose, & en deux jours sept de plus sont morts.

Traqueur Marks a disparu de l'île Sarah peu de temps après. Peut-être s'inquiétait-il de savoir combien de temps il allait survivre aux profonds respect & amour que Guster Robinson professait si souvent à l'égard de ses frères de couleur. Ses derniers mots à Capois Death avant de s'enfuir ont été incompréhensibles à l'ancien esclave de Saint-Domingue, qui racontait & brodait constamment sa propre histoire dans la croyance qu'elle expliquait & signifiait quelque chose.

« Cache ta vie, dit Traqueur Marks à Capois Death, Complètement. »

Lorsque ce matin-là en allant chez M. Lemprière j'ai regardé les deux forçats vider leurs sacs dans une grande fosse juste sur le bord de la piste, j'ai remarqué avec saisissement que ces corps noirs inanimés étaient sans tête. Les forçats ont rapidement couvert les corps décapités d'une mince couche de terre, laissant le reste de la fosse vide, & prête, je suppose, pour d'autres morts.

« C'est ça », ai-je entendu l'autre forçat dire, en me hâtant de descendre chez Lemprière sans regarder derrière moi ni lui ni la fosse, « des nègres morts. Y en a un qu'est Roméo, mais y a sûrement pas de Juliette. »

IV

Le cottage de M. Lemprière était vide, mais j'ai entendu venir de l'arrière des bruits confus d'efforts & de craquements intermittents de bois, comme un eucalyptus géant perdant des branches. J'ai suivi l'allée transversale & alors vu, silhouetté sur les colorations d'ombre de la cour boueuse jouxtant l'enclos de Castlereagh, le profil ivoirin de cette grosse loupe qu'était la tête de M. Lemprière.

Spécificité d'un hiver vandiemonien, le soleil était d'un jaune d'œuf intense & le ciel d'un bleu outremer éclatant, & pourtant la journée était froide. Néanmoins M. Lemprière n'avait pas besoin de beaucoup fatiguer sa formidable masse pour prendre une suée torride, & il s'était manifestement activé ce matin-là car de grosses gouttes de sueur coulaient comme des perles sur son visage cérusé. Il se tenait au centre d'un cercle d'environ une demi-douzaine de barriques en bois. Un tonnelier forçat installait un couvercle sur l'une d'elles & M. Lemprière frappait à coups redoublés sur la paroi d'une autre avec ses poings, hurlant toutes sortes d'insanités en se disputant avec quelqu'un que je ne pouvais pas voir.

S'apercevant de ma présence, il a levé la main & l'a vivement écartée de son visage comme pour signifier que la dispute n'avait rien à voir avec lui.

« N'Y PRENEZ PAS GARDE – ARRIVE TOUT LE TEMPS, m'a-t-il assuré. MAIS ! – BARRIQUE SCELLÉE – ILS SE CALMENT. »

J'ai approché & regardé plus attentivement la barrique dont s'occupait M. Lemprière. Elle paraissait remplie de saumure – mais je ne puis garantir que telle était la nature exacte de la solution de macération. J'ai aperçu un reflet sombre, & d'abord j'ai supposé qu'il conservait des anguilles, qui abondaient dans le port cette année-là. Puis j'ai pensé, non, mes yeux me jouent des tours, je ne sais quel effet de la lumière du sud me fait voir partout des hommes sous forme de poissons.

Et puis si lentement & si affreusement que je m'en suis ensuite senti stupide pendant plusieurs jours, il m'est venu à l'esprit que ce qui dansait dans les barriques, flottant comme des pommes à la foire, fermentant comme des choux, n'était pas des anguilles ; c'étaient les têtes coupées de plusieurs moricauds. En les multipliant par la demi-douzaine de barriques j'ai estimé qu'il devait y avoir de quarante à soixante-dix têtes noires saumurées en ce beau matin du milieu de l'hiver dans l'arrière-cour de M. Lemprière.

Il est également devenu apparent que M. Lemprière croyait que ces têtes de noirs morts lui criaient après & le narguaient. Il essayait de feindre l'indifférence à leur dérision imaginée, mais de temps à autre il craquait & se mettait à leur rendre leurs cris. Puis il prenait un air excédé par les exigences de la respectabilité scientifique & lançait un regard tendre, quasiment aguichant, sur l'enclos où Castlereagh dormait dans le coin le plus fangeux. Au spectacle d'une si bucolique béatitude il se permettait un bref sourire indulgent, une légère fissure incurvée de son globe luisant, buvait une gorgée de rhum dans un pichet en terre cuite ébréché à côté de lui & essuyait son front cérusé avec un mouchoir en soie à pois crasseux.

M. Lemprière a expliqué qu'il était mécontent des têtes qui ne voulaient pas rester dans le fond mais ne cessaient de remonter à la surface de la saumure & de lui lancer des impertinences. Il craignait que les visages ne se décomposent s'ils étaient exposés à l'air durant la longue traversée des océans jusqu'en Grande-Bretagne. Mais dans la mort comme dans la vie les têtes noires demeuraient une force avec laquelle il fallait compter & leurs yeux ouverts semblaient suivre M. Lemprière où qu'il aille, ce qui le mettait très mal à l'aise. Il a demandé au tonnelier s'il était possible de lester les têtes avec des pierres. Le tonnelier a étouffé un soupir & est allé quérir de la ficelle.

M. Lemprière avait beaucoup de qualités dont la moindre n'était pas ce qu'il nommait son *sens commun*. J'ai admiré la façon dont une tête coupée qui parlait comme si elle était encore attachée à son corps & vivante ne lui paraissait nullement être anormale ou paranormale, mais seulement un désagrément. Il y avait quelque chose de si formidablement, de si inébranlablement anglais en cela que j'ai été un instant submergé par la nostalgie du bon Vieux Monde qui produisait des géants tels que ce serviteur à face de lune de la Science, lequel répéta plusieurs fois aux têtes silencieuses de la fermer tandis que le tonnelier & lui essayaient de trouver une solution au problème du lestage desdites têtes.

Au milieu de ce cercle de têtes dont il croyait qu'elles le raillaient, lui & son œuvre, il m'accueillit un peu comme un ami perdu depuis longtemps. Il s'appuya à une barrique fermée & se lança dans un récit d'exaspération qui se concentrait sur un homme dont je ne l'avais jamais entendu parler qu'avec la révérence généralement vouée à un sage : Cosmo Wheeler.

« TOUT D'ABORD – SIMPLEMENT – COLLECTER – FLEURS – QUELQUES FEUILLES – DES CHOSES », commença M. Lemprière en s'essuyant derechef le front avec son mouchoir sale, frottant la poudre & laissant paraître une triste peau violacée luisante de vernis dans le sillage de son frottement, « CE TRAVAIL, DISAIT WHEELER – ME

VAUDRAIT D'ÊTRE MEMBRE DE LA SOCIÉTÉ — ROYALE — MAIS
ENSUITE — UNE LETTRE, C'EST TOUT — REMERCIEMENTS OFFICIELS DE
L'ÉMINENTE ASSEMBLÉE — TOUCHANT CERTES — DISTINGUÉ — CONSERVA-
TION & CONDITIONNEMENT EXEMPLAIRES — GARANTISSANT CONTENUS
PROPICES À ÉTUDE SCIENTIFIQUE — C'EST TOUT ! — ÇA ! UNE LETTRE !

« ALORS M. COSMO DEVIENT *SIR* COSMO WHEELER — RECONNAISSANCE
DE *SON* GRAND TRAVAIL SUR FLORE DES ANTIPODES — PUIS LE VOILÀ QUI
VEUT — EN UN MOT — DES COQUILLES DE MOLLUSQUES — PÉNURIE DE
COQUILLES ? — NON ! LONGTEMPS, TRÈS LONGTEMPS — CHAQUE JOUR
PARCOURIR CETTE HORRIBLE CÔTE — CIRCONSTANCES ÉPOUVANTABLES &
TRÈS INCLÉMENTES DE RAMASSAGE — DES ANNÉES DE MAUDIT TRA-
VAIL — SECONDE LETTRE OFFICIELLE DE LA SOCIÉTÉ ROYALE — ENCORE
PLUS ÉLOGIEUSE QUE LA PREMIÈRE — MAIS MENTION DE MON ADMISSION
DANS LA SOCIÉTÉ ?

— Non, dis-je.

— OUI, dit-il, AUCUNE. »

À ce point il s'interrompit momentanément pour répliquer à
ce qu'il croyait être un commentaire obscène émanant des barriques, avant de reprendre son récit.

« ALORS VOUS VOYEZ, continua M. Lemprière, J'AI SOULEVÉ LA
QUESTION — RESPECTUEUSEMENT — AVEC *SIR* COSMO — DÉSORMAIS
SECRÉTAIRE DE LA SOCIÉTÉ EN CONSÉQUENCE DE *SES* RECHERCHES PION-
NIÈRES SUR LES INVERTÉBRÉS DES MERS DU SUD, AVEC RÉFÉRENCES SPÉ-
CIALES AUX MOLLUSQUES DES ANTIPODES.

« SIR COSMO M'A ASSURÉ DANS UNE CORRESPONDANCE PRIVÉE À PART
QUE MES CRAINTES D'ÊTRE IGNORÉ & — JE N'AVAIS JAMAIS OSÉ DANS MES
LETTRES L'ÉCRIRE, ENCORE MOINS LE PENSER ! — *UTILISÉ* — ENTIÈREMENT
DÉPLACÉES — AFFAIRE BIEN & SOLIDEMENT EN MAIN — M'ASSURAIT — ME
CONSIDÉRAIT — ET LA SOCIÉTÉ AUSSI — LE PLUS ÉMINENT & MÉRITANT DE
SES COLLECTEURS COLONIAUX — SAVANT DES PLUS POSITIFS — RÉPUTA-
TION TELLE QU'IL FALLAIT SEULEMENT UN GRAND TRAVAIL ULTIME POUR
COURONNER TOUTE CETTE INCONTESTABLE INDUSTRIE — ALORS JE POUR-
RAIS FAIRE EN ANGLETERRE UN RETOUR TRIOMPHAL.

« ALORS — TOUT CE TRUC DE POISSONS — DESTINÉ À ÊTRE MA GRANDE
ŒUVRE — MON BILLET POUR LA SOCIÉTÉ, SARDINES & MOLLUSQUES, POUR
LA *SOCIÉTÉ* — ET MAINTENANT IL ÉCRIT :

« 'Non, les poissons ont été étudiés par Hooker, entre nous soit dit c'est un piètre travail qu'a accompli Hooker, mais néanmoins les poissons sont terminés, bousillés, & ne m'importunez pas en m'envoyant vos peintures, c'est trop tard.'

« LE CHAMP PLEIN D'AVENIR MAINTENANT — ÉCRIT-IL — LA SCIENCE NOUVELLE — LA SOCIÉTÉ NOUVELLE —L'ÂGE NOUVEAU — LA PHRÉNOLOGIE, PARTICULIÈREMENT POUR CE QUI EST DES RACES INFÉRIEURES & VAINCUES — LA SCIENCE PRÊTE À DE GRANDES AVANCÉES DANS SA COMPRÉHENSION DE L'HUMANITÉ DANS SES FORMES SUPÉRIEURES & INFÉRIEURES D'APRÈS CETTE ÉTUDE DE CRÂNES, N'ÉTAIT LE MANQUE DE BONS SPÉCIMENS. »

J'en ai alors conclu – pour autant est qu'on pût conclure quelque chose d'une telle avalanche de propositions – que Sir Henry Hooker, lequel, nonobstant le mépris de Sir Cosmo Wheeler qui le tenait pour un saltimbanque médiocre, semblait néanmoins être son principal rival scientifique, avait déniché par hasard six barriques bourrées jusqu'à ras bord de têtes noires appartenant à son ami Sir Joseph Banks, que bien des années auparavant Banks avait collectées sur la Terre de Van Diemen. La monographie subséquente de Hooker sur les têtes noires de Banks – proclamant leur *innocence* de la civilisation blanche, leur *noblesse* de physionomie noire – avait suscité un grand intérêt.

« TANT D'ÂNERIES ROUSSEAU-ISANTES, continua le Chirurgien, ONT FAIT PÂMER LES DAMES — HA ! — MAIS SIR COSMO CROIT LE TRAVAIL DE HOOKER FONDÉ SUR DES INSUFFISANCES FONDAMENTALES — DES STUPIDITÉS FRANCISÉES À LA MODE — DE L'ONANISME INTELLECTUEL !

« SI LUI, SIR COSMO, AVAIT DES TÊTES NOIRES PLUS RÉCENTES — UNE FOIS POUR TOUTES PROUVERA QUE LE TRAVAIL DE HOOKER — PAS DE LA SCIENCE — SEULEMENT DES NIAISERIES VANITEUSES !

« ALORS MAINTENANT AU LIEU DE FLEURS, DE MOULES, DE POISSONS — DES TÊTES NOIRES ! — SI JE DOIS ÊTRE ADMIS DANS LA SOCIÉTÉ ROYALE — DES TÊTES NOIRES ! — MAIS CE N'EST PAS SI FACILE — OÙ ? — & COMMENT ? — PÊCHER DES TÊTES NOIRES IMPOSSIBLE — DÉTACHER DES TÊTES NOIRES DES ROCHERS IMPOSSIBLE — NON ! — COUPER UNE TÊTE NOIRE COMME UNE FLEUR SAUVAGE

IMPOSSIBLE, PRESSER & FAIRE SÉCHER UNE TÊTE NOIRE IMPOSSIBLE — LES TIRER COMME DES BÉCASSINES IMPOSSIBLE, QUOIQUE CERTAINS LE FASSENT — QU'ALLAIS-JE DONC FAIRE ?

« CONTRAINT À UN COMMERCE TRÈS RÉPUGNANT — LES TYPES LES PLUS VILS — FOSSOYEURS FORÇATS — EMPLOYÉS DE LA MORGUE — HOMMES DE LOI DE SYDNEY — RÉSULTATS, ENTIÈREMENT PRÉVISIBLES : PERDU L'ESSENTIEL DE MES ÉCONOMIES — PROCURÉ UNE SÉRIE DE TÊTES FANGEUSES & FÉTIDES — MOULT CHOSES MAIS JAMAIS UN NOIR — TÊTE DE FORÇAT VERNIE À LA LAQUE NOIRE — VIANDE FRIPÉE DE CRÂNES D'INDIGENTS BARBOUILLÉS AU GOUDRON — TOUTE SORTE D'AUTRES TÊTES PATHÉTIQUEMENT DÉGUISÉES EN TÊTES DE NOIRS — ÉTAT INÉVITABLEMENT RÉPUGNANT — VOUS VENDENT N'IMPORTE QUOI — DES BALEINIERS ONT TENTÉ DE REFILER DEUX TÊTES RATATINÉES DE MAORIS PORTÉES DANS UN SAC EN FIBRES AUTOUR DE LA TAILLE COMME LES INDIGÈNES VANDIEMONIENS — PAS MIEUX QUE DES POMMES RATATINÉES PONCÉES À L'ENCRE DE CHINE — ALORS —

— Guster Robinson, ai-je dit.

— *VOYEZ-VOUS*, a-t-il dit.

— Tragique, ai-je dit.

— *EN UN MOT* — MAIS OÙ D'AUTRES VIRENT UNE TRAGÉDIE — J'AI VU — QUOI ? — UNE OUVERTURE. » Il s'est penché en avant de la manière dont j'avais appris qu'elle était la sienne lorsqu'il souhaitait communiquer une chose qu'il estimait être une révélation.

— La Science ? ai-je deviné.

— DES TÊTES NOIRES », a-t-il confirmé en hochant la tête avec sagesse.

J'ai passé les doigts sur le bois encore plein de sève des barriques.

« RÉDEMPTION POSTHUME, a-t-il dit, — SINON TRAGIQUES EXISTENCES NON-CHRÉTIENNES.

— Le Salut, hasardai-je.

— ESPÉRONS-LE, dit M. Lemprière, & PAS SEULEMENT POUR EUX. »

M. Lemprière s'est encore essuyé le visage, a dit au tonnelier d'aller chercher plus de thé & de rhum dans le cottage. Nous nous sommes assis. « N'Y FAITES PAS ATTENTION », a dit M. Lemprière tranquillement, comme s'il entendait d'autres protestations étouffées émanant de l'intérieur de la barrique & ne voulait pas reconnaître leur existence. « NE RÉPONDEZ JAMAIS À L'INGRATITUDE. » Le tonnelier est revenu & a posé la théière & le cruchon de rhum sur le dessus d'une barrique scellée.

Le tonnelier a recommencé à clouer d'autres couvercles, sans se préoccuper de savoir si les têtes flottaient ou s'étaient enfoncées, si elles étaient maussades ou hurlantes. Ce n'était probablement pas le meilleur moment pour dire ce que j'ai alors dit, mais néanmoins je me suis lancé dans un discours sur le fait que les poissons étaient encore un projet de la plus haute signification scientifique & que peut-être si Sir Cosmo Wheeler n'était pas intéressé, M. Lemprière pourrait envisager de les publier lui-même chez l'imprimeur Bent de la ville de Hobart.

Une édition de Londres avec l'additif du nom de Sir Cosmo Wheeler – voilà qui signifiait la gloire, la reconnaissance, une voie ramenant M. Lemprière dans le monde hors duquel il était si longtemps demeuré, la clé à ce que M. Lemprière avait désiré par-dessus tout : être membre de la Société Royale. Mais un livre de la ville de Hobart...

« EST-CE QUE JE SUIS SI MALADE ? » a beuglé le Chirurgien. UN LIVRE DE LA VILLE DE HOBART – UNE CONTRADICTION, MONSIEUR ! UNE VÉRITABLE INSULTE À LA SCIENCE ! – À LA CULTURE ! »

Puis il s'est resservi de rhum & de thé & s'est mis à cogner à coups de marteau sur chaque barrique à tour de rôle, leur hurlant de cesser & d'être reconnaissants d'être finalement de quelque utilité pour la Civilisation.

Il est revenu s'asseoir & m'a raconté que le climat le plus tempéré se trouve entre les 40e & 50e degrés de latitude & que c'est de ce climat que des idées correctes sur les couleurs authentiques du genre humain & sur les degrés divers de beauté doivent dériver.

« CAR JAMAIS N'EXISTA UNE NATION CIVILISÉE – TOUTE BLANCHE – QUELLES MANUFACTURES INGÉNIEUSES – QUELS ARTS OU SCIENCES – ONT SURGI AILLEURS ? – LES NOBLES ALLURE & MAINTIEN DU BLANC ! – ET OÙ SINON SUR LE SEIN DE LA VIERGE EUROPÉENNE ? – OÙ S'EN TROUVERA-T-IL DEUX PAREILS ? – OUI, *PAREILS* ! – HÉMISPHÈRES REBONDIS D'UN BLANC NEIGEUX – À BOUT VERMILLON ? »

Ma pauvre tête s'est emplie d'un défilé d'hémisphères non rebondis, d'hémisphères moins qu'hémisphériques, d'hémisphères noirs plongés dans une teinture plus foncée avec leurs belles détentes prune, & il n'y avait pas une seule paire de cette heureuse procession avec qui j'avais eu à un moment ou un autre le bonheur d'être en termes de plus ou moins grande intimité que j'avais trouvée sans attraits & compensations.

Mes tentatives pour dissimuler le choc que me causait tout cela – la suprématie malvenue des hémisphères d'un blanc neigeux ; les têtes noires dont M. Lemprière était convaincu qu'elles ne cesseraient pas de babiller & qui ne s'étaient pas encore éveillées au fait que leurs hémisphères étaient du mauvais côté du globe ; le triste manque de bonne volonté en ce bas monde & ses lamentables conséquences ; mon propre sort maintenant que tout espoir d'une future bonne planque à peindre des poissons semblait sur le point de disparaître – doivent avoir été évidentes.

« JE VEUX LA SCIENCE, GOULD – PAS UN FICHU CIRQUE. »

Alors M. Lemprière a violemment pivoté sur lui-même, comme s'il avait entendu moqueries & railleries. Me tournant le dos, il a rugi aux barriques :

« JE NE VAIS PAS PRENDRE LE DEUIL POUR VOUS – JE SUIS UN NATURALISTE PATRIOTE, &, COMME MOI, VOUS ALLEZ FAIRE DES SACRIFICES POUR LA SCIENCE – POUR LA NATION. »

Dans son esprit l'explosion générale qui sortait des barriques a dû augmenter de force, car il a ramassé un gros bâton sur son tas de bois à brûler & s'est mis à frapper les couvercles à coups redoublés, leur disant que nul n'aurait pu faire plus pour eux que lui. Il hurlait que le passé était le passé, mais que lui s'intéressait à l'avenir, & qu'ils devraient être ravis & enchantés à la perspective de travailler ensemble à un si puissant projet de la Science & d'être finalement de quelque utilité à la Civilisation. À ce dernier mot Castlereagh s'est réveillé en sursaut & mis à trotter autour de son enclos en couinant. Ce qui a métamorphosé le tintamarre en une cacophonie générale : M. Lemprière battant les barriques à coups de bâton, M. Lemprière hurlant des injures de la pire sorte en tournant en rond, son porc poussant des cris stridents.

« JE VOUS AIME — NE COMPRENEZ-VOUS PAS ? pleurait-il maintenant. C'EST PAR AMOUR — SEULEMENT PAR AMOUR — QUE JE FAIS ÇA POUR VOUS. »

Finalement M. Lemprière a paru renoncer, comme vaincu, jetant son bâton au loin avec une telle force qu'il a volé jusque sur le boulevard de la Destinée du Commandant toujours non construit. Il a soupiré, essuyé quelques larmes de ses yeux & il est parti, voûté, & s'est arrêté devant l'enclos du cochon, tentant de faire entrer le Castlereagh glapissant dans la conversation.

« EUX » – & là, afin que le porc voie, il a tendu un doigt accusateur en direction des barriques récalcitrantes – « ILS NE SAVENT PAS APPRÉCIER – LA FORME — LA TAILLE — LES RAPPORTS ENTRE LES PARTIES DU CRÂNE — TOUS INDICATEURS FIABLES À LA FOIS DU CARACTÈRE & DE L'INTELLECT — & — JE TRAVAILLE À UN ARTICLE PRÉCISÉMENT SUR CE SUJET — L'ÂME ELLE-MÊME – L'ÉTUDE DES CRÂNES RÉVÉLERA LES DIFFÉRENCES FONDAMENTALES ENTRE – LA NATURE PRÉCISE DE – LES RAISONS EXACTES DE – LA HIÉRARCHIE DES RACES D'HOMMES. »

Il s'est retourné, a secoué la tête & est revenu jusqu'à moi.

« VOUS VOYEZ, a continué M. Lemprière en remplissant derechef son cruchon de rhum & de thé, LA SCIENCE EST EN PRÉSENCE — ICI — DE SON PLUS GRAND DÉFI — WHEELER EST DÉTERMINÉ À RÉSOUDRE — NOS FRÈRES DE COULEUR COMME LES CHIENS — LES PUCES — NE SONT PAS DESCENDUS D'ADAM — DIEU LES A CRÉÉS — ESPÈCE À PART MAIS INFÉRIEURE, COMME IL A CRÉÉ LES MULETS OU LES MOINEAUX À PART MAIS INFÉRIEURS — EN ANGLAIS ROBUSTES — NOUS APPRÉHENDONS CE — SOLIDE SENS COMMUN — MAIS SANS CLASSIFICATION & CATÉGORISATION SCIENTIFIQUES NOUS NE LE CONNAISSONS PAS EN TANT QUE SCIENCE — PAS ENCORE.

« SIR COSMO A DES TRÉSORS CRANIOLOGIQUES — HORS PAIR POUR LA PROFONDEUR DES VUES ANATOMIQUES — MAIS — CE SONT DES CRÂNES BLANCS. »

M. Lemprière s'est penché en avant, a laissé tomber très bas sa grosse tête chauve & suante, l'a fait tourner dans un sens & puis dans l'autre comme si c'était une tête de sanglier enfilée sur une broche, puis quand il a paru assuré que personne d'autre n'était là pour écouter, il a continué sur le ton de la conspiration.

« VOILÀ LE HIC — AFIN DE COMPLÉTER SA GRANDE ŒUVRE POUR PROU-VER QUE TOUT CECI EST DE LA SCIENCE — WHEELER DOIT AVOIR — WHEE-LER *A BESOIN* — DE CRÂNES NOIRS À ÉVALUER & ÉTUDIER. »

M. Lemprière a réinstallé sa tête sur ses épaules, œuf dur vacillant dans son coquetier, & il a sifflé :

« *IL A BESOIN DE MOI.* »

V

Plusieurs jours après avoir quitté M. Lemprière & ses barriques sans la boîte d'aquarelle, j'ai reçu un message m'ordonnant d'aller le voir sans délai le matin même pour discuter de mon futur rôle de serviteur à lui assigné. Mon esprit s'est empli d'inquiétude, craignant que ce fût la fin des poissons & la mienne. J'ai résolu de faire tout ce qui était en mon pouvoir pour le convaincre de la valeur de la poursuite du projet, & sur le chemin de son cottage, dans le froid, en tapant dans mes mains pour les réchauffer, j'ai essayé de penser à tous les arguments scientifiques que je pouvais inventer, les seuls qui fissent jamais le poids avec M. Lemprière.

Au cours de la semaine écoulée depuis notre entrevue, M. Lemprière s'était occupé de ses têtes noires, qu'il avait renoncé à transporter entières dans des fûts & décidé à la place de faire fondre à l'état de crânes, préparés par un aide forçat muet en vue de leur catalogage & expédition en Angleterre.

Bizarrement, il n'y avait personne dans son cottage. Plus bizarre encore, il ne venait ni trépidations ni couinements violents de l'enclos du cochon. J'ai fait le tour de la maison au cas où le Chirurgien eût été absorbé dans une méditation exceptionnellement silencieuse avec Castlereagh. J'ai trouvé le cochon, apparemment repu pour une fois, reposant sur le flanc & plongé dans ce qui semblait être un profond & bienheureux sommeil. Mais il n'y avait nulle trace de son maître & confident, M. Lemprière.

Plus tard seulement j'ai remarqué l'ombre blanche révélatrice autour du groin du cochon, comme la barbe de plusieurs jours d'un vieillard. Mais sur le moment j'ai été submergé par un nuage de vapeur d'une taille inhabituelle & d'une telle densité qu'il obscurcissait une bonne partie de l'enclos d'où il s'élevait en tourbillons, ainsi que par l'arôme aigre & sirupeux que cette brume exhalait puissamment. J'ai fermé les yeux avec l'instinct puéril que cela effacerait d'une façon ou d'une autre la réalité. Mais l'odeur n'a fait que croître jusqu'à devenir une présence oppressante, si lourde que j'ai eu l'impression d'un poids sur la tête, si humide que j'ai senti comme une rosée acide sur la figure, si forte que mes narines m'ont paru en feu.

Et quand j'ai finalement rouvert les yeux & vu que la brume âcre s'était ouverte comme un rideau de théâtre, il n'y a plus eu moyen de se méprendre sur ce qui se dressait maintenant dans l'horreur fangeuse de la scène sous mes yeux.

VI

C'était un étron.

Il était énorme.

Ce pouvait même être, ai-je jugé avec effroi, le plus gros étron porcin de la planète ce matin-là. Peut-être de tous les temps. C'était très certainement une apparition sidérante, difficile à concilier avec l'idée d'excrément de porc. Dans la lumière rougeoyante de ce matin du début de l'hiver, que cet obélisque de merde fumante rutilait ! Il aurait presque été possible de le prendre pour une sublime & infiniment précieuse pépite d'or, sans la forme quelque peu ternie mais parfaitement reconnaissable d'une boucle de soulier en étain naguère réparée & maintenant mutilée qui dépassait de la base de la pyramide.

J'ai grimpé sur la barrière & observé de plus près. Dans la terre défoncée autour de la masse luisante de merde porcine, j'ai vu, comme s'ils avaient été abandonnés après une bacchanale débridée, des lambeaux de chemise (ensanglantés), une basque de queue-de-pie noire (déchirée), une manche en soie bleue (déchiquetée) & la moitié d'un mouchoir de soie à pois (trempé de bave).

Puis j'ai remarqué ce qui ressemblait fâcheusement à un os de cuisse humain. D'autres os sanglants & boueux. Des côtes. Des fémurs. Et beaucoup d'autres encore – des tibias. Des os d'avant-bras. Des vertèbres. Puis j'ai vu la grosse loupe, un énorme crâne ensanglanté couché de côté comme une idole tombée de l'île du Pacifique.

Castlereagh a pété, odeur à la fois doucement âcre & affreusement suffocante, & à cet instant, comme je me trouvais à vau-vent, j'ai su que cette puanteur familière n'était autre que l'essence pulvérisée de M. Lemprière.

J'ai remarqué des éclats de poterie à l'autre bout de l'enclos & reconnu les débris des cruchons dans lesquels Sally Deux-Sous & moi avions fait fermenter notre Soupe de Voyou. Castlereagh avait réussi d'une façon ou d'une autre à les faire rouler sous la barrière dans son enclos avec ses pattes de devant, ce sur quoi il les avait brisés & en avait bu le puissant contenu. J'ai regardé le cochon. Le cochon a ouvert les yeux & m'a regardé.

Je jure devant Dieu qu'il a souri d'un air narquois.

J'ai reculé en chancelant, révulsé, la main sur la bouche.

Ainsi qu'en une morne rêverie, j'ai vu comment M. Lemprière devait avoir rencontré son destin, assis sur la barrière, buvant, ivre, parlant à Castlereagh, le verrat colérique son ultime auditoire, de Science, de Civilisation, de brochures de la Kabbale & d'hémisphères neigeux qui n'étaient guère plus qu'un souvenir corrupteur & corrompu. J'ai vu Castlereagh ivre de notre rhum brut, toujours plus furieux, trotter de long en large, de droite & de gauche, en se demandant, pour autant qu'on puisse dire les porcs ivres capables d'une pensée en activité, quand cesserait ce boucan à rendre fou. J'ai vu Castlereagh finalement éclater en couinements assourdissants & charger la barrière de toute sa puissance.

Et puis, perdant le peu d'équilibre qui lui restait, M. Lemprière était tombé dans le vide.

Là il devait avoir vu bien des choses qu'il avait évité de voir depuis très longtemps. Il devait avoir entendu le bruit de la bave approchant au trot. Et puis, je suppose, à un certain moment, il devait avoir su qu'il n'y aurait désormais plus moyen d'éviter quoi que ce soit.

LE REQUIN-SCIE

*Christ, Kabbalistes & merdes de cochon – Ce qu'il advint
à la pelle d'amour – Hallucinations de l'Histoire –
Une échappée belle – Classification de la loupe –
Jorgen Jorgensen – De son accession au trône
d'Islande – Récits de Waterloo – La nouvelle mission
de Jorgensen – Découverte de la tête de Voltaire –
Coup monté contre Gould –
Un second* Livre des Poissons.

I

Plutôt que la croyance puérile & finalement fatale de M. Lemprière en la perfectibilité des cochons, j'ai choisi de me rappeler son intense – encore que brève – passion pour les poissons, si puissante qu'elle prit dans son esprit une malheureuse dimension religieuse. Il fut confirmé dans cette erreur lorsque, dans un vieux traité kabbalistique que lui avait prêté Jorgen Jorgensen, il découvrit que les premières lettres des mots grecs pour Jésus Christ, Fils de Dieu, Sauveur – ich-thy-s – étaient les mêmes que le mot grec pour poisson – *ichthys*.

« TOUT CE QUI VIT EST SAINT, GOULD, MAIS LES POISSONS SONT LES PLUS SAINTS DE TOUS », m'avait-il dit une fois, avant que sa passion insane ne devienne ma croyance, « C'EST POURQUOI LE POISSON A ÉTÉ UTILISÉ PAR LES PREMIERS CHRÉTIENS COMME SYMBOLE DU CHRIST. »

Lamentablement, Dieu demeura dans Son Ciel & le grand savant dans une pyramide de merde porcine & un nuage de méthane infect, & désormais les poissons furent avec moi – mais je n'étais ni Père ni Fils ni Saint-Esprit & ne savais que faire des poissons, ou des restes de M. Lemprière, ni ce qu'ils pourraient bien tous finir par me faire.

Je me suis efforcé de voir dans le fiasco une grâce – peut-être une intervention divine de la part du vieil Ichtys. *Le Livre des Poissons* ne serait maintenant jamais publié, annoté & faussement endossé par Sir Cosmo Wheeler. Il semblait que la mort du Chirurgien eût remis les poissons entre mes mains, libres des exigences de la Science ou des ambitions sociales de M. Lemprière, qui étaient revenues à peu près à la même chose. Le champ des poissons, si limité jusqu'alors, a soudain paru infini. J'aurais dû être rempli d'aise, mais mon dilemme immédiat était trop pressant pour que j'éprouve autre chose que de la terreur. Parce qu'il était su qu'en ce jour je me rendais chez M. Lemprière, parce que sa mort serait inévitablement découverte, & parce qu'une mort dans une île de forçats est invariablement considérée comme un meurtre, je savais que si quelque chose n'était pas fait de ses os, quelque chose me serait fait à moi.

Je ne dis pas que ce que j'ai alors fait était la chose la plus maligne que j'aie jamais faite, ou d'ailleurs la plus sage. Mais elle a un instant résolu à tout le moins le problème de ses restes. Je suis allé quérir ce qu'il restait de ma ration d'alcool & l'ai jetée dans l'enclos avec l'homicide Castlereagh, alors sorti du sommeil où l'avait plongé son splendide festin. Le cochon a lapé le rhum à grand bruit, avec une vigueur qui en moins d'un quart d'heure s'est transformée en un flip-flap cathartique. Castlereagh a roulé sur lui-même & il est retombé endormi, les pattes comme quatre bouteilles vides dressées en l'air.

Après avoir vérifié que le sommeil du cochon était suffisamment profond en lançant des pierres & en les regardant rebondir sur son cuir velu sans susciter de réaction, je me suis glissé dans l'enclos & j'ai entrepris l'abominable travail de fouiller dans la merde à la recherche des restes de M. Lemprière. Pris de frénésie j'ai jeté ses habits dans le feu du cottage, enterré sa ceinture &

ses boucles de soulier dans les parages, & lancé ses os dans une vieille barrique à eau derrière le cottage. Puis j'ai reculé, j'ai respiré profondément & je me suis demandé comment – & sur une île surpeuplée *où* – je pourrais cacher une barrique d'os humains empestants.

II

Sally Deux-Sous ne sut pas mieux que Billy Gould que faire des os. La petite chambre sombre qu'elle occupait – à peine mieux qu'une cellule avec le plafond si bas, les murs si humides, le lit si étroit à la misérable paillasse, & un seul autre meuble, une chaise en osier cassée – il l'emplit de ses problèmes. Il commença avec le dilemme de disposer subrepticement du passé & termina au bord des Lumières, quand la porte de la chambre s'ouvrit maladroitement en grinçant.

Billy Gould eut juste le temps de dérober sa nudité sous le lit de Sally Deux-Sous, puis entendit la reconnaissable respiration profondément sifflante du Commandant, suivie d'un grincement lorsque ce dernier s'assit sur la chaise en osier cassée, aussi inconfortable que l'état d'esprit paniqué de Billy Gould en cet instant. Ce fut seulement alors, mais trop tard, que je me rendis compte qu'une partie de moi dépassait de la couverture.

Dans le noir & son hébétude le Commandant prit les deux fesses qui s'épanouissaient sous le lit pour un repose-pieds délabré. Du dos de son talon il leur flanqua quelques coups pour en regonfler les joues aplaties par l'âge & leur restituer un semblant de confort, puis promena ses bottes d'avant en arrière sur la ligne de ma fente. Il est loin d'être facile pour un homme de demeurer silencieux & toujours nu, à genoux, tandis que sa pelle d'amour se fait bourrer de coups. Ce fut une chose atroce, un tourment que n'atténua pas le long monologue que le Commandant entama alors, non sans s'être administré auparavant, je le compris plus tard, quelques gouttes de laudanum.

Dans un délire croissant il exposa comment l'Histoire, loin d'être le passé, est toujours présente. Tous ceux qui au cours des siècles avaient à dessein ou par inadvertance découvert la Terre de Van Diemen, il les croyait toujours là, à ce moment même, faisant voile sur la chambre de Sally Deux-Sous. Il vit des marchands arabes du douzième siècle dans leurs boutres aux voiles triangulaires, des pirates japonais du quatorzième siècle, malades & épuisés par leur longue traversée, mourant bientôt d'une inexplicable mélancolie, leurs cadavres glabres & visqueux si légers qu'ils flottaient dans l'air & devaient être lestés de pierres pour demeurer dans leurs tombes. Il vit des aventuriers portugais du quinzième siècle, atteints du scorbut, dans trois caravelles à la recherche d'or & de convertis au christianisme, essayer de faire concorder leurs cartes ptolémaïques au bas desquelles figurait un contour imprécis marqué *Terra Incognita* avec la présence certaine d'habitants noirs & nus si peu intéressés par le commerce qu'ils rendaient aux Portugais tous leurs présents, ne conservant que des mouchoirs rouges dont ils ceignaient leurs têtes crépues.

Le Commandant hocha la tête à la tristesse d'une pareille innocence. Les Portugais quittèrent la chambre, mettant le cap sur le Sud où leur chef, Amado le Téméraire, avait entendu dire que vivait sur des montagnes de glace mobiles une race, plus encline au commerce, d'hommes qui n'avaient pas de nez mais seulement des fentes de serpent & subsistaient uniquement d'odeurs contre lesquelles ils étaient disposés à troquer de l'or.

Je sentis une puce me piquer l'entrecuisse & tortillai par inadvertance mon cul. Le Commandant flanqua un solide coup de pied pour remettre d'aplomb ce qu'il jugea sans doute être un repose-pieds qui basculait & recommença à discourir sur ceux que le Commandant semblait croire également avec nous dans ce qui était maintenant la chambre fort surpeuplée de l'Histoire.

Puis le Commandant se mit à gueuler contre les Hollandais – tout en polissant une botte sur mes burnes dans son excitation – qui fendaient les flots au-dessus du lit de Sally Deux-Sous dans leurs flûtes renflées en quête de commerce, suivis par les Javanais dans leurs longs praos étroits drossés à une grande distance de leurs zones de pêche du Nord-Ouest lointain, & une expédition française de naturalistes, astronomes, artistes, philosophes, encyclopédistes & savants, menés par le vaillant M. Peron qui, débarquant sur une longue grève de ce qu'il croyait être la Terre de Van Diemen en l'An Six de la République mais était plutôt le lieu & l'heure présente, retira son gant en saluant une femme noire, ce sur quoi elle poussa un hurlement, croyant qu'il s'était arraché la peau. Ses craintes ne purent être apaisées avant que, à son grand amusement, il ne chante *La Marseillaise* & qu'elle n'ait la possibilité de lui ôter son pantalon pour vérifier s'il était un homme comme les vrais hommes.

Et puis alors le Commandant fut assailli par la peur la plus terrible.

« Et si le temps ne passait jamais ! » fit-il d'une voix suraiguë. On eût dit que les Arabes, les Japonais, les Portugais, les Hollandais, les Javanais & les Français étaient tous là en train de découvrir la Terre de Van Diemen dans la chambre de Sally Deux-Sous avec le Major de Groot, souriant et causant malgré le poison, avec tous ceux qui étaient morts sur le Berceau l'esprit plus dévoré de vers que le dos, revenus à la vie avec mille et un autres en une longue procession qui se déversait maintenant par la porte de Sally Deux-Sous, finissant avec le Lieutenant Lethborg et son peloton, dont les corps gonflés et fripés entraient au pas cadencé comme des baudruches tentant de rester en formation martiale. Abruptement le Commandant ôta les jambes de mon postérieur, se leva & sans un mot de plus sortit en titubant.

Plus tard Capois Death m'a dit qu'il avait entendu dire que les hallucinations induites par l'opium du Commandant prenaient toujours cette forme. Pourtant, bien des années plus tôt, quand le Commandant avait commencé à prendre du laudanum, l'effet, disait-on, avait été profond. Maintenant, dans la misérable chambre de Sally Deux-Sous, ledit effet, comme tous les événements d'une signification spirituelle quand l'intimité & la répétition les ont dégradés, avait été réduit au royaume tristement restreint de l'art, et même du divertissement.

Maintenant il poussait des cris lorsque les Javanais disparaissaient, huait les Français & riait de la mort des Japonais. Mais autrefois l'Histoire était devenue un cauchemar dont le Commandant ne pouvait s'éveiller. Sous son masque d'or sa face se couvrait d'une infection de chancres tant il en était tourmenté. Il commençait à voir partout la preuve inquiétante que le Passé est autant le Chaos que le Présent, qu'il n'y a pas de ligne droite mais seulement des cercles infinis, comme des ondes qui se propagent autour d'une pierre qui s'enfonce dans l'eau de Maintenant. Il prit de plus en plus de laudanum vert. Il doubla & puis redoubla son dosage de mercure pour traiter sa chaude-pisse, qui semblait ronger à la fois son corps & son esprit. Il redoutait par-dessus tout d'être fou & désormais prisonnier de ses imaginations.

Les forçats avaient toujours la possibilité de s'enfuir, mais nulle libération de cet ordre ne l'attendait, pas même l'affreuse délivrance de périr dans le désert. Autrefois il avait recherché la Mulâtresse afin de s'assurer de sa propre existence, afin de perdre le sentiment de sa propre vie, afin d'oublier la confusion qui l'envahissait de plus en plus chaque jour. Aucun bien n'en résultait. La Mulâtresse se penchait & retroussait sa jupe sur son dos, révélant la splendide croupe qui l'excitait tant, & elle demandait seulement qu'il fasse vite car elle avait des choses à faire. Le Commandant labourait un sillon solitaire, maudissait la femme & se retirait en feignant un triomphe que tous deux savaient illusoire.

On demandera peut-être pourquoi & comment Sally Deux-Sous – et par un sous-entendu évident, Billy Gould – avaient évité la chaude-pisse dont le Commandant était affligé. Mais son mal était très ancien & selon la nature de ce fléau il était désormais à lui seul ; comme ses pensées il n'était plus communicable.

En ce jour d'il y a bien des années, après avoir vu l'horreur d'un passé sans échappatoire, le Commandant interrogea Jorgen Jorgensen assez longuement, puis émit un ordre sans équivoque tout en pissant dans un coin de sa cellule.

« Je te charge, avait dit le Commandant, de tenir toutes les archives de l'île. »

Le Commandant se tourna vers le vieux Danois, en remisant son pénis pustuleux dans sa culotte, sans honte ni précaution mais avec un très léger spasme de douleur.

« Si je ne puis contrôler le passé maintenant », continua-t-il en essuyant ses doigts mouillés sur les plumes de puffin d'une de ses épaulettes, son masque brillant d'un tel éclat que le vieux Danois dut se protéger les yeux en mettant sa main en visière, « je veux au moins le contrôler à l'avenir. »

Comparés à de telles ambitions de tyrannie temporelle, les problèmes de Billy Gould étaient vraiment de la petite bière. Assurément, les gens souhaiteront peut-être dans l'avenir voir dans ses actions ultérieures une *rébellion intérieure* ou une *farouche déclaration d'humanité*. Mais le Roi & moi savons qu'il en est autrement : Billy Gould était bien plus dans la merde que les os de Lemprière & avait besoin d'en sortir aussi vite que possible.

III

Je me suis habillé & j'ai quitté le logement de Sally Deux-Sous. Son unique suggestion ne paraissait pas la meilleure, mais avait tout de même la vertu d'être au moins une *idée*, à la différence de la peur d'être arrêté qui était tout ce qui trottait dans ma tête terrifiée, aussi solitaire qu'un bout de viande dans la soupe d'un forçat.

J'ai rapporté la barrique d'os jusqu'en bas du boulevard de la Destinée, faisant croire à tous ceux que je croisais que c'était du porc en saumure rance que renvoyait le Chirurgien, & j'ai pénétré dans la pièce de l'intendance où nous entreposions les crânes aborigènes que M. Lemprière avait collectés.

Dans cette sombre pièce sans fenêtre, seulement éclairée par la lumière incertaine de trois lampes à huile de baleine & sentant les cris lugubres des cétacés mourants, M. Lemprière avait avec patience & parfois violence appris au forçat muet Heslop à nettoyer, cataloguer & emballer correctement les crânes en vue de leur expédition à Sir Cosmo Wheeler en Angleterre.

« UNE VOCATION, avait-il dit au forçat muet, GLORIEUSE & SACRÉE – QUE JE T'AI DONNÉE – QU'EN DIS-TU, HEIN, HESLOP ? » À quoi le muet était, bien sûr, incapable de dire quoi que ce soit.

Quand j'ai remis à Heslop la dernière série d'os à cataloguer, il en a été fâché. Par gestes il a exprimé clairement qu'il avait cru en avoir fini avec les os des noirs morts & pouvoir reprendre le catalogage plus agréable des plantes & des fleurs. Il a jeté un coup d'œil dans la vieille barrique que j'avais apportée avec difficulté sur mon dos – laquelle dégageait inexplicablement une odeur porcine – & y a découvert dans une bouillie fangeuse encore un autre crâne humain de fraîche date, bariolé de tourbe particulièrement peu ragoûtante. Il a secoué la tête & poussé un grognement de colère.

Sans doute le muet était-il en rogne que M. Lemprière lui refile encore des os. J'ai compati. Il y avait un cotre qui retournait à la ville de Hobart cette nuit-là, & M. Lemprière avait tenu à ce que la série complète d'os aborigènes y soit embarquée, à destination de Londres.

Alors il fallait que ça soit fait &, pour éviter le courroux de M. Lemprière, Heslop s'est mis sur-le-champ à nettoyer, préparer & cataloguer le crâne qui avait été si gravement endommagé en cours d'exhumation qu'il paraissait comme rongé par une bête sauvage. Il a pris le crâne rose bariolé de brun &, sa mauvaise humeur s'apaisant, a expliqué par gestes qu'il était soulagé qu'à la différence des autres têtes celle-ci ne grimace pas de reproches silencieux au moment où il a entrepris de la gratter, faire bouillir & nettoyer. Je l'ai aidé de mon mieux, enregistrant soigneusement une description des mensurations crâniennes dans le catalogue qui devait accompagner les crânes.

Il y avait dans toute cette affaire une symétrie & une beauté qui ne m'échappèrent pas – la manière dont le Grand Savant était devenu dans la mort une partie de son propre Système Immortel. J'ai senti mes yeux se mouiller en écrivant sur la page humide du catalogue ce qui devait être à la fois le numéro d'identification du crâne & l'épitaphe de M. Lemprière, aussi concise qu'appropriée, évoquant le hérisson de mer dégonflé lancé dans le feu. En tant que trente-sixième crâne de la collection du Port de Macquarie, il devait selon la propre méthode de M. Lemprière être appelé PM-36. J'ai levé ma plume & jeté du sable sur la page. Sous la tacheture j'ai regardé ces quatre lettres fluides entrer en séchant dans la réalité.

Lorsque le soir même le cotre fut chargé des caisses spécialement construites, contenant chacune plusieurs compartiments individuels, un par crâne aborigène soigneusement garni de copeaux aromatiques de pin Huon, avec leur destination –

Sir Cosmo Wheeler,
Société Royale,
Londres

– marquée sur chaque boîte selon les instructions de M. Lemprière, il ne se trouvait curieusement pas de commentaires d'accompagnement de la part du célèbre collectionneur-chirurgien colonial consignés à côté du crâne désigné sous le nom de PM-36 dans le registre descriptif joint. Le muet a pensé que c'était drôle, mais il n'avait aucune envie de se faire tanner le cuir pour avoir demandé pourquoi.

J'ai donné à Heslop une tape dans le dos & l'ai remercié de la belle besogne, mais j'aurais dû savoir que la disparition de M. Lemprière ne serait pas si facilement admise.

Plusieurs jours ont passé. Il n'avait pratiquement pas arrêté de pleuvoir, & je travaillais dans une pièce du palais du Commandant, à peindre un nouveau portrait du Commandant traversant le port à la nage, environné de multitudes ferventes. Avec le bruit de la pluie je ne l'ai pas entendu, j'ai seulement senti sa présence odorante derrière moi. Lorsque je me suis retourné se tenaient là un chien à trois pattes & une silhouette mouillée & crottée que j'ai reconnue sur-le-champ, le collier de lapis-lazuli flamboyant dans la lumière de fin d'après-midi.

« *Qui aime le plus longtemps ?* a demandé Jorgen Jorgensen d'une voix sifflante, *un homme ou une femme ?* »

J'ai dégluti.

La chienne galeuse s'est dressée sur ses pattes de derrière & a siffloté. Jorgen Jorgensen lui a flanqué un vigoureux coup de pied. L'approbation n'était pas ce qu'il recherchait auprès de ses auditeurs, mais leur complicité dans l'invention de l'histoire. Si douée que fût Elseneur, ses limites à cet égard l'irritaient parfois immensément.

Dans sa main tendue il tenait un flacon de parfum qui avait la forme de la tête de Voltaire moitié plein moitié vide. Il était, je l'ai remarqué pour la première fois, de couleur turquoise.

IV

Le nom même de turquoise suggère l'ailleurs exotique, l'Occident. Il vient, m'avait dit une fois le Chirurgien – sans doute incorrectement – du français *pierre turqueise*, ou de Turquie. Respirant autant le mystère que l'encre verte avec laquelle j'écris présentement cette phrase était celui que je devais associer pour toujours à cette couleur, celui qui à ce moment même tenait devant moi les traîtres attraits de la tête de Voltaire : Jorgen Jorgensen.

Quand il s'est planté devant moi en cet après-midi pluvieux & m'a lu l'acte m'accusant d'un meurtre que je n'avais pas commis, j'ai compris l'horrible vérité de l'île Sarah : ce n'était pas du tout une colonie d'hommes, mais une colonie de poissons qui se faisaient passer pour des hommes. Lorsqu'il a prononcé une sentence d'une telle sauvagerie pour mon avenir, je n'ai pas reconnu Jorgen Jorgensen mais vu un requin-scie qui m'estoquait & me taillait en pièces avec sa longue gueule.

Si je devais concevoir une motivation à la conduite de Jorgen Jorgensen – disons sa jalousie d'une influence présumée sur le Commandant ou son désir administratif d'une relation évidente de la cause à l'effet – ce ne serait que littérature, au lieu de la vie où il n'existe ni explication ni motivation aux actions des gens. C'était, je présume, simplement sa nature, comme c'est celle d'un requin-scie.

Je devais découvrir plus tard – trop tard – qu'à l'instar du Commandant Jorgen Jorgensen souffrait d'un sentiment de dérapage. Il avait lu trop de livres &, à l'âge de seize ans, inspiré par leurs récits romanesques & aventureux, il avait, un jour de

1798, quitté sa ville natale de Copenhague & bientôt découvert que le monde ne correspondait à rien de ce qu'il avait lu.

Les choses se rompaient & rien ne tenait. Les livres étaient solides, mais le temps était en fusion. Les livres étaient cohérents, pourtant les gens ne l'étaient pas. Les livres traitaient de la relation de la cause à l'effet, mais la vie était un inexplicable désordre. Rien n'était comme dans les livres, ce pour quoi il garda à jamais une sourde rancune qui trouva finalement à s'exprimer dans la vengeance.

Rien ne tenait sur le charbonnier anglais ballotté par la tempête sur lequel il embarqua comme apprenti & partagea un hamac infesté de poux avec un matelot qui dans l'ardeur de la passion & le roulis nocturne de l'espace étroit & confiné où ils dormaient s'avéra sous sa tremblante main baladeuse être une femme. Rien ne tenait dans les mains de cartes qui lui étaient distribuées à terre en de rares occasions, le laissant invariablement à la fois sans argent & avec un besoin désespéré d'argent qui ne pouvait être satisfait que par l'invention... d'histoires – de mensonges si vous voulez – qu'il troquait contre du crédit pour se rasseoir aux tables de jeu le lendemain soir. Il commença par se servir de racontars pour se faire bien voir & finit en espion disant aux agents de divers gouvernements les peurs qu'ils avaient besoin de savoir.

Il découvrit que sa capacité à réinventer le monde n'avait d'égale que celle du monde à se détruire. Il suivait, disait-il, ce que dit Érasme de Rotterdam. « *La réalité des choses*, énonçait-il en citant le Hollandais pérégrinateur, *dépend uniquement de l'opinion.* » C'était une maxime que l'exemple de sa vie, croyait-il, confirmait amplement. Quand la croyance que le monde mettait en lui parut baisser, sa fortune tourna vinaigre, il fut tabassé, incarcéré & finalement transporté à cause de l'idée erronée qu'il n'avait pas l'intention d'honorer ses dettes. « *Il y a des mots* », dit-il dans le box des accusés, espérant convaincre la cour sinon par son histoire du moins par sa philosophie, « *& des choses, & jamais les deux ne se rencontreront.* » Mais ce n'était pas vrai, & il le savait. Des mots, il faisait des choses – c'était son don, & ç'avait été sa ruine.

Il souffrait terriblement de la nostalgie du réalisme &, imprégné du grand Romanesque du Siècle, il fit sa propre révolution de son mieux, à l'âge de vingt-six ans, en Islande, dont il renversa le gouverneur danois sans défense avec le concours d'un corsaire anglais. Il posta six hommes armés derrière la résidence du gouverneur à Reykjavik & six devant, puis entra, tira le pauvre homme de son somme de l'après-midi sur son canapé & l'arrêta. Puis il hissa l'antique drapeau d'une Islande libre & fit une proclamation déclarant que le peuple d'Islande, las de sa sujétion au joug danois, l'avait unanimement appelé à prendre la tête de son nouveau gouvernement. Il tint toujours par la suite à se donner le titre de Roi d'Islande, quoique les Anglais aient usurpé sa souveraineté en moins d'une semaine.

Il arriva à Waterloo un jour après que la grande bataille pour l'avenir eut pris fin avec l'ascendance du passé, invoquant son génie particulier pour arriver trop tard au mauvais endroit, chose dont il pensait justement qu'elle le qualifiait pour être journaliste, quoique son récit (en grande partie copié dans les journaux) du champ de bataille n'ait guère rencontré de succès chez les vendeurs de brochures londoniens en cet hiver de disette de 1816. Il fut, en tout cas, promptement arrêté comme soldat français évadé & déguisé, & ne réussit à s'évader qu'en soudoyant un gardien de service avec une longue-vue militaire qu'il avait dérobée sur le cadavre d'un soldat anglais.

Jorgen Jorgensen était un homme enclin à raconter des histoires – vraies ou fausses cela ne le tracassait vraiment pas & importait peu aux autres – car c'était son métier, il était compagnon conteur, commis voyageur de par la république des ouvrages d'imagination. Dans ses histoires il avait tendance à présenter ses propres personne & aventures comme s'il était le narrateur d'un de ces romans picaresques si en vogue au siècle précédent auprès des filles de cuisine & des servantes feignantes, & dont lui-même était un si avide lecteur, au point que derrière son dos M. Lemprière devait l'appeler Joseph Josephson.

Il avait le teint terreux, les cheveux blancs embroussaillés, le nez long & pointu, & une moustache tombante du genre qui pend en brins pointus sur les lèvres & retient aux deux bouts les yeux de graisse de la soupe en petites perles figées.

En des temps fort antérieurs à l'arrivée du Lieutenant Horace, Jorgen Jorgensen avait été nommé dans la colonie à titre d'Intendant, soi-disant pour diriger les entrepôts du gouvernement, mais en vérité comme agent du Gouverneur Arthur, prêt à signaler toute cabale susceptible de survenir dans un poste aussi éloigné de l'encore petit empire du despote vandiemonien. Mais avec le Lieutenant Horace il reconnut les limites de sa perfidie.

Plus tard, quand leur travail les unit par un lien aussi sacré que celui du meurtre, on dit que ce furent ses complicités de conspirateur qui attirèrent sur Jorgen Jorgensen l'intérêt du Commandant, sa capacité à être toujours prêt à inventer n'importe quelle histoire qu'il imaginait le Commandant désireux d'entendre. Il se peut fort bien que Jorgen Jorgensen ait vu la nécessité de s'insinuer dans les bonnes grâces du nouveau Commandant avec ses récits, mais il se peut aussi – en ce jour lointain où il reçut la mission de tenir les archives de l'île – qu'il ait trouvé dans le Commandant le miroir de ses désirs si longtemps réprimés de trahir le monde de manière plus fondamentale, car il estimait que le monde l'avait jadis trahi en n'étant pas un livre. Dans le Commandant il perçut la manie créatrice d'un véritable auditoire, un désir absolu de croire à n'importe quel prix.

Tenant toujours la tête de Voltaire devant lui comme le crâne de Yorrick, Jorgen Jorgensen m'a dit de sa voix insolite – aussi affectée, comme j'allais le découvrir, que son écriture anglaise ornementale à l'excès – qu'il n'était plus possible de présenter le décès de M. Lemprière comme une mort accidentelle. Les circonstances exigeaient que l'animalité de l'homme soit parfois montrée &, une fois montrée, punie. La famille du Chirurgien ne se satisferait de rien de moins & le Commandant n'avait pas besoin d'une enquête initiée depuis la ville de Hobart, vu l'étendue de ses entreprises commerciales & ambitions politiques. Le Commandant me ferait tuer d'une manière particulièrement lente & barbare pour avoir volé son parfum favori si mon larcin lui était rapporté. D'un autre côté, lui, Jorgen Jorgensen, était disposé à me donner l'occasion d'accomplir une dernière chose de bien pour la Nation comme pour moi-même. À ce moment, il a marqué une pause, raclé assez obscènement sa langue le long des tristes dents de scie de sa moustache, puis continué. Il faciliterait, a-t-il dit, mon passage dans l'autre monde avec une mort relativement prompte au gibet si seulement je signais une déclaration confessant le meurtre de M. Lemprière.

Avec autant de conviction que j'ai pu en rassembler, je lui ai dit que le Gendarme Musha Pug, à l'époque où il était l'adjoint du magasinier de l'Intendance, m'avait vendu le flacon de parfum – qu'il se vantait d'avoir volé afin de progresser dans la poursuite de la Mulâtresse, la femme de chambre du Commandant – & que par conséquent je ne pouvais signer.

V

J'ai signé. C'était le lendemain matin, il pleuvait toujours, & Jorgen Jorgensen m'avait présenté une déclaration en style fleuri énonçant par le menu comment je m'étais sinistrement vanté auprès d'autrui d'avoir noyé M. Lemprière, puis donné son corps à manger aux requins. Tout ce qui précède corroboré par une longue confession écrite & signée par la femme de chambre noire du Commandant.

Il n'y avait pas de requins dans le port de Macquarie. Mais il ne semblait pas y avoir de raison de signaler ce fait, ni celui que Sally Deux-Sous ne savait pas écrire. Pour être franc, il semblait déraisonnable de ne pas signer après qu'il était mentionné en passant que le Gendarme Musha Pug avait été réveillé au milieu de la nuit précédente & avait eu le bas-ventre attaqué à coups de marteau, finissant avec des couilles de la taille d'un sac de sucre où les restes grumeleux de sa virilité nageaient dans une ratatouille affligée d'un horrible mouvement pendulaire.

Lorsque j'ai été équitablement jugé pour le meurtre de M. Lemprière – en compagnie de Tom Weaver le Gueulard pour s'être affublé de jupons de fille – ont été placés à côté de nous sur le banc des condamnés, remise en usage d'une vieille pratique & allusion transparente à notre sort prochain, comme si c'étaient nos chien & chat, deux cercueils.

Tom Weaver le Gueulard a ri en montant au gibet le lendemain &, avec un large sourire, tiré un ruban de ses cheveux & laissé se répandre ses tresses blondes, s'est penché & a ôté ses brodequins sans lacets, les a lancés au Vieux Bob l'Andouille qui avait veillé sur lui à son arrivée sur l'île Sarah rempli de projets d'évasion & de liberté. *Viens avec moi, Bob !* a-t-il hurlé, puis il a entonné ses fameux gueulements & gémissements. Il était évident qu'il était soûl, plein comme le corsage d'une grosse fille, & nous avons tous poussé des hourras & des rires, & ses gueulements & gémissements ont monté avec nous, à travers nous, au-delà de nous.

Le bourreau, outré d'une telle démonstration qui bafouait le pouvoir solennel de la peine capitale, a bâclé sa besogne. La trappe s'est ouverte avec un bruit sourd, Tom le Gueulard est tombé, ballant & trépidant, poussant un ultime gueulement en dedans de lui, & il est devenu manifeste que le bourreau avait loupé son nœud, qui n'avait pas brisé le cou de Tom le Gueulard. Au lieu de mourir vite, Tom le Gueulard a gigoté en étouffant lentement, son gueulement réduit à un gargouillement strident. Le bourreau a fait le tour du gibet en hochant la tête, sauté, saisi les jambes gigotantes de Tom le Gueulard & s'y est cramponné, brimbalant avec lui, pesant de tout son poids pour augmenter la traction & le tuer plus vite. Ç'a été un horrible spectacle. Même Capois Death, à ma surprise, a poussé un cri étouffé.

Le lendemain matin au Pénitencier, les forçats ont été réveillés pour l'appel matinal. Les hamacs ont été roulés & suspendus avec soin, chacun à un crochet sur le mur, & à l'un d'eux était pendu le Vieux Bob l'Andouille. Les crochets étaient à hauteur de coude, mais il n'est pas besoin de hauteur pour se pendre, seulement de corde & de forte volonté. On a craint que je puisse faire de même & flouer la potence, & on m'a donc fait conduire dans cette cellule saline & mettre sous la houlette de Pobjoy.

Au tribunal me fut demandée une explication – mais qu'y avait-il à dire ? Que d'abord je voyais des gens dans les poissons ? Qu'ensuite, plus je regardais ces tristes créatures encore en train de mourir, le battement agonisant de la queue ou la palpitation désespérée des ouïes signalant que leur silencieuse horreur n'était pas encore finie, plus je regardais dans les profondeurs infinies de leurs yeux, plus quelque chose d'eux commençait à passer en moi ?

Et comment confesser alors une chose encore plus étrange, plus choquante : que récemment un peu de moi, sans que je le veuille, avait commencé un long voyage fatidique en eux ! Un peu de moi & puis de plus en plus de moi tombait, sombrait par leurs yeux accusateurs dans ce tunnel en spirale qui ne devait finir qu'avec la conscience subite que je ne descendais plus mais roulais toujours plus lentement au fond des mers, sans savoir si j'étais finalement sauf ou si j'étais finalement mort, & à un certain moment dans ma chute je me rendais compte avec horreur que je regardais un requin-scie qui prétendait être Jorgen Jorgensen, & que je voyais des poissons dans les gens !

J'étais couvert de picotements & de sueur rien que de penser à des choses aussi terrifiantes, & encore plus à l'idée de les dire publiquement, parce que je savais que pour survivre & prospérer il était important de ne rien éprouver pour qui que ce soit ou quoi que ce soit, & que je savais que je voulais survivre & prospérer. Mais à cause de ma proximité récemment découverte avec ce qui n'avait été jusqu'ici guère plus qu'une puanteur enveloppée d'humeur visqueuse & d'écailles, j'ai commencé à rêver qu'il n'y avait rien dans l'extraordinaire univers qui s'ouvrait devant moi, pas un homme ni une femme, pas une plante ni un arbre, pas un oiseau ni un poisson, à quoi puisse m'être permis de continuer à demeurer indifférent.

Le crime ostensible dont j'étais accusé & pour lequel je devais être jugé & inévitablement déclaré coupable était un meurtre. Mais mon véritable crime ?...

Mon véritable crime était de voir le monde tel qu'il est & de le peindre en poisson. Pour cette seule raison j'ai été heureux de signer une confession de culpabilité sans besoin de Berceau ni de Bâillon-Tube, si inexacts que fussent les détails de mon crime dans ce document.

Je suis dans cette cellule saline depuis bientôt un an et demi à attendre mon exécution, que grâce à divers subterfuges Pobjoy réussit constamment à remettre. D'abord cela m'a plutôt arrangé. Mes peintures originales de poissons ont été rassemblées & reliées par Pobjoy, qui les a ensuite vendues à un certain Docteur Allport de la ville de Hobart. Peu m'importe, car je n'ai jamais été satisfait d'aucun travail pour le livre des poissons de M. Lemprière. Curieusement, c'est seulement maintenant, où je peins uniquement de mémoire vacillante dans la mauvaise lumière de cette cellule saline, que j'estime mes poissons finalement dignes de ce nom.

Pobjoy a senti que depuis mon incarcération dans la cellule saline j'ai eu un regain de confiance, qu'ici mon talent s'est déployé comme la frondaison d'une fougère à l'ombre. Pobjoy, qui avant ne voyait en moi qu'un objet à battre & bourrer de coups de pied, a été impressionné par la façon dont je me souciais désormais – & exclusivement – de peindre, & encore plus impressionné par la somme que le médecin de la ville de Hobart était disposé à verser pour le livre des poissons de M. Lemprière.

Pobjoy a fini par comprendre que les peintures étaient une monnaie d'échange plus utile que le tabac ou le rhum dans des négociations bien choisies. Mais pour que je puisse peindre & Pobjoy gagner de l'argent, il me fallait du matériel & lui, toujours ménager, me l'a fourni.

Dans ma cellule saline, sous l'apparence des Constable de forçat, j'ai décidé de repeindre tous les poissons de mémoire & d'y ajouter vers ces temps-ci les présentes notes. Pobjoy m'a fourni des couleurs à l'huile & de la toile pour mes Constable, ainsi que le papier dont j'ai déclaré avoir absolument besoin pour mes esquisses préparatoires. Mais pour terminer mon second livre des poissons j'avais besoin de couleurs à l'eau.

La dernière fois où j'ai vu Sally Deux-Sous, c'est quand elle est venue dans ma cellule en m'apportant ostensiblement de la nourriture. Ma vie dans la cellule était fabuleusement monotone & à part Pobjoy j'avais le bonheur que me soit épargné le problème des gens. Le ciel, c'est les autres, disait le vieux prêtre qui me frottait jadis les pieds dans l'espoir de me frotter autre chose, mais je gage que l'Enfer l'est aussi. Alors je ne voulais pas voir Sally Deux-Sous – pour dire la vérité je ne voulais jamais la revoir. Mais elle était là, vêtue comme la domestique qu'elle prétendait parfois être.

J'ai vu à son ventre lourd qu'elle était dans un état de grossesse avancé. Mais nous n'avons pas vraiment parlé de cela, ni d'ailleurs de la mort de son père. Elle n'a rien dit, mais j'ai su qu'elle s'enfuirait bientôt dans le bush, laissant le Commandant le cœur brisé & moi en possession, non seulement des aquarelles de M. Lemprière qu'elle venait de m'apporter en douce, mais aussi du pot en cuivre de laudanum vert de M. Lemprière dans lequel, après son départ, je dois confesser avoir puisé quelque consolation.

Le vert – fertilité, naissance, immortalité, la résurrection des justes. Dans l'Art il dénote l'espoir, la joie. Chez les Grecs & les Maures, la victoire. Dans l'église, la libéralité de Dieu, la liesse, la résurrection. Parmi les planètes, Vénus. Mais l'odeur de la merde de cochon, le pouvoir maléfique de la jalousie & le visage des hallucinations sont pour moi à jamais turquoise.

Les yeux fixés sur son ventre & me demandant qui diable était responsable, j'ai prononcé un seul mot quand elle s'est retournée pour partir.

« Moinee ? » ai-je demandé.

« Pote », a-t-elle répondu.

VI

Croyez-vous que j'étais seulement prisonnier ? J'ai eu envie de pousser des cris quand elle s'est tournée pour partir & qu'elle a frappé trois fois à la porte pour que Pobjoy vienne lui ouvrir – car moi aussi j'étais le gardien de ma prison. Croyez-vous que pour ne pas me faire tanner le cuir je n'ai jamais menti ? Jamais volé un camarade ? J'ai un faible pour le gin raide, les vieilles femmes, le rhum blanc, les filles jeunes, la bière brune, le pisco, la compagnie de mes semblables & le laudanum du Commandant. J'ai grand-peur de la douleur. J'ai dépassé le stade de la honte. Croyez-vous que je n'ai jamais dénoncé un camarade ? J'étais un pote & une pomme, je les aimais & pleurais sur leur sort quand on les emmenait fouetter sur la foi de mes dénonciations mensongères. J'ai survécu. C'était mal & vicieux & j'aurais aussi bien pu être le chat à neuf queues qui leur pelait le dos quand je troquais des âmes contre un peu de nourriture ou de peinture. J'ai trahi pour tout ce qu'il me fallait. J'ai été une sale crotte de merde de prison. J'ai respiré l'haleine de mes camarades. J'ai goûté à l'aigre puanteur de leurs vies pourries. J'ai été le cafard puant. J'ai été les poux infects qui n'arrêtaient pas de gratter. J'ai été l'Australie. J'ai été mourant avant de naître. J'ai été un rat dévorant ses petits. J'ai été Marie-Madeleine. J'ai été Jésus. J'ai été un pécheur. J'ai été un saint. J'ai été la chair & les appétits de la chair, l'union de la chair, la mort & l'amour ont tous été semblablement répugnants & tous semblablement beaux à mes yeux. J'ai bercé leurs corps brisés à l'heure de la mort. J'ai baisé leurs furoncles suppurants. J'ai lavé leurs jambes décharnées remplies d'ulcères, de cratères pourrissants de pus ; j'ai été ce pus, j'ai été esprit, j'ai été Dieu, j'ai été intraduisible & inconnaissable même à moi-même. Comme je me suis haï pour cela. Comme j'ai souhaité mettre à l'épreuve l'univers que j'aimais qui était moi aussi & comme j'ai voulu savoir pourquoi dans mes rêves je volais à travers les océans & pourquoi au réveil j'étais la terre sentant la tourbe fraîchement retournée. Personne n'a su répondre à mes furieuses lamentations & nul n'a su comprendre mes plaisanteries sur ce qui me forçait à subir cette vie. J'ai été Dieu, j'ai été pus, & tout ce que j'ai pu être était Toi & Tu étais Sainte, Tes pieds, Tes entrailles, Ton mont, Tes aisselles, Ton odeur, Tes bruit & goût, Ta Beauté déchue, j'ai été Divin en Ton image & j'ai été Toi & je n'en avais plus pour longtemps sur cette grande terre & pourquoi se faisait-il que les mots ne me disent pas comment j'avais tant de souffrance & de douleur à dire adieu.

LA VACHE DE MER RUBANÉE

Les aréoles de Mme Gottliebsen – Autres phénomènes
surprenants relatés – Sally Deux-Sous & ses cercles –
Pourquoi la vache de mer rubanée frémit –
Une mystérieuse calamité – Découverte des Archives –
L'invention du vieux Danois – Une confrontation fatale –
Littérature de meurtre – La tête du Chirurgien
se multiplie sans fin – Un cocon qui se déroule.

I

Je vois que j'ai mis la charrue devant les bœufs en racontant cette histoire, cependant que Mme Gottliebsen attendait, prête & harnachée de toutes parts pour me lancer vers ma destination fatidique.

S'il prenait au lecteur la fantaisie de croire que – du temps où il n'avait pas été démasqué comme le Meurtrier des Lumières & était encore peintre de poissons pour le Chirurgien – Billy Gould, étant allé avec Sally Deux-Sous, lui demeurait fidèle, le lecteur aurait tout ensemble parfaitement raison & parfaitement tort. À cette heure, elle agissait à sa guise avec Musha Pug, & Billy Gould était présenté à Mme Gottliebsen, épouse du Pasteur Gottliebsen, visiteurs débarqués d'un sloop à destination de Sydney qui avait fait escale à l'île Sarah.

Ils subissaient l'hospitalité de M. Lemprière, qui avait mis son cottage à leur disposition tandis qu'il faisait la tournée des avant-postes de la colonie en amont de la rivière Gordon. J'avais reçu l'ordre de leur servir de valet de chambre & d'interrompre toute peinture jusqu'à la fin de leur visite.

Le Pasteur Gottliebsen était un individu décharné & pincé. Il n'était pas sans cette assurance singulière qui s'affirme hors de tout besoin de penser, & pour cela seul il me déplaisait. Il avait l'esprit aussi étroit que le col d'un vinaigrier, & se voyait un peu comme un esthète, un véritable poète lakiste, & l'idée de criminel-artiste l'intéressait ; l'intéressait, me dit-il pendant que je servais le dîner ce soir-là, que ces deux polarités pussent exister – peut-être *dussent* exister ? – sous le parapluie d'une seule âme.

Si vous me demandez mon avis, c'est un parapluie en piteux état, une vraie passoire, & il faudrait être très sot pour chercher à s'abriter dessous ; mais le Pasteur Gottliebsen ne me le demandait pas & je ne le lui dis pas, l'assurant seulement qu'un homme manifestement dans la fleur de l'âge comme lui pouvait envisager de pires investissements que l'Art.

« Pourquoi peignez-vous ? » demanda-t-il, & avant que je puisse faire observer que cela vaut mieux que de s'éreinter à la chaîne derrière un trac, mais tout juste, il répondit à sa propre question : « Parce qu'il vous faut trouver de la beauté dans le plus adverse des mondes. Parce que même dans le cœur des plus dépravés », commenta-t-il de façon à ce que je puisse confirmer ce poncif, « réside l'espérance de la Rédemption Divine par le truchement de la Nature, qui est l'Art.

— Vous n'auriez pas par hasard une carotte de tabac noir sur vous ? » demandai-je.

Le Pasteur Gottliebsen s'arrêta, tourna la tête de côté en admirant son intuition révélatrice. Il hocha la tête dans l'exaltation de la gloire de l'homme & de son désir infini de monter au royaume des cieux.

« Pour ma pipe ? continuai-je. M. Lemprière n'y verra pas d'inconvénient. »

Mais il ne parut pas entendre, se détendit au bout d'un certain temps & m'offrit un peu de tabac à priser, qui me sembla une solution de rechange acceptable, avec son opinion réfléchie que la criminalité naît précisément d'un déséquilibre des fluides corporels qu'il croyait pouvoir être rectifié si, dans leur enfance, des cas comme le mien étaient suspendus la tête en bas durant plusieurs heures par jour sur une période de plusieurs années en guise de traitement curatif.

Peut-être que si j'avais été suspendu la tête en bas dans mon enfance j'aurais fini autrement, peut-être cela m'aurait-il amélioré. Mais j'avais subi plus que ma part d'humiliations à cette époque-là & cela n'avait pas semblé m'améliorer le moins du monde, & une grande part de ce que j'avais subi était bien pire que d'être simplement ligoté & pendu par les chevilles, vous pouvez m'en croire.

Le deuxième soir de leur séjour, après que j'eus apporté la carafe du meilleur rhum martiniquais – coupé selon les instructions du Chirurgien – Mme Gottliebsen a posé la main sur la mienne. Elle m'a dit que son mari avait vu certaines de mes œuvres & me considérait comme un sensualiste, sans doute à cause de mes fluides corporels déséquilibrés. Elle a porté ma main à ses lèvres & l'a baisée, a caressé mon bras, puis m'a demandé de la prendre tandis que le Pasteur Gottliebsen regarderait à une distance discrète. Elle a offert 6 onces du meilleur tabac noir. Pour 6 onces, ai-je fait, le Pasteur Gottliebsen peut approcher d'aussi près qu'il veut, mais Mme Gottliebsen a paru ne pas en avoir envie.

Elle m'a demandé de lui nouer un bandeau sur les yeux & de lui attacher les poignets avec des cordes aux colonnes du lit. Pour 6 onces je me suis senti dans l'obligation de lui montrer tous mes meilleurs pas, & donc nous avons dansé la vieille nature morte hollandaise & la gigue des Lumières, & elle a crié à maintes reprises en son plaisir aveugle, ce qui était très bien pour elle mais à désespérer pour moi, car le peintre flamand ne se rechargeait pas sur la palette.

Pauvre Mme Gottliebsen ! C'était une femme intrépide, & son corps plus intrépide encore : grosses cuisses d'albâtre, ventre grassouillet & seins lourds aux singulièrement grandes aréoles. Le visage damassé d'efforts rubiconds, elle poussait à présent des hurlements, « Viole-moi ! Viole-moi ! » Mais tout ce que je pus faire consista à enfoncer le nez entre ses cuisses, passer les doigts sur ses tétins, lécher ces splendides & généreuses aréoles, & commencer à me sentir de plus en plus désespéré car tout cela n'avait aucun effet.

Pauvre bougre de Billy Gould ! Il y avait eu un temps où il aurait défoncé une culotte sur une ratière. Où étaient ses fluides corporels maintenant qu'il en avait le plus besoin ? J'étais abasourdi. Elle me traitait de monstre dépravé. J'étais perdu. Elle se démenait pis qu'une trompette de mer quand on l'attrape. Brute ! cria-t-elle. En réponse j'ai mugi. Sale brute ! cria-t-elle avec joie. J'ai brait. Mme Gottliebsen commença à gémir. J'ai henni, j'ai grogné, j'ai meuglé, j'ai bêlé. J'ai été toute une ménagerie de bruyante luxure. Mais j'avais beau pousser toutes sortes de cris grotesques pour entretenir un peu plus longtemps la fiction de ma passion, je n'étais qu'un écho à la recherche d'un son égaré. Ni les cris terrestres déchaînés de Mme Gottliebsen, ni mes exhortations intérieures ou mes exhibitions extérieures n'allaient faire la moindre impression sur la flaccidité de mes reins. Les Gottliebsen avaient désiré un léviathan & je m'étais transformé en sardine.

Il est difficile, en y repensant, de croire que Billy Gould ait pu avoir le privilège de connaître tant de chair & cependant demeurer insensible. Je ne voudrais pas insulter Mme Gottliebsen qui de tant de manières était une gentille femme, & des plus attirantes, son visage mis à part, mais qui en de pareils moments regarde le manteau de la cheminée pendant qu'on charge le foyer ? Sauf que j'aurais été incapable d'allumer une bougie, encore moins d'allumer & faire flamber un feu. J'ai pensé que c'était peut-être le bandeau & j'ai donc essayé d'imaginer les yeux de Mme Gottliebsen, mais impossible de me les rappeler, & puis je me suis senti déconcerté par le Pasteur Gottliebsen qui se conduisait d'une manière innommable sur le canapé derrière moi, & j'ai essayé d'imaginer qu'il n'était pas là.

Puis je me suis mis en colère de ce qu'ils me faisaient jouer le prêtre aux doigts crayeux. J'ai essayé de penser à tout ce qu'il y a de mauvais dans le monde & mon esprit s'est rempli de plus d'imaginations qu'il n'est possible d'en imaginer mais je suis demeuré un enfant devant elle. Dans ma terreur j'ai adressé une prière à saint Guignole, patron des impuissants, dans l'espoir d'imiter sa fameuse statue à Brest, célèbre pour son membre dressé, lequel – en dépit d'être constamment rogné par des amants désespérés – continue miraculeusement à avoir les mêmes remarquables longueur & orientation.

Mais la vérité est que Sally Deux-Sous m'était je ne sais comment entrée dans la tête & j'avais beau prier comme je le faisais, essayer comme je le tâchais, vouloir comme je le souhaitais, elle refusait d'en ressortir & de me laisser être à la hauteur des circonstances. Mme Gottliebsen s'étalait devant moi plus vaste & plus blanche que l'Europe entière, & tout ce que j'avais à faire était de la conquérir tel Alexandre & de pleurer après coup. Mais tout ce que je réussissais à voir, c'était les frêles cordes de sisal des noirs biceps & avant-bras de Sally Deux-Sous, les côtes cerclant le petit tonnelet de son torse sous ses légers seins légèrement tombants, la gloire vergetée de son ventre plissé, les lèvres comme des moules moites qui m'invitaient à entrer...

Je ne me sentais pas loyal vis-à-vis de Sally Deux-Sous – certes, ce n'était guère une vierge vestale – mais il y avait entre nous une chose qui s'interposait entre moi & la gigotante Mme Gottliebsen, laquelle proférait maintenant toutes sortes de grossièretés sur le fait que j'étais un animal. Ah ! si nous avions seulement eu cette chance ! Cela me rendait enragé parce que ce n'était pas rationnel, je voulais prendre du plaisir autant qu'en donner à Mme Gottliebsen, je savais que cela n'arriverait pas, & rien de cela ne résistait à la Raison – pensée qui heureusement me rappela le Grand Philosophe.

Je saisis Voltaire & l'utilisai faute de mieux – & Mme Gottliebsen de pousser des cris perçants pis que Castlereagh, & le Pasteur Gottliebsen de grogner & de rouler des yeux derrière la tête, & je ne suis pas sûr qu'avec tous ses gémissements il ait vraiment vu ce qui se passait, car le lendemain, quand je leur dis adieu à l'embarcadère, je les surpris à lorgner sans arrêt mon bas-ventre qu'ils croyaient manifestement être une vallée de géants cachés plutôt que le désert du désir que je le savais être.

Des 6 onces de tabac noir j'ai calculé qu'elles me dureraient quatre mois si je les rationnais soigneusement. J'en ai fumé une demie en deux jours & puis ai fait dire à Sally Deux-Sous que j'avais du tabac si elle était intéressée. Sa réponse est arrivée le lendemain.

Elle l'était.

II

Derrière ses mollets noirs Sally Deux-Sous m'avait montré deux cercles qui avaient été incisés dans sa chair puis scarifiés pour former une cicatrice en relief, de couleur bleu acier, au contact étrangement doux. Elle a touché un des cercles et a dit « Soleil » ; l'autre, divisé mais non brisé par une ligne, elle l'a touché & a dit, toujours dans notre langue, « Lune ».

Puis elle a trouvé une baguette fourchue dans le bois à brûler du Chirurgien &, après avoir aiguisé deux de ses pointes avec un couteau de cuisine, m'a fait relever ma chemise & me coucher sur le ventre. Je l'ai senti enfoncer la baguette dans le creux de mes reins & l'utiliser à la manière d'un compas, incisant un cercle de chaque côté de ma colonne vertébrale. La douleur quand elle a fait lentement tourner la baguette m'a fait frémir & je me suis cabré un instant quand elle s'est mise à tracer une ligne pour diviser le second cercle par le milieu.

En frottant la blessure avec de la cendre du feu de M. Lemprière pour apprêter la cicatrice, elle a touché une nouvelle fois le premier cercle et dit « Palawa », le mot pour désigner son peuple ; puis en frottant de la cendre dans le second cercle qu'elle avait divisé en deux, elle a dit un mot à plusieurs reprises, « Numminer », comme si j'étais un enfant étourdi, répétant en riant, « Numminer, numminer ».

« Je ne suis pas numminer », ai-je dit au bout d'un moment, en me retournant sur le dos, sachant que numminer était leur mot à la fois pour les fantômes & pour les blancs, qu'ils croyaient que l'Angleterre était l'endroit où leurs esprits allaient après la mort pour renaître sous la forme d'Anglais & d'Anglaises, & que les blancs étaient leurs ancêtres revenus.

Pour le prouver, je l'ai alors fait s'allonger. J'ai examiné le poisson circulaire & la toile circulaire devant moi. J'ai examiné les diverses cicatrices en relief de forme circulaire sur le corps de Sally Deux-Sous. Le soleil, la lune. Femme noire, homme blanc. Mais pour moi le plus merveilleux de tous ses cercles était celui sur lequel je me suis alors mis à peindre.

La diversité des seins est infinie & chacun produit une image à la fois grotesque & belle : seins qui laissent à peine entrevoir qu'ils existent, globes maigres, tout en aréoles & tétins, comme s'ils concentraient toute leur beauté dans ces cônes quintessentiels ; gros seins qui semblent impatients d'être palpés ; tétines de chienne & pis de vache qui ont leur propre charge érotique ; seins à parcourir de la langue & seins entre lesquels fourrer le vit ; seins qui se regardent de travers comme un couple rancunier qui ne pourra jamais être séparé mais ne se parlera plus jamais ; seins maternels veinés de bleu qui ont l'odeur de renfermé du lait aigre ; seins tendus & seins flasques ; seins aux tétins en canon de revolver & seins aux tétins rétractés qu'il faut sucer jusqu'à ce qu'ils vous pointent dans la bouche comme au garde-à-vous. Mais l'image que les seins de Sally Deux-Sous ont produite ce jour-là sur le sol poussiéreux de M. Lemprière a été celle d'un petit poisson rond qui fuse autour des récifs comme un drôle de disque virevoltant, magnifiquement décoré de raies veloutées.

J'ai pointé le bout de mon pinceau sur sa langue, puis l'ai lentement passé sur sa joue & l'ocre rouge qu'elle y mettait pour se farder. Avec ma langue j'ai humecté son sein brun au préalable, puis commencé à étaler l'ocre rouge en fond de teint, d'abord avec mon pinceau qui plissait & accrochait sa chair, ensuite avec mes doigts, les promenant lentement en rond à maintes reprises, laissant tel quel le croissant inférieur de son sein.

À droite de son tétin j'ai posé une touche bleuâtre de pigment outremer. Les petites cornes blanches, je les ai faites avec la poudre de céruse de M. Lemprière, & pour l'iris jaune distinctif du poisson j'ai utilisé un peu de dorure jadis chapardée dans le Grand Palais du Mah-Jong. J'ai très doucement frotté ses cils charbonnés entre deux doigts, & sur une palette improvisée sur son ventre j'ai travaillé ce résidu noir avec de la salive pour obtenir un peu de pâte foncée. Avec cette pâte j'ai dessiné des raies autour de son sein. Finalement, sur son tétin excentré, long & noir d'étonnement, j'ai tracé de légères lignes pour lui donner l'apparence de l'impertinente nageoire pectorale du poisson. Le résultat a été à la fois pas entièrement satisfaisant & pourtant entièrement vivant. Sally Deux-Sous s'est soulevée sur les coudes, mais je n'avais d'yeux que pour la vache de mer rubanée qui remuait lentement.

J'ai posé mon pinceau.

Quand, me penchant, du bout de la langue j'ai touché la nageoire pectorale du poisson, elle a frémi comme impatiente de vivre.

J'espérais ne pas rebuter Sally Deux-Sous, mais j'étais sans illusions sur le fait qu'elle puisse songer à moi avec tendresse, si tant est qu'elle se souvienne de moi. Je n'étais qu'un numéro dans une procession ; je fournissais un rabiot de nourriture, de l'alcool, du tabac ce jour-là, mais à part ça je n'existais pas pour elle. Quand je pensais à la façon dont l'argent & les cochonneries, la frénésie du désir humain & l'arrière-goût amer de la vie ne font qu'un lorsqu'on achète une femme de quelque manière que ce soit, je me sentais pris de vertige comme si j'avais regardé dans un trou noir sans fond & perdu l'équilibre. Je pensais : ce n'est pas malhonnête ; c'est l'expression la plus honnête de la tristesse infinie qui est notre lot à tous. J'avais volontairement glissé comme du vif-argent entre les doigts de trop de femmes, mais il y avait un jour d'expiation. Il n'y avait pas d'absolution d'amour ; pas de rédemption dans l'idée que le monde s'était réduit à deux personnes seulement. Car en elle ce jour-là je sus que je n'étais absolument rien.

J'ai levé les yeux & contemplé les arabesques enchevêtrées que formaient les grosses araignées chasseresses avec la toile qu'elles tissaient, épaulements soyeux reliant les murs & le plafond effrités du cottage sordide de M. Lemprière. Quand je les ai rabaissés j'ai cru voir sur son visage une impression d'absence ; peut-être est-ce cela par-dessus tout qui lui prêtait – du moins pour moi – une certaine profondeur sereine. Ses yeux paraissaient si pleins de sagesse, mais quand elle parla ce fut seulement pour me demander encore du pisco, & puis elle dansa.

En ce jour d'automne dans le cottage de M. Lemprière, le vent frais se muant en bourrasque dehors, en ce seul & unique jour où elle est revenue à moi, attirée, pensais-je, par mes promesses de tabac & de pisco, elle s'est dressée toute nue devant un feu ronflant de bûches craquantes de myrte mouillé, & elle a dansé comme si elle esquivait un tir de mousquet, feignant d'aller d'un côté, puis tournant sur elle-même & bondissant dans l'autre direction. Sa danse n'avait rien de féminin ; rien de ce que nous entendons par les mots femme & féminité. C'était une danse tour à tour violente, éhontée, dénuée de grâce, qui ne semblait pas aspirer à la beauté mais seulement au récit d'une histoire que j'eus la vanité de croire peut-être à moi destinée. Sally Deux-Sous semblait chercher à exister au mépris des lois de la pesanteur, de la gravité. La vache de mer rubanée bondissait, cabriolait, voletait à travers l'océan de sa danse.

La danse la laissa en sueur & glacée. Je n'osais pas & elle ne désirait pas un accouplement sur le lit moisi de M. Lemprière, alors nous avons utilisé le sol crasseux à la place. J'ai commencé par lui embrasser le dos, puis elle s'est retournée & je me suis mis à sucer & lécher. Quand nous avons amorcé la danse des Lumières & que le sourire de raison de Voltaire a commencé à faire monter en elle une lente vague attendant de se briser, j'ai aperçu ceci : à un poignet un épais bracelet d'argent, à l'autre un gros furoncle non incisé. Une vache de mer qui regardait. Des poux qui grimpaient le long de son bras jusqu'à la vache de mer de son sein ; cette vision d'un corps cédant à d'autres corps, de l'inévitable progression de la mort & en même temps de sa transformation en une vie nouvelle, me frappa comme terrible & merveilleuse. Rien n'était réconcilié & tout était beau.

Elle avait une saveur amère, un peu salée, un peu fruitée, un peu sure, un peu parfumée de cannelle, & au total un goût profond, fort & suave. Couché avec elle sur le sol crasseux de

M. Lemprière & voyant ses bras, ses cuisses & son torse noirs se mêler à la poussière, la crasse & les mouches mortes, le bleu de sa cicatrice & la teinte foncée de sa peau me parurent d'autant plus brillants, d'autant plus beaux d'être couchés dans une pareille saleté.

Ce jour-là, plus je l'ai aimée, plus elle m'est devenue mystérieuse. J'ai commencé avec des certitudes : elle était noire, elle était pour moi le plaisir & je pouvais lui faire l'amour sans conséquence. J'ai terminé dans le doute, à la fois sur qui elle était & plus affreusement encore sur qui j'étais.

J'ai roulé la boule de sa tête entre mes paumes, j'ai tenu les moignons bouclés de ses cheveux entre mes doigts & tiré sa tête en arrière en les gardant ainsi noués, si fort que j'ai eu peur de lui faire mal, mais plus je tirais fort, plus sa croupe insistante semblait réagir de plaisir, montant, descendant, poussant, exigeant toujours davantage de mes reins tendus dans l'effort, & plus je la dévisageais, plus je savais que cela n'avait rien à voir avec son visage ni avec mes notions vaines & stériles de ce qu'est la beauté & du lieu que je lui avais sottement assigné ; plus je scrutais ses yeux fermés, plus je savais qu'elle était loin, très loin, dérivant toujours plus loin de moi, exigeant seulement de moi que je continue à rouler sa tête, tirer ses cheveux & répondre avec ce qu'il me restait de force à la montée, la poussée, la bascule de ses reins veloutés, bouillonnant sur moi comme la plus exquise tempête qui allait me faire sombrer pour toujours, tandis que sous nous la vache de mer rubanée se dissipait lentement, trempée de sueur, en taches de couleurs poussiéreuses & perdues.

III

Les couleurs à l'eau étaient presque épuisées. Sally Deux-Sous était partie. Le Chirurgien, une pestilence immonde. Mon pot de laudanum, vide. Pobjoy, seulement toujours plus grand. Capois Death, disparu – certains disent évadé, d'autres assassiné sur ordre exprès du Commandant, suite au malheureux rasement des déserts glacés du passage du Nord-Ouest, incendiés par les escarbilles de la locomotive à vapeur & réduits en cendres au milieu du voyage en train de chaque soir du Commandant. Il n'y avait à ce moment-là aucun Roi avec qui discuter de ma situation de plus en plus désespérée, car ce que je vais maintenant raconter se produisit avant qu'il vienne me rejoindre dans la présente cellule.

Il ne restait, en bref, rien à interpréter pour ma chronique. Mon travail & ma vie allaient parvenir à une correspondance à laquelle je n'étais pas complètement aveugle, car l'un touchait à son terme & l'autre le suivait de près.

Je sais que c'était la Veille de Noël, car avec ma mort approchant si vite j'avais une conscience aiguë du temps qui passait. La journée avait été singulièrement chaude, & quand la marée a commencé à monter ce soir-là j'ai accueilli avec joie l'enveloppement serein de l'eau. L'eau est montée & moi avec, & à la fin j'ai flotté dans ma cellule noire comme dans un four, le nez heurtant le plafond. Sans raison valable, je me suis mis à pousser sur une des très grandes dalles au-dessus de mon nez qui, soutenues par de lourdes poutres, formaient le plafond de ma cellule.

Cela faisait je ne sais combien de temps que je jouais distraitement de la sorte avec le plafond, écoutant la lente percussion de la mer clapotant contre le mur de la cellule dehors & tirant un réconfort inexplicable de ce bruit, passant le dos de mes mains plissées par les vagues sur la dureté molle du plafond, poussant & tâtant sans dessein ni désir, quand la chose la plus terrifiante s'est produite.

Je me suis soudain trouvé violemment repoussé sous l'encre noire de l'eau froide. J'ai eu beau lutter & me débattre, j'ai continué à m'enfoncer. Mes pensées se sont éloignées au galop, très loin, se muant en bulles d'air qui s'élançaient à la surface, autant de questions confuses qui ne pourraient jamais recevoir de réponses. Était-ce l'Armée de Lumière de Brady qui assiégeait & démolissait le bâtiment où j'étais enfermé à coups de canon ? Un des clients de Pobjoy était-il venu sous le couvert de la nuit dans l'intention de me noyer, car il était devenu un admirateur de Titien & mes Constable de forçat lui semblaient maintenant des œuvres sans consistance indignes de sa passion ?

J'étais juste en train de me demander combien de temps s'écoulerait encore avant que la douleur dans ma poitrine, le martèlement dans ma tête & la constriction de ma gorge se transforment en mort, quand j'ai senti le poids énorme de ce qui m'avait enfoncé sous l'eau glisser de ma poitrine tout en m'écorchant la peau. Mon corps a cessé de sombrer & commencé à remonter.

C'est seulement après être revenu à la surface & avoir passé quelques instants à cracher & à avaler de l'air comme un homme affamé qui se jette sur du pain, s'en remplit la bouche mais n'assouvit pas sa fringale, que mon corps a commencé à prendre conscience de ce qui s'était produit. Mon bras tendu en l'air ne rencontrait plus le haut de ma cellule mais une cavité un peu plus vaste que celle que j'avais récemment quittée. J'ai précautionneusement levé le bras une seconde fois & senti avec la main au plafond les arêtes de la dalle brisée, sur quoi il était possible de prendre appui.

Du sable, humide & salin, est tombé en miettes épaisses partout où j'ai tâté, sur ma figure & dans ma bouche à moitié ouverte. Et alors j'ai compris – le grès du pays, tendre dans le meilleur des cas, succombait à son exposition quotidienne à l'eau saline. Tiré & poussé par moi, il s'était disjoint & un grand morceau du dallage s'était écroulé, m'enfonçant jusqu'au fond de ma cellule inondée.

Des possibilités que j'avais trop longtemps réprimées se sont mises à refaire surface. En proie à une excitation de tout le corps dont je ne me serais pas cru capable une minute plus tôt, j'ai tâtonné en aveugle, des débris de grès me pleuvant sur la figure. J'ai cherché une petite crevasse où insérer la main & trouver un point d'appui. Comme pris de fièvre j'ai poussé & encore poussé, tant & si bien que la peau de ma main amollie par l'eau a commencé à se déchirer, & j'ai commencé à éprouver dans le grès les arêtes incontestablement vives d'un millier d'aiguilles.

Je n'avais pas de plan, pas de pensées claires concernant ce que je pourrais faire, je ne savais même pas ce qu'était ce vide indistinct au-dessus de moi – l'air libre ou juste une autre cellule. J'ai levé les bras dans ces ténèbres inconnues & fini par trouver une prise &, m'accrochant fermement, j'ai commencé à tirer.

IV

Non sans difficulté, tantôt me hissant à la force du poignet, tantôt escaladant les poutres brisées ballantes, j'ai franchi la dalle brisée & abouti dans le monde extraordinaire que je voyais s'ouvrir au-dessus de moi. Pour un homme qui s'est toujours enorgueilli de son absence de force physique & qui avait en outre été confiné dans une cellule de l'envergure d'un bras pendant plusieurs mois & avait survécu de pâtée jetée par Pobjoy, ce n'était pas un mince exploit.

Je me suis retrouvé à plat ventre sur un dallage humide, haletant, respirant un mélange d'odeurs très fortes : poussière, houblon séché, cuir mouillé, tabac fumé &, dominant le tout, ce moisi particulier dont je devais bientôt découvrir qu'il est celui du parchemin allié à l'imminence de la mort.

J'ai essayé de me mettre debout, me suis cogné la tête sur ce que j'ai identifié comme une sorte de table, suis retombé par terre, ai rampé un peu plus loin &, risquant le tout pour le tout cette fois-ci, me suis levé & retrouvé dans une vaste salle inondée de la lumière froide d'un clair de lune éclatant qui lui prêtait un mystère outremer. La salle paraissait entièrement vide – à l'exception, en fait, de livres.

Il y avait des livres partout, & partout où je tournais mes regards il y en avait d'autres encore, & tous étaient soigneusement empilés & rangés sur les lourdes étagères en trac grossièrement taillées de grandes bibliothèques qui allaient du sol au plafond, en étoile comme des rayons de roue partant du moyeu autour de l'endroit où trônait un grand bureau circulaire sous lequel j'avais émergé comme un papillon de nuit de son cocon, raide & maladroit.

Tant de livres m'entouraient que cela m'a donné le vertige de les regarder & de me rendre compte, non seulement qu'il pouvait y avoir tant de livres dans le monde, mais encore qu'il puisse y en avoir tant dans une seule pièce. Il y avait de grands volumes reliés en vélin au-dessus de moi & d'énormes tomes poussiéreux au-dessous de moi. Derrière moi, des manuscrits ficelés de tailles variées, & devant moi, de plus petits registres ornés, plus neufs, reliés en maroquin sombre.

J'aimerais dire que, baignant dans le clair de lune qui tombait d'une haute fenêtre, la pièce prit la couleur du miel sombre & le charme ambré des vieilles bibliothèques. Mais ce serait un mensonge. C'est la sorte d'absurdité que Pobjoy voudrait que je peigne, ou que Miss Anne pourrait écrire. La vérité est que la pièce était un labyrinthe changeant d'ombres grises & bleues, affreuses & sinistres.

Sur le bureau circulaire était posé un simple in-folio relié en vélin, la peau délicate du fœtus de la vache. J'ai regardé ses colonnes à l'encre bleue, l'écriture anglaise fluide, ses archaïques boucles & volutes ornées projetant les longues ombres d'attaches monstrueuses, comme si tous les mots étaient menottés & assujettis.

Ce que j'ai lu alors m'a confondu : cela prétendait être une liste des activités des forçats pour les six mois écoulés, mais semblait faux dans presque tous les détails. Cependant cela éclaircissait une énigme, celle de l'usage de cette salle. C'était, je le compris, les mystérieuses Archives de la colonie péniten-tiaire, dont les bibliothèques renfermaient tous les documents de l'île ; selon toute vraisemblance c'était pour travailler à ce bureau circulaire en son centre que le vieux commis danois, Jorgen Jorgensen, avait quotidiennement disparu, y composant la seule mémoire durable de notre étrange monde depuis plus longtemps que quiconque ne se le rappelait.

L'aube parut & la lumière devint plus forte. Mes yeux avides n'ont plus eu à se fatiguer mais à contrecœur j'ai refermé le volume que je n'avais lu qu'en partie & me suis préparé à retour-ner dans ma basse-fosse.

J'ai concentré mes efforts à tâcher de rendre mon effraction aussi invisible que possible. Heureusement la partie du sol des

Archives que j'avais détruite sous le bureau circulaire était un endroit sombre & humide où il était difficile d'imaginer que quelqu'un aille regarder. J'ai pris un grand volume qui paraissait peu utilisé presque tout en haut d'une bibliothèque & l'ai posé sur le trou. C'était un expédient désespéré mais impossible d'en concevoir un meilleur.

Puis, ma trappe primitive en place au-dessus de moi, je suis retourné dans ma cellule. De mon mieux j'ai empilé les poutres brisées d'une manière dont j'espérais qu'elle n'attirerait pas l'attention & j'ai recouvert la dalle tombée des galets & graviers qui formaient le sol de ma cellule, de façon à ce que Pobjoy ne détecte rien de fâcheux. Qu'il lève les yeux & remarque au plafond quelque chose qui cloche m'inquiétait moins ; étant donné qu'il devait se baisser cette éventualité était peu vraisemblable & le plafond était en tout cas dans une ombre profonde.

Vous demanderez pourquoi Billy Gould ne s'est pas enfui sur-le-champ, tentant de s'évader par la porte non verrouillée des Archives qu'il avait remarquée plus tôt. C'est que – manifestant cette singulière audace si conforme à son caractère – il avait résolu de différer son évasion au moment où il aurait procédé aux préparatifs idoines. En vérité je crois qu'il était comme un oiseau qu'on sort de sa cage – sa première réaction fut la peur, puis le désir de ce qui lui était familier ; sa pensée initiale fut simplement de battre en retraite dans le monde qu'il connaissait, celui de la cellule saline.

Et puis il y avait la question supplémentaire de ce qu'il avait lu en cette première nuit dans ce volume ouvert – des choses si inexplicables & scandaleuses par leur effronterie, et pourtant en même temps si fascinantes par leur démence lucide, qu'elles exigeaient des investigations plus poussées de façon à mieux sonder &, espérait-il, deviner leur mystère.

V

Pendant les sept nuits suivantes j'ai attendu avec impatience que la marée monte & c'est avec une extrême lenteur qu'elle a paru lécher mes chevilles incrustées de moules, mon bas-ventre infesté de poux, mes boyaux galeux, & cela a semblé aussi long que l'une de ces interminables lettres de Miss Anne, jusqu'au moment où j'ai flotté, surnagé & pu finalement toucher la rugueuse dalle fendue & puis me soulever jusqu'aux Archives.

Pendant sept nuits, de peur que ma lumière ne trahisse ma présence, je me suis assis sur le sol à côté du bureau rond dans une petite flaque de lumière projetée par une chandelle des Archives & le faible éclairage plus diffus de la lune, & j'ai poursuivi ma lecture de ces grands volumes si lourds qu'il me fallait parfois toutes mes forces pour en sortir certains de la bibliothèque.

Ce que j'ai découvert entre leurs couvertures n'était pas la chronique de la colonie pénitentiaire que je connaissais, Nova Venezia, la nation du Commandant. En feuilletant registre après registre mémorandums, lettres & réquisitions de forçats, j'ai cherché des rapports, dessins & plans de maçon de la merveille du Grand Palais du Mah-Jong.

Il n'y en avait aucun.

Pendant sept nuits j'ai épluché les archives de l'intendance à la recherche de comptes, factures & reçus susceptibles d'apporter la preuve que le Commandant avait acquis des locomotives sud-américaines ; j'ai tenté de trouver des traces écrites qui établiraient définitivement qu'il avait vendu le désert de Transylvanie, ou, d'ailleurs, qu'il avait avec encore plus d'audace troqué le continent australien contre l'acquisition de bijoux moluquois, remèdes chinois, concombres de mer, meubles javanais & cargaisons de Siamoises.

Il n'y en avait aucun.

Pendant sept nuits j'ai glané dans lettres personnelles & journaux intimes les plus infimes détails qui puissent donner une idée des cauchemars du Commandant – le passé jamais disparu, les négociants arabes, les pirates japonais immortels, les rationalistes français nus.

Il n'y en avait aucun.

En parcourant les écrits du vieux Danois, mes sentiments ont passé de l'ahurissement à des interrogations sur ce qui avait pu lui faire écrire tant de choses si peu fondées sur la vie.

La nécessité de mentir au Gouverneur Arthur à Hobart & au Ministère des Colonies à Londres était suffisamment manifeste : j'avais trouvé des lettres du Ministère des Colonies, vieilles de plusieurs années, demandant l'intégralité des acquittements, rapports, inventaires & comptes – lettres qui exigeaient toutes des réponses fallacieuses dépeignant une colonie pénitentiaire conforme aux imaginations du Ministère & non à ce que nous savions être la réalité.

À quel stade – & pourquoi – cette nécessaire invention administrative avait-elle été étendue au bien plus grandiose projet de réimaginer la colonie pénitentiaire, je l'ignore. La seule chose claire était que cela avait été le vieux Danois qui avait été choisi par le Commandant pour travailler à la totalité des archives de la colonie, conformément à ses attentes & non à la réalité.

Mais à un certain moment le travail de Jorgen Jorgensen commença à surpasser même l'ambition de son maître dans son exécution détraquée. Il avait d'abord laissé ses travaux être guidés par les désirs du Commandant, le soi-disant code des lubies & inventions d'un tiers, mais il avait ensuite dérivé lentement dans sa propre fantaisie extraordinaire d'un monde alternatif.

Nuit après nuit, à force de lire, l'ampleur de son audace est devenue claire & mon étonnement s'est mué en simple effroi.

Le monde, tel qu'il le décrivait Jorgen Jorgensen dans ces pages rédigées à l'encre bleue, était en guerre avec la réalité dans laquelle nous vivions. Le malheur, c'est que la réalité perdait. Elle était méconnaissable. Elle était insupportable. Elle était, en fin de compte, inhumaine. Et il était également impossible de s'arrêter de lire.

J'ai tenté d'imaginer le vieux Danois d'abord forcé de réinventer toute la barbarie & l'horreur de notre colonie en termes d'ordre & de progrès, matériels, moraux & spirituels, & d'en dresser la chronique à la lumière fluide d'huile de baleine, de son élégante écriture anglaise, dans les documents officiels de la colonie. Ce fut pour lui, je suppose, un fardeau nécessaire, &

au commencement il y vit probablement l'échange de sa vie contre une histoire incroyable & entièrement fallacieuse, comme il avait autrefois échangé des mensonges contre du crédit afin de s'asseoir aux tables de jeu d'Europe.

Et puis après un certain temps – une année ? plusieurs années ? – il y eut peut-être un moment si grisant que le vieux Danois fut à jamais emprisonné dans cette folle libération, un moment où pour la première fois il transcenda sa propre conscience des choses, trempant la plume dans les démons & découvrant à ses peur & surprise que ce qui était contenu en lui était tous les hommes & toutes les femmes – tout le bien, tout le mal, tout l'amour, toute la haine, & tout le temps en cet instant unique où son âme explosa en un million de gouttelettes de vapeur à travers lesquelles la lumière de ses imaginations se mit à ruisseler, se réfractant en un arc-en-ciel d'histoires concrétisées sous forme de rapports, règlements, réquisitions de forçats, registres de lettres & mémorandums.

Car dans le récit du vieux Danois tout était différent. Chaque vie, chaque action, chaque motif, chaque conséquence. Le temps, que le Commandant jugeait être une chose dont nous étions tous inexorablement composés, notre substance essentielle & force vitale, était dans ces chroniques une chose distincte de nous – comme des briques de poids égal formant ensemble le mur du présent qui nous empêchait tout rapport avec le passé & ainsi toute connaissance de nous-mêmes.

Alors que sous le Commandant veiller, dormir & cauchemarder avait été tout un, avec les chroniques du vieux Danois ces activités devenaient désespérément distinctes & opposées. Les cauchemars étaient bannis & aucune collusion entre vivre & rêver n'était reconnue. C'était le plus grand exemple de tricherie aux cartes de l'histoire, & j'ai pensé à la fierté qu'aurait suscitée chez le bon vieux Maréchal Blücher son ancien partenaire à l'écarté.

VI

Je dois dire que moi aussi j'ai éprouvé une sympathie grandissante envers Jorgensen, sentiment encore renforcé par la découverte, la septième nuit, d'une planque de schnaps danois caché derrière une pile de formulaires de réquisition inutilisés de l'Intendance. En lisant au clair de la lune estivale croissante sous le bureau circulaire, m'arrêtant seulement pour écraser un moustique, me verser encore un doigt de schnaps ou pisser rapidement par le trou qui ouvrait sur ma cellule, j'en suis venu à apprécier en quoi l'invention du vieux Danois était aussi subtile qu'elle était infinie : dans l'univers qu'il avait passé tant d'années à créer pour son maître chaque détail – si insignifiant fût-il – était accentué, dénommé & classifié.

Je ne pouvais que m'émerveiller de tout ce que Jorgensen avait créé ; par exemple, les longues colonnes bien ordonnées où il avait mis sous forme de table les statistiques montrant l'usage déclinant du fouet sur plusieurs années, les livres de sermons rédigés à la main, les dessins de nouvelles cellules, etc., etc., dépeignant collectivement un régime de punition corporelle nécessaire qui combattait la brutalité inhérente des forçats & cédait lentement la place à des pratiques plus éclairées, l'usage du régime cellulaire & les missionnaires wesleyens.

C'était assurément un travail lent & souvent ennuyeux pour Jorgensen, mais en obéissant aux lois de l'occurrence & de la répétition, de la cause & de l'effet – qui ne caractérisent jamais la vie mais sont nécessaires aux mots sur le papier – il avait créé une image de la colonie qui persuaderait la postérité à la fois de l'animalité des forçats & de la sagacité de l'administrateur, un modèle du pouvoir de la discipline constante & tempérée pour transformer les pickpockets en cordonniers & les gitons en chrétiens.

On trouvait enfouies dans ces volumes – enchevêtrées comme les racines fibreuses du chiendent – des histoires individuelles qu'on pouvait démêler, surtout de forçats mais aussi de leurs geôliers, comme le déroulement professionnel mais fructueux de la carrière mondaine du Lieutenant Horace, plus tard le

Commandant, aussi invraisemblable que la vie de n'importe quel saint. Il était de la plus humble origine, né dans un cottage qu'il avait bâti de ses propres mains, débutant comme enseigne dans le 91ᵉ Régiment & promu pour ses manifestations de bravoure dans diverses affectations administratives, ses succès d'officier d'état-major au Honduras britannique, son traitement humain & éclairé des Indiens autochtones avant leur exécution de masse & sa mutation à l'île Sarah – une histoire exemplaire d'humanité soulignée par des copies de plusieurs lettres de son cher ami William Wilberforce sur les maux du système de l'esclavage.

J'ai bu à la santé d'une si aimable prison, si merveilleuse qu'on aurait volontiers payé rien que pour quitter l'Angleterre & venir y vivre, & j'ai bu à la santé de la façon dont il nous permettait même, à nous forçats, une dose aléatoire de libre-arbitre. J'ai maintes fois levé mon verre à toutes les habiles contrefaçons de lettres clandestines de forçats qui confirmaient des détails qu'on trouvait dans les rapports & règlements officiels de criminels lâchant leurs outils & refusant de travailler tant que certaines conditions ne seraient pas admises ou certaines doléances instruites. Sur une étagère du haut il y avait même des bouteilles contenant des peaux de forçats pendus ornées de tatouages spéciaux, qui concordaient avec les vies de crime & de châtiment trouvées dans les nombreux registres de lettres, si bien que ces morceaux de chair morte réels se voyaient donner une correspondance, non, le souffle même de la vie, dans les récits du vieux Danois, & j'ai bu à chaque tatouage flottant dans sa bouteille, ancre, ange ou maxime à l'encre bleue.

Toujours & encore davantage d'histoires, toujours & encore davantage de schnaps. J'ai bu tant & plus à la santé de Jorgensen & chaque fois que le verre de Jorgensen était vide il ne semblait que juste & bon de le remplir pour boire une fois de plus à la santé du monde merveilleux que Jorgensen avait créé : un système pénitentiaire qui avait tout d'un projet éclairé de migration de masse conçu par de bienfaisants anciens, où l'horreur n'était que très exceptionnelle mais toujours méritée, & où les hommes, loin d'empirer, s'amélioraient. Ce monde n'était pas un acte de création, pour le meilleur ou le pire, où les gens se réinventaient constamment, mais un système où chacun se voyait octroyer un rôle obscur mais nécessaire, comme la tête de piston ou la courroie des métiers à vapeur autrefois futilement brisés par le tisserand écossais.

Je me suis pinté à la plus grande gloire des machines & des systèmes, puis l'audace de toutes ces contrefaçons m'a fait tourner la tête, de même que l'impudence de rapports, lettres & règlements qui ne laissaient rien paraître de la monstruosité ou de la démence qui m'étaient devenues familières – dont je faisais partie.

J'ai bu à l'absence totale de telles choses, & j'ai bu à l'inclusion de tous ces magnifiques nouveaux mensonges. Et puis je me suis trouvé à court de choses à quoi boire, alors j'ai fini par boire directement à la bouteille & quand je l'ai eu vidée je me suis senti nauséeux & coupable, & j'ai commencé à me tourmenter à l'idée que le monde de Jorgensen pouvait être l'Enfer qui avait rempli les yeux & la bouche du briseur de machines avant que Capois Death ne s'assoie sur lui.

Ensuite – & j'en ai tellement honte que je ne puis parler de moi à cet égard qu'à la troisième personne – Billy Gould a eu envie de vomir. Non que Billy Gould ait pensé que vomir est mauvais, car le Chirurgien lui avait dit que cela débarrasse le corps des fluides & humeurs superflus & prévient les horreurs continues de l'abrutissement & de la flatulence le jour suivant.

En vérité, pour hâter cette purification thérapeutique du corps dont je suis sûr que le Pasteur Gottliebsen l'eût approuvée, Billy Gould s'est même enfoncé deux doigts dans le fond de la gorge & les a tortillés d'avant en arrière jusqu'à ce qu'il sente monter dans sa poitrine, emplir sa gorge & enfin jaillir par à-coups de sa bouche, parmi les tomates & carottes qu'il n'avait jamais mangées, la terrible conscience que tout ce qu'il avait lu était simplement l'image que le Commandant propageait d'une société rationnelle en tant que prison dont même Miss Anne n'osait pas rêver, & cette création ultime – peut-être sous maints aspects son œuvre la plus monstrueuse encore que non préméditée – l'emportait sur le Grand Palais du Mah-Jong & le Chemin de Fer National par l'hommage inconscient & pourtant grotesque ainsi rendu à l'Ancien Monde.

Cela faisait beaucoup de choses dont prendre conscience, s'asperger les pieds & se souiller le pantalon en même temps – beaucoup trop pour être tout à fait franc – & Billy Gould aurait essayé de nettoyer sur-le-champ tout ce dégueulis d'Europe partiellement digérée s'il n'avait pas subi une seconde prise de conscience bien pire que la première.

Elle lui est tombée dessus comme le plus lourd & le plus indésirable des fardeaux qui lui martelaient le front tandis qu'il s'essuyait la bouche du revers de la main : dans cette histoire universelle, tout ce qu'il avait vu & connu, tout ce qu'il avait observé & subi, était désormais aussi perdu & vide de sens qu'un rêve qui se dissipe au réveil. Si, comme l'avait soutenu Capois Death qui conservait son alcool du passé dans une bouteille de bière épicée, la liberté existe seulement dans l'espace de la mémoire, alors lui & tous ceux qu'il connaissait étaient en voie d'être condamnés à une éternité d'emprisonnement.

VII

Mon esprit éprouva une affreuse sensation d'horreur que les mots ne suffisent pas à décrire. Des faces de gargouille semblaient s'agglutiner devant les fenêtres tout là-haut & quémander une chose capable d'apaiser leur souffrance infinie qui continuait à n'être ni remémorée ni relatée. J'ai eu l'impression que ces horribles crânes dépouillés avançaient & reculaient – leurs os rouges saillant comme s'ils avaient été rongés par des chiens – comme s'ils voulaient que je rectifie leur passé, ce qui dépassait entièrement mes pouvoirs.

J'avais lu & encore lu, & le passé continuait à n'être ni vengé ni pris en considération, & comment m'était-il possible d'en refaire autre chose ? Des orbites fixes & accusatrices des crânes du tisserand écossais & de Tom Weaver le Gueulard, du crâne volé de Towtereh & du crâne fracassé de son petit-fils sont sortis des cafards. Des puces ont jailli de leurs os du nez ébréchés.

Les crânes se sont mis à verser des larmes putrescentes de pus
& de sang qui ont traversé les vitres & se sont écoulées sur moi.
De terreur je me suis frotté les épaules, les bras, la tête avec
acharnement comme si j'avais pu ainsi les essuyer. *Non !* ai-je
crié, & *Non ! De grâce laissez-moi tranquille !* Mais ces ombres
affreuses ne voulaient pas partir & me suppliaient de faire ce
qui m'était impossible. Et moi, couvert de morceaux de chair
pourrie, sentant tous les asticots qui avaient autrefois grouillé
sur la femme noire empalée grouiller maintenant sur moi, puant
la pourriture, la maladie & le vomi, j'ai vu l'incarnation du
monde passer devant moi dans toute son horreur & toute sa
beauté, & comment pouvais-je dire que toutes deux étaient inéluctables ?

Je ne suis que le lecteur, ai-je tenté de leur expliquer. Mais
ils n'écoutaient pas, ne le pouvaient pas, ne le feraient jamais,
& paraissaient seulement décidés à faire de moi l'instrument de
leur vengeance.

Et alors Billy Gould s'est retrouvé non pas un peu nauséeux
mais très violemment malade.

Car le monde n'existait plus pour devenir un livre. Un livre
existait désormais avec l'ambition obscène de devenir le monde.

VIII

Je me suis écroulé sur le sol. J'y suis resté un moment comme
une lanterne chinoise vidée de lumière, froissée & plate, la tête
plongée dans l'incrédulité & la stupéfaction. Était-ce *cela* que
les gens se rappelleraient un jour comme leur passé ?

C'est alors que j'ai entendu un bizarre sifflement strident. De
terreur, je me suis retourné tout d'un coup, en mettant les bras
sur la tête pour me protéger.

En face de moi se tenait un petit chien galeux, dressé sur ses
pattes de derrière dans le clair de lune, & sifflant. Puis le chien
s'est arrêté, est retombé sur son autre bonne patte & a regardé
par-dessus mon épaule. Avant de pouvoir tourner la tête, avant
même de l'entendre parler, j'ai su qui était derrière moi.

« *Tu es un faussaire, Gould* », a-t-il dit, ses paroles fluides &
coulées comme son écriture.

Je me suis retourné lentement & j'ai vu – qui l'eût cru ? – Jorgen Jorgensen qui me souriait de haut. J'ai pensé un instant qu'il
était monté sur une chaise ou une bibliothèque, tant il paraissait
grand. Il s'est penché sur moi, me recouvrant de son ombre,
avec l'air d'une bibliothèque sur le point de tomber. Très lentement, mes yeux n'osant pas quitter les siens, je me suis remis
debout.

Jorgen Jorgensen était, comme tout aux Archives,
monochrome & froid. S'entrecroisant sur sa peau grise, des
lignes blanches prenaient maintes formes différentes : une ligne
d'écume blanche plissait sa bouche tordue, de longues mèches
de cheveux blancs pendaient à des angles bizarres sur sa tête
dodelinante comme des toiles d'araignée brisées.

« *Condamné*, a-t-il poursuivi en savourant le mot, *à souffrir
le tourment pour toute éternité.* »

Jorgen Jorgensen ne faisait pas un Dieu satisfaisant. Primo, il
n'avait pas la barbe, seulement cette misérable moustache d'où
la moitié du gruau d'avoine de la veille pendait en gouttes de
rosée congelées. Secundo, il sentait les détritus pourris & Dieu
qui est toute chose ne sent pas, parce que sinon Il sentirait toutes
les mauvaises odeurs de ce monde aussi bien que les Jonquilles,
l'Amour, les Soleils Levants, etc., etc. Mais Dieu semblait un
rôle que Jorgensen souhaitait jouer, car ayant créé le monde de
neuf, il semblait à présent décidé à faire quelques déclarations à
la porte du paradis, dont la première était que je devais mourir.

Depuis que le prêtre de l'hospice m'a dit que seul l'Amour
de Dieu lui donnait le désir de me frotter ainsi les pieds, je suis
d'avis que même si l'on accepte qu'une chose est la Volonté de
Dieu cela ne veut pas dire qu'on doive y adhérer. On peut, par
exemple, accepter que c'est la Volonté de Dieu qu'il pleuve,
mais cela ne veut pas dire qu'on va rester sous la pluie. Et ainsi
de suite. Et tout en acceptant le raisonnement de Jorgensen selon
lequel ma misérable carcasse ne méritait vraiment rien d'autre
que la plus misérable mort, je n'adhérais pas à l'idée de devoir
mourir sur-le-champ. Et ainsi, quand il s'est jeté brusquement

sur moi avec une force & une agilité sans proportion avec ses misérables corps & âge, son épée rouillée dégainée & pointée droit sur mon cœur, j'ai bondi de côté pour l'esquiver & fait en même temps tomber ma chandelle sur le sol.

La chandelle s'est éteinte, j'ai couru me cacher derrière une bibliothèque, mais le vieux Danois connaissait son dédale de livres mieux qu'un rat ne connaît son nid. Avant même de flairer cette odeur de foie pourri, j'ai senti le plat de son épée glacée sur mon cou.

« *Tel Adam de Brescia chez Dante, qui falsifia le florin d'or de Florence,* siffla-t-il, *ton corps gonflé en forme de mandoline par le tourment de l'hydropisie flottera dans le sombre abîme fétide du cercle de Males-Bouges aux Enfers!* »

Plus ses envolées étaient lyriques, plus sa bouche édentée s'emplissait de bave spumeuse comme si tous ses adjectifs faisaient mousser l'écume qui s'accumulait autour de ses lèvres. Il a pressé plus fort le plat de son épée sur mon cou & j'ai commencé à m'étrangler. Je tremblais de façon si incontrôlable que la bibliothèque contre laquelle j'étais appuyé se mit à trembler aussi. Sur le sol inégal la vitrine grossièrement façonnée oscilla, incertaine &, je le perçus dans tout mon corps, en équilibre au mieux précaire.

Le vieux Danois se poussa contre moi & me communiqua sa vision de mon futur Enfer, non seulement avec de simples mots, mais dans l'écume baveuse qui les accompagnait & me fouettait la figure comme des embruns.

« *Tu seras affligé de la soif & de maux répugnants,* dit-il en m'aspergeant. *Tu suivras la procession infinie des morts brisés, ombre mutilée parmi les ombres mutilées, condamné à vivre dans l'écœurante puanteur de la chair putride, tous tes falsificateurs couverts d'ulcères répugnants & de lambeaux de chair tombant les uns sur les autres.* »

À ces mots il me donna une bonne poussée du plat de l'épée. Son arête rouillée imprima une fine ligne brisée de sang sur mon cou. Quand il appuya son épée encore plus fort, un de mes pieds gluants de vomi glissa en arrière. Incapable de conserver l'équilibre, mon corps suivit, le bas de mon dos cognant contre la bibliothèque bancale dont le poids mort céda à la possibilité momentanée d'un pivot. J'ai pensé aux cercles de Sally Deux-Sous, à sa croupe qui se soulevait, mais ce serait une erreur d'accorder à ce que j'ai alors fait la dignité du mot idée.

Avec tout ce qu'il me restait de force, j'ai donné un coup de cul aussi énergique qu'au trou-madame dans l'édifice branlant d'une bibliothèque.

Le scorpion des livres a dû entendre quelque chose – peut-être le craquement aigu d'une poutre ou le bruit sourd d'un volume se renversant comme un domino sur un autre – car il a brusquement regardé en l'air. Je ne sais s'il a vu la bibliothèque tituber, mais en une succession si rapide qu'on eût dit plutôt un seul mouvement que trois, il a levé les yeux, légèrement reculé & fait un faux pas. Perdant l'équilibre, il s'est étalé au moment même où les premiers livres ont commencé à dégringoler.

Dans ma dernière vision de Jorgen Jorgensen, il tente en vain de détourner avec son épée ces énormes volumes qui se déversent sur lui avec la pesanteur de rochers, l'ubiquité de la pluie & l'épouvantement d'une avalanche. Pendant que ces volumes s'abattaient sur lui, je l'ai entendu hurler que rien ne tient bon, pas même les livres.

Mais impossible ensuite d'en entendre plus, car je me suis retrouvé, cul en l'air & tête en bas, au fond d'une caverne de livres qui croulaient, rassemblant le peu qu'il me restait de vigueur à peser sur la bibliothèque pour la soulever avec mon dos. Comme j'étais près de sa base, livres & étagères n'avaient pas à tomber de bien haut & auraient dû me faire mal sans me blesser grièvement. Mais alors une étagère de la partie supérieure s'incurva démesurément & oscilla furieusement vers moi.

Je ne l'ai pas sentie m'assommer.

Car j'étais là à m'arc-bouter, fléchir & retomber sans savoir si je pourrais vivre encore longtemps sous l'immense poids de tant de mots.

IX

J'ai entendu les bruits du matin, l'appel au rassemblement, la bagarre des poulets, les lointains cris joyeux de l'homicide Castlereagh. Pourtant tout demeurait dans l'obscurité autour de moi. Je ne savais pas depuis combien de temps j'étais dans cette obscurité. Mon esprit se sentait dans le brouillard, & si pesant que j'ai eu un instant de panique, pensant que ma tête coupée mais encore consciente se prélassait dans une barrique à destination de l'Angleterre.

Quand j'ai senti un livre étalé sur ma figure, les lourds coins d'autres livres plantés dans mes côtes & mon ventre, ma poitrine ensevelie sous le formidable poids de livres fermés, j'ai compris que ma tête & moi devions encore ne former qu'un. J'ai respiré des odeurs de parchemin, de vélin, de sueur aigre, & le relent de foie pourri de Jorgensen. J'avais une douleur sourde qui persistait dans le bas du dos & je l'ai attribuée à un coin de la bibliothèque m'entrant dans le corps. Au loin mes camarades répondaient aux hurlements de l'appel. J'ai entendu le cliquètement sourd des fers de la chaîne de forçats partant au travail. Les jurons des scieurs, l'aboiement des gendarmes.

Mais personne n'a paru ni m'entendre ni me remarquer lorsque la quantité intolérable de poussière de ces enveloppements de papier m'a fait éternuer plusieurs fois.

J'ai fait le point sur la situation.

J'ai écouté. J'ai flairé. Mais je n'ai rien vu.

Ce poids immense de matière inanimée, qui semblait tant importer à Jorgensen, m'aveuglait, m'étouffait, & il fallait que je m'en libère. J'ai eu peur de la façon dont il me tuerait si je ne trouvais pas un moyen d'y échapper. J'ai senti que je pouvais éclater d'un instant à l'autre en hurlements incontrôlables à cause de cette affreuse suffocation. Pis que les biseaux acérés des fers ces livres épousaient tous mes mouvements, me narguaient, cherchaient à m'étouffer encore plus efficacement quand je me tortillais d'un côté ou de l'autre. Moins que facilement, à force de torsions & de poussées, j'ai fini par me dégager par l'arrière de cette obscurité.

Je me sentais mal, la tête vide. Autour de la bibliothèque effondrée l'odeur parfumée de l'huile de bois de trac jeune s'élevait des étagères brisées en mille morceaux. J'ai réussi à me mettre debout.

Et puis, à l'autre bout de la bibliothèque, j'ai aperçu une flaque noire. Je m'en suis approché en titubant par-dessus les décombres de livres tombés & poutres fracassées. C'était une flaque de sang coagulé, couverte d'une écume de poussière & marquée de mèches de cheveux qui menaient jusque sous un gros livre.

J'ai tiré le livre en arrière.

Un des yeux du vieux Danois pendait de son orbite ensanglantée, arraché par le coin d'un livre ou l'arête d'une étagère. Son épée avait en partie embroché un vieux volume dépenaillé qui, à l'examiner de plus près, se révéla être l'*Histoire naturelle* de Pline. Je me suis demandé s'il était vraiment mort, ou juste en état de grâce comme sainte Christine l'Admirable qui, après une attaque d'apoplexie, sembla morte & puis s'envola de son cercueil jusqu'aux poutres du plafond au milieu d'une messe de requiem. Mais rien n'évoquait la grâce dans ce que j'ai vu. Avec le pied, j'ai poussé le corps puis la tête du vieux Danois & lui ai donné quelques coups, mais il commençait déjà à se raidir.

Je l'ai regardé longtemps.

Je ne sais pas combien de temps.

Après un long ou bref moment, une infinité ou quelques secondes, j'ai fouillé ses poches. Ce qui a commencé comme l'inventaire d'un méli-mélo de camelote a bel & bien produit quelques articles utiles – deux plumes brisées, un couteau de poche, du pain noir de la bonne qualité cuite pour les officiers & donc non frelaté de sciure & de boue, des lunettes (un verre cassé) & un anneau d'or. Cousus dans le col de sa veste j'ai trouvé une douzaine de dollars du Bengale qui devaient par la suite s'avérer inestimables.

Une vive lumière bleue semblait palpiter entre les fanons ridés de son cou. Le Vieux Gould m'avait appris que le bleu est la couleur féminine, le pigment le plus coûteux dont usaient les grands peintres de la Renaissance pour décorer le manteau de la

Vierge Marie, & que l'outremer est ainsi appelé parce qu'il faut l'importer du Moyen-Orient – par-delà les mers.

Mais la distance que j'avais à parcourir était bien moindre. J'avais seulement à me pencher, arracher ce collier en lapis-lazuli aux plissures de poulet de son cou, & en ce même jour écraser la pierre d'un bleu brillant avec des rochers pour obtenir la poudre de l'encre outremer avec laquelle j'écris maintenant légitimement ce récit de mort froide. Mais le bleu parle du matin, du ciel & de la mer. Pourtant, comme me l'avaient appris les poissons avec leurs couleurs entrecroisées, en chaque couleur réside son contraire, & le bleu est aussi la couleur du chagrin, de l'angoisse & de la lubricité. Et devant moi en ce chaud matin d'été, prenant lentement cette même couleur maudite, couvert d'un nombre croissant de mouches, gisait un cadavre qui, si je ne faisais pas quelque chose à son sujet, me verrait impliqué dans un second meurtre.

La mort est chose simple & pourtant, comme me l'avait appris la merde de Castlereagh, elle peut avoir des conséquences imprévues, que j'étais désireux d'éviter toutes. J'ai tiré le corps du ci-devant Roi d'Islande jusqu'au bureau circulaire, écarté du pied une bouteille de schnaps vide, retiré ma trappe de fortune &, poussant le corps à travers une flaque d'Europe vomie, l'ai laissé choir dans mon monde d'en-bas.

C'était une sottise d'agir ainsi, mais après l'avoir commise il n'y avait plus moyen de revenir en arrière. Maintenant, à marée basse, je cache le corps derrière la porte de la cellule, avec les poutres brisées & autres débris de l'effondrement partiel de mon plafond. À marée haute nous flottons simplement de conserve.

De bien des façons un cadavre est l'image négative de l'homme vivant ; de bien des façons j'ai découvert qu'un cadavre est préférable à l'homme qui a autrefois habité cette enveloppe corporelle effondrée. Là où Jorgen Jorgensen s'efforçait de rendre ce monde conforme à ses désirs, son cadavre le Roi – affranchi de sa dépendance à l'égard de la flétrissure du masque du Commandant qui tombait en morceaux avec le reste de son corps – est le modèle même de l'acceptation occidentale. Alors que Jorgen Jorgensen souhaitait dire à la postérité ce qu'il pensait, le Roi s'accommode de méditer sur la soupe clairette de mes divagations.

En beaucoup de choses la compagnie ultérieure du Roi, comme je l'ai conté en détail, a fini par combler le vide de mon existence ici & j'en suis venu à l'admirer. Sans lui & ses encouragements, je n'aurais jamais, par exemple, tant progressé dans ce *Livre des Poissons*. Il n'a jamais critiqué mes efforts, dénigré mes ambitions, attaqué la pauvreté du style. Ce fut une attitude de laisser-faire, & je crois fermement que mon œuvre écrite a prospéré en conséquence.

Mais pour commencer, avec son œil laiteux, ses joues émaciées, sa barbe & ses ongles poussant encore, le cadavre de Jorgen Jorgensen a été – je dois l'admettre – fâcheux. Plus tard, quand il s'est gonflé de gaz méphitique, quand son corps a noirci, verdi & sécrété une humeur visqueuse, quand sa chair s'est mise à tomber de sa masse désormais éléphantesque en lambeaux putrides & graisseux, la baudruche fétide de son cadavre se cognait constamment contre moi quand nous flottions dans la cellule.

De dégoût je tentais de le repousser de mes mains frémissantes, mais avec pour résultat que mes mains, comme par magie, traversaient sa chair pourrissante grossièrement gonflée & heurtaient la seule chose qu'il restait de ferme au Roi : ses os – les os de ses bras ou de ses jambes, les os de sa cage thoracique ou de son crâne. Je me rappelais les derniers mots que le Roi m'avait dits cette nuit-là aux Archives, sur les souffrances de l'hydropisie dont, en tant que faussaire, je souffrirais dans mon enfer dantesque – & pourtant continuait à nager là autour de moi le cadavre bouffi du véritable faussaire, & son dernier royaume, ma cellule, était désormais son cercle de l'Enfer.

X

La nuit suivante je suis retourné aux Archives. La journée avait passé excessivement chaud & même tard dans la soirée la salle était moite, son atmosphère épaisse & confinée. Tout était tel que je l'avais laissé : la bibliothèque tombée, les étagères brisées, les livres éparpillés & étalés dans des positions bizarres & des piles désordonnées. Les Archives – étant le domaine du vieux Danois – n'avait pas été visitées, personne n'osant y pénétrer dans la journée, & ne risquant de le faire, je le compris, jusqu'à ce que son absence soit remarquée, ce qui pourrait prendre plusieurs jours. J'ai ramassé le livre qui avait chu sur le visage du vieux Danois – le coin taché de sang noir là où il lui avait fait sauter l'œil – pour voir ce qu'il pouvait avoir à dire, le cas échéant, sur le chapitre du meurtre sans préméditation.

C'était un grand & élégant in-folio, de publication très récente. En relief sur la couverture, en caractères gothiques dorés, figurait le titre :

CRANIA TASMANIAE
Sir Cosmo Wheeler

J'ai ouvert le livre & lu la dédicace :

À Toby Lemprière
De votre Camarade Fantassin de la Science –
Cosmo Wheeler
Chevalier Commandeur de l'Ordre du Bain

Il y avait plusieurs coupures de presse insérées sous la couverture, provenant de journaux savants tous prodigues de compliments, l'un d'eux louant *Crania Tasmaniae* comme le *magnum opus* de Wheeler, un autre célébrant en Wheeler le Blumenbach britannique & notant –

... que, tandis que le maître prussien de la craniométrie, Johann Friedrich Blumenbach, a établi sans conteste l'existence d'une race européenne qu'il nomme « caucasienne », distincte des quatre autres races humaines, sa

théorie de la supériorité caucasienne sur les autres races restait – jusqu'à la publication capitale de Crania Tasmaniae – davantage une audacieuse assertion germanique qu'un fait scientifique prouvé.

Le corollaire du crâne de Blumenbach, originaire de la région du Caucase, qui lui paraît présenter par sa forme et sa conformation les plus beaux traits de la race humaine, et qui l'a mené à donner à la race européenne l'appellation de « caucasienne » en son honneur, est le crâne négroïde de Sir Cosmo Wheeler, originaire de la Terre de Van Diemen, connu seulement sous le nom de PM-36, dans lequel la dégénération et...

D'étonnement j'avais laissé la coupure glisser de mes doigts moites sur le sol. Insérée juste par-dessous, une autre recension déclarait –

Cette propension à une excessive et outrancière passion animale de type sexuel qu'on nomme amativité est des plus aisément apparente dans la manière dont cette énergie décadente de toute une vie creuse un vide plus grand que la normale de chaque côté du crâne (provoquant le retard de tout autre développement cérébral) à la hauteur des mastoïdes, immédiatement entre l'oreille et la base de l'os occipital. Sir Cosmo Wheeler note à juste titre que PM-36 possède « la Grande Terre du Sud des cavités de l'amativité, une sombre lacune de proportions monumentales qui attend une nouvelle exploration scientifique. »

Ce qui m'a paru d'une ironie cruelle, à considérer le triste sort du pénis du Chirurgien. La dernière recension que j'ai lue avant de jeter le reste opinait catégoriquement que –

... il suffit de regarder la hideuse dépravité, la tournure ovine et la forme généralement régressive du crâne PM-36 pour comprendre pourquoi Crania Tasmaniae est l'une des œuvres scientifiques les plus accomplies de notre temps.

Wheeler prouve sans conteste que le nègre de Tasmanie est d'une espèce entièrement distincte, et possiblement plus barbare encore que les sauvages de Nouvelle-Hollande, proche du simple animal.

Les marques d'infériorité mentale et de dégénération raciale sont partout évidentes dans les caractères crâniens corrompus si magnifiquement illustrés dans cet ouvrage, et donnent généralement du poids à l'ensemble croissant de connaissances scientifiques qui présument qu'une si misérable encore que fascinante espèce doit avoir été créée séparément de l'homme européen. Ses origines ne sont donc pas dans le Jardin d'Eden, mais hors de lui, avec toutes les conséquences spirituelles, morales et utilitaires que cela apporte donc dans les affaires humaines modernes.

J'ai feuilleté le livre, déchirant les pages non coupées avec mon index au fur & à mesure. Il y avait beaucoup de gravures compliquées de crânes indigènes vandiemoniens, admirablement bien faites. Aucune pourtant n'était si finement exécutée que les quelques pages consacrées spécifiquement aux diverses vues détaillées de ce crâne capital, PM-36, où le crâne se multipliait à l'infini, vu par en dessus, par en dessous & par le côté. Une dévotion aussi révérencielle me fit penser à saint Agapet dont pas moins de cinq crânes parfaitement conservés sont vénérés dans la péninsule italienne.

Jointes au livre se trouvaient deux lettres, toutes deux adressées à M. Lemprière. La première, portant le sceau intact de la Société Royale, informait M. Lemprière qu'en reconnaissance de ses assiduité & persévérance dans la collecte de spécimens d'histoire naturelle la société avait décidé de lui accorder une Mention Honorifique.

La seconde était une lettre personnelle de Sir Cosmo Wheeler où le grand phrénologiste de notre temps assurait son cher ami qu'il avait ardemment mené campagne au sein de la Société pour que Lemprière se voie conférer la qualité de membre. Il avait dit à ses collègues que la collecte de crânes de son disciple avait eu une importance décisive, & en particulier que le crâne référencé PM-36 avait prouvé de manière concluante ce que Sir Cosmo pensait depuis longtemps. Plus clairement que tout autre jamais examiné par lui, ce crâne singulier démontrait l'insuffisance morale, la capacité crânienne réduite & la nature régressive de la race nègre de Tasmanie, ultimes gages de sa destruction, indépendamment de l'arrivée des Européens civilisés & évolués.

Toutefois, il avait la tristesse de rapporter que le beau travail, comme les belles paroles, comptent pour du beurre, & que sa proposition de cooptation de Lemprière avait été repoussée par la majorité de la Société. Néanmoins, poursuivait Sir Cosmo, une mention honorifique décernée par une institution aussi prestigieuse n'était pas à dédaigner & servirait sans aucun doute de marchepied vital pour accéder au but ultime de son admission dans la Société.

En attendant, avait-il songé à collecter des œufs ? Bowdler-Sharpe était d'une incompétence crasse & Sir Cosmo envisageait une étude comparative des œufs des Ancien & Nouveau Mondes, & se demandait si cela intéresserait Toby de participer à cette grande tâche collective.

XI

Je me sentis suffoquer lentement ; il me semblait que des pages aussi grandes que des maisons tombaient sur moi & m'écrasaient comme si je n'étais qu'une fleur à sécher & conserver par compression ; il me semblait qu'un livre aussi vaste que le ciel s'enroulait autour de ma forme humiliée & allait bientôt se refermer pour toujours.

Les vies humaines ne sont pas des progressions, telles que les représentent conventionnellement les peintures historiques, & ce ne sont pas non plus des séries de faits qu'on peut énumérer & dans leur ordre approprié comprendre. Ce sont plutôt des séries de transformations, certaines immédiates & épouvantables, d'autres si lentes qu'elles sont imperceptibles, pourtant si complètes & horrifiantes qu'à la fin de sa vie un homme peut fouiller sa mémoire en vain pour y trouver un moment de correspondance entre le vieux birbe & le jeune homme.

Je ne puis dire quand j'ai compris pour la première fois que tout ce long temps sur l'île Sarah avait réellement été un infiniment lent processus de métamorphose. En commençant avec une certaine hésitation à sortir des ténèbres de *Crania Tasmaniae* & des lettres qui y étaient encloses, comment aurais-je pu deviner que j'allais bientôt renaître, nouveau & différent ? Que le processus de peindre les poissons avait été si pénible & ardu non pas parce que les poissons mouraient & que je n'étais pas à la hauteur de leur forme, mais parce que, pour que ma propre forme puisse commencer à changer, j'avais également à mourir ? Comment aurais-je pu savoir que pendant tout ce long temps mes peintures m'avaient transformé, qu'avec mon pinceau je ne créais pas des tableaux mais filais avec les innombrables fils de mes peintures un seul & unique cocon ?

Et comment aurais-je su, en jetant cette lettre par terre, en cherchant finalement à quitter ma chrysalide, que ma mission désespérée d'évasion était sur le point de commencer ?

LE CRISTÉ DES ALGUES

*Où est relatée une évasion des plus hardies
& audacieuses – Le traîneau de la mémoire
contrecarrée – Brady, ange vengeur – Retour de Capois
Death – Attaqués par des noirs – Un meurtre –
Le bûcher funéraire.*

I

Au commencement était le Verbe & le Verbe était avec Dieu,
& le Verbe était Dieu. Il était au commencement avec le vieux
Danois comme il était avec Dieu, toutes choses ont été faites par
lui ; & rien de ce qui a été fait n'a été fait sans lui.

Mais ensuite le Verbe s'est fait chair & il a habité parmi nous
& fait partie de *nos* ténèbres ; & nos ténèbres n'ont pu l'atteindre ; car sa chair était de putrides & verdâtres lambeaux visqueux, boursouflés & pourris, flottant telles des épaves autour
de ma cellule. Cependant que je m'efforçais de tenir la tête hors
de cette vase qui montait chaque nuit autour de moi, afin d'éviter
la sensation de couler pour toujours dans ce Verbe primitif, le
désir le plus sacré de ma vie est devenu de dévoiler que le Verbe
& le Monde n'étaient plus ce qu'ils semblaient, qu'ils n'étaient
plus Un.

C'était le Jour de l'An 1831 & j'étais déterminé à tenir ma
résolution récente de partir – mais avec une ambition bien plus
haute que l'évasion, l'intention de détruire une fois pour toutes
le Système du Bagne. L'arme avec laquelle je parviendrais à

mes fins était l'abondante sélection de dossiers que j'avais dérobés aux Archives.

À ceux-ci, & moi avec, la chaîne de pêche au filet de Rolo Palma accepta de faire traverser le port sous le couvert de la nuit. En échange je leur ai donné l'assurance que ni eux ni aucune des autorités ne reverraient jamais leurs dossiers de forçat, six dollars du Bengale & un exemplaire de l'édition fort estimée encore que légèrement défraîchie & partiellement mutilée de la première traduction par Philemon Holland, Rotterdam, 1628, de l'*Histoire naturelle* de Pline l'Ancien, avec tous ses récits de races étranges – les Thibiens qui ont deux pupilles dans un œil & l'image d'un cheval dans l'autre ; les Monocoles qui sautent sur leur unique jambe à une vitesse stupéfiante & qui, pour se mettre à l'ombre les jours de chaleur, s'allongent & lèvent la jambe comme une ombrelle ; les Astomes qui, n'ayant ni bouche ni nez, mais seulement des trous en guise de narines comme les serpents, vivent d'odeurs.

La colonie était en effervescence. La disparition inexplicable du vieux Danois, la rumeur de l'arrivée imminente de Matt Brady & de l'Armée de Lumière, la réclusion du Commandant – tout faisait que les gens couraient dans toutes les directions sans raison claire. Dans un désordre aussi tumultueux, s'enfuir n'était pas difficile & je ne prendrai pas la peine de conter ici l'histoire fastidieuse de mon évasion. Elle exigerait de moi une explication détaillée – l'entrevue nocturne initiale avec Rolo Palma, le croissant de lune répandant assez mais pas trop de clarté, la marée propice, la farine & le porc en saumure, la hache & la marmite, les brodequins & le traîneau, & la façon dont j'ai acheté le tout, & ma liberté avec – & les détails ne m'ont jamais intéressé. Ce ne fut, en tout cas, une affaire ni de courage ni d'audace, mais – comme il en va souvent en de telles matières – de corruption & de chronométrage.

Se rappelant leur dernière vision de moi comme la folie faite papier, les gars de la pêche au filet ont plus tard parlé de dossiers de forçats & registres de lettres, les divers volumes aux pages de garde marbrées, papiers & manuscrits profilant dans la lumière grise de l'aube les contours d'un seul monceau en forme de hutte sur un traîneau en sassafras.

Les hommes de Rolo Palma ont tiré sur leurs avirons grossièrement taillés & senti la baleinière s'animer lentement sous eux à leur cadence, guère plus qu'un frémissement d'abord, puis un indéniable glissement sur l'eau, noire & silencieuse, qui remontait vers l'île Sarah.

Tandis que dans cette froide aube d'été les hommes cherchaient la chaleur dans l'effort, j'ai entendu leurs voix filer avec des touffes de brume sur cette eau calme jusqu'à l'endroit où, gueux attelé à son fardeau par un harnais en cuir de kangourou, j'essayais de tirer le traîneau vers le désert encore sombre & couvert de rosée.

« Il ressemble comme deux gouttes d'eau, entendis-je Rolo Palma dire, à une mante religieuse qui essaye de traîner une brique. »

Puis le soleil s'est levé & ils ont dû se rendre compte que la hutte, à l'instar de leur baleinière, s'était animée & avançait elle aussi, car je les ai entendus pousser un cri d'étonnement quand elle a disparu – engloutie dans cette immensité verte qui s'étendait vers l'est sur des centaines de kilomètres avec seulement des noirs, des animaux sauvages, des rivières plus sauvages encore & Dieu sait quelles autres races & créatures monstrueuses – & avec elle un fou d'évadé destiné à l'oubli.

II

Il doit être compris que Billy Gould attribuait aux archives un pouvoir que seuls ceux qui sont restés trop longtemps plongés dans les papiers sont capables d'apprécier, même sans le comprendre tout à fait. Je m'inquiétais que, faute de faire quelque chose, les mensonges que je traînais derrière moi ne soient un jour tout ce qu'il resterait de la colonie, & que la postérité ne cherche à juger ses prédécesseurs – à juger Capois Death, M. Lemprière, le Commandant, même le pauvre Castlereagh, à les juger, à me juger – à nous juger tous conformément

à la machine des fictions monstrueuses du Commandant !
Comme si elles étaient la vérité ! Comme si l'Histoire & l'écrit
étaient amis, plutôt qu'adversaires !

Il existait, je le savais, un homme & un seul qui saurait que
faire.

Matt Brady était pour nous tous une énigme, mais dans l'obscurité de ma cellule pestilentielle où le vieux Danois se décom-
posait lentement autour de moi, Brady était pour moi devenu un
phare. Nul parmi les gens de ma connaissance ne l'avait jamais
vu ; en conséquence les histoires de sa nature physique variaient
grandement. Pourtant j'étais convaincu qu'à l'instant où nous
nous rencontrerions je reconnaîtrais Brady. Certains disaient
qu'il était grand & basané & portait un tatouage de style maori
sur une joue ; d'autres, qu'il était à moitié samoan, ce qui expliquait sa propension belliqueuse ; d'autres encore, qu'il était
petit, couvert de taches de rousseur & coiffait ses cheveux roux
en deux longues queues-de-cheval. Pour les Écossais il était William Wallace, pour les Irlandais il était Cuchulain ; pour tous,
un héros.

Mais ce n'était que pour moi que Brady était celui qui pourrait
venger l'Histoire.

Mes désirs, vous l'aurez maintenant compris, étaient multiples ; j'aurais dû savoir qu'ils étaient également irréalisables.
J'avais d'abord l'intention de paralyser la colonie en faisant disparaître la base de son administration, les archives écrites de son
histoire inventée, la fiction nécessaire grâce à quoi la réalité de
l'île prison était entretenue. J'avais ensuite résolu de trouver
Brady & de lui remettre ces archives. Car j'étais en proie à une
illusion encore plus monstrueuse que mon traîneau en sassafras
d'espoirs mal dégrossis – la conviction que le broussard, une
fois en possession des archives officielles fictives & de mon
témoignage sincère & véritable en guise de corollaire correctif,
serait en état d'organiser sa vengeance quand il viendrait libérer
l'île Sarah.

Brady soumettrait à une justice divine les cafards qui mou-
chardaient, les gardes forçats qui vendaient leurs camarades
contre une bonne planque, car tous étaient dépeints dans les dos-

siers du vieux Danois sous les traits de héros, de forçats méritants & respectés. Brady libérerait le reste, & un forçat sans dossier demeurerait un homme libre, car il était désormais évident à mes yeux que c'étaient ces mots mensongers qui faisaient de nous des esclaves. Sans eux, qui allait dire quel homme était libre & quel autre ne l'était pas ? Après leur élargissement les forçats seraient libres d'aller n'importe où & de se dire libres ; & sans dossier, affranchis de la prison de papier, nul ne pourrait prouver qu'ils ne l'étaient pas. Après quoi, Brady ferait circuler une relation véridique qui dévoilerait l'horreur de la colonie pénitentiaire pour ce qu'elle était vraiment, qui montrerait le mensonge des archives officielles, de tous les documents officiels, & de la sorte inculquerait dans toute la Terre de Van Diemen un esprit de révolte.

Ainsi, enfin devenu l'instrument d'un dessein glorieux, je me suis enfoncé lentement dans l'inconnu avec mon étrange fardeau, toujours avec la vision de Brady mon rédempteur devant moi.

Cependant, même sans mon traîneau d'une ambition si outrancière, mon voyage était absurde. La contrée violente était inexplorée, & inconnu l'endroit où se trouvait Brady dans ce désert de la taille de l'Angleterre. Le terrain était densément, parfois même impénétrablement boisé de fougères & d'arbres primitifs. Il s'élevait en grandes vagues furieuses de montagnes, il tombait en cataractes infiniment escarpées qui avaient le chatoiement blanc du granit.

Le voyage est devenu un tourment au-delà de toute imagination. Mais pendant que je tirais mon traîneau de mémoire contrecarrée à travers la neige, à travers les tempêtes de neige fondue, franchissant encore un ravin, encore un autre plaine de bois bouton, encore plusieurs chaînes de montagnes & autant de rivières en crue, jamais dans mes pires moments de désespoir, dans mes pires tortures physiques, jamais je n'ai admis l'idée que je ne trouverais pas Brady, parce que Brady, quand je le trouverais, comprendrait tout. Brady saurait ce que je ne savais pas. Brady me dirait comment retourner ce monde à l'envers & le remettre l'endroit, comme il l'avait jadis été & comme il devait l'être.

III

Il pénétra dans le cercle flamboyant de mon feu en début de soirée. Couvert de croûtes & de plaies, dans un état pitoyable de dépérissement, il était pratiquement nu à part un chapeau végétal, un cruchon en terre cuite mate & éraflée dans la main droite, & le grand « S » des esclaves estampé sur le cul tel le relief plissé de deux fers à cheval entrelacés.

J'étais tapi sous une saillie de schiste feuilleté & j'ai été aussi étonné par son audace désespérée que j'avais d'abord été mystifié par son identité. Ma main a serré ma hache. Mais quand il m'a fait sa proposition hardie il n'y a plus eu à se demander qui d'autre d'aussi démuni aurait tenté de tourner une telle faiblesse à son avantage.

« Si tu veux bien partager ta nourriture, a dit Capois Death, je partagerai le transport de ton fardeau. »

Je lui ai donné du porc en saumure. Je l'ai regardé mastiquer d'un seul côté de la bouche comme un chien – le reste de ses dents, j'imagine, étant tombées. Je lui ai demandé pourquoi il s'était évadé – après tout il avait une planque privilégiée, bien meilleure que la majorité sur l'île.

Sans cesser de mastiquer Capois Death a ôté son chapeau végétal & pris sur le sommet de son crâne un misérable bout de papier crasseux. Il avait été plié & replié si souvent que les pliures étaient à présent surtout des déchirures, & qu'il était en quatre morceaux séparés.

Cher cap, était-il écrit,

t'as toujours été le seul & unique t'as été tout si tendre si bon jamais j'oublierai combien j'ai aimé ton sourire tordu tes cheveux crépus combien je t'ai toujours aimé
ton chéri pour toujours
Tommy

J'ai rendu la lettre à Capois Death.

Après la pendaison de Tom Weaver le Gueulard l'hiver précédent, dit-il, son cœur s'était brisé. D'abord il avait voulu se tuer, après un certain temps il avait résolu à la place de s'évader. Il s'était enfui avec six autres quelques semaines plus tôt ; ils s'étaient séparés quand leur dernière miette de nourriture avait été épuisée. Un gars s'était noyé en passant une rivière à gué, un autre était retourné au camp des chaufourniers pour se rendre. Capois Death s'était battu avec un diable pour la possession de la charogne d'un wombat une semaine plus tôt ; depuis lors, rien.

« Oui », dit-il comme en réponse à je ne sais quoi, & il a débouché le cruchon qu'il portait, encore plein d'un liquide pisseux qui avait été de la Soupe de Voyou, & d'une histoire, dit-il – le cerveau, je l'ai alors compris, fort brouillé – qui avait été jadis la sienne. Il a arraché un brin d'herbe visqueux & raconté de quelle manière, peu après son arrivée sur l'île Sarah, il avait assisté à l'interrogatoire d'un forçat repris.

Le forçat – un marchand de petits pâtés de Birmingham – avait passé plusieurs semaines en cavale avec trois évadés toujours manquants. À court de nourriture dans ce monde terrible, il était soupçonné d'avoir mangé ses collègues durant leur tentative infructueuse pour trouver un passage entre les montagnes sauvages de l'Ouest vers l'Est colonisé, avant de finir par revenir à la colonie pénitentiaire, mourant pitoyablement de faim, & de se rendre.

Se déclarant las de cette vie, il avait confessé son cannibalisme, mais n'avait pas été cru avant d'ôter & de brandir ses mocassins taillés dans de la peau humaine. Plus intéressé par ce que le marchand de petits pâtés avait appris du désert inconnu de Transylvanie que par ses confessions de dépravation, Musha Pug l'avait pressé de décrire la nature exacte de la contrée qu'il avait parcourue.

Exaspéré, le marchand de petits pâtés s'était penché en avant &, demandant la permission du Commandant, avait pris une feuille de papier à Jorgen Jorgensen qui notait l'interrogatoire. D'un geste violent il l'avait vilainement roulée en boule.

« Monsieur, avait-il dit calmement, la Transylvanie ressemble à ça » – et il avait laissé tomber la page froissée à ses pieds.

Pour le peu de nourriture qu'il me restait, Capois Death s'est alors joint à mon voyage à travers ce labyrinthe froissé de cascades, jungles, ravines & gradins de pierre à chaux qui se déroulait devant nos yeux en quelque chose d'inexprimable.

Nous nous rendions au Bonnet du Français, le grand massif de Transylvanie. Visible à cent cinquante kilomètres à la ronde, sa forme distinctive de croissant brisé, quand l'apercevaient de si loin ceux en esclavage sur l'île Sarah, faisait très nettement penser – & à nous autres forçats ironiquement – au bonnet phrygien français ; & j'avais de bonnes raisons (fondées à la fois sur la constance de rumeurs incessantes & sur certaines lettres secrètes du Gouverneur adressées au Commandant) de croire que Brady y avait établi son camp.

Nous nous rendions au Bonnet du Français, mais nous n'étions pas les premiers. Nous découvrions des feux de camp avec parfois des os de cuisse ou d'avant-bras. Nous découvrions des racines de myrte entrelacées dans le squelette menotté d'un évadé sans nom.

Nous nous arrêtions, à l'écoute je ne sais de quoi.

« Que veux-tu faire ? » demandait Capois Death en grattant une grande croûte enflammée qui s'était formée sur le masque souriant estampé sur son avant-bras.

Nous avancions tant bien quel mal. Notre porc en saumure s'est épuisé. Les livres se sont imprégnés d'humidité, tapissés de mousse, garnis de lichen, couverts d'insectes & de menue flore. La croûte sur le bras de Capois Death s'est infectée, ses mouvements se sont ralentis, son cerveau s'est enfiévré. Notre thé s'est épuisé. Je ne sais comment nous avons perdu la hache, mais je crois que Capois Death l'a sans doute jetée, de peur que l'un de nous deux ne soit tenté d'en faire le même usage que le marchand de petits pâtés. Notre farine s'est épuisée. Dans la vallée encaissée d'une rivière nous avons découvert le squelette blanchi d'un eucalyptus bleu mort en cime, de la circonférence d'un faisceau de vingt hommes. Sur son tronc étaient cloués en ligne droite ce qui semblait de loin être des morceaux d'écorce. Dans sa fièvre, Capois Death les a pris pour la multiple progéniture des yeux du briseur de machines qui le scrutaient, résolus à se venger, & il a refusé d'en approcher. Mais ce n'était rien de tel : après examen je me suis aperçu que les morceaux

d'écorce étaient une douzaine de paires d'oreilles noires ratatinées.

Plus tard, en descendant clopin-clopant d'un haut affleurement rocheux, nous avons découvert une grande plaine de bois
bouton aux capsules montant à hauteur de poitrine, une étendue
cuivrée de petites fleurs & de jeunes pousses. Nous avons vu un
miroitement irrégulier traverser cette plaine dans notre direction,
& fini par nous rendre compte qu'il s'agissait de deux moricauds.

Ils ne furent effrayés ni l'un ni l'autre quand nous eûmes
recours au vieux truc qui consiste à ramasser un bout de bois &
à l'épauler comme si c'était un mousquet. Il ne nous aurait servi
à rien de nous enfuir, nous avons même espéré qu'ils pourraient
se montrer amicaux & nous offrir un morceau du kangourou que
nous voyions pendre sur l'épaule de l'un d'eux.

Mais quand ils s'approchèrent de nous, il apparut clairement
qu'ils n'allaient pas partager quoi que ce soit. L'un était grand,
& plutôt galeux. L'autre était plus petit & de plus forte corpulence. Nous avons vu qu'ils étaient en colère. Nous n'avons
aucunement vu les lances qu'ils traînaient sur le sol, serrées
entre leurs orteils.

« Numminer ? Numminer ? » interrogèrent-ils, & moi,
homme blanc stupide pensant que par numminer ils voulaient
dire homme blanc complice de toutes les horreurs infligées par
les hommes blancs aux moricauds, j'ai répondu, « Non, moi pas
numminer. » Capois Death, homme noir malin pensant que par
numminer ils voulaient dire fantôme & qu'il pourrait sans doute
passer pour le croquemitaine auprès de ces âmes simples, s'est
cambré en bandant sa volonté pour s'empêcher de trembler violemment de façon à ce qu'ils ne s'aperçoivent pas à quel point
il était véritablement malade & faible.

D'une voix aussi forte qu'il lui était encore possible, il a dit :
« Oui, moi numminer, moi sacré grand numminer. »

IV

La dernière vision de Capois Death avant sa mort pitoyable allait être celle de sa triste vie repassant en sens inverse. Toutes ses vicissitudes sur l'île Sarah, le briseur de machines, le Hanneton, ses succès de cabaretier dans la ville de Hobart, son séjour à Liverpool, il vit tout cela défiler à l'envers le temps que se répande un cruchon de bière épicée.

Il leva les yeux & se vit regagner à la nage le vaisseau négrier & se constituer prisonnier après un acte humiliant avec un homme blanc, se regarda avec une tristesse croissante renoncer à son farouche désir de liberté tandis que les Français arrachaient en riant les clous des épaulettes en bois si singulièrement fixées sur les épaules du général noir Maurepas.

Maurepas contempla les joyeux Français avec une incompréhension frémissante quand sa femme & ses enfants revinrent de la mer, quand les chiens vomirent des morceaux d'êtres humains qui se reformèrent en individus complets, quand la répression brutale de la révolte des esclaves se mua en une brève liberté & finalement, une fois encore, en une servitude infinie.

Capois Death sentit ses insatiables rage & résolution de ne pas demeurer esclave diminuer comme la flamme vacillante d'une bougie, &, perdant la force de l'âge viril, réintégrant un corps d'enfant de plus en plus faible, il en vint tout simplement à accepter le monde de travail interminable, de brutalité incessante & de violence gratuite de la part de ses maîtres & de ses camarades comme le mode de toute vie, ici, là & partout. Seul le goût d'une goyave arrachée de sa bouche & regreffée sur un arbre racheta ce long temps qui s'acheva, à la fin, quand le contremaître noir fit avancer une femme noire en pleurs.

À toute force une femme blanche voulut absolument pousser Capois Death, maintenant bébé, sur la femme hurlante, dont les hurlements se calmèrent rapidement, & après avoir tenu un bref instant l'enfant encore humide & sanglant contre son sein, elle descendit du tabouret & s'accroupit dans une cour poussiéreuse sous un goyavier & permit à Capois Death de retourner enfin au seul temps de sérénité qu'il n'avait jamais connu & d'entrer les pieds devant dans l'immensité maternelle par la caverne déchirée & sanglante de son ouverture.

Juste en cet ultime instant avant que les ténèbres ne l'environnent à jamais, Capois Death se retourna & se vit reflété dans le miroir d'une bouteille de bière épicée qui se vidait où le temps avait cessé de tournoyer en arrière & roulait rapidement en avant, mais il demeura insensible à son avenir, indifférent à la révélation de sa destinée qui nous révélait lui & moi abandonnant le harnais du traîneau & cherchant à fuir les noirs, & deux lances perçant & transperçant son torse enfiévré.

Capois Death se détourna, respira profondément, recula lentement & ne s'était écarté que de trois pas lents de la bouteille qui s'éloignait & se rapprochait en mesure, quand il sentit la première lance le frapper comme un marteau de forgeron ; quand il se sentit chanceler, puis recevoir un deuxième coup encore plus puissant que le premier. Il tourna sur lui-même comme un merle embroché & tomba gauchement à genoux. Il essaya de se traîner & sentit que leurs matraques se mettaient à le taper sur tout le corps & il sentit que le langage commençait à partir
                                        à la dérive,
les mots tendantà tomber lesunsdanslesau treset peuavaientde sens & puisl'o deurdegoyaverevint &tommyparlantmarchant avecmoi& loinlointrèsloin&tommy!tommy!j'aifroidj'aifroid&
        &————————————

En courant j'ai jeté un coup d'œil par-dessus mon épaule & vu les moricauds tabasser Capois Death avec leurs matraques, & ils avaient l'air d'essayer de lui briser les os de tous les membres. Je l'ai vu lever lentement un bras, geste étrange & insuffisant. Peut-être disait-il adieu à quelqu'un ou à quelque chose. Ils le frappaient sur la tête, cognant de toutes leurs forces. À l'abri d'un épais fourré de leptospermes je les ai vus le laisser alors mourir.

Quand je suis revenu avec mille précautions le lendemain matin récupérer le traîneau, je l'ai trouvé intact, à la différence du corps de Capois Death, dont déjà les viscères pendaient de son ventre enfoncé en belles saucisses & tripaille couleur de sang caillé là où les diables & les tigres avaient commencé à se nourrir pendant la nuit.

À côté de sa tête, où ses yeux laiteux étaient encore fermement fixés, gisait sa bouteille d'alcool vidée & brisée. Éparpillées autour des tessons, ses histoires : la moitié d'une bague de grenat ; quelques galets, des algues mates & trois petits coquillages – un bigorneau, un bébé moule & une coquille Saint-Jacques brisée. Il était de la Soupe de Voyou privée de son armoise. Il était du sang d'oiseau sans corps à enduire & faire voler. Il était Histoire.

Avec mes pauvres mains de peintre & avec des bâtons pourris qui ne cessaient de se casser j'ai commencé à creuser une tombe dans le gravier acide qui forme un désert humide sous le bois bouton. Au bout d'un moment j'ai arrêté, épuisé, n'ayant obtenu qu'un trou très peu profond. J'y ai traîné le corps de Capois Death, & puis je suis parti, sans me retourner, fuyant, souhaitant, voulant, que la vie soit autre.

Le temps a passé.

J'ai été pris de délire.

Le temps n'a pas passé. Mes visions & ma vision sont devenues la même chose. Le temps a tourné en rond. Je tirais un traîneau de mensonges nommés Histoire à travers un désert. Le temps a ri. J'attendais une mort qui ne se produirait jamais dans une cellule de la colonie pénitentiaire de l'île Sarah. Le temps s'est moqué ! Touché ! Blessé ! Brisé ! J'écrivais un livre dans un autre temps, essayant de comprendre pourquoi il n'y avait pas de mots pour ce qui avait eu lieu.

Aucun.

Rien.

À demi nu, émacié, j'ai entamé la conclusion de ma marche, l'ascension du Bonnet du Français. Chaque jour je découpais une lanière dans mon paletot en peau de kangourou & la mastiquais pour me nourrir. Calculant que la veste était bonne pour encore vingt lanières, je fis de la lente disparition de ma veste mon calendrier, cependant que mes dents se mettaient à branler douloureusement dans mes gencives enflammées & commençaient à tomber.

C'est à l'abri relativement calme de grands tors granitiques vers le milieu d'une chaîne de montagnes à l'ouest que j'ai long-temps après trouvé blotti autour d'un maigre feu luttant contre la pluie le groupe le plus inattendu de visages familiers. J'avais mangé la dernière lanière de ma veste deux jours plus tôt.

V

Il y avait trois petites filles & un jeune garçon pratiquement sans rien sur leurs corps fragiles ; plusieurs chiens galeux affa-més ; & une femme sans chaussures en qui je reconnus celle que le Commandant appelait la Mulâtresse, que Robinson nommait Cléopâtre & que les forçats & moi connaissions sous le nom de Sally Deux-Sous, occupée à casser des branches à mettre sur le feu. Pour certains – non, pour presque n'importe qui – ils n'au-raient pas offert un spectacle attrayant, mais pour moi, qui n'avais pas vu un seul de mes semblables depuis ce qui semblait une éternité, ils étaient d'une beauté sans pareille.

Sally Deux-Sous était vêtue d'une vieille jupe de coton noir, d'une grosse veste de forçat en laine jaune & d'un bonnet tricoté en laine rouge. Elle portait dans le dos, tenu par des lanières en peau de wallaby, un bébé qui, je finis par le comprendre, était le jumeau de l'enfant dont Sally Deux-Sous, à la mode de son peuple pendant le deuil, portait le minuscule crâne attaché à sa robe. L'enfant avait le teint plus pâle que ses autres enfants ; ses yeux étaient bleus. Je me rendis compte que ce pouvait être ma fille. Ou que s'il y avait eu un enfant qui était de moi, Sally Deux-Sous l'avait peut-être tué. Un homme noir qui me tournait le dos était en train de mettre trois potorous à cuire sur le feu. D'abord il ne se donna pas même la peine de lever les yeux quand je dis son nom.

Mais quand Traqueur Marks finit par relever la tête, je reçus un choc. Ce n'était plus l'homme robuste & élégant que j'avais rencontré sur l'île Sarah quelques mois plus tôt, mais un individu moins émacié que ratatiné, son élégant gilet bordeaux d'autre-fois devenu d'un noir graisseux & pendant aussi lourdement sur lui que les fers biseautés l'avaient fait sur moi, sa belle chemise à raies bleues passée & déchirée, son pantalon de moleskine sombre tombant en longs rubans lacérés autour de ses jarrets maigres.

Son apparence était grotesque. Son visage était mutilé, & quand il s'approcha de moi je me rendis compte qu'à un moment donné ses oreilles & son nez avaient été tranchés, & que seuls des morceaux de chair encore partiellement à vif, rouges & enflammés, demeuraient là où s'étaient auparavant trouvés ces organes. Sur tout son visage déchiqueté comme par de cruels insectes carnivores j'ai vu les pustules révélatrices de la vérole. Traqueur Marks, que j'avais toujours eu envie de peindre en cristé des algues, petit poisson dandy, ne ressemblait plus à présent qu'au bout de chair gondolée, flasque & puante que devenait un poisson après une séance de pose de quelques jours dans le cottage de M. Lemprière.

Je n'ai pu m'empêcher de le dévisager. Puis Traqueur Marks a fait une chose que, même si j'avais parcouru un millier de kilomètres & traversé une centaine de déserts pour trouver ce lieu, je n'aurais jamais prévue.

Il a tendu le bras.

Il a avancé la main vers moi.

Du bout des doigts, sur la joue & les lèvres, il m'a touché.

VI

Sa main s'est écartée de mon visage, & je me suis assis par terre avec eux autour de leur feu. Tandis que la fourrure des potorous commençait à roussir & à siffler, Traqueur Marks, en se servant de signes & du patois vandiemonien appelé *dementung*, dialecte abâtardi mi-moricaud mi-bagnard blanc, m'a raconté qu'ils m'attendaient depuis un certain temps, ayant aperçu & repéré la fumée de mon feu plusieurs jours de suite tandis que je gravissais lentement les flancs de la montagne.

Sally Deux-Sous a allumé une pipe & après quelques bouffées me l'a offerte. C'était une sorte de tabac indigène, fort, graisseux

& rafraîchissant. J'ai passé la pipe à Traqueur Marks, qui a inhalé une fois, éternué & beaucoup toussé – une très mauvaise toux caverneuse, m'a-t-il semblé – puis m'a dit qu'il avait décidé de quitter l'île Sarah pour chasser le kangourou. Après plusieurs jours de route il avait atteint l'embouchure que les blancs nomment les Poulaines du Marchand de petits pâtés. Là il avait rencontré une troupe de tuniques rouges envoyés à la recherche du Traqueur pour lui demander de les aider à trouver le tristement célèbre Matthew Brady.

À ce moment Traqueur Marks interrompit son histoire pour retirer du feu les potorous flambés & les vider adroitement avec une pierre coupante. Après les avoir remis sur le feu il toussa encore un peu puis continua son récit.

Les tuniques rouges offrirent de l'or, ainsi que de la terre près de Jéricho où le Traqueur pourrait établir sa propre ferme. Pendant plusieurs semaines ils sillonnèrent la Transylvanie de long en large. Le Traqueur leur montra des rochers qui étaient Brady, des petits lacs qui étaient Brady, des poissons qui étaient Brady, les fit nager dans les rapides de profondes rivières de montagne qui étaient Brady, les fit se poster dans le vent glacé qui était Brady, & ensuite ils congédièrent le Traqueur, lui coupèrent le nez & les oreilles, une oreille si ras qu'ils lui amputèrent un morceau de joue, après quoi ils le rossèrent & lui dirent que si jamais ils retombaient sur lui ils le fusilleraient, car c'était un négro impudent qui les avait longtemps détournés de leur proie.

J'ai senti un tressaillement d'excitation à cette histoire. Mon âme s'était réchauffée en une compagnie aussi inattendue & mon esprit se sentait singulièrement lucide sous l'effet du tabac. Avec la force de la révélation j'ai compris que mon voyage approchait de sa fabuleuse conclusion. À l'évidence, tout en sachant où se trouvait le camp de Brady, Traqueur avait habilement évité de le montrer aux tuniques rouges. Maintenant il m'y conduirait.

VII

Le monde tourna au gris lorsque de gros nuages, immenses & noirs, s'amassèrent & obscurcirent presque toute lumière, hâtant la tombée de la nuit. Presque immédiatement, avec une perversité parfaitement conforme à l'été vandiemonien, il se mit à pleuvoir de la neige fondue.

Tandis que la neige aspergeait le feu de chuintements dédaigneux, Traqueur Marks en retira les animaux cuits & les découpa en morceaux qu'il partagea à la ronde. Lui-même ne mangea rien, même lorsque Sally Deux-Sous fendit les os de la cuisse des potorous cuits & les approcha de sa bouche, l'implorant de sucer la moelle pour reprendre des forces, puis, quand il refusa, lui en frottant les joues & le front comme si cela pouvait pareillement lui donner des forces.

Quand, après le repas, j'ai ensuite demandé à Traqueur Marks où Brady était, il a répondu que les rochers étaient Brady, que les lacs étaient Brady, que les poissons étaient Brady...

J'aurais pu me désoler que non seulement le corps de Traqueur Marks mais aussi son esprit paraissent si gravement sur le déclin. Mais pour dire la vérité je n'ai guère éprouvé autre chose qu'une grande lassitude consécutive à ce repas soudain & inattendu de marsupiaux, me sentant légèrement malade mais aussi étrangement repu. Je me suis rapproché du feu jusqu'au moment où Sally Deux-Sous m'a convié à les rejoindre dans un renfoncement des rochers un peu comme une grotte où ils s'étaient tous retirés.

Une fois sous cette saillie Traqueur Marks m'a fait dormir avec eux, le feu devant nous, les chiens couchés en rond à nos têtes & nos pieds, les enfants pelotonnés contre moi d'un côté, Sally Deux-Sous de l'autre, flanquée de Traqueur Marks.

J'ai trouvé cette proximité imprévue, & – pour être franc – un peu inopportune, mais comme personne d'autre ne semblait la trouver bizarre le moins du monde, je me suis allongé sur le côté & retrouvé le nez blotti dans le dos de celle que le Commandant appelait la Mulâtresse, que Robinson nommait Cléopâtre & que les forçats connaissaient sous le nom de Sally

Deux-Sous, & dont – cela m'est apparu avec un sentiment soudain de honte – je n'avais jamais pris la peine de découvrir le nom aborigène.

Je me suis senti comme un enfant, & avec le sentiment confus qu'en savoir si peu était un péché vague mais réel, terrible & innommable, qui avait pourtant été pardonné, je me suis endormi. En dormant j'ai senti mes muscles & mes os se réchauffer lentement & puis se détendre, & j'ai senti, pour la première fois depuis de nombreux, de très nombreux jours, que j'étais en sécurité.

VIII

Lorsque je me suis réveillé il faisait nuit, nuit noire à part le feu – qui avait auparavant paru condamné à mourir dans le froid & la pluie – et qui à présent grondait & tournoyait, énorme & impétueuse présence rouge de trois mètres de hauteur & d'au moins le même rayon, emplissant notre grotte de jaillissements de lumière jaune.

Traqueur Marks, Sally Deux-Sous, les enfants & les chiens – tous avaient disparu. Une odeur de fumée – mais assez familière – m'a chatouillé les narines & rappelé l'odeur particulière de moisi que j'avais respirée en pénétrant pour la première fois aux Archives.

De l'autre côté du brasier j'ai vu Sally Deux-Sous danser avec les enfants. Elle avait abandonné ses vêtements européens & à part un collier de corde de boyau barbouillé d'ocre rouge & une bande de peau de kangourou enroulée plusieurs fois autour de sa taille à laquelle le minuscule crâne était maintenant attaché, elle ne portait rien d'autre que de l'ocre rouge barbouillé sur le visage & la toison pubienne, celle-ci ressemblant à des copeaux de fer rouillé attirés par l'aimant de sa vulve. Ses cheveux avaient été enduits d'une épaisse pommade d'ocre rouge & de graisse, coiffés en écailles imbriquées comme celles d'un poisson. Les enfants étaient semblablement nus & semblablement décorés.

En faisant le tour du feu pour les rejoindre, j'ai senti quelque chose me heurter l'épaule puis tomber à terre. Je me suis arrêté, je me suis retourné & j'ai regardé. Sur le sol à côté de moi, au bout d'un moignon fumant d'avant-bras, se consumait une main noire.

L'ÉCREVISSE

Le Roi Canut – Un autodafé des antipodes –
Départ de Sally Deux-Sous – Métamorphose –
Foyer de crânes – Cantique des Cantiques –
Hutte à coupole – Le salaire de la lecture –
Journal de Brady mangé – Univers de l'horreur,
infinité de l'amour – Clucas en tête –
Sa perfidie récompensée.

I

Pressentant une horreur imminente, j'ai fait halte & demi-tour & j'ai regardé. D'abord j'ai refusé de croire au témoignage de mes sens. C'était un trouble de la vue & de l'esprit & je me méprenais sur la forme infiniment fluide des flammes. Mais plus j'ai regardé, plus j'ai su qu'il ne pouvait y avoir de méprise.

Car au milieu du feu, assis droit comme un i à deux mètres de hauteur, flambait un rondin noir racorni, étayé par des branches en feu empilées de tous les côtés. Le rondin charbonneux était un Roi Canut noir assis sur son trône, tranquille comme Baptiste, tandis que, jaune & bleu, une marée de flammes montait autour de lui toujours plus haut. J'ai cillé des yeux – une fois, deux fois – mais il n'y avait pas à s'y méprendre. Le Roi Canut était Traqueur Marks, bel & bien mort, & c'était là sa crémation.

Le dandy noir, sa toux sèche à jamais apaisée maintenant au

cœur du feu dansant, était en train de se calciner en une chose méconnaissable. Des flammes rouges l'enlaçaient comme des mains baladeuses qui serrent une taille, caressent une poitrine, cajolent un menton. Un bras se terminait en coude crépitant. Une oreille diffusait une douce lumière jaune comme une lampe à suif.

J'ai entendu un jappement & vu l'un des misérables chiens essayer de s'enfuir avec la main qui était tombée du corps de Traqueur sur moi & de là sur le sol. Un pied s'est abattu sur la main, un pied dont j'ai reconnu qu'il était heureusement non pas en feu mais en vie & appartenait à Sally Deux-Sous, laquelle s'est penchée, a arraché la main encore fumante de la gueule du chien, décoché un coup de pied à l'animal & d'une volée désin-volte relancé la main dans le feu.

Si le lecteur imagine qu'en cet instant Billy Gould a poussé un cri aigu ou perçant, il commettra une erreur grossière. S'il pense que Billy Gould a bondi hardiment, extirpé le corps de Traqueur des flammes & lui a ensuite donné une honnête sépul-ture chrétienne, il commettra une erreur encore plus grossière.

D'une part, j'étais incapable de faire mieux que continuer à tenir sur mes jambes. D'autre part, je n'ai jamais été homme à dire aux gens comment vivre leur vie &, d'après mon expérience personnelle, il ne paraissait pas déraisonnable d'étendre à pré-sent ce principe à la mort. Je m'étais déjà mêlé du sort de deux cadavres, & l'un s'était transformé d'un tas de merde en un système scientifique, tandis que l'autre était devenu un sage vis-queux. Il m'était devenu clair que nul avantage scientifique ou spirituel ne peut se tirer d'une ingérence dans les affaires des morts. Et en outre je trouvais que Traqueur avait plutôt l'air content au sommet de son feu de joie, telle l'étoile de Bethléem à la cime d'un arbre de Noël. Ce n'était pas beau & ce n'était pas laid. Ce n'était pas bien & ce n'était pas mal. Ça sentait comme j'espérais que Castlereagh le ferait un jour.

Je me suis rendu compte que Sally Deux-Sous m'observait. J'ai senti la chaleur du feu sur mon visage & j'ai vu les flammes peindre leurs turbulentes feuilles de lumière rouge & d'ombre noire sur son corps, son visage, ses yeux noirs embués de larmes. D'un petit panier en peau de kangourou suspendu à une ceinture en corde de boyau autour de sa taille, elle a tiré un morceau d'ocre rouge qu'elle a réduit en poudre dans la paume de ma main, puis pétri avec de la salive, sans cesser de répéter de tout ce temps les mots *Ballewinny – ballewinny – ballewinny*, ni de pleurer de tout ce temps, le visage crispé & convulsé tremblant dans cette lumière bondissante, ni de m'observer, & moi je regardais seulement par intervalles son travail avec l'ocre rouge lubrifié de salive, trop embarrassé pour faire autre chose, même quand elle a porté un doigt barbouillé de rouge sur ma joue & commencé à me couvrir le visage de marques.

En m'enduisant d'ocre elle me considérait comme si j'étais un ami perdu depuis longtemps, comme si j'étais son homme, son frère, son père, ses fils, tous ceux qui avaient précédé Traqueur Marks, pour qui elle s'était enduit le visage d'ocre & le corps de charbon de bois afin de les pleurer au fur & à mesure qu'ils avaient péri du catarrhe, de la petite vérole, de la chaudepisse ou d'une décharge de mousquet, comme si nous partagions une chose qui transcendait nos corps, nos histoires & nos avenirs, & comme si en me marquant ainsi à l'ocre rouge je pourrais en quelque sorte comprendre aussi quelque chose à tout cela.

Mais dans la danse de lumière & d'ombre du feu avec les barbouillages de mort & de vie sur mon visage & les mystères secrets dont ils parlaient, je n'ai eu d'autre intuition que celle de ne rien comprendre.

La femme noire s'est détournée, a empoigné une grosse branche & l'a abattue avec force sur la tête de Traqueur Marks dont elle a fracassé le crâne & exposé au feu la cervelle en parfait état. Puis elle a accompli le tour du corps avec la branche, fourrageant, soulevant, enfonçant, apparemment résolue à ce que Traqueur soit réduit en cendre de la belle façon.

Après quoi elle s'est mise à chanter & les enfants se sont joints à elle, les enfants à l'unisson & elle une octave plus haut, en si parfaite harmonie que sans comprendre un seul mot j'ai été profondément ému.

C'est en cet instant où je tentais de me défaire du sentiment de frustration suscité par mon incompréhension des paroles de son chant, mais non sans être pénétré du soupçon terrifiant d'en comprendre effectivement trop bien chaque mot, que cette femme aux nombreux noms, que je ne savais plus comment appeler, s'est retournée & a entrepris d'arracher les pages d'un livre & de les jeter dans le feu.

J'ai levé les yeux & j'ai vu que la tête de Traqueur, tournée vers le nord, était enveloppée de feuilles des registres de forçats, lettres, rapports & règlements, tous réduits à présent au rôle de combustible d'un bûcher funéraire, éclatant en flammes & puis s'élevant & flottant autour de la tête gaiement calcinée de Traqueur, leurs pages voltigeantes fugitivement illuminées par la lumière de l'oreille de Traqueur avant de s'évanouir dans la nuit sous forme de carbone désintégré.

Lorsqu'elle est arrivée du côté du feu le plus proche de moi, j'ai vu que tout en dansant Sally Deux-Sous n'avait cessé d'alimenter le feu de pages arrachées avec une extrême frénésie aux registres.

Les registres !

Les registres que j'avais traînés pendant tant de jours avec moi au prix d'un si grand sacrifice ! Les registres avec quoi Brady allait nous libérer ! Les registres qui avaient tué Jorgen Jorgensen & pour quoi j'avais risqué ma vie & Capois Death donné la sienne par mégarde...

Je me suis élancé sur elle & emparé du livre qu'elle était en train de déchirer & de jeter dans les flammes, résolu à me battre pour sauver au moins un volume de la folie furieuse de son autodafé des antipodes, mais à ma surprise elle n'a offert aucune résistance à ma soudaine attaque & a seulement lâché prise.

En tentant d'étouffer le feu qui rongeait la tranche du livre, j'ai aperçu certains mots illuminés par les flammes. À la lumière du brasier j'ai lu des phrases qui ne rimaient à rien, à propos d'un achat de chaises en expiation futile de péchés non spécifiés mais très réels. Puis le feu a gagné la page jusqu'à ma main & la page, déjà volante, est tombée dans le feu. J'ai relevé les yeux sur Sally Deux-Sous mais elle continuait à fixer le livre, dont j'ai alors lu ce qui en était désormais le début, une page à moitié déchirée, dont les premiers mots lisibles étaient :

« ... car je suis William Buelow Gould, âme noire, yeux verts, dents écartées, cheveux hirsutes, boyaux chignards, & je veux peindre des tableaux de poissons & capter en eux une âme de plus semblable à la mienne... »

Avec le vague sentiment d'une identification faussée, j'ai tourné quelques pages de plus & entrevu au passage des peintures de poissons & de la prose que j'ai pu identifier à plusieurs reprises comme mon œuvre & à d'autres comme de ridicules absurdités non sans une curieuse & parfois troublante correspondance avec la réalité de l'île Sarah.

Mais ce n'est pas avant que mes yeux se posent sur quelques lignes en bas d'une page au début du livre que j'ai éprouvé une sorte de panique.

« William Buelow Gould, ai-je lu, était né avec une mémoire mais sans expérience ni histoire pour la justifier & avait ensuite éternellement cherché à inventer ce qui n'existait pas avec la curieuse conviction que son imagination pourrait devenir son expérience & par là même expliquer & guérir son problème d'une mémoire inconsolable. »

Résolu à ne pas lire davantage de telles extravagances, j'ai déchiré cette page offensante & l'ai jetée dans les flammes, mais j'ai alors senti que mon souffle se faisait haletant & saccadé, que mon dos se couvrait d'une aigre sueur de peur & que dans mes boyaux mes tripes se mettaient à danser une gigue liquide.

Sally Deux-Sous a essuyé les larmes de ses joues & fait signe que le côté opposé du bûcher avait besoin de combustible. Rendu furieux par son manque total d'intérêt envers mes sentiments, j'ai décidé de ne pas lire un mot de plus, de commencer sur-le-champ à essayer d'effacer ce moment de ma vie.

Je repartirais à la recherche de Brady qui me dirait que tout ce à quoi j'assistais à cette heure était simplement le délire d'un homme perdu & mourant de faim dans les forêts sauvages de Transylvanie. Mais cela n'a servi à rien – Billy Gould ne pouvait échapper au soupçon croissant de s'être fait prendre au piège d'un livre & d'être devenu un personnage dont l'avenir autant que le passé était déjà écrit, déterminé, prédit, aussi inaltérable qu'intolérable. Quel autre choix avait-il que de détruire ce livre ?

J'ai arraché encore une douzaine de pages avec la dernière énergie & les ai jetées dans le feu, mais l'appel d'air des flammes les a soulevées & me les a rabattues sur la figure. En détachant de mon nez une page partiellement brûlée je n'ai pu m'empêcher de lire :

« Sur le sol auprès de moi, au bout d'un moignon fumant d'avant-bras, se consumait une main noire... »

Avec une violence extrême, j'ai froissé la page & l'ai jetée sur le feu, avec pour seul résultat l'apparition sur la page suivante d'une peinture d'écrevisse. Elle avait l'air exécutée à l'imitation parfaite de mon style. Essayant désespérément d'éviter la conclusion que si ce livre des poissons était une histoire de la colonie, il pouvait tout aussi bien en être la prophétie, je me suis alors avisé que ce livre était loin d'être achevé, qu'il contenait encore plusieurs chapitres, & avec une terreur croissante j'ai lu sur la page suivante que – « Je me suis avisé que ce livre était loin d'être achevé, & avec une terreur croissante j'ai lu sur la page suivante que – »

II

– Geste étrange mais qui ne m'était plus inexplicable, j'ai alors laissé *Le Livre des Poissons* tomber tout entier dans ce brasier infernal & me suis mis en devoir d'aider la femme noire à lacérer les autres livres & nourrir le feu de leurs pages déchirées.

Au bûcher ces descriptions de tant de passés individuels, leur idée implicite d'un seul & unique avenir – & quels cris de joie poussaient ces flammes voraces ! Comme me l'avait dit Pobjoy il y avait si longtemps, les définitions appartiennent à leur auteur, non à leur objet, & je ne souhaitais plus avoir ma vie & ma mort prédites par autrui. J'en avais trop enduré pour être réduit à une idée. Sur ce bûcher j'ai alors jeté tant & tant de mots – absolument toute la littérature mensongère du passé qui m'avait entravé & assujetti aussi sûrement que les colliers à pointes, fers, biseaux acérés, chaînes, boulets & boule à zéro qui m'avaient si longtemps privé de ma liberté de parole & des histoires que j'avais besoin de raconter.

Je ne souhaitais plus lire de mensonges sur qui j'étais & pourquoi. Je savais qui j'étais : j'étais le passé qui avait été fouetté sur le triangle, mais je suis le flagellateur qui trempe le chat dans le seau de sable pour accroître la morsure des neuf queues ; j'étais le passé qui tombait avec un cri étouffé par la trappe en bois vert du gibet, mais je suis le bourreau qui se balance au bout des jambes du mourant ; j'étais le passé acheté, enchaîné & violé par les chasseurs de phoques, mais je suis le chasseur de phoques qui oblige la femme noire à manger ses propres cuisse & oreilles.

Sur le feu j'ai jeté ces livres de trahisons, rumeurs fantastiques, histoires un peu vraies & surtout fausses, ces livres au fond desquels des traîtrises grandes & insignifiantes nous cachaient notre honte d'avoir été transformés en prisonniers & en geôliers. Ni nous ni nos enfants ni leur progéniture infinie n'oublierions jamais cette honte, longtemps après que le souvenir de sa cause serait perdu. Sur le feu j'ai jeté *Crania Tasmaniae* – ces belles lithographies de crânes volés & elles aussi ont dansé autour du cadavre calciné. Sur le feu & dans son cœur vorace nous les avons entassés tous, tous ces mensonges qui obscurcissaient les mystères, les clefs, les échos, les questions & les réponses, afin de nous évader pour de bon, pour de vrai & pour toujours de cette prison ; sur le feu nous avons encore & encore & encore lancé tous les registres jusqu'au dernier, toutes les feuilles volantes, & tout a brûlé encore & encore & encore.

Au début tant de papier humide a seulement étouffé le feu, mais bientôt les flammes ont réapparu & le feu est redevenu une énorme boule, comme si le Système était un dragon juste occis, au dernier souffle apocalyptique, comme si un millier d'esprits en furie étaient lâchés. Le feu a hurlé, crépité, lancé des geysers d'étincelles très haut dans le ciel nocturne, & le bush à l'entour s'est brillamment éclairé d'un rougeoiement dansant.

L'énorme feu s'est déchaîné & puis les buissons voisins sont entrés en combustion spontanée sous l'effet de son souffle de sorcière & le ciel nocturne s'est mis à vibrer au son grandissant de sa plainte de sorcière. Le feu a commencé à se propager & les genévriers avoisinants & puis la forêt au-delà ont été en flammes & puis tout a été en feu à perte de vue & sans le vouloir, sans y penser, je me suis mis à danser avec la femme, inondé de la sauvage lumière ocre rouge du brasier infernal.

J'ai traîné mes jambes ulcéreuses atrophiées en une piètre mais précise imitation de ses bonds & de ses sauts, & avec elle & les enfants j'ai dansé tant de choses si profondément enfouies dans mon âme que j'ai eu l'impression d'un véritable feu purificateur. C'était une joie & c'était une tristesse & c'était inexplicable. C'était le tisserand & ma pauvre mère, c'était Audubon & tous les oiseaux tués par lui, le Vieux Gould & la fille du Vieux Gould, Voltaire & Mme Gottliebsen, le Chirurgien & les poissons, le Commandant & Towtereh, Capois Death & son bien-aimé Tommy, les potorous & le Traqueur. Nous dansions une chose au-delà des mots. Mon corps s'était pris d'une vie sauvage si distincte de moi que j'ai craint que mes misérables vieux os ne se brisent & n'éclatent au cours de cet étrange labourage sans fin de la terre.

Au bout d'un long moment, quand les flammes eurent gagné les chaînes & les gradins des montagnes dans le lointain, que seules des cendres chaudes demeurèrent autour de nous & que la fumée déploya ses panaches au pied des crêtes reculées dans la lumière de l'aube, j'ai regardé la femme noire rassembler les cendres du défunt Traqueur Marks & les arroser d'eau pour faire une boue grise & grumeleuse, dont elle a alors enduit ses enfants & elle-même. Ainsi parés dans la nuit de leur chagrin, ils se sont préparés à s'en aller vers un matin auquel elle semblait décidée à ne pas renoncer.

« T'inquiète, Traqueur il va en Angleterre, dit-elle. Traqueur il est numminer négro maintenant.

— Il est mort, dis-je. Quand on est mort on ne renaît pas anglais.

— Numminer ! s'écria-t-elle. Traqueur numminer ! Gould numminer mais longtemps avant tu étais Palawa. » Et, le bras tendu, elle a décrit en l'air un vaste arc de cercle sur le ciel de l'aube, pointant le doigt sur moi pour commencer, & pour finir sur l'autre fin de son monde, désignant la terre calcinée.

« Longtemps avant, dit-elle, tu étais nous. »

Je l'ai regardée & puis je n'ai plus pu le faire, & alors j'ai regardé le sol jonché de cendre & raclé par la danse.

« Gould, tu viens », a-t-elle dit.

J'ai enfoncé les orteils dans la cendre & je me suis senti frémir, la gorge serrée.

Elle a dit, « Reviens, pote. »

III

Mais moi dont l'obsession avait été le passé & ses chroniques, je me suis trouvé sans ni le désir ni l'énergie de suivre Sally Deux-Sous dans l'avenir.

Je les avais regardés s'éloigner – cette femme dont je n'avais jamais su le nom & ses enfants crottés dont l'un pouvait être le mien – dans la forêt calcinée encore fumante. Peu après leurs formes nues ne se distinguèrent plus des arbres morts en cime & des baliveaux, tous brûlés, qui hérissaient cette belle contrée noircie.

Je suis alors parti face au vent d'est, dans la direction opposée à celle qu'elle avait prise & au feu qui montait vers l'ouest, muraille grandissante de fumée reculant dans mon dos. J'ai traversé un pays alpestre de landes & de petits arbustes en me dirigeant toujours vers le pic du Bonnet du Français. N'étant plus encombré par le traîneau & les livres, je me suis aperçu que même dans mon état de faiblesse je progressais beaucoup plus vite.

Au milieu de l'après-midi je suis arrivé à un ruisseau en pente raide. Il se jetait à quelques centaines de mètres de là dans un lac alpestre, un petit loch niché dans la paume d'un vallon montagneux. En son étiage ce ruisseau n'était guère davantage que la plus charmante cascade & se coulait autour de gros rochers sur l'un desquels une créature chatoyante de reflets variés de vert & abricot était occupée à s'extraire d'une grosse carapace d'un bon mètre de long.

Pendant quelques instants je me suis demandé ce que c'était, puis j'ai reconnu une écrevisse du type de celles que les forçats attrapent parfois dans les rivières. Elle dépouillait sa carapace & émergeait plus neuve, plus grosse & pourtant la même. J'ai regardé la carapace translucide que l'écrevisse était en train d'abandonner & me suis émerveillé de sa métamorphose, de son pouvoir magique de sembler une chose & en devenir une autre, de sa faculté de déserter une image d'elle qui n'était plus elle.

J'ai songé à essayer de l'attraper, car sa chair est très fine. Mais dès que j'ai lancé une pierre grosse comme le poing, l'écrevisse a sauté dans l'eau en arrière. La pierre a atterri avec un bruit futile là où l'écrevisse était installée l'instant d'avant & il n'est demeuré que des suggestions de ce qui avait été : la carapace dans laquelle elle avait vécu, une ombre humide là où elle s'était tenue, un tourbillon d'eau glougloutante dans lequel elle avait disparu.

J'ai renoncé & continué mon chemin. Après le lac j'ai traversé un bosquet de genévriers & débouché dans une clairière où se dressaient une douzaine ou plus de constructions à coupole disposées en cercle. À leur forme de grosse ruche & au soigneux tressage élaboré de leur toit de leptosperme & d'herbe, j'ai reconnu que c'étaient des chaumières de moricauds & que le lac était le site d'un de leurs villages.

Mais il n'y avait pas de moricauds.

Il y avait au centre du village un vieux foyer dont la cendre sale était recouverte d'une croûte de lichen, & que parsemaient, comme en explication, des monceaux d'ossements & une foule de crânes humains depuis longtemps nettoyés de toute chair par les animaux, les oiseaux & les insectes. Des débris d'ornements féminins pourrissaient sur certains ossements, d'ornements masculins sur d'autres. Des crânes avec un ou parfois deux petits trous, que j'ai attribués à des balles de mousquet. Des crânes à l'arrière broyé là où les diables les avaient croqués pour atteindre la cervelle. Des crânes blanchis & des crânes revêtus de mousse verte. Des gros crânes. Des petits crânes, sans dents, translucides comme du parchemin.

IV

J'étais couché sur le sol, pantelant, tremblant convulsivement de peur. La terre des montagnes me cernait du doux poids de la mort. Mon corps s'alourdissait de plus en plus, ma tête était de pierre & au-dedans de moi une voix insistante me taraudait, m'attirait vers le fond, m'exhortait à dormir – dors, dors, petit Billy. Les yeux emperlés de larmes, j'ai confusément remarqué à quelques mètres de moi l'entrée d'une des grandes huttes à coupole, un trou bas de trente centimètres de largeur & de moins du double de hauteur.

J'ai rampé à plat ventre du foyer des crânes vers cette étroite ouverture, traversée cruelle & pénible d'un terrain jonché de plumes d'émeu & d'os brisés de cet oiseau majestueux aussi bien que de kangourous & d'opossums. Je me suis hissé sur des sacs d'herbe au tressage élaboré, écrasant sous moi des petites plantes qui avaient commencé à pousser à travers leur nattage pourri.

J'ai fait une pause dans mon infiniment lente progression pour me reposer, & j'ai vu que les lettres de toutes mes prières d'enfant rebondissaient & se reformaient sur le sol en feuilles éparses arrachées à la Bible, enduites d'ocre rouge. En examinant certaines de ces feuilles j'ai découvert qu'elles contenaient des passages tels que « Je suis noire, mais je suis belle, Ô filles de Jérusalem » & « Ton nombril est comme une coupe faite au tour, où il ne manque jamais de liqueur à boire. Ton ventre est comme un monceau de froment, tout environné de lis » ; le genre de balivernes dont on use pour arriver à ses fins avec une dévergondée comme la femme du tavernier. Mais j'ai trouvé la citation si singulièrement inadaptée à mon cas que je n'ai pu m'empêcher de blasphémer, & si peu applicable à ma situation que je me suis mouché dedans. Vu que j'avais envoyé à Dieu 26 lettres en maintes occasions – il y avait longtemps, il faut le reconnaître – j'ai pensé que Dieu aurait pu faire un peu mieux que cela. La dernière page que j'ai regardée se trouvait devant l'entrée de wombat de la hutte. Elle était encore plus hors de propos. « J'ai dit touchant le ris (disait-elle) : Il est insensé ; & touchant la joie : De quoi sert-elle ? »

Merde alors. Je l'ai jetée. Après avoir finalement rampé à l'intérieur de la hutte j'ai été submergé par une fécondité d'odeurs – puanteurs humaines & animales, fumée & viande cuite, pourriture & repousse, mais surtout pourriture – qui m'a retourné l'estomac. J'ai voulu vomir mais les potorous de Traqueur Marks ont refusé de quitter mes boyaux & ma gorge s'est seulement remplie de bile brûlante. J'ai fait rouler l'épave délabrée de mon corps sur le dos. Pendant un long moment je suis resté étendu non loin de l'entrée basse, épuisé, patraque, essayant de vider mon cerveau, mes yeux s'acclimatant à l'obscurité.

Une salle spacieuse, étonnamment confortable, remarquablement chaude & sèche, est apparue lentement autour de moi, assez vaste pour loger peut-être vingt personnes, mais n'abritant maintenant que deux potorous & un chat tigre qui ont détalé après mon entrée.

J'ai eu l'impression d'être blotti dans le nid sens dessus dessous d'un gigantesque aigle de mer, car les murs de la coupole s'incurvaient autour de moi, couverts de plumes à bout jaune soufre de cacatoès & de plumes noires comme le jais de currawong à l'œil mauvais. Çà & là des peaux de bêtes étaient fixées avec des piquets sur le mur tapissé de duvet. Sur le sol autour de moi se trouvaient des pierres coupantes du genre de celles qui servent d'outils aux moricauds, le dos d'un miroir & ce qui semblait être une platine à silex martelée jusqu'à obtenir un petit outil affûté comme un couteau. De même que mes yeux, mon nez a commencé à s'acclimater & les odeurs fortes d'abord si pénibles se sont faites réconfortantes, à mi-chemin entre la viande qui refroidit & le retour à la maison.

Je me suis dressé sur mon séant. J'ai contemplé le foyer éteint au centre de la hutte pendant un long moment, plongé dans le désespoir, car qu'allais-je faire maintenant ? Être venu si loin, uniquement pour avoir toutes mes archives brûlées. Admettre que je ne pouvais plus continuer. Ne plus me soucier de vivre ou de mourir, encore moins de trouver Brady. Mes réserves, ma force, ma vie même paraissaient dépensées dans une mission chimérique qui n'avait abouti à rien d'autre qu'à une désillusion suprême.

Mon dos parcouru de convulsions était une masse de nœuds cruels toujours plus étroitement crispés. Les articulations de mes jambes étaient comme des rochers broyés les uns contre les autres. La tête me tournait sous l'effet d'une légère fièvre. Glacé, vieilli, seul dans une contrée dont aucun homme blanc ne connaissait l'existence sur une carte, & encore moins dans son cœur, au-delà de toute rédemption dans la hutte en plumes d'un moricaud. Il faisait chaud, mais un froid terrible & violent m'a envahi. Je me sentais parfaitement immobile & pourtant je tournais éperdument en rond à l'intérieur comme à l'extérieur de mon corps. Avec une clarté inattendue j'ai su que j'étais mourant & que, si je ne faisais rien, avant qu'il soit longtemps peu m'importerait de mourir. Je me suis retrouvé luttant contre la mort &, pis encore, contre mon désir de vivre.

J'avais si peur.

J'ai résolu de prier Dieu.

J'ai résolu de tout Lui confesser.

Je me suis éclairci la gorge en toussant gauchement. Je me suis hissé dans une position qui me paraissait digne & mis à genoux. Je laisserais simplement tout se déverser, des habitudes d'ivrognerie de Castlereagh aux horribles dents d'Ackermann & à mille & une autres choses, ce serait une expérience terrible, finalement, de tout dire & de ne plus rien garder pour soi.

« Dieu », ai-je commencé & ma prière de confession s'est déroulée comme suit –

V

« A-B-C-D-E-F-G-H-I-J-K-L-M-N-O-P-Q-R-S-T-U-V-W-X-Y-Z. »

VI

Ce fut une merveilleuse arche que cette confession & j'y ai mis vraiment tout ce que je savais, afin qu'ils puissent tous vivre, les plantes, les oiseaux, les poissons & les animaux que j'ai aimés, sans parler de la mauvaise haleine du Commandant, des splendides aréoles de Mme Gottliebsen & de la danse de Sally Deux-Sous, & le tout n'avait que 26 lettres de long.

Mais cela n'a fait aucun bien – quelle prière le fait jamais ? Et n'étant plus capable de rester à genoux sur le roc de l'église, je vacillai-tombai-rêvai-étreignis la terre.

VII

Je serais probablement mort très peu après si ma chute n'avait été des plus inconfortablement interrompue par un petit cairn de rochers tachés d'ocre. Quand je me suis retourné, gémissant sous la morsure d'un nouvel ensemble de contusions & de douleurs, ce fut pour remarquer, émergeant du cairn à moitié écroulé maintenant, un livre.

À ce stade rien n'aurait pu être plus de nature à me déprimer que la funeste perspective de lire, car lire était devenu pour moi uniquement source de déception & de désillusion, d'une opération qui semblait mettre ma vie sens dessus dessous, m'ébranler & m'affliger sans comparaison possible & me faire penser que tout ce que j'avais jusque-là tenu pour certain en ce monde était maladroit & faux.

J'ai compris le sentiment que Mme Gottliebsen eût éprouvé si je n'avais découvert Voltaire juste à point. Le même que moi avec les livres. Celui d'être une dupe.

Après tout, c'était la lecture de tous ces romans & aventures dans sa jeunesse qui avait causé la perte de Jorgensen en lui faisant accroire qu'il pourrait refaire le monde à l'image d'un livre. C'était la lecture des missives imbéciles de Miss Anne qui avait précipité le Commandant dans ses folies ; & c'était la lecture de tous ces ouvrages de Linné & de Lamarck qui avait fait

accroire au hérisson de mer qu'il avait la mission sacrée de procéder à une nouvelle classification du monde qui ne devait
jamais aboutir qu'à le classer lui-même comme l'exemple
suprême de crâne noir dégénéré.

C'était l'absurdité de toutes leurs lectures & puis moi aux
Archives fouinant stupidement dans des livres que je n'aurais
jamais dû ouvrir, qui m'avait conduit dans cette mauvaise passe
où j'allais mourir seul dans une forêt sans nom.

J'ai pensé : Seul un crétin y toucherait.

Mes doigts ont caressé l'invite poussiéreuse de la couverture.
J'ai retiré ma main & levé les yeux au plafond, les détournant
de ce misérable livre qui dépassait des pierres & se gaussait de
moi, comme, il y avait si longtemps, la femme du tavernier derrière le comptoir, avec son silencieux & provocant viens-çà. J'ai
roulé sur le côté, tendu la main & dispersé ce qu'il restait du
cairn, & retiré le livre de la pierraille sèche.

Ce n'était pas un grand & gros tome du genre de ceux dans
lesquels Jorgen Jorgensen avait réinventé l'île Sarah, mais un
petit volume de fabrication grossière. Ses pages semblaient rudimentairement brochées avec de la corde de boyau, que je reconnus pour avoir été tendue & assouplie à la mode indigène de la
mastication. Sa couverture – en peau de wallaby comme le reste
du livre – était tachée d'ocre rouge comme celui, je m'en rendis
compte en me touchant la joue, qui me restait encore sur la
figure, là où la femme noire l'avait enduit.

J'ai pensé : Seul un fou l'ouvrirait.

Le livre s'est ouvert dans ma main tendue & sur la première
page, d'une écriture qui m'a paru étonnamment enfantine, figurait le nom –

Matt Brady.

J'ai pensé : Je ne peux pas supporter de lire ce qui suit.

Quand j'ai eu terminé ma lecture j'ai respiré profondément
pendant un certain temps. J'ai senti des picotements sur tout le
corps & mon souffle est devenu court. Puis des sanglots, que
j'ai tenté d'étouffer en m'enfonçant le poing dans la bouche, ont
éclaté comme d'étranges bulles âcres montant dans un pot brûlant. J'ai essayé d'empêcher ma tête de frémir.

J'ai senti seulement un immense vide se creuser. Une grande désillusion. Le temps... mais c'était le cadet de mes soucis, désormais, *le temps* ! Peut-être qu'il s'arrêta, ou s'ébranla, ou dansa, ou s'endormit, ou s'en alla à la taverne se régaler de Soupe de Voyou. Ma nausée décrut un peu. La faim – incessante, inévitable – m'assaillit de nouveau. Je me suis fourré la couverture en peau de wallaby dans la bouche & j'ai essayé de manger le livre, autant pour m'en débarrasser que pour apaiser mon ventre.

Mais en vain, car le livre était aussi immangeable qu'il était incompréhensible. Comment faire saisir la futilité de ce que j'avais lu ? La meilleure description que je puisse en donner, je suppose, est que c'était une sorte de journal intime écrit avec ce que l'auteur prétendait être du sang de kangourou, dont j'ai alors remarqué un petit encrier en terre cuite encore posé au milieu des pierres dont j'avais extrait le journal.

C'était un fourre-tout à dire vrai. Il y avait des observations sur les mœurs & les coutumes des moricauds qui me paraissaient sans intérêt. Il y avait d'interminables & fastidieuses blagues vulgaires qui vidaient jusqu'à la dernière goutte le peu d'humour qu'elles pouvaient jamais avoir eu. Il y avait des passages qui constituaient, je suppose, une philosophie personnelle : divers lieux communs sur le thème de l'amitié tels que « L'amour ne peut vivre sans le pardon continuel des péchés » & autres inepties du même type. Des recettes de cataplasmes & potions médicinales du bush. Des observations sur les animaux & les oiseaux. Le currawong. Le dasyure. L'aigle de mer. Le tigre. N'avait-il pas de fusil ? Ne pouvait-il comme Audubon avoir au moins la décence d'en tirer un ou deux & d'en faire quelques mauvaises peintures ? Non. Son style était trop fruste. « Le pitohui lance son joli chant comme s'il avait perdu un vieux pote il chante Jo la Malice ? Jo la Malice ? » Il était sans ambition. Chaque fois qu'une pensée ou une observation le submergeait, au lieu d'essayer de la conclure, il se contentait de noter « Encore & encore, en rond & en rond » comme si l'idiotie était de règle pour les conclusions.

J'ai vainement cherché dans ces pages, tantôt rigides &

épaisses, tantôt aussi minces & légères qu'une fleur pressée, des consignes pour une jacquerie, la mention d'une rébellion, des projets de révolution, ou même quelque chose approchant l'ébauche d'un soulèvement orchestré, le brouillon de la déclaration d'indépendance de la république, n'importe quoi de susceptible de menacer fondamentalement le Système.

Il n'y avait rien.

Seulement, page après page, l'affirmation des plus pathétiques de l'amour d'un homme blanc & d'une femme noire, qui m'a laissé nauséeux. En un endroit l'aparté typiquement cryptique : « Aimer n'est pas sûr. »

Et que cela signifiait-il ?

Je n'en avais pas la moindre idée.

L'encre était desséchée & les rêves ne traitaient que de l'amour de Brady pour une femme noire, de la construction d'une maison d'homme blanc, femme noire, résultant en une chose différente des deux, ornée de plumes de puffin & de cygne noir, avec un vaste jardin potager où lui & elle pourraient vivre une longue existence en connaissance du lieu, de l'un de l'autre & de leurs enfants, & vieillir ensemble.

Aimer n'est pas sûr. Cercle entier, homme noir. Cercle divisé en deux, homme blanc. Réellement c'était juste comme Descartes, ou bien Descartes était réellement juste comme eux, lui pensant en tourbillons & eux en cercles, & le tout d'une égale absurdité. L'amour. Le pardon. L'amour, l'amour, l'amour, ai-je pensé – est-ce là tout ? est-ce bien ça ?

À part une recette de petits pâtés de kangourou, ce l'était.

J'ai fermé le livre.

Qui était ce Brady ?

Il m'est apparu qu'il pouvait avoir été Traqueur Marks. Ou René Descartes. Ou qu'il pouvait avoir été la femme noire dont je n'ai jamais appris le nom. Je me suis même demandé s'il n'était finalement qu'une idée, mais alors son histoire appartiendrait en fait au domaine de la littérature & non à la présente relation véridique qui ne traite que de la réalité des poissons.

Et qu'était-il arrivé ?

Avait-il tué les noirs qui vivaient dans cette hutte à coupole

LE LIVRE DE GOULD

LE LIVRE DE GOULD

LE LIVRE DE GOULD

& ses voisines ? Ou bien avait-il été tué avec eux ? Était-il condamné à des enfers du type de ceux décrits par Pline l'Ancien dans le livre que j'avais trouvé empalé sur l'épée du vieux Danois ? Devait-il vivre avec les Monocoles, les Astomes & tous les autres êtres fabuleux ?

Je me suis retourné sur le dos, épuisé au-delà de toute mesure, tout espoir finalement anéanti.

VIII

Je me suis préparé à mourir.

Pendant plusieurs heures j'ai simplement laissé mes regards vaguer à l'intérieur de la hutte & observé la texture du chaume de leptosperme, le revêtement de plumes, décor si rude, si doux, que je me suis représenté la hutte comme de vieilles mains noueuses métamorphosées en ailes arrondies autour de moi, & la couleur tabac brun grisâtre du tout, venant, je suppose, de la fumée qui avait dû autrefois s'exhaler des braises à présent noires & mortes au centre de la hutte.

Des peaux de wallaby, d'opossum & de dasyure étaient accrochées aux murs à des angles inhabituels, comme si elles allaient pour un temps reprendre leur forme originelle de bêtes & sauter à terre. J'ai regardé les dessins peints sur ces peaux avec des graisses teintées d'ocre rouge & de charbon de bois, & j'ai vu des tigres, des diables & des kangourous, des parties de chasse, des danses d'hommes & de femmes, la lune sous toutes ses apparences, & ils avaient tous, j'ai dû l'admettre, un certain pouvoir hypnotique.

J'ai décroché les peaux & les ai placées sous moi & sur moi. Je me suis roulé en boule, & kangourous, wombats, diables, danseurs, chasseurs & lune ont parcouru ladite boule d'histoires que je n'avais aucun moyen de comprendre. Dans la sereine obscurité de la hutte à coupole tapissée de plumes, recouvert de contes incompréhensibles & le livre d'amour indigeste de Brady à côté de moi, je me suis finalement endormi.

Telle l'écrevisse sautant en arrière dans l'eau après avoir

abandonné sa carapace, je me suis préparé à abandonner la carapace de qui & quoi j'étais, & à me métamorphoser en autre chose. Comme en imagination j'ai vu une chatoyante arche de flamme bleue, à l'odeur de futaine roussie, que ces animaux dansants extirpaient de mes narines & lançaient violemment hors de la hutte, & j'ai finalement senti mon âme s'envoler.

Les histoires s'écrivent progressivement, les phrases doivent être posées les unes sur les autres comme des briques, pourtant la beauté de la vie en son infini mystère est circulaire. Soleil & lune, sphères tournoyant infiniment. Homme noir, cercle entier ; homme blanc, cercle divisé en deux ; la vie, le troisième cercle, encore & encore, en rond & en rond.

J'ai rêvé que je crachais sur la sépia de la croûte craquelée de sang de kangourou dans le fond de l'encrier de Brady, obtenant une encre écarlate, de la couleur d'une aurore brouillée. Dans ce sombre démon liquide j'ai trempé le bec d'une vieille plume d'oie avec laquelle j'ai alors écrit dans le journal en peau de wallaby de Brady, là où s'achevaient ses rêves & commençaient des pages propres & vides :

Orbis tertius,
mes premiers mots pour traduire ce troisième cercle en latin.

Et puis, finalement, déchirant la toile d'araignée d'une mémoire infinie qui m'avait enveloppé de son linceul, j'ai rêvé de l'homme que j'avais été – un forçat faussaire qui se donnait le nom de William Buelow Gould & qui, découvrant qu'en un seul hippocampe se trouve implicitement l'univers, que chacun a la capacité d'être quelqu'un, quelque chose, un autre, que Numminer est Palawa & Palawa Numminer, avait peint quelques peintures bizarres de poissons & puis était mort.

IX

J'ai volé des chants à Dieu.

317

X

Toujours endormi j'ai commencé à me demander si tout ceci n'était qu'un rêve & moi le rêveur, & si les nombreuses formes étranges de mon rêve ne pouvaient pas aussi n'être que moi. Se pouvait-il que le Commandant règne sur moi & que pourtant je fusse le Commandant ? Était-il possible que M. Lemprière m'ait ordonné de peindre les poissons & que pourtant je fusse M. Lemprière ? Et que tout en peignant les poissons je... ?

Mais il n'a pas été possible de continuer.

Il y a eu des hurlements, des jurons, le bruit lourd de pas, un cri de découverte, l'acide arôme ammoniacal de la peur excitée, le cliquetis subit de fusils à pierre. J'ai ouvert les yeux & vu des canons en étoile autour de ma tête comme si j'étais un oursin & les mousquets en joue, mes piquants. Ces armes à feu étaient brandies par des soldats pouilleux qui se nourrissent sur les fonds, de grands lourdauds de grondins aux joues colériques – plus rouges que leurs tuniques pourries – & aux yeux coquelicot. D'un seul mouvement, à ce qu'il me parut, j'ai été brutalement tiré de mon lit de peaux de bêtes & flanqué dehors. J'ai grogné, craché la tourbe qui m'était entrée dans la bouche en atterrissant si rudement, & levé la tête.

À côté de moi se trouvaient un bonnet en peau de tigre galeuse, les yeux morts de quelqu'un dont la tête terriblement ensanglantée semblait familière & plus loin le ridicule corps nu dont elle avait été séparée, finalement reconnaissable comme celui du *banditto*, traître, tueur d'enfants, violeur & chasseur de phoques, Clucas. Je ne savais pas encore qu'ayant rempli sa part du marché en fournissant plusieurs douzaines de barils de poudre, Clucas s'était vu rendre la monnaie de sa pièce, la mort. Mais lorsque j'ai levé les yeux plus haut j'ai su, sans voir son visage, le nom de son meurtrier. Car, éclipsant le soleil qui se levait alors dans le lointain, j'ai vu l'inoubliable & monstrueux gabarit de pis des énormes couilles de Musha Pug.

LE FORGERON ARGENTÉ

*Sur les perplexités du temps – Incendie de Nova
Venezia – Trahi par un mangeur d'opium –
Intuitions d'immortalité – Une éviscération – Mutinerie –
Le forgeron argenté détonne – Le ciel pleut rêves &
espérances & wagons de chemins de fer –
Contes d'amour, au prix de la mort –
Réflexions sur Rembrandt Van Rijn & divers autres
sujets – Les poissons complotent une vengeance.*

I

Billy Gould s'était réveillé étonné. Remuant la tête, il passa
la main sur son menton rugueux, se gratta dans tous les endroits
affreux où d'affreux poux le mordaient. Éprouvant le brusque
désir de bouger, ne serait-ce que pour se débarrasser momentanément de la démangeaison des poux & de l'insolence des rêves,
Billy Gould sauta sur ses pieds &, agrippant les barreaux en
hauteur, se hissa jusqu'au soupirail & regarda dehors. Soulagé,
je vis à l'entour la misérable magnificence de la Nova Venezia
du Commandant, & mon cœur se gonfla de gratitude envers
Musha Pug pour m'avoir ramené.

J'aurais dû savoir pourquoi j'étais là, mais en vérité je ne le
savais pas. Pour être franc, j'ai beau avoir peint tout ce que je
sais, il est clair que je ne sais que dalle. La somme de ce que

321

je ne sais pas, d'un autre côté, est vraiment impressionnante &
la bibliothèque d'Alexandrie serait trop petite pour contenir les
détails de toute mon ignorance. Je ne sais pas, par exemple,
pourquoi je vais à présent être pendu pour deux meurtres que je
n'ai jamais commis, & pourtant pourquoi personne n'est coupable du foyer de crânes. Je ne sais pas non plus pourquoi le
meurtre du Pudding ou de Jorgensen est tenu pour un crime,
alors que le meurtre d'un peuple est au mieux une question &
au pire un impératif scientifique. Il y a encore bien plus de
choses que je ne sais pas. Par exemple, pourquoi les gens lisent
Bowdler-Sharpe & rejettent les contes de fées comme absurdes.
Pourquoi un alphabet peut être contenu dans un monde, mais un
monde ne pourrait jamais être contenu dans un alphabet. Ces
choses et tant d'autres sont toutes des mystères pour moi.
Comment les bateaux flottent. Pourquoi nous organisons nos
vies en échelles tandis qu'autour de nous la terre décrit des
cercles. Comment le mortier prend. Pourquoi un homme frémit
tel un poisson au passage d'une femme. Comment les bâtiments
ne s'effondrent pas. Pourquoi nous pouvons marcher mais pas
voler. Pourquoi j'avais rêvé que je m'étais transformé en forêt
mais m'étais retrouvé au réveil en train de labourer la terre avec
ma bouche jusqu'à ce qu'elle heurte le bout des brodequins de
Musha Pug.

Quels qu'aient été leurs plus clandestins desseins, les argousins de Pug étaient officiellement partis en patrouille avec l'intention de recueillir des renseignements sur les mouvements de
Brady, & pendant un certain temps avaient cru dans ma forme
épuisée endormie avoir finalement capturé le grand homme en
personne. Je leur ai dit que j'avais effectivement rencontré celui
qu'ils cherchaient, & indiqué la direction opposée à celle que
Sally Deux-Sous avait prise.

« Croyais-tu que Brady pourrait te sauver ? s'esclaffa Musha
Pug en me flanquant un coup de pied dans la tête.

— Bien sûr », dis-je, parce que c'était ce qu'il voulait que je
dise, mais je savais maintenant que la vérité était tout autre.

Même s'il avait toutes les histoires du monde & de ses souffrances ouvertes devant lui, Matt Brady, quel qu'il soit & où qu'il soit, n'aurait pu nous sauver. Rien ne le pouvait. Ni la Science du Chirurgien. Ni la Culture du Commandant. Ni Dieu, qui est le temps infini. Et nous ne pouvions pas non plus nous sauver nous-mêmes. Il n'y avait pas de consolation dans le passé. Il n'y avait pas de consolation dans l'avenir. Il n'y avait pas de consolation même dans l'idée de salut. Il n'y avait que les brodequins de Musha Pug, & une fois qu'ils m'eurent allongé un coup de plus sur la joue & patiné sur la bouche, je les ai baisés. Je les ai baisés parce qu'ils étaient tout ce qu'il me restait à aimer.

II

Le soupirail auquel j'étais suspendu offrait une vue que je trouvais aussi splendide qu'instructive. En bas, sur la grossière jetée en planches de la chaîne de pêche, un gibet était en cours de construction, invitant nous autres âmes condamnées qui regardions d'en haut à concentrer notre esprit sur le repentir avant d'être ultimement perdus. Sous la jetée à marée basse quelques crânes & os délavés du peloton du Lieutenant Lethborg blanchissaient & se renfonçaient dans le sable. J'avais été conduit à ma nouvelle cellule – une cellule de condamné – après ma capture, pour attendre mon exécution imminente à huit jours de là.

Ce nouveau séjour n'était pas sans vertus. Il n'était pas inondé jour après jour & son plafond ne semblait pas risquer de s'effondrer. C'était l'une des trois cellules légèrement plus vastes du côté de l'île opposé aux principaux bâtiments de la colonie, & j'aurais pu être presque satisfait de mon décès imminent, n'eût été Pobjoy, qui à ce moment même prit l'initiative d'interrompre ma solitude splendide.

J'ai essayé de rester suspendu tel le Christ, mais il ne m'intéressait pas vraiment de souffrir pour mon compte, & encore moins pour celui du monde entier comme l'avait enseigné le vieux prêtre. Mes pauvres bras ne pouvaient plus supporter même un aussi misérable poids que le mien, & je suis retombé dans l'obscurité de ma cellule quand Pobjoy, toujours prêt à de nouvelles bassesses, annonça qu'il était venu rechercher l'attirail de peinture à l'huile. Jusqu'à cet instant j'avais cru que l'intérêt personnel de Pobjoy & son besoin d'approvisionnement permanent en Constable de forçat pourraient faire cause commune avec mon désir de vivre. Au contraire ; il m'a calmement signifié que mon exécution imminente ne le dérangeait plus.

« Je sens – » dit-il en entrant d'un air décidé dans la cellule & en s'emparant de l'attirail de peinture & de mes plus récents Constable de forçat, puis il se reprit : « Je *sais* que je suis plus que capable de continuer là où tu as cessé. »

Pour une fois je l'ai regardé en face. Quoique grand, il avait le museau rouge & rond avec un œil qui dit merde à l'autre, ce qui peut avoir expliqué ses illusions semblablement torves. Il avait la lèvre inférieure saillante & la mâchoire irritée, à vif là où il s'était mal rasé, comme la grosse gueule affreuse d'un forgeron argenté, &, sans pouvoir vous dire exactement pourquoi, je n'ai jamais vraiment eu de goût pour les forgerons. Ce sont des fauteurs de troubles.

J'aurais dû deviner à la façon canaille dont il portait depuis peu sa tunique rouge en partie déboutonnée, que l'Ardeur Redoutable s'était emparée de lui. Son désir était grandiose : « Je veux », dit-il, rejetant la tête en arrière d'un mouvement à la fois hautain & nerveux, comme s'il divulguait une passion illicite qui pourrait causer sa perte, « devenir un Artiste. » Je lui ai dit qu'il existait de pires ambitions, mais sur le moment j'ai été incapable d'en citer aucune.

Plus il parlait, plus sa face s'empourprait & plus sa tête allait d'avant en arrière. Plus la tête balançait & la face rougissait, plus ses lèvres sortaient comme pour surmonter un défaut de parole enfantin. Et plus ses lèvres s'allongeaient comme la gueule infiniment extensible du forgeron argenté, plus je me demandais s'il me racontait des choses ou bien essayait de me sucer quelque chose avec sa grande gueule, quelque chose de fondamental dont il pourrait avoir besoin pour aider à nourrir toute cette immense folie d'aspiration esthétique.

Puis, peut-être submergé par la nostalgie de temps plus heureux, il m'a roué de coups de pied. Après que je l'eus assuré qu'il avait tous les attributs nécessaires à une carrière artistique réussie, encore que ma bouche fût malheureusement trop enflée pour en dresser la liste au bénéfice de Pobjoy : la médiocrité ; une capacité à la violence envers tout rival potentiel ; le désir non seulement de réussir mais de voir ses confrères échouer ; une insincérité flagrante ; & une capacité à la trahison. La fortune aime la folie, ai-je tenté de dire, mais j'ai seulement réussi à baver du sang & des dents.

Puis Pobjoy a pleuré, disant qu'il avait toujours eu de la déveine, la déveine d'être enrôlé de force dans l'armée, puis la pire déveine d'être envoyé dans un avant-poste aussi lugubre que celui-ci, & la pire déveine de toutes d'être affecté à la garde d'imbéciles de mon acabit. Je me suis débrouillé pour refaire remuer mes lèvres & j'ai commencé à lui raconter une histoire pour essayer de le consoler de sa déveine, mais cela a paru seulement le remettre une fois de plus en colère & il m'a dit de la fermer.

« Je te ferai écarteler, a-t-il hurlé. Je te fouetterai personnellement jusqu'à ce que tu n'aies plus de peau sur le dos & que les queues du chat restent collées de l'autre côté à te chatouiller les tétins. »

Il a reniflé sa morve jusqu'à la refouler de son nez dans le fond de sa gorge & de tout son haut m'a glavioté à la figure.

« Es-tu vraiment aussi bête que ça, Gould ? »

Je savais bien qu'il ne faut jamais différer d'opinion avec l'Autorité, alors, tout en m'essuyant la figure avec la main, j'ai humblement avancé que je l'étais certainement.

« Ferme-la ! Ferme-la, espèce d'infâme crétin, ou bien es-tu crétin au point de ne pas comprendre que j'en ai jusque-là de toi & de toutes tes crétineries d'histoires ? Si tu dis un mot de plus, je recommence à cogner. »

Alors je lui ai raconté que j'avais connu autrefois un certain

Ned Hennessy qui venait des environs de Waterford, qui était simple d'esprit, & à qui ses amis décidèrent de jouer un tour. Ils prétendirent que l'un d'eux était mort & le mirent en bière, puis ils demandèrent à Ned Hennessy de le garder la nuit avec un pistolet au cas où les esprits de l'autre monde viendraient l'enlever. Puis, au beau milieu de la nuit, le cadavre se dressa brusquement & dit, « Salut, Ned ! » & Ned, qui avait peur du noir & avait glissé le pistolet dans son pantalon, tira sur son farceur de copain – bang ! – en plein dans le front.

« Ferme-la ! a dit tristement Pobjoy.

— Ned Hennessy, ai-je conclu, était un drôle de paroissien. »

Pobjoy m'a flanqué une rude peignée cette fois, avec les poings, la tête & même une paire de gnons avec la boîte de peinture, mais sans se donner la peine d'utiliser ses brodequins, & j'ai su qu'il n'avait plus le cœur à une telle violence, pauvre Pobjoy !

« Un homme tel que vous », ai-je commencé, mais j'articulais mal, du sang dégouttait sur mes mots, & il était difficile de voir grand-chose allongé par terre, « manifestement à la fleur de l'âge... » Mais j'ai entendu claquer la porte de la cellule & pousser les verrous, & en crachant la dernière de mes dents j'ai dû admettre que cela n'avait pas été une entrevue parfaitement agréable, que j'avais perdu mes peintures & que cette fois il se pourrait bien que tout fût fini.

III

Le lendemain matin, en me suspendant une fois de plus aux barreaux du soupirail & en regardant dehors, j'ai évité d'apercevoir le gibet en dirigeant mes regards sur les lointains panaches de fumée qui étaient chaque jour plus loin du Bonnet du Français & plus près de nous. Au début le reste de la colonie a fait peu de cas du feu qui augmentait en dévorant les grandes forêts inexplorées de myrtes & de pins que le Commandant n'avait pas vendus & les Japonais charroyés.

Personne ne m'aurait cru si j'avais raconté comment le feu avait commencé, & qui étais-je donc, je vous prie, pour en faire le récit ? Qui étais-je donc pour dire que l'incendie avait d'abord été alimenté par la poésie du Système même ?

Au commencement nous n'avons tous vu dans le feu qu'une extension de nos vanités personnelles particulières. Pour certains forçats la poussière qui s'accumulait dans l'air n'était qu'un élément oppressant de plus dans un monde naturel sans autre existence que celle d'un geôlier, tandis que dans sa vision dorée le Commandant voyait en la catastrophe une nouvelle occasion de commercer & envoyait sans délai des émissaires dans diverses colonies portugaises proposer des marchés de charbon de bois qui avec le mercure était employé pour la fonte de l'or dans les jungles lointaines du Nouveau Monde ; & le feu continua, chacun de nous n'y voyant que le prolongement de nos mondes respectifs, au lieu de leur fin, ainsi qu'elle devait l'être.

Cinq jours avant ma pendaison, de menus débris de cendre ont commencé à tomber du ciel. Quand le vent se leva, de plus grosses feuilles de myrte & frondaisons de fougère, calcinées & parcheminées, ont plu sur nous, parfaites de forme & de contour, mais entièrement noires de couleur, messagères de notre destinée voltigeant sur nos cheveux, nos nez, nos épaules, telles des réponses d'un autre lieu & d'un autre temps que nous avions mal compris & de là irrémédiablement rompus.

Trois jours avant ma pendaison, tant de cendre était tombée qu'en certains endroits elle avait formé des amoncellements où l'on enfonçait à mi-cuisse, & le lendemain matin seuls les pieux de l'enceinte, les étages supérieurs des plus hauts bâtiments & les passages étroits que les chaînes de forçats étaient forcées de dégager au prix d'un labeur incessant, témoignaient encore de l'existence d'une quelconque colonie sur cette île de cendre croissante.

Le vent de nord-est soufflant de plus en plus fort, le feu grandissant & approchant, les forçats – aussi bien dans les cellules des condamnés qu'à la chaîne ou dans de bonnes planques – ont commencé à pressentir son ampleur, prendre conscience de sa puissance & croire que ce devait être l'œuvre de Brady, une part

327

de sa grande idée qui nous verrait tous libérés – oh le génie de cet homme ! Qu'il emploie la Nature même qui nous avait emprisonnés pour nous libérer & détruire ladite Nature en même temps ! Et ils ont attendu le moment où lui, McCabe & le reste de la bande jailliraient de cet enfer en cavaliers splendides de l'Apocalypse rendant un jugement de feu & de flammes avec mousquets de tonnerre & fusils à pierre de vertu.

Parce qu'ils savaient le jugement proche les forçats ne se souciaient ni des tuniques rouges ni des garde-chiourme forçats. Un jour avant ma pendaison j'ai entendu les gardiens dehors murmurer que Ben Joshua avait refusé de descendre dans la fosse sous la scie de long & l'avait dit à Musha Pug, « Brady t'aura aussi, Musha » qu'il lui avait dit. « Brady te troussera, Musha Pug, il te ligotera tes grosses couilles, il te bâillonnera ton sale museau & le maintiendra sous l'eau jusqu'à ce que tes yeux se changent en perles & que tu nages avec les têtes de nœud à cinq brasses sous les eaux. »

Musha Pug l'a frappé fort mais c'était un coup pour femme, pas pour homme, du revers de la main, pas du poing fermé, & ensuite Musha Pug a tourné le dos & s'en est allé sur trois pattes, & tout le monde a vu que c'était une baffe, pas un marron. Alors les gars de la chaîne de forçats ont ri au nez des gardes forçats quand ceux-ci leur ont ordonné de travailler, & ensuite les gardes forçats ont refusé d'employer la force quand les officiers leur ont dit de maintenir l'ordre. Au lieu de rouer les forçats de coups sur-le-champ, les gardes forçats ont soit disparu dans leurs abris & repaires loin des forçats, soit essayé de s'insinuer dans leurs bonnes grâces en leur prodiguant du tabac, des blagues, des devinettes sur le moment & la manière de l'arrivée de Brady, son équipage magnifique & sa troupe innombrable.

Les forçats de la chaîne languissante ont refusé de quitter l'île & de remonter la rivière. Les charpentiers se sont prélassés dans la coque du cotre qu'ils construisaient & les tonneliers ont délaissé leurs barriques à moitié terminées, qui avec leurs douves non cerclées avaient l'air de fleurs mi-fanées mi-épanouies, & aucune somme de menaces ou de prières n'aurait fait bouger un criminel, & très vite l'île a été immobilisée & tous – gardes & forçats tout pareil – ont simplement attendu.

Alors Musha Pug a percé une barrique de rhum, puis une autre, & a régalé les scieurs forçats, les charpentiers forçats & les tonneliers forçats, répétant à l'envi que les potes n'étaient pas des pommes. Plus tard les tuniques rouges ont rappliqué, mais seulement pour réquisitionner un petit fût à rapporter dans leur caserne où ils se sont assis tranquillement & ont bu d'un air maussade en quête de courage & d'oubli. Au coucher du soleil l'île était aux trois quarts ivre, les propos n'étaient que songes délirants d'une future contrée nouvelle, & tous les regards étaient intensément fixés sur les montagnes à l'est, dans l'expectative d'un signe dans la fumée qui puisse signifier l'arrivée imminente de Brady, & même moi, assis dans l'obscurité presque totale de ma cellule de condamné dans l'attente de mon exécution le lendemain, je ne pouvais réprimer la plus faible montée d'espérance.

IV

Aucun des rares survivants ne put par la suite décrire de façon satisfaisante l'étrangeté de ce moment, tant d'images d'horreur autour desquelles les flammes de l'Enfer jaillissaient & palpitaient comme les plumes de puffin des épaulettes du Commandant.

Imaginez-le, comme il me fallut l'imaginer au matin du huitième jour après que le feu eut été d'abord aperçu – quelque heures seulement avant mon exécution – nu dans le four fumant de ma cellule, collant de temps en temps la bouche contre le bord noir de la porte où le plus mince des courants d'air fétides était pour moi une brise bienvenue, un mistral qui apportait des images d'horreurs venues d'ailleurs dans son paresseux sillage.

Imaginez des oiseaux étouffés par la fumée – les martinets & les perruches ondulées du pays qui n'avaient pas été pris & peints & les geais qui n'avaient pas été pris & mangés, tous les aigles de mer, cacatoès funèbres, pigeons-paons & roitelets bleus – tombant morts du ciel dans la mer bouillante. Une ligne de marée de leurs corps cerna l'île, une barre d'oiseaux contre laquelle nos espérances se mirent à battre toujours plus vainement car l'île commençait dès ce moment à se consumer & il n'y avait nulle part où aller, il n'y avait que des oiseaux morts noircis à jeter dans les flammes qui commençaient dès ce moment à apparaître partout sur l'île.

Regardez l'île tout entière se transformer en une seule fournaise, une flamme aussi infinie que l'Enfer, une éternité de souffrance où rien n'existe sauf pour alimenter encore le feu, & puis le feu s'ouvrant une voie jusque dans le cœur de la colonie.

Sur toute chose & s'étalant partout il n'y a que le feu, le vent & la fumée, une fumée âcre comme le péché, épaisse comme la crasse, qui vous couvre la peau de cloques & vous roussit les cheveux sans cesser de tout ce temps de lécher abjectement toute cette omniprésente rougeur.

Imaginez les hommes qui apparaissent & disparaissent dans la fumée en courant de flammes en flammes, unes & uniformes maintenant que le maelström est arrivé. Plaignez soldats & forçats qui ont cessé de lutter contre la tempête croissante de feu & renoncé à leur combat inégal, & qui courent vers l'appontement avec toute l'énergie qu'ils peuvent rassembler, essaim bigarré de soldats en tunique rouge & de canaris jaunes en frusques de forçats, mélange hétéroclite de terreur en galopade, cherchant à se protéger sous les embarcadères, dans l'eau, retournant à la mer pour échapper à la chaleur infernale, & tous ceux qui ne sont pas encore morts souhaitant l'être.

Ils courent sur la terre qui les brûle ; ils courent devant les charrettes, les barriques, les bateaux à moitié construits, les jetées & même des hommes entrés en combustion qui explosent en boules de feu, exhalant leur souffle en flamme avant même de pouvoir hurler leur ultime martyre ; ils courent pour échapper aux flammes lovées en spirales de feu qui tournoient à une hauteur de cent mètres dans le ciel ; ils maudissent, haïssent & fuient la flamme qui retombe des cieux en une tempête jaune, bleu & rouge, avec une seule pensée inéluctable : *courir !*

V

Mais si un instant vous osez vous arrêter pour reprendre haleine, ayez une pensée pour Billy Gould dans sa misérable cellule. Il ne pouvait courir. Car peut-être supposez-vous que tous les prisonniers enfermés dans des cellules solitaires avaient été libérés afin de pouvoir échapper aussi à l'incendie. Et en cela vous auriez entièrement tort. Notre gardien s'était réfugié sous la jetée, refusant d'ouvrir la porte de nos cellules sans un ordre de Pobjoy, & Pobjoy – pour des raisons que j'ai l'intention d'expliquer – avait été convoqué à la colonie peu avant qu'elle ne se mue en un enfer complet & il ne devait, quoiqu'aucun de nous ne le sût encore, jamais revenir.

Laissé à rôtir dans ma cellule, mordant une fumée si épaisse qu'elle s'était changée en graisse rance qui me coulait dans la gorge, les yeux pleurant si fort que si j'avais été en train de peindre j'aurais pu humecter mon pinceau de mes larmes, je ne trouvais de soulagement qu'en songeant au sort d'un être dans un état encore plus misérable que le mien, le seul autre sur l'île à ne pas s'enfuir en courant, non qu'il ne le pût pas comme moi, mais parce qu'il ne le voulait pas.

Le Commandant était assis sur le canapé sur lequel il reposait depuis un certain temps après avoir abandonné les ruines de sa cellule où le feu couvait & cherché refuge dans son palais, un des derniers bâtiments encore debout sur l'île. Il sentit la serviette mouillée, parfumée à l'essence de pin Huon, se décoller de son masque & se remit à contempler avec un plaisir inlassable le magnifique spectacle de son palais qui avait alors commencé à brûler aussi. Il toussa. Quelques filets de sang s'étalèrent en coulées rouges sur ses lèvres noires & sur son masque maculé.

Les quelques personnes qui restaient auprès de lui prodiguaient toute sorte de secours & de consolation, lui donnant de fausses nouvelles de succès dans la maîtrise du feu & lui servant des tasses de tisane de sassafras froide pour lui nettoyer les lèvres & apaiser sa gorge écorchée par la toux phtisique, & tout cela ne servait qu'à fortifier en lui le sentiment de la distance

331

radicale qui séparait ces gens de lui, & de leur ignorance absolue de sa véritable nature.

Car en vérité rien ne lui avait causé un plus grand plaisir depuis sa première rencontre avec la Mulâtresse. Il éprouvait une grande allégresse à regarder les toits embrasés s'écrouler en cataractes de flammes. Puis, en voyant tout ce pour quoi il avait lutté, combattu & tué s'abîmer sous ses yeux dans le feu, il sentit son allégresse se métamorphoser en une immense sérénité ; en voyant fondre en flammes le poids insupportable d'objets inanimés devenus une ancre massive qui l'enchaînait depuis si longtemps à une personne – le Commandant – qu'il ne souhaitait plus être ; à un lieu – l'île Sarah – qu'il avait d'abord enduré parce qu'il n'y avait nulle part ailleurs dans le monde où il puisse rester en sécurité ; à une vie – la sienne – dont il reconnaissait maintenant qu'elle avait de toute évidence été absurde.

Le salon où il avait reçu des dignitaires étrangers, la salle de bal où les grandes soirées & orgies s'étaient déroulées, où il s'était caché derrière les longs rideaux verts en soie japonaise à attendre le moment d'empoigner la Mulâtresse & de la prendre sur-le-champ, l'Aula Magna de l'Histoire Nationale avec ses nombreux portraits en pied de lui en Noble Sage, Héros National, Philosophe Antique, Sauveur Moderne, Empereur Romain & Libérateur Napoléonien sur un étalon blanc qui se cabrait, tout maintenant craquait, cloquait, s'enflammait, & quand les tableaux se renflèrent sous l'effet de la chaleur intense, les personnages ballonnèrent, comme brusquement animés & finalement libérés de leur exil sur ces murs lointains, & à même de s'évader en fumée avec leurs vanités affolées & leurs désirs craquelés.

Dans ces flammes il laissa alors tomber une lettre vieille de huit mois qu'il venait de recevoir de Thomas De Quincey. L'écrivain était accablé de douleur : Miss Anne avait disparu & il craignait grandement pour sa sécurité.

Il avait eu un rêve inspiré par l'opium : « Dans le lointain, écrivait-il,

comme une tache à l'horizon étaient visibles les dômes et coupoles d'une grande cité – image ou faible abstraction, peut-être issue d'un tableau de Jérusalem vu dans l'enfance. Et à moins d'une portée de trait de moi, sur une pierre, à l'ombre de palmiers de Judée, était assise une femme ; et j'ai regardé ; et c'était – Miss Anne ! Sa mine était sereine, mais avec une expression de solennité inhabituelle ; et alors je l'ai contemplée avec une certaine crainte, mais soudain son visage est devenu flou et, me tournant vers les montagnes, j'ai perçu des vapeurs qui roulaient entre nous ; en un instant, tout s'évanouit ; d'épaisses ténèbres s'établirent ; et en un clin d'œil je fus très loin... »

Malgré tous ses efforts, le Commandant, qui comprenait la malédiction de vouloir plaire à un public, sentait que De Quincey ne pouvait écrire sans donner l'impression d'avoir envie d'entendre le salon applaudir poliment à son art consommé, cependant que le littérateur londonien bourdonnait tristement encore & encore, écrivant qu'il n'avait pu la retrouver, que seules des rumeurs persistaient – qu'elle était morte, pis encore, qu'elle n'avait même jamais existé mais était seulement un personnage sorti d'un roman moderne dont le romancier s'était lassé, la faisant émigrer aux colonies. L'avait-il, lui son frère bien-aimé, peut-être vue là-bas ?

Mais les larmes du Commandant ne pouvaient cacher à sa vision brouillée ce qui était si manifeste – que l'écriture de De Quincey & celle de Miss Anne étaient identiques.

Sa sœur se révélant aussi fausse que lui son frère, sa nation en cendres, le Commandant jeta sa serviette parfumée & inhala si profondément cette grande âcreté tumultueuse de fumées qu'il en eut des haut-le-cœur. La notion d'un âge d'or à venir, d'une chute seulement juste cachée, d'une utopie profanée, d'un enfer qui ne pouvait être oblitéré que par une amnésie volontaire – il sentit finalement l'odeur de tout cela dans la fumée de son palais en feu comme la folie de ceux qui ne peuvent accepter la vie.

Il fut étreint par la sensation de se réveiller non pas d'un rêve mais de son redoutable & terrifiant contraire, de s'éveiller de la réalité au sentiment que toute vie, bien comprise, est un rêve sauvage où l'on est ballotté, emporté par vents & marées, & à la conscience – constamment en danger d'être perdue – que l'on n'est jamais que le témoin frappé de stupeur du miracle de chaque jour.

Il pensa – ne m'exaspérez pas en demandant comment Billy Gould *savait* ce qu'il pensait, car s'il n'est pas évident au point où nous en sommes qu'il en savait bien plus qu'il ne l'a jamais laissé paraître, ce ne le sera jamais – il pensa diverses choses banales, que je reproduis sans ordre particulier.

— Il n'y a pas d'Europe digne d'être reproduite à l'identique, pas de sagesse par-delà les flammes qui dévorent mon palais. Il y a seulement cette vie que nous connaissons dans toutes ses prodigieuses saleté, crasse & splendeur.

— L'idée de passé est aussi vaine que l'idée d'avenir. Les deux peuvent être invoqués par n'importe qui à propos de n'importe quoi. Il n'y a jamais plus de beauté qu'il n'y en a maintenant. Il n'y a pas plus de joie, de chagrin ou d'émerveillement qu'il n'y en a maintenant, ni plus de perfection, plus de mal, plus de bien qu'il n'y en a maintenant.

— J'ai vécu une vie vide de sens pour cet unique instant plein de sens & pour les choses que je sais maintenant, & dont la connaissance fuira mon esprit & mon cœur aussi brusquement qu'elle y est entrée.

Il se demanda si même le parfumeur Chardin aurait été capable de remplir la tête de Voltaire de l'arôme de si âcres Lumières.

Et il pensa qu'il savait toutes ces choses pleinement & complètement, & il sentit comme une grâce l'achèvement d'une vie par ailleurs entièrement sans objet. Puis il sut que ce qu'il pensait était une ultime vanité superflue & que comme son palais ses pensées étaient en train de partir en fumée, & il resta là à tenir une tasse de tisane de sassafras qui se réchauffait mystérieusement.

Quand le toit en feu du palais s'effondra au milieu des craquements de poutres calcinées & des flammes hurlantes, le ciel embrumé de fumée au-dessus des yeux terrifiés du Commandant commença à s'assombrir de milliers & de milliers de puffins retournant à leurs terriers dans la dune. Avec la force de la prémonition le Commandant sut qu'il allait être enveloppé par la nuit.

Pensant :

J'ai été tout, pour découvrir seulement que tout est rien.

Devinant :

Le reste est silence.

Sa tasse de tisane de sassafras commença à bouillir dans sa main &, avant même de l'avoir laissée tomber de douleur, il sentit avec horreur son masque d'or chauffer de même & puis couler comme de la mélasse, & trop tard il respira l'odeur de sa chair brûlée, éprouva sur sa peau la morsure de son masque porté au rouge, & brusquement il hurla car il sut que le masque en fondant s'incrustait dans sa figure, y imprimant à jamais le faciès de quelqu'un qui n'était pas lui mais l'était désormais devenu.

Seul dans son palais, sachant maintenant que Sa Destinée & celle de Sa Nation étaient unes & uniformes, le cri du feu le seul son à emplir de son écho les corridors solitaires dessinés par la cendre, & était-ce ses poumons, était-ce le feu, était-ce sa destinée qui appelait *flic-flac-floc* en ce moment même & qui l'appelait, lui, était-ce le râle de son propre souffle qui grinçait *brady-brady-brady,* ou était-ce le cri strident du feu vacillant, jaillissant, volant toujours plus près, était-ce le même cauchemar de la mer qui montait, montait, montait, de *brady-brady-brady* qui approchait toujours, toujours plus près & des flammes de l'Enfer toujours plus ardentes...

VI

À la fin la lucidité revint. Pour le Commandant gisant dans son sang sur le gaillard-d'arrière du vaisseau noir, c'était ce qu'il avait longtemps redouté : il était immortel. Il ne se transformerait pas en baleine comme certains de ses meurtriers présumés l'ont prétendu plus tard, mais il retournerait à la mer d'où il était venu.

Plus tôt, lorsque, sanglé dans une immonde camisole de force en calicot, il avait été porté le derrière en l'air par un détachement nombreux de soldats d'élite à travers les flammes mourantes & les poutres encore rougeoyantes de ce qui avait été son palais, tous ceux qui l'avaient vu à travers les volutes de fumée avaient su que le nabot qui se tortillait & pleurait sans pouvoir s'arrêter ne devait pas être confondu avec le visionnaire tyrannique qui avait si longtemps été notre chef.

Il n'était pas possible que ce benêt hurlant – le pantalon putride là où il s'était compissé & conchié, & l'écumante bave noire de mercure s'envolant de sa tête tourbillonnante ; la gueule comme du rosbif cru hideusement blessée là où les soldats avaient arraché avec des tenailles l'or fondu de son masque – puisse être pris pour notre redouté & glorieux patriarche qui avait jadis transformé les navires en nuages sous nos yeux & nous avait invités à prendre notre essor avec lui, qui avait changé, comme il nous l'avait assurément dit, une colonie pénitentiaire en une Venise nouvelle.

Bien avant cela & le coup d'État dirigé par Musha Pug, les signes de la décrépitude s'offraient déjà aux regards de ceux assez vigilants pour les remarquer. Des champignons poussaient dans le pavage, des fougères sortaient des murs, de jeunes brins de trac pendaient des gargouilles ; mais au début peu de gens avaient été prêts à admettre que toute cette vanité d'activité, le glorieux carnaval du commerce, avait été une illusion, un théâtre de triomphe mercantile pour cacher le désespoir de l'île à ses tristes habitants.

Pourtant, au cours des mois précédant sa prise de pouvoir, Musha Pug – ses pendeloques de couilles ballottant en balancier – avait choisi de n'en rien voir. On l'avait vu clopiner partout, sur toute l'île comme un monstre perfide à trois pattes, murmurant des paroles de complot & de vengeance, promettant fallacieusement le partage des dépouilles du futur pouvoir, tout en entreprenant de rassembler au second étage du moulin une armurerie secrète d'armements modernes américains & plusieurs douzaines de barils de poudre chinoise, avec les deux cent quarante jeux de mah-jong superflus déjà emmagasinés là.

Mais tout ce que Musha Pug convoitait se désagrégeait déjà. L'été d'avant l'incendie une destinée qui semblait désormais inéluctable s'affirma une fois de plus, quand les diables & les cochons sauvages se mirent à errer dans les entrepôts vides, & les opossums à nicher dans les soupentes des logements des commis & des comptables & à dévorer leurs rideaux pourpres brochés d'or. Comme d'un bout à l'autre du grand appontement vide les poulies rouillaient de n'avoir pas de cordes pour les polir en s'enroulant & se déroulant, la boue de pétales pourris de géranium s'étalait partout sous les pieds, l'arôme rose tournait à l'odeur brune, la chair se transformait en excrément.

De la merde, pensa le Commandant quand les hommes qu'il traitait ironiquement de mutins & de traîtres l'eurent entouré en lui ordonnant sous peine de mort de se rendre, *Tout est devenu de la merde*. Mais il ne dit rien, & à la place leva les bras en reconnaissance du silence d'une indéniable solitude qui revenait pour toujours.

Ils firent asseoir le Commandant & à la pointe de la baïonnette lui firent signer plusieurs confessions, qui toutes étaient fausses & dont aucune n'approchait dans sa litanie d'intentions délictueuses l'œuvre réellement accomplie par le Commandant, mais il comprenait le besoin d'ordre qu'a l'autorité & signa de toute façon, car les documents étaient le mauvais tour que Dieu jouait à la mémoire, la seule intelligence d'aujourd'hui qui resterait demain.

« L'Histoire, la plus cruelles des déesses », dit le Commandant en rendant la plume après s'être condamné au nom de plusieurs fictions qui le surprenaient seulement par leur banalité, « conduit son char sur les cadavres des tués. »

« Lente », répondit son gardien au Commandant quand il s'enquit poliment ensuite de la manière de sa mort sur le navire noir qui voguait sur une mer agitée vers les Portes de l'Enfer où il serait jeté dans l'abîme, parce qu'il le fallait, il n'y avait pas le choix. L'histoire était si folle, le crime si immense, la culpabilité de tant d'autres en jeu, car ils l'avaient cru, l'avaient soutenu, chacun était coupable & mieux valait la mort d'un prophète que le châtiment de ses disciples. « Non seulement parce qu'il le faut », dit le matelot en souriant – il avait une si douce & si jolie bouche – « mais parce que il y a du plaisir à en tirer aussi. »

À la fin ce fut comme le Commandant l'avait longtemps soupçonné : afin qu'il ne puisse se tromper sur la relation de la cause à l'effet, mais comprenne que la vie est stupidement linéaire au lieu de mystérieusement circulaire, sur les ordres exprès du Maréchal Musha (ainsi que se faisait désormais appeler l'ancien garde) ils le châtrèrent & lui firent écrabouiller ses propres couilles avec un marteau, & puis n'arrivèrent pas à enfoncer leur premier couteau dans son poitrail & durent se servir d'une scie de tonnelier pour achever le travail & lui arracher le cœur, qu'ils brandirent en hurlant d'allégresse –

« Espèce de saligaud sans cœur ! – & qui t'a donné ça ? »

– et aucun ne lut le nom de la Mulâtresse qui était gravé sur son cœur en si puissant relief que tous pouvaient le voir, nul ne vit que le cœur adipeux était elle & qu'il était aussi à elle pour toujours, ils ne firent que rire tant & plus. Mais il y en eut certains dans ce carnaval ce jour-là qui demeurèrent silencieux, non de pitié ou de peur, mais d'émerveillement, car il était humain &, s'il était bel & bien monstrueux, qu'est-ce qui l'avait rendu ainsi & qu'est-ce qui le séparait d'eux ?

Il voulut dire que finalement il connaissait la réponse à la question qui l'avait hanté si longtemps. La quête du pouvoir, conclut-il en ses derniers instants de clarté, est l'expression la plus triste de tout, d'une absence d'amour, pis encore, de la faculté d'aimer. Il voulut s'écrier, *Je suis emprisonné dans la solitude de mon amour !* Hurler, *Voyez, voyez, c'est là tout & je ne l'ai pas vu !* Et à vrai dire il n'était pas entièrement sûr de ne l'avoir pas fait, car ses tortionnaires commencèrent par faire un bond en arrière quand un faible gémissement sortit de sa bouche, mais ensuite ils poussèrent des cris d'allégresse en décidant que ce n'était que l'ultime passage du souffle de ses poumons expulsé de force par l'éviscération partielle qui se poursuivit quelques minutes de plus sur le gaillard-d'arrière lavé au vinaigre.

VII

Au moment même où le Commandant se métamorphosait en légende cétacée, Pobjoy, la trogne rougie par autre chose que la chaleur croissante, se tenait devant le moulin à vent – en tant que quartier général du coup d'État, c'était l'un des rares bâtiments à être encore convenablement défendus contre le feu – rongé par la terreur. Il avait quelques jours plus tôt vendu au Maréchal Musha un Constable authentique – ma toute dernière œuvre – pour un nombre considérable de dollars du Bengale. En l'accrochant, avait été découvert au dos de la toile la peinture d'un forgeron argenté, & le Maréchal Musha avait rapidement deviné la nature & l'origine de la supercherie.

À l'intérieur du moulin, enhardi par la facilité avec laquelle il avait pris le pouvoir sans recourir aucunement à la considérable puissance de feu qu'il avait funestement assemblée à l'étage supérieur, le Maréchal Musha avait passé l'heure précédente à hurler avec colère à ses sous-fifres qu'il était bien trop absorbé par des affaires d'État pour parler, tout en dressant une liste de nouveaux titres possibles à son usage personnel.

Le titre de *Maréchal Musha* avait une résonance familière de caserne qui lui avait d'abord plu mais l'importunait maintenant. La folie du Commandant était de penser qu'on pouvait transformer une colonie pénitentiaire en une nation, alors qu'il était clair comme le jour pour Musha Pug qu'elle remporterait beaucoup plus de succès en étant une compagnie. Il avait biffé les mots, *Le Suprême, Le Premier Consul, Sa Bienfaitsance* (dont l'orthographe l'avait considérablement éprouvé) et entourait *Le Président* quand Pobjoy fut conduit devant lui.

Désireux de bien faire sentir à tous ceux qui étaient présents que *le temps c'est de l'argent*, le Maréchal Musha se leva, s'approcha du mur où était accroché le Constable de forçat & sous les yeux du geôlier arracha la toile de son cadre & la roula en boule. Il jeta cette boule aux pieds de Pobjoy & exigea le double de la somme qu'il l'avait payée pour le lendemain matin, faute de quoi Pobjoy connaîtrait un sort pire que celui qui allait bientôt échoir à ce misérable peintre de Gould. Et sur ces mots l'entrevue prit fin.

Après le départ de Pobjoy, le Maréchal Musha ordonna qu'un détachement de gardes se rende en toute hâte de l'autre côté de l'île & diffère l'exécution de William Buelow Gould. Quoi que vaille un faux Constable sur l'île Sarah, il en vaut beaucoup plus à Londres. Le crime du Commandant était de rêver trop, pensait le Maréchal Musha, celui de Pobjoy de ne pas rêver assez. Lui-même, cependant, était résolu à poursuivre une politique strictement mercantile de modeste extorsion, qui avait été si fructueuse avec des gens comme Clucas.

Dehors Pobjoy laissa le tableau froissé tomber de ses mains dans la cendre qui recouvrait tout désormais. Une braise qui couvait sous cette cendre rongea un trou rouge dans la boule de toile. Pobjoy cracha dans ses mains. Se disant que s'il avait perdu une peinture il avait au moins gagné un cochon, il saisit les brancards de la charrette sur laquelle Castlereagh était sanglé. Ahanant sous l'effort de les soulever, il songea qu'il avait réussi à voler Castlereagh dans son enclos à peine une demi-heure plus tôt au milieu du tumulte de l'incendie & de la mutinerie, & ne vit pas le tourbillon furieux de vent chaud aspirer la boule de toile à ses pieds & l'envoyer danser en l'air.

Dans ma tête je vois le poisson, le porc, le Pobjoy – en bref le désastre dans son intégralité. Le voilà parti & oh Seigneur regardez-le s'éloigner du moulin & remonter le boulevard de la Destinée, plié en deux, suant & soufflant, verdissant sous l'effort inaccoutumé, cette grande asperge flétrie d'homme poussant un monstre de cochon fermement troussé & assez maladroitement arrimé sur une charrette à bras impropre à supporter pareil poids, & le porc & Pobjoy sont tous deux parfaitement inconscients du fait que derrière eux les rafales de vent ont transformé le trou rouge de la boule de toile en une flamme.

De grâce ne me demandez pas comment je sais ces choses-là, de grâce. S'agissant de poissons je sais tout – ou tout comme – & en outre il est impoli d'interrompre quand je suis en train de vous raconter comment ce triste forgeron argenté commença à s'enflammer, se transformant en une plus grosse boule de feu, & comment cette boule de feu grandissante sauta alors avec le vent dans toute sa splendeur ardente, dansant jusqu'au second étage du moulin & pénétrant par une fenêtre dans l'armurerie secrète du Président où elle chut au milieu de plusieurs douzaines de barils de poudre.

VIII

J'ai entendu un énorme grondement.

J'ai senti l'air & la terre palpiter comme de vivantes chimères ondoyantes.

Après ce qui parut le temps de toute une vie, mais ne peut avoir été plus qu'une seconde ou deux ensuite, vinrent les hoquets de surprise de ceux qui, contrairement à moi, étaient en mesure d'assister au spectacle saisissant d'un monde statique subitement & entièrement animé d'un mouvement majestueux – ici la locomotive du Commandant jaillissant vers les cieux en fragments rugissants ; là des wagons fusant vers les étoiles comme des bâtons lancés à un chien ; partout d'énormes roues en fer volant comme des boulets de canon aplatis ; des bustes en plâtre de Cicéron & des débris d'étagères des Archives ; des livres ouverts battant des ailes comme des oiseaux mourants ; aussi des murs – portant encore tableaux & miroirs – tournoyant dans le ciel comme des feuilles de papier roulant dans le vent ; des corps pliés en deux, déjà flasques, empalés sur divers tisonniers, balustres, pieds de chaise, traverses de plancher déchiquetées, & s'élevant comme des feuilles d'automne bizarrement embrochées vers le furieux soleil rouge ; des milliers de lambeaux des lettres de Miss Anne qui avaient fait exister l'Europe en la chantant & qui maintenant explosaient en un millier de notes atonales ; & le hurlement final du Maréchal Musha pulvérisé en autant de particules que ses couilles explosées.

Le soleil devenait toujours plus grand de taille & plus rouge de couleur & il finit par être une monstrueuse sphère sanglante dont le contour précis disparut dans cette sombre catastrophe de souvenirs ; & perdus à jamais en lui Brady & sa grande armée de libération, les jambonneaux, le prodige de Pline, nos espérances, la vision de la Nation du Commandant, les lettres d'amour, les pièces de mah-jong, la république des rêves, les jarrets de porc & les morceaux de Pobjoy.

Mais dans ma cellule comment allais-je savoir que d'autres reconstruiraient l'île, récriraient ses histoires & nous condamneraient tous une fois de plus ? Car tout ce que j'ai pu sentir quand j'ai passé la main à travers les barreaux c'est la plus douce des pluies noires tombant dru sur la terre, tout ce que j'ai pu voir c'est nos vanités collectives qui nous revenaient maintenant sous forme de cendre, & ce qu'il m'était impossible de savoir c'est que ce qui mouchetait la mer fumante était une image explosée qui était responsable de cette apocalypse finale – les restes calcinés du forgeron argenté.

IX

Colliers, chaînes & biseaux à pointes en fer forgé, l'odeur des âmes qui meurent & des corps qui vivent, ainsi que le véritable humour de la souffrance, la merveilleuse vérité du mépris, la glorieuse liberté de la négligence, la peur inexprimable de nombreux poissons & mon amour pour eux non payé de retour – telles sont les choses que j'ai connues & ne connaîtrai jamais plus. J'ai été blessé par ce monde au point de rendre mon âme transparente afin que tous la voient en mots & en images, mais il m'a été permis de le faire sans être redevable de rien, sans être aveuglé par rien, hormis cette même âme nue frissonnante.

Si peindre de telles choses m'avait rendu célèbre j'aurais connu tout autre chose ; j'aurais été courtisé, flatté, trompé, mes idées absurdes jugées pleines de sens, ma dérisoire présence une bénédiction, ma gueule de chat échaudé séduisante. Le mensonge de l'honneur, la tête d'enterrement de la réussite, la prison de la réputation ; les hommes voulant me couvrir les yeux d'une pluie d'or & les femmes souhaitant coucher avec moi ; tous désirant ma compagnie ou à défaut le plus infime gage de mon estime, un croquis, une note, un signe de reconnaissance. Tout aurait été mien. Mien & plus que mien & mon nom plus que mon œuvre. Mon œuvre aurait eu de moins en moins de sens, tout particulièrement pour moi. J'aurais voulu être mort.

Cela fait des années que je peins des poissons, & il est vrai que ces temps derniers j'ai été infidèle. Je les ai abandonnés & je les ai brûlés, mais je n'ai jamais cessé de les aimer, j'ai été comme Voltaire qui aima tant Mme du Châtelet qu'il put alors s'enfuir avec toute une armée d'autres femmes jusqu'au jour où elle eut une brève aventure d'où il résulta qu'elle tomba enceinte. Trop tard Voltaire comprit ce qu'il risquait de perdre, & revint assister à la mort en couches de son grand amour – ce qui explique pourquoi, après avoir causé tant de souffrance, il était juste & bon qu'il finisse en flacon de parfum sans cervelle à jamais utilisé pour amener les femmes au plaisir.

Dehors le monde rougeoie. Dedans, avec de l'encre brune faite avec l'ultime comme le plus désespéré des expédients – une bouillie composée de bave et d'un projectile généralement réservé au plaisir de Pobjoy – je couche maintenant par écrit les dernière heures à la fois de la colonie & de moi-même à la véritable encre du forçat, sa terre d'ombre de pauvre homme qu'il emploie pour barbouiller ses protestations, sa rage, sa haine & sa peur de ce monde merdique, les mains merdiques de badigeonnages merdiques sur les murs de la cellule dans l'espérance qu'il espère ne pas être entièrement vaine – qu'en cette ultime tentative l'amour le trouvera encore s'il parvient à creuser assez profond dans sa propre pourriture.

Billy Gould, il préférerait les mots & le reliquat de feuilles de papier de Pobjoy, mais cela revient à peu près au même. Interprétez ses barbouillages à votre guise – le prétexte d'une nouvelle rossée, comme le penserait Pobjoy ; une crise de fureur contre la nuit, comme pourrait le dire un zoïle ; un testament de croyance, si vous voulez ; ou, comme il le préfère, une confession d'échec.

Cela fait des années que je peins des poissons, & j'aurais à dire que ce qui a été jadis un pensum – ce qui a débuté comme un ordre, puis est devenu une bonne planque & enfin un acte criminel – est désormais l'objet de mon amour. D'abord j'ai essayé, en dépit de mes insuffisances artistiques, de créer une chronique de ce lieu, une histoire de ses habitants & de ses histoires, & tout devait être poisson. Au commencement ils devaient être là tous jusqu'au dernier, tous ces gens sans visage qui n'ont pas de portrait, qui existent seulement par-delà leur corps sous forme de condamnation à l'exil, registre de réquisitions de forçats, liste de flagellations, initiale tatouée sur la poitrine ou le bras d'un camarade criminel, au bleu de poudre à canon, dans une forêt de poils ; de gage d'amour à un sou autour d'un cou aux replis épais évoquant la chair douce & ferme d'une jeune femme ; de mémoire fanant plus vite que l'espérance.

Je me suis figuré que je peindrais les poissons mieux que n'importe qui dans l'Histoire ; que Rembrandt Van Rijn, Rubens ou n'importe quel homme crâne de la Renaissance n'arriverait pas à la cheville de Billy Gould, que mes poissons seraient accrochés dans les plus belles demeures, le détail des écailles & des ouïes loué par des générations de professeurs emperruqués.

Je remplirais une grande galerie londonienne de ces images transmuées, si bien que les gens venus regarder mes peintures se surprendraient bientôt à nager dans un étrange océan qu'il leur serait impossible de reconnaître, & ils éprouveraient un Grand Chagrin à propos de qui ils étaient & un Grand Amour pour qui ils n'étaient pas, & tout se mêlerait & s'éclaircirait en même temps, & ils seraient incapables d'en rien expliquer à personne.

Puis j'ai compris que c'était vanité. Loin de me soucier qu'elles soient accrochées, j'ai même cessé de me soucier que mes peintures soient exactes ou justes à la manière dont le Chirurgien & ses ouvrages linnéens de description scientifique souhaitaient que des peintures de poissons soient exactes ou justes. J'ai seulement voulu raconter une histoire d'amour & elle parlait de poissons, elle parlait de moi & elle parlait de tout. Mais parce que je ne pouvais pas peindre tout, parce que je ne pouvais peindre que des poissons & mon amour, & parce que je ne pouvais même pas le faire bien, vous pouvez penser que cette histoire ne vaut pas grand-chose.

J'ai vieilli. Mon protecteur est devenu un cochon. J'ai été condamné à mort. Nous avons embrasé le monde. J'ai compris que ce n'était pas les poissons que j'essayais de prendre au filet mais l'eau, que c'était en fait la mer, & que, de même que des filets ne peuvent retenir l'eau, de même je ne pouvais pas peindre la mer.

Néanmoins j'ai continué à faire ce *Livre des Poissons* parce que je ne savais pas le rire ou le danser comme Sally Deux-Sous l'aurait pu, parce que je ne savais pas y nager & y vivre comme mes sujets l'avaient fait, parce que cette forme la plus inappropriée de communication – ces images & ces mots tombant mort-nés de mon pinceau & de ma plume – était tout ce que j'étais capable d'accomplir.

Pourtant mes peintures – comme le Chirurgien me l'avait prescrit le premier jour – devaient montrer la Vie & non la Mort. Je devais comprendre leur manière de mouvoir nageoires, corps, ouïes, afin d'effectuer l'étude la plus exacte possible, & chaque fois qu'ils étaient sur le point d'expirer sur la table, je devais les lancer dans une barrique d'eau de mer pour les ranimer afin que, comme moi, ils se maintiennent fugitivement en vie un peu plus longtemps.

Je voulais conter une histoire d'amour tout en tuant lentement ces poissons, & il ne paraissait pas bien de tuer lentement des poissons afin de conter une telle histoire, & j'ai découvert que je commençais à parler aux poissons mourants tandis que leurs mouvements devenaient indolents & que leur cerveau cessait lentement de fonctionner par manque d'oxygène.

Je leur ai tout conté de moi, que j'étais un escroc minable qui s'était frauduleusement converti en peintre encore plus minable, mais en peintre tout de même. Je voulais conter une histoire d'amour en tuant lentement ces poissons, & je leur ai conté que mes peintures n'étaient pas destinées à la Science ou à l'Art, mais aux gens, à faire rire les gens, à faire penser les gens, à fournir aux gens de la compagnie & de l'espérance, à leur rappeler ceux qu'ils avaient aimés & ceux qui les aimaient encore, outre-mer, outre-tombe, je leur ai dit à quel point il semblait important quand je peignais de peindre ainsi.

Mais de telles choses n'étaient pas ce que les gens voulaient dans les peintures, ils voulaient que leurs animaux soient morts, que leurs épouses soient mortes, ils voulaient quelque chose qui les aiderait à classifier, à juger & à conserver les animaux morts, les épouses mortes & les enfants qui mourraient bientôt à leur place dans la prison du cadre, & cette besogne de faire passer de l'espérance en contrebande pourrait les amener à se poser des questions, pourrait être la hache fracassant la mer gelée au dedans d'eux, pourrait faire que les morts se réveillent & nagent libres. Et ce n'était pas une peinture de deux sous, mais une chose bien plus criminelle que le vol.

Je me suis dupé de l'espérance que cette mort que j'imposais à chaque poisson que je peignais pouvait être pour eux un moment de profonde délivrance, une chose impatiemment attendue, comme moi maintenant j'attendais de la potence une bienheureuse délivrance.

Mais la vérité est que les poissons sentaient que je mourais aussi, que chaque jour qui passait me rendait plus difficile de respirer l'air de cette colonie fétide, cette chape dense & enfumée d'oppression, de dégradation & de sujétion. Mes mouvements aussi devenaient indolents, ma peau aussi brûlait & mes yeux perdaient leur éclat, & nous savions tous que les poissons qui étaient depuis si longtemps l'objet de mon extase allaient bientôt prendre leur revanche.

Le Dragon de Mer Feuillu

*Où il est traité de la mort tragique de Brady –
Un bref combat – J'échappe spectaculairement
à la potence – Sur la compagnie des poissons –
Perdu en mer – L'île de l'oubli – Pensées hérétiques –
Le retour de M. Hung – Une capture imminente.*

I

Ma tragédie fut que je devins un poisson. La tragédie de
Brady fut qu'il n'en devint pas un. Car je suis toujours vivant
& Brady est mort, je sais qu'il est mort, car je me suis moi aussi
repu de son corps sans tête (sa tête, contrairement à sa vie, avait
clairement de la valeur pour le gouverneur) quand ils l'ont jeté
du dock de la Constitution dans la rivière Derwent. Il n'y a pas
eu pour moi de transformation magique lorsque mes cheveux
sont tombés, que ma peau s'est lentement épaissie & divisée
en une infinité d'écailles, & que mes membres se sont grippés,
convulsés, clarifiés & affilés en nageoires, pas de sentiment naissant de stupéfaction lorsque j'ai commencé à éprouver la puissance de propulsion & la gouverne subtile de la longue queue
qui m'a poussé au bout du cul, pas de sentiment de panique
lorsque des ouïes ont percé derrière ma bouche & que mon
besoin d'eau est devenu quelque chose de radicalement plus tortueux & plus profond que ne pourra jamais le décrire le simple
& dérisoire mot soif.
J'avais simplement passé trop de temps en leur compagnie, à

351

les observer, à commettre la folie presque criminelle de penser qu'il y avait quelque chose d'individuellement humain en eux, alors que la vérité est qu'il y a quelque chose d'irrémédiablement poisson en nous tous. Un instant j'étais le faussaire condamné, un Coquin qui se faisait passer pour un Artiste, au pied de la potence sur la jetée, & l'instant d'après j'ai su qu'il me restait un dernier vestige d'énergie qu'il me fallait rassembler. D'un formidable saut de carpe, je me suis dégagé du nœud coulant, j'ai frôlé un pieu de la jetée & je suis tombé de là dans la mer.

Mais je dois être plus précis.

Des événements catastrophiques qui s'étaient si rapidement emparés de l'île, nous, les occupants des cellules de condamné à mort & notre peloton de douze gardes, étions restés isolés. Le feu avait atteint à vive allure la crête immédiatement derrière les cellules ; les mutins n'avaient pas recherché la confiance ou le soutien des soldats aux avant-postes, & ainsi étions-nous restés épargnés par le feu & ignorants des événements capitaux qui se déroulaient juste derrière la colline de l'autre côté de l'île. Mais avec les rumeurs diverses d'une invasion commencée une heure plus tôt par la Marine Royale Anglaise, d'un coup d'État, du meurtre du Commandant & de sa miraculeuse résurrection, & de l'énorme explosion qui, selon les survivants crottés & blessés qui commençaient juste à parvenir dans notre partie de l'île, n'était que le début de la vengeance du Commandant, notre petit peloton était malgré tout gagné par la nervosité. Le sergent rassembla ses hommes & leur dit qu'ils devaient continuer comme avant ou bien le Commandant les tuerait sûrement, & que leur première tâche était de s'acquitter de l'exécution du jour.

J'avais été conduit sur l'appontement, j'avais grimpé jusqu'au gibet, j'avais mélancoliquement contemplé le ciel saumoné par la fumée &, une fois les yeux bandés, perçu que le ciel n'était pas vide mais empli d'âmes mortes qui me faisaient signe de venir les rejoindre. Je n'avais écouté aucune des prières du prêtre, j'avais fait un signe joyeux dans la direction où j'avais entendu s'assembler la petite foule de criminels obligés de regarder. J'avais ri avec eux, & savouré leur admiration du surplis blanc dont les longues manches me couvraient les mains, du magnifique poisson brodé qui parait ma poitrine, de la belle décoration de longs rubans de gros kelp que les gardes avaient jetés sur moi par dérision – *Ohé, le Roi Neptune !* – & bien avant que les autres ne les voient, j'ai su que j'avais été condamné de bien plus terrible façon.

Dans ma nuit je les ai sentis venir, j'ai perçu la vibration de la terre sous le martèlement lourd de leurs pas & j'ai commencé dans ma tête à écrire un livre, ma propre brochure à quatre sous, qui commençait à la manière de toutes les bonnes confessions de condamné, comme ceci – *Ma mère est un poisson* ; & qui finit comme cela : *clic-clac, rantanplan, ce benêt de Billy Gould à califourchon sur un hippocampe vers la Croix-de-Banbury.* Ce livre des poissons que j'ai écrit dans son intégralité dans ma tête, mot après mot, que j'ai peint, coup de pinceau après coup de pinceau, dans l'intervalle entre l'instant où j'étais de chair humaine & celui où je ne l'étais plus, & qui a pris fin de la manière la plus inattendue avec –

Mais juste alors un cri a retenti. Je ne n'ai pas tourné les talons mais leur ai fait pleinement face, afin de mieux concentrer tous mes sens sur mon destin.

En voyant des tuniques rouges approcher avec leurs mousquets baïonnette au canon, la petite troupe jusqu'alors craintive & maintenant terrifiée des gardes qui devaient me pendre paniqua. Ils firent feu sur les soldats qui approchaient, & ceux-ci à leur tour se mirent à genoux derrière une baleinière sur cale & se préparèrent à engager le combat. Aucune balle ne m'était destinée, bien sûr, je le sais aujourd'hui – les soldats qui s'avançaient étaient censés me sauver & me libérer, n'est-il pas vrai ?

Mais ma garde prit position, utilisant le gibet comme barricade, & les mousquets, même dans le meilleur des cas, sont d'une déplorable imprécision, & moi, la tête toujours enfoncée dans le nœud lâche du bourreau, j'étais le seul corps laissé à découvert.

C'est moi qui ai senti l'odeur embrasée de la poudre qui explose avant que les autres aient seulement vu les mousquets de leurs adversaires pointer, viser ; moi seul qui ai perçu le friselis de la brise produit par le mouvement de la balle de mousquet fendant inexorablement l'air, du bord de la baleinière jusqu'au gibet, tandis que j'attendais calmement, le temps de plusieurs vies, l'inévitable explosion dans ma poitrine.

Car voyez-vous, c'était à la fois mon sort que j'acceptais & contre lequel je me rebellais, que d'avoir pour destinée d'attraper bon gré mal gré la balle avec mon corps mais d'utiliser sa force d'impulsion pour basculer en arrière, arracher la tête de ce nœud coulant attaché sans soin, effectuer un saut de carpe libérateur, m'écarter du gibet & bondir sur la jetée. J'ai compris que mon corps était courbé en arrière, voile qui se gonfle lentement tandis que cingle le premier souffle de vent & que commence le voyage vers l'inconnu, je me suis enflé & ballonné en dégringolant de l'appontement & en tombant lourdement dans la mer ocre rouge, & c'est alors que mon bandeau s'est détaché, que mes yeux ternes se sont remis à voir, & que j'ai su que mes confessions étaient presque finies & que ma punition commençait.

Mon corps brûlait d'une incommensurable douleur de pénitence. Mon équilibre était si grièvement affecté d'avoir été si longtemps hors de l'eau que j'ai d'abord flotté sur le côté &, jusqu'à ce que je prenne quelques profondes goulées d'eau, je n'ai pas eu la force de faire le moindre mouvement.

J'ai entendu le chef des soldats derrière la baleinière hurler :

« C'est lui que nous voulons, personne d'autre. C'est Gould le peintre que nous devons ramener. »

J'ai perçu le piétinement des tuniques rouges & des jean-foutre qui se précipitaient sur la jetée pour voir & discuter le miracle qui venait de se produire.

J'ai entendu les hurlements de confusion générale, mais comme de faibles vibrations étranges venant de par en haut & pas comme des cris aigus d'incrédulité. J'ai perçu les disputes de ceux qui avaient vu avec ceux qui jamais ne le feraient comme la molle résonance d'un tapage sans rime ni raison. La vue recouvrée, j'ai vu les balles de mousquet tomber lentement, leur force d'explosion perdue en percutant l'eau, & seules les lois de la gravité les faisaient choir, léger crachin de paresseuse grêle noire, suivi de rames frappant futilement la surface de l'eau, cherchant sans doute à m'assommer, & puis, avec un peu plus de ruse, une épuisette est passée tout près.

Alors j'ai vu la gaffe descendre vers moi & j'ai su qu'ils essayaient de me ramener dans le monde de l'esclavage. Avec une atroce douleur que nul homme ne pourra jamais comprendre & nul poisson jamais décrire, j'ai forcé mon corps à couler à pic, loin, loin, loin de la lumière.

II

Je flottais, respirais de l'eau, descendais, montais, mon poids sans rien de comparable avec ce que j'avais jadis connu, je volais dans l'eau, m'enfonçant & m'élevant à travers des forêts dansantes de gros kelp, touchant la laitue de mer, le corail, tous ceux que j'avais connus, hippocampes à gros ventre, kelpys, hérissons de mer, uranoscopes, balistes, anguilles, requins-scies, cristés des algues, forgerons argentés, & la mer était un amour infini qui renfermait non seulement ceux que j'avais aimés mais les autres, le Commandant aussi bien que Capois Death, les noirs qui avaient tué Capois Death aussi bien que Traqueur Marks, le Chirurgien aussi bien que le briseur de machines, & tous me touchaient & je les touchais tous comme Traqueur Marks avait une vie plus tôt tendu la main pour me toucher.

Qui pouvait avoir peur de la douceur de tout cela ?

Près du récif de corail j'ai rencontré la vache de mer rubanée, & elle m'a dit son vrai nom & j'ai écarté le pli entre sa fesse & sa cuisse & l'ai léchée là, à la recherche de l'accomplissement de la promesse de son odeur, & puis j'ai passé la langue le long de sa cuisse & léché les muscles de ses mollets, l'arc glorieux de ses cous-de-pied, la joie potelée de ses orteils & en tout cela régnait la saveur des mille composantes de son odeur qui n'étaient pas encore son odeur & j'ai nommé son nom & tout en était eau, j'ai goûté la saline sèche de son dos, & elle a très lentement roulé sur elle-même & détourné ses regards mais je n'avais d'yeux que pour ses merveilleux seins qui troublaient l'eau & j'ai senti le fardeau de leur poids avec mes lèvres & j'ai goûté ses épaules, j'ai fourré le nez dans le creux glorieux de ses aisselles & j'ai trouvé que ses mouvements qui avaient d'abord été dociles mais raides devenaient longs & alanguis & puis elle m'a regardé de tout près, les yeux clos, & puis ses membres se sont épanouis & j'ai léché l'endroit qui était un peu salé, un peu aigre & radicalement autre chose encore & sa respiration s'est faite haletante & rauque & j'ai pétri ses fesses tant que tant & mes narines ont commencé à se dilater tant & plus & j'ai commencé à connaître la promesse de l'accomplissement de son odeur & me suis rappelé l'histoire des Astomes qui ne vivaient que d'odeurs & comment aurais-je su que pendant près de deux cents ans j'avais moi aussi vécu ainsi ? – comme Pline l'avait décrit il y avait si longtemps, & comme Amado le Téméraire l'avait recherché en vain de par les mers du Sud ? – ne subsistant de rien de plus que l'odeur de la femme & puis je n'ai plus léché ni regardé ni senti & j'ai chevauché son odeur & elle la mienne & puis j'ai été son odeur & nous étions au-delà de son odeur, & nous accomplissions notre révolte à notre façon, & j'ai pensé,

Oh ! ma douce, je n'ai vécu que pour cela !
& j'ai pensé,
Comment mourrai-je ayant connu cela ?
– tout cela qui est au-delà de nous, tout cela qui dure & qui dure & qui va & s'en va, monde sans fin, tout cela, notre troisième cercle.

III

C'était il y a longtemps, très longtemps.

Je vis maintenant dans une parfaite solitude. Nous autres poissons vivons en compagnie, il est vrai, mais nos pensées sont à nous seuls & parfaitement incommunicables. Nos pensées s'approfondissent & nous nous comprenons avec une profondeur que seuls pourraient comprendre ceux qui sont exempts de la parole & de ses complications. Il est donc faux de dire que nous sommes sans pensées ni sentiments. En vérité, à part manger & nager, c'est tout ce que nous avons pour nous occuper l'esprit.

J'aime les poissons, mes semblables. Ils ne geignent pas à propos de petites affaires sans importance, ne se disent pas coupables de leurs actions, n'essaient pas de transmettre aux autres les maladies de l'agenouillement, de la promotion ou de la propriété. Ils ne me rendent pas malade avec leurs arguties sur les devoirs envers la société, la science ou je ne sais quel autre Dieu. Leurs violences à l'égard les uns des autres – meurtre, cannibalisme –sont honnêtes & sans méchanceté.

Certaines choses me deviennent moins claires, cependant, plus j'y songe.

Longtemps, avant d'être un poisson, la seule chose qui m'importait était que mes peintures puissent parler aux autres, puissent exprimer un sentiment au-delà de la tombe. À ceux qui avaient besoin de réconfort. À ceux qui étaient terrifiés.

Parfois je dois avouer que je rêve d'avoir une fois encore le pouvoir de la parole, ne fût-ce que quelques instants, afin d'être en mesure d'expliquer comme je voulais jadis vivre tel un arc-en-ciel de couleurs en explosion, le soleil dur se désintégrant en une douce pluie, mais devais me satisfaire à la place de faire des taches sales sur du papier à cartouche bon marché. Afin d'être en mesure de dire comme j'avais jadis voulu m'élever dans les airs & secouer les cieux, m'enfoncer dans la mer & remuer la terre ; connaître la beauté & la merveille de ce monde, la beauté & la merveille que je sais à présent aussi illimitées que leurs contraires, & comme j'avais voulu que les autres les connaissent avec moi, & comme tout cela était vain.

Je voulais que mes peintures parlent, mais y avait-il quelqu'un qui écoutait ? J'y ai perdu la vie, voyez-vous, ma raison en a sombré. Ce n'est pas grave, je ne me plains pas – mais à quoi cela a-t-il servi ? Mes sentiments n'ont jamais terminé leur voyage avec une signification que les autres puissent rompre comme du pain & partager. Mes peintures étaient autant de muets.

Je me suis ouvert à tout. Plus j'éprouvais un sentiment & l'épanchais dans mes poissons, plus je voyais de sentiment autour de moi. Toute cette douleur, toute cette tristesse & tout cet amour sans espoir en chaque vie fracturée & en chaque cœur caché, & puis un jour je n'ai plus pu supporter de voir tout ce sentiment, cette douleur & cet amour & j'ai brûlé mon livre des poissons, lui ai fait mes adieux & bon débarras tralala itou ! je me suis déguisé afin de ressembler aux autres, j'ai fait pousser des feuilles d'algues sur mon torse & mon cou afin d'être indiscernable des forêts de kelp & de ruppelles où des plongeurs me recherchent parfois maintenant.

Certains ont des filets & souhaitent m'attraper & me vendre à des apothicaires chinois, ces hommes de la médecine mystique qui, à l'instar de leurs aïeux avec qui le Commandant commerça si profitablement au temps jadis, placeraient ma dépouille séchée dans un mortier & réduiraient mon essence restante en une poussière à laquelle ils attribueraient les pouvoirs d'une libido fabuleuse & un prix exorbitant correspondant. On dit qu'il est plaisant d'être désiré, mais je n'en suis pas si sûr. Toute ambition, m'a dit une fois Capois Death, est bonne à condition d'être réalisée, mais dans mes moments d'aspirations les plus intenses j'avais espéré valoir davantage qu'une érection éphémère.

D'autres ont des caméras de plongée. Ils me filment & me photographient, car en tant que dragon de mer feuillu je suis considéré comme le représentant d'une espèce primitive au bord de l'extinction, & moi, qui étais l'Artiste, je suis à la place devenu le sujet ; moi, dont le rôle était d'aider à la classification, je suis à présent devenu le spécimen classifié. Mes petites nageoires vaporeuses battent comme celles d'une fée, & je les regarde & ils me regardent, ébaubis par mes couleurs merveilleuses, par mes mouvements sereins, & je m'interroge.

La question qui m'obsède tandis qu'ils me chassent & que je chasse des artémias & rôde autour des récifs poissonneux au large de l'île Bruny dont j'ai fait ma demeure est la suivante : est-il plus facile pour un homme de vivre sa vie comme poisson que d'accepter le prodige d'être humain ?

Si seuls, si effrayés, si désireux de ce que nous avons peur de nommer. Entre les morts & les vivants – quoi ?

Et dans les mouvantes colonnes diagonales de lumière & de

pénombre qui rayent mon monde d'eau, je voulais poser ces questions-ci & d'autres à ces plongeurs : Pourquoi suis-je possédé par deux émotions diamétralement opposées ? Expliquez-moi ça ? Parce que c'est inexplicable, mais je veux savoir tout de même pourquoi – pourquoi, quand toute l'expérience de ma vie me dit que ce monde sent plus mauvais que le corps ballottant du vieux Danois, pourquoi ne puis-je toujours pas m'empêcher de croire que le monde est bon & que sans amour je ne suis rien ?

Parfois j'ai même envie de tapoter avec mon long museau sur les lunettes de ces plongeurs & de dire : Vous voulez savoir ce que ce pays va devenir ? Demandez-moi – après tout, si vous ne pouvez faire confiance à un menteur & un faussaire, une pute & un délateur, un condamné pour meurtre & un voleur, vous ne comprendrez jamais ce pays. Parce que nous trouvons tous des accommodements avec le pouvoir, & dans la majorité des cas chacun de nous vendrait son frère ou sa sœur pour un peu de calme & de paix. Nous avons été formés à vivre une vie de lâcheté morale tout en trouvant du réconfort dans l'idée que nous sommes les rebelles de la nature. Mais en vérité nous ne sommes jamais troublés ni excités par quoi que ce soit ; tels les moutons pour faire de la place à qui nous avons abattu les Aborigènes, nous sommes dociles jusqu'au massacre.

Tout ce qui va mal dans ce pays commence dans mon histoire ; les gens le fabriquent de toutes pièces depuis que le Commandant a tenté de réinventer l'île Sarah en une Nouvelle Venise, l'île de l'oubli, parce que n'importe quoi est plus facile que de se souvenir. Les gens oublieront ce qui s'est passé ici pendant une centaine d'années ou plus, puis ils réimagineront le pays comme le vieux Danois l'avait fait, parce que n'importe quelle histoire vaut mieux que la triste vérité que ce ne sont pas les Anglais qui nous ont infligé cela mais nous-mêmes, que les forçats fouettaient les forçats, pissaient sur les moricauds & s'espionnaient les uns les autres, que les moricauds vendaient leurs femmes contre des chiens & tuaient d'un coup de lance les forçats évadés, que les baleiniers blancs tuaient & violaient les femmes noires, & que les femmes noires tuaient les enfants qui en résultaient.

Alors voilà ! – deux choses que je ne peux concilier & qui me déchirent en deux. Ces deux sentiments, cette connaissance d'un monde si épouvantable, ce sentiment d'une vie si extraordinaire – comment vais-je les résoudre ? Un homme peut-il devenir un poisson ? Vous autres plongeurs qui êtes venus si loin pour sonder mon mystère, ces questions, ce tourment, ce bien & ce mal, cet amour & cette haine, résolvez-les, résolvez le tout pour moi, donnez sens à mon histoire, unissez-moi à cette vie & dites-moi que ce n'est pas une part inextricable de ma nature – je vous en supplie...

Car je ne suis pas réconcilié avec ce monde.

J'ai voulu l'être & ne l'ai pas été, alors j'ai essayé de récrire ce monde en un livre des poissons & de le mettre en ordre de la seule manière que je connaissais.

Mais ma façon de faire n'a pas eu de sens, mes cris n'ont pas été entendus, mes peintures ont été bafouées avant d'être perdues pour toute éternité. À présent je me contente de regarder & de penser le ridicule, l'improbable. Je pense : le monde est bon & le monde est bon & le monde est bon.

Rien de cela n'y fait, je sais.

C'est, au mieux, une pensée hérétique pour laquelle la punition est inévitable & méritée depuis longtemps. Le livre des rêves de Matt Brady avait raison : aimer n'est pas sûr.

Derrière le masque du plongeur qui approche à présent de moi avec un filet, je reconnais le visage identifiable entre tous de M. Hung, qui plonge à la recherche d'autres spécimens pour son aquarium, & je sais que c'est juste une question de temps avant que je regarde depuis l'intérieur de la cuve éclairée au néon dans laquelle j'ai autrefois regardé si intensément ; que tandis que la Conga & M. Hung comploteront une nouvelle arnaque, la contrefaçon du journal d'un forçat d'il y a deux siècles, & essaieront de le fourguer comme une histoire authentique, me regardant de temps en temps dans l'aquarium, se demandant peut-être ce que cela ferait d'être un poisson, je les regarderai & me demanderai ce que cela ferait d'être comme eux, sachant qu'une arnaque n'est qu'un rêve, & qu'un rêve est une chose dangereuse si vous y croyez trop.

Car là-bas, juste hors de notre champ de vision, le filet nous attend tous, toujours prêt à attraper & puis à nous remonter empêtrés dans ses mailles, nageoires battant, corps fouettant vainement, en route vers qui sait quelle destinée chaotique. Amour & eau. Sid Hammet me regarde trop longtemps. Je n'ai pas peur, jamais je n'ai eu peur. Je serai toi. Je surgis de la nuit, je monte, je me roule, je traverse le verre & l'air & pénètre dans ses yeux tristes. Qui suis-je ? il ne peut plus le demander & moi – mienne punition parfaite pour qui a pris une vie mais n'en pas gagné une autre en retour – je ne puis qu'espérer en la certitude de répondre : je suis William Buelow Gould & mon nom est une chanson qui sera chantée – clic-clac, rantanplan, un sou la peinture, ce benêt de Billy Gould à califourchon sur un hippocampe vers la Croix-de-Banbury...

POSTFACE

*Extrait de la correspondance
du ministère des Colonies, 5 avril 1831*

(OFFICE DES ARCHIVES DE TASMANIE)

GOULD, William Buelow, *matricule* 873645 ; *alias* Sid Hammet, « le Chirurgien », Jorgen Jorgensen, Capois Death, Pobjoy, « le Commandant » ; *signes particuliers* : tatouage au-dessus du sein gauche, ancre rouge aux ailes bleues, *légende* « Amour & Liberté » ; *enfui* de l'île Sarah le 29 février 1831. A péri noyé durant sa tentative d'évasion.

Composition et mise en page

NORD COMPO
m u l t i m é d i a

IMPRESSION, BROCHAGE
IMPRIMERIE CHIRAT
42540 ST-JUST-LA-PENDUE
DÉCEMBRE 2004

N° d'éditeur : FF836101
Dépôt légal : janvier 2005 - N° 4157

IMPRIMÉ EN FRANCE

189062

MAGASIN **3**